胡利娅姨妈和作家

| 略萨作品：精装珍藏版 |

〔秘鲁〕马里奥·巴尔加斯·略萨——著

赵德明 李德明 蒋宗曹 尹承东——译

Mario Vargas Llosa

La tía Julia y el escribidor

人民文学出版社

PEOPLE'S LITERATURE PUBLISHING HOUSE

著作权合同登记号　图字 01-2019-1244

图书在版编目(CIP)数据

胡利娅姨妈和作家/(秘)马里奥·巴尔加斯·略萨著；赵德明等译.
—北京：人民文学出版社，2021(2023.2 重印)
(略萨作品：精装珍藏版)
ISBN 978-7-02-015923-9

Ⅰ.①胡…　Ⅱ.①马…　②赵…　Ⅲ.①自传体小说—秘鲁—现代
Ⅳ.①I778.45

中国版本图书馆 CIP 数据核字(2019)第 298508 号

责任编辑　甘　慧　陶媛媛
装帧设计　汪佳诗

出版发行　人民文学出版社
社　　址　北京市朝内大街 166 号
邮政编码　100705

印　　制　凸版艺彩(东莞)印刷有限公司
经　　销　全国新华书店等

字　　数　273 千字
开　　本　890 毫米×1240 毫米　1/32
印　　张　11.25
版　　次　2009 年 11 月北京第 1 版
印　　次　2023 年 2 月第 2 次印刷

书　　号　978-7-02-015923-9
定　　价　98.00 元

如有印装质量问题,请与本社图书销售中心调换。电话:010-65233595

献给　胡利娅·乌尔吉蒂·伊利亚内斯

目录

序言

　　我开始在利马写这部小说是 1972 年年中，之后继续在巴塞罗那、拉罗马纳（多米尼加共和国）和纽约写下去。中间曾多次中断，有时甚至中断很长时间。最后重新回到利马，四年后终于在那儿把它写完。这部作品是我青年时代认识的一位广播剧作家建议我写的，有一段时期，这位作家的情节剧故事完全把我迷住了。为了不让小说显得过于虚假和做作，我有意地加进了一部分自传成分：我的第一次婚姻经历。这种努力对我很有用，它证明了小说这种题材并不是为了讲述真实的事情，真实的事情一旦走向虚构，总会变成谎言（也就是说，变成可疑的、无法证实的"真实的事情"）。

　　我费了很大力气才赋予那些事情能被接受的形式，否则它们就会像广播剧作家彼得罗·卡玛乔的脚本；我也努力把事件中那些典型的死板、过分、虚有其表及恐怖的东西删除掉，为此我采取了必不可少的讽刺手法，但又避免让事件漫画化。受 20 世纪 50 年代那些撕心裂肺的墨西哥电影的影响，情节剧曾是我早熟期的弱点之一，而这部小说的主题使我毫不犹豫地认清了这一点。微笑和嘲弄并不能完全掩饰本书作者在情感上对波莱罗舞、放纵的激情和惊险离奇小说的偏爱。

马里奥·巴尔加斯·略萨

1999 年 6 月 30 日 于伦敦

第一章

　　那是很久以前的事了。当时我很年轻，和外祖父、外祖母同住在米拉弗洛雷斯区奥恰兰大街的一幢白墙别墅里。为了日后得以靠自由职业为生，我正在圣马尔可大学攻读法律，实际上我更向往成为一个作家。当时我还担任着一项名头响、工资低但有利可图的工作，工作时间可以由我自己支配：泛美电台新闻部主任。我的任务是把报纸上有关的新闻剪下来，稍加润色，编成广播新闻稿。我手下的编辑是一名头发抹得油亮、热衷于各种天灾人祸消息的小伙子，名叫帕斯库亚尔。每隔一小时播报一次新闻，每次一分钟；只有中午十二点和晚上九点连续播报十五分钟。但是我们总是一下子准备好几份新闻稿，这样我就可以上街逛逛，在科尔梅纳大街的咖啡馆里坐坐，有时去上几节课，或者到中央电台的办公室去串串门，那里比我的办公室热闹些。

　　这两家广播电台同属一位主人，都坐落在贝伦大街上，互为邻居，离圣马丁广场很近。这两家电台毫无相似之处，倒更像那种天生的悲剧姐妹，一个娇媚无比，另一个满身疮痍，形成鲜明对照。泛美电台占据着一幢崭新楼房的二层和顶楼平台；这里的工作人员个个雄心勃勃，颇为时髦，以年轻和华贵而自负。尽管播音员不是阿根廷人（这一点，彼得罗·卡马乔可能已经向你们说过），但也称得上是银嗓子。泛美电台播放很多音乐节目，包括大量爵士乐和摇摆舞曲，也有一点古典音乐。泛美电台的电波总是在利马首先播放纽约和欧洲的最新流行乐，但是它也并不轻视拉美音乐，虽然这种音乐总是有点掺假。泛美电台对民族音乐则十分谨慎，最多播报一点华尔兹舞曲。泛美电台也有一些知识性的节目，如《往事回忆》《国际时事述评》之类，甚至在轻松愉快的节目中也要插进《问答比赛》和《荣誉跳板》，这种力图不过分落入俗套的努力是有目共睹的。由帕斯库亚尔和我主持的那个新闻部足以证明泛美电台对文化的重视，这个新闻部设在顶楼平台上的阁楼里，从那里可以眺望大街上的垃圾堆和利马市内楼房顶上的柏木窗。登上这个阁楼要乘电梯，电梯有个令人讨厌的毛病：还没到达，门便开了。

中央电台则相反，他们挤在一栋老式住宅里，那里院落套院落，夹道通夹道，只要听一听那些播音员毫无忌讳的满嘴俚语，就能了解它那五光十色、平民大众化的特色和强烈的地方气息。这家电台很少播报新闻，它的女王和主宰是秘鲁音乐，包括安第斯音乐。剧院的印第安歌手经常光临电台参加实况演出，播音前数小时，听众便人山人海地聚集在门口等候。此外，热带音乐、墨西哥音乐、布宜诺斯艾利斯音乐也从它的电波里大量地传出去。它的节目很简单，缺乏想象力，但收效很好，如电话订货、诞辰小夜曲、喜剧演员的街谈巷议、唱片和电影。但是，据各方面调查，它的脍炙人口的大菜是广播剧，这个节目使它牢牢地保住了广大听众。

他们每天至少要播放五六个广播剧。播音时，我偷偷观看那些演员，觉得非常开心。他们化装成衰老、饥饿、衣衫褴褛的男女，清新悦耳、动人心弦、充满青春活力的嗓音同他们苍老的面孔、难看的嘴唇和无神的眼睛形成了可怕对照。"有朝一日，当秘鲁把电视台安装起来，他们除了自杀，别无他路。"小赫纳罗隔着播音室玻璃指着那些演员预言道。他们像在一个大鱼缸里，手捧剧本，围在话筒的四周，一切就绪，正准备开播《阿尔维阿家族》的第二十四章。说实在的，那些听了卢西亚诺·潘多的播音而伤心落泪的家庭主妇们如果看到他佝偻的身体和斜视的目光，会感到多么失望啊！那些被何塞菲娜·桑切斯抑扬顿挫的声调勾起了往事回忆的退休老人假如看到她肥胖的下巴、浓密的髭须、扇风大耳和青筋暴突的样子，又该多么扫兴呀！但是，电视传到秘鲁的日子还遥远得很，因此，这群广播剧动物赖以为生的行业，看来暂时还是颇为稳定的。

我一直好奇地想知道是谁创作了这些使我外祖母愉快地消磨着下午时光的广播剧。当我去拜访劳拉姨妈、奥尔卡舅妈、加比姨妈时，或者在人数众多的表姐表妹们家中做客时，我常常听到她们提到这些故事（我们这个家族有按照《圣经》宗旨办事的传统，住在米拉弗洛雷斯区，彼此十分团结）。我怀疑这些广播剧是进口货；但是，当我知道赫纳罗父子既不是从墨西哥也不是从阿根廷，而是从古巴购进这些剧本的时候，我惊讶不已。原来那是CMQ的产品。CMQ是高瓦尔·麦斯特雷统治下广播电视帝国的一块地盘。麦斯特雷是个满头银发的绅士，有一次他路过利马时我见过他。那一次，他由赫纳罗父子殷勤地护送着，在大家尊敬的目光下穿过泛美电台的走廊。由于我多次听到电台的播音员、导演和技师谈到古巴的CMQ（对他们来说，CMQ就好像当时的好莱坞之于电影演员，颇有些神奇），有一次和哈维尔在布兰萨咖啡馆喝咖啡的时候，竟然漫无边际地遐想起来：在遥远的哈瓦那，满城棕榈，有着天堂般的海滩，枪手横行，游人遍地，在高瓦尔·麦斯特雷城堡设有空调装置的办公室里，那支多才多艺的创作大军通过无声的电传打字机，每天八小时大概要编造出无数关于通奸、自杀、恋爱、决斗、继承遗产、信奉上帝和行凶犯罪的奇闻轶事，然后从这座安的列斯岛向拉丁美洲播送；通过卢西亚诺·潘多、何塞菲娜·桑切斯这样的播音员，使各国的祖母、姑母、姨妈、堂表姐妹和退休职工怀着幻想度过每天下午的时光。

小赫纳罗通过电报，论斤购进（或者确切地说，是 CMQ 卖出）广播剧的稿本。一天下午，当我问到，在播音前，他、他的兄弟或父亲是否仔细审阅过这些脚本时，他惊愕了一下，才亲口告诉我这种事。他反问我："难道你能看完七十公斤重的脚本？"同时谦恭地望着我。自从他在《商报》星期天副刊上读到我的一篇小说后，便授予我"才子"的称号，并按照这种身份对待我。"你想想这要花多少时间？一个月？两个月？谁能花一两个月的时间去读一出广播剧呢？那我们就让它去碰运气吧。幸运的是到目前为止，神奇的上帝一直在保佑我们。"在比较好的情况下，小赫纳罗通过出版代理商或者同行友好调查有多少个国家购买过 CMQ 所提供的广播剧本以及广播剧播出的效果；如果情况不许可，就只好根据题目决定，或者简单地像押宝那样买下来。这些脚本之所以论斤出售，是因为这是一种比按页码或字数较少被欺骗的方式，也就是说，是唯一可以核定的方式。哈维尔说："当然啰，如果没有时间去阅读，更没有时间去数字数了。"一部重达六十八公斤三十克的小说，其售价要像牛肉、奶油、鸡蛋那样由磅秤来确定，这情形深深刺激了他。

但是，这套办法也给赫纳罗父子造成了不少麻烦。因为稿本里面充塞了大量的古巴方言。每次播出前几分钟，卢西亚诺和何塞菲娜，还有他们的同事，只得自己动手尽可能地把它译成秘鲁话（每次都译得很糟）。另外，一捆捆打字稿在从哈瓦那运往利马途中，在船舱里或飞机上，或者是经过海关时，有时会受到种种破损：整章整章地遗失掉；潮气把字迹弄得模糊难辨；被抛进中央电台的仓库后，还要被老鼠啃咬一通。由于老赫纳罗在播音前才分发剧本，上述情况总是在最后一刻钟才被发现，结果十分狼狈。而他们的解决办法就是跳过丢失的章节，昧着良心办事。如果情况更严重，就让卢西亚诺·潘多或何塞菲娜·桑切斯病休一天，这样便可在二十四小时之内不露太多形迹地修补、复苏或恰到好处地删掉那失掉的几克乃至几公斤的底稿。此外，由于CMQ收费很高，所以当小赫纳罗发现彼得罗·卡玛乔具有非凡的才华时，自然感到乐不可支。

我十分清楚地记得，他正是在那一天对我谈到无线电播音问题的，因为就在同一天，吃午饭的时候，我第一次见到了胡利娅姨妈。她是我舅舅鲁乔的小姨子，是前一天夜里从玻利维亚来的。她刚刚离婚，来此地休息调养，抚平那不幸的婚姻给她造成的创伤。"实际上，她是来另找丈夫的。"在一次家庭聚会上，亲戚中最饶舌的奥尔滕西娅姨妈这样说。那时我每个星期四都在鲁乔舅舅和奥尔卡舅妈家里吃午饭。那天中午，我到那里的时候，看见他们全家仍然身着睡衣，吃着辣子香肠，喝着冰镇啤酒，在恢复前一夜的睡眠不足。前一天晚上，他们跟那位刚到的女人一直聊到黎明时分才就寝；三个人喝光了一瓶威士忌。他们都觉得头疼，我舅舅鲁乔抱怨说他办公室的人大概要闹翻天了。我舅妈奥尔加说，不是星期六却睡晚了，实在难为情。那位新来的女人身穿便服，未着鞋袜，戴着卷发器，正从皮箱里往外拿东西。凭我所看到的她那副尊容，任何人都不会把她当成美女，但她并不因此而感到不悦。

"这么说，你是多丽塔的儿子喽。"她说着，在我面颊上吻了一下，"已经中学毕业了，是吧？"

我真恨死她了。那时我同家里人之所以有些小小的摩擦，就是因为人人总是把我当作小孩子，而不把我当一个十八岁的名副其实的大人看待。没有什么比马里多①这个称呼更叫我恼火，我觉得这个指小词把我又送回到穿开裆裤的年代。

"他已经读法律系三年级了，还是新闻记者呢。"鲁乔舅舅一边给

———————————

① 马里多是马里奥的指小词，表示亲热。

她解释，一边递给我一杯啤酒。

"说真的，"胡利娅姨妈拿脚尖点了我一下说，"你还像个娃娃呢，马里多。"

整个午饭过程中，她都用成年人同白痴或孩子说话的那股亲热劲对待我，问我是否有恋人，去不去跳舞，搞什么体育活动。她带着一种我无法看出是故意还是天真但都叫我反感的样子劝告我，一旦有可能，就把胡子留起来。留胡子很合适黑头发的男子，同姑娘们来往也会有好处。

"他现在既不想女人，也不想玩乐，"鲁乔舅舅解释说，"人家是知识分子，在《商报》星期天副刊上发表了一篇小说。"

"小心呐，多丽塔的儿子可别跑到另外一个极端去，"胡利娅姨妈笑了。我突然深深同情起她的前夫，但我仅微微一笑，未露声色。整个午饭时间，她都在讲一些耸人听闻的玻利维亚笑话，并且拿我开心。当我告辞的时候，她好像要求我原谅她的恶作剧，以一副和蔼可亲的样子邀请我哪天晚上陪她去看电影。她说她是影迷。

为了不让帕斯库亚尔把三点钟的新闻节目全部用来报道《最后一点钟》上发表的瓦尔品第异国风光的街道上掘墓人与麻风病患者展开大战的消息，我按钟点准时到达泛美电台，准备完四点钟和五点钟的稿子，就出去喝咖啡了。在中央电台的门口，我遇见了小赫纳罗，他一副喜气洋洋的样子，拉住我的胳膊，硬把我拖到布兰萨咖啡馆里，说道："我有个绝妙的新闻要告诉你。"他为了办交易，去拉巴斯待了几天，就是在那里，他发现了那位既多才多艺又勤奋能干的彼得罗·卡玛乔。

"他不是一个人，而是一家企业，"他钦佩地说，"玻利维亚上演的全部剧作都是他写的，还参加所有的演出。所有的广播小说也是他写的，并且由他导演，担任主角。"

但是，给他印象最深的还不是卡玛乔的多产和多才多艺，而是这位作家受到观众的普遍欢迎。为了在拉巴斯的萨维埃德拉剧院亲眼看看卡玛乔，小赫纳罗不得不出双倍的价钱买了一张黑市票。

"你想想看吧，就像买斗牛票一样，"他露出惊奇的神情说，"在利马，谁能使剧场满座？"

他告诉我，他一连两天都看到很多姑娘、妇女和老太太们团团围在依里玛尼电台门口，等待着她们所崇拜的人出来，求他签字留念。另外，拉巴斯的麦康·艾丽克逊太太十分有把握地告诉他，彼得罗·卡玛乔的广播剧是玻利维亚各电台中最吸引听众的节目。小赫纳罗是那种所谓的进步企业家，对他来说，生意胜于名誉。他不是"全国俱乐部"的会员，也没有成为会员的奢望。他和所有的人交朋友。他的活动能量很大，大到令人生厌的地步。他访问依里玛尼电台后，便当机立断，说服了彼得罗·卡玛乔，聘请他作为中央电台的独家客人前来秘鲁工作。

"这件事并不难办，因为他在那里挨饿呢，"他向我解释道，"他将负责小说连播节目，那时我就可以打发 CMQ 的鲨鱼见鬼去了。"

我想给他的希望泼点冷水，告诉他我最近刚刚证实玻利维亚人让人讨厌极了。彼得罗·卡玛乔与中央电台的全体同仁一定处不好，他那种怪腔怪调会像石头落地一样使听众难受；由于对秘鲁一无知识，他将时时刻刻闹笑话。但是小赫纳罗笑了，丝毫不为我失败主义的说教所动摇。他说，彼得罗·卡玛乔虽然没有到过这里，但是他谈起利马人的心理，就像一个下桥区的人那样熟悉；他的声调绝妙动听，既不拖长 s，也不把 r 发得很重，柔和得像高级天鹅绒。

"卢西亚诺·潘多和其他演员会把那个可怜的外国人挤得粉碎，"哈维尔这样想象着，"或者，漂亮的何塞菲娜·桑切斯会把他强奸。"

我和哈维尔待在楼顶上。我一面和他闲谈，一面为泛美电台十二点钟的播音节目润饰《商报》和《新闻报》上的消息，用打字机清楚地打出来。哈维尔是我最要好的朋友，我们天天见面，哪怕只有片刻也好，为了证实一下我们都还活在世上。他是一个冷热无常、思想矛盾很多的人，但待人一向诚恳。他曾经是天主教大学文学系的高材生，像他那样成绩优异的学生、才华出众的诗歌爱好者、艰涩课文的明快评论员，在这所大学前所未见。大家都认为他毕业时一定会拿出一份才气横溢的论文，成为才气横溢的教授、才气横溢的诗人或评论家。但是，有一天，他没作任何解释，突然放弃了正在撰写的论文，退出文学专业，离开天主教大学，在圣马可大学经济系注册了。这使大家极其失望。当有人问及他退学的原因时，他坦率地说（或许是开玩笑），是他写的论文打开了他的眼界。那份论文的题目是：《里卡多·帕尔马所使用的谚语》。他曾经不得不用放大镜来阅读《秘鲁传说》，搜索书中的谚语。他治学认真严谨，做了整整一箱语言卡片。后来，一天清晨，他在一块空地上把这箱卡片烧掉了。我和他围着这堆语言学的火焰跳起印第安人的石堆舞。他下决心与文学为敌，宁愿去学经济。哈维尔在中央储备银行实习的时候，总是找个借口，每天上午溜到泛美电台来看看。那场谚语的噩梦给他留下一个习惯，就是无缘无故地用谚语戏弄我。

我感到十分惊讶的是，尽管胡利娅姨妈是玻利维亚人，又住在拉巴斯，却从未听说过彼得罗·卡玛乔的大名。不过她向我说明，她从来没听过小说连播。她自从在爱尔兰修女办的学校里毕业那年在时光舞里扮演过黎明仙女以来（"马里多，你可别问我那是多少年前的事情。"），再没有进过剧院的大门。我和她从鲁乔舅舅家——位于阿尔门达利茨大街的尽头——出来，向巴兰科电影院走去。她的手段实在狡猾，那天中午硬要我接受她的邀请。那是她到达后的第一个星期四，尽管我不高兴再次成为玻利维亚笑话的牺牲品，但一周一次的午餐我可不愿意缺席。我希望别碰见她，因为前一天晚上（星期三晚上是拜访加比姨妈的日子），我已听到奥尔滕西娅姨妈用掌握了仙女秘密的口气讲道：

"她到利马的第一周外出了四次，每次换一个求婚者，其中一个是结过婚的。这位离了婚的女人真有吸引力呀！"

搞完十二点钟的泛美电台播音，我来到鲁乔舅舅家时，恰好看到她和其中一个求婚者在一起。走进客厅，我发现在她身旁坐着的是我外祖母的表弟潘克拉西奥舅爷。我的心里感到一种报了仇的快意，那老头子以征服者的目光瞅着她。他穿着一身二十世纪的服装，领带上打着蝴蝶结，纽扣眼上插着丁香花。那副容光焕发的怪模样，让人啼笑皆非。他丧妻已有几十年，走起路来双腿叉开，画着八字形。家里人对他的来访都怀有戒心，议论纷纷，因为他总是当着众人的面毫无顾忌地拧女仆一把。他经常染发，用一块带银链的怀表。每天下午六点钟，人们常常看到他在联盟大街的拐角处调戏下班的女职员。我俯身去吻那位玻利维亚人时，贴着她的耳朵，用世界上最有讽刺意味的语言低声道："胡利塔①，多美妙的战利品啊！"她向我挤挤眼，点点头。用午餐时，潘克拉西奥舅爷就土生白人的音乐发表了一篇宏论（他是这方面的行家，家庭舞会上，总要独唱一首《峡谷独奏曲》）后，转身望着她，像一只公猫那样装模作样地说："啊，对了，每星期四晚上，费利佩·宾格罗社团都在土生白人主义中心维克多里亚聚会。你喜欢听真正的秘鲁音乐吗？"胡利娅姨妈毫不犹豫地摆出一副难过的面孔，装模作样地指着我回答说："你看多遗憾呀！马里多已经请我去看电影了。""那么我给年轻人让路。"潘克拉西奥舅爷微微躬身，摆出一副体育比赛的神气来。老头子走掉以后，我以为自己也可以脱身了，因为奥尔加舅妈问她："你说去看电影只不过是为了甩开那个老色鬼吧？"可是胡利娅姨妈断然纠正说："一点那种意思也没有，姐姐。我非常想看巴兰科上演的影片，据说禁止未婚小姐看。"她转身看看我，那时我正在倾听着她如何决定我晚上的命运。为了使

---

① 胡利娅的爱称。

我放心，这朵娇艳的鲜花又补充了一句："马里多，你别担心钱，我请客。"

就这样，我和她来到了街上，先是沿着漆黑的阿尔门达利茨大街，接着拐向宽阔的格拉乌林荫大道，只是为了去看一部墨西哥电影，那片名刚好叫做《母亲与情人》。

"对于一个离婚的女人来说，可怕的不是所有的男人都认为自己有权利向你提条件，而是认为你既然是个离婚的女人，就不再需要浪漫了。"胡利娅姨妈这样告诉我，"他们认为用不着恋爱，用不着说什么温柔的话，而是直截了当、十分庸俗地向你求婚。这使我讨厌。就因为这个，我不愿给他们拉去跳舞，而情愿来跟你看电影。"

我对她说，谢谢她给我提供了这样的机会。

"他们真是愚蠢透顶，以为所有离婚的女人都是娼妇。"她不管别人理解不理解，继续说道，"另外，他们一味地都想干那种事。可是美好的东西并不是那个，而是谈情说爱，对不对？"

我开导她说，世上并不存在爱情，爱情是一个名叫彼特拉克①的意大利人和法国南方普罗旺斯省诗人臆造出来的。人们认为纯洁奔放的激情和质朴感情的流露只是发情雄猫的本能要求，不过用美丽的辞藻和文学神话加以掩饰罢了。这种理论虽然我丝毫不相信，但故意装出热诚信奉的样子。我那套生物性欲学理论至少使胡利娅姨妈产生了不少疑团："莫非他真的相信那些胡说八道？"

"我是反对结婚的，"我对她说，尽力装出一副卖弄学问的样子，"我赞成人们所称的自由爱情。但是，如果我们持老实态度，那就应该简单地叫做自由结合。"

"结合就是干那种事啰？"她笑了，但是立刻露出一副沮丧泄气的神情，说："我年轻的时候，男孩子都给女孩子写些短诗，送鲜花，

---

① 彼特拉克（Petrarca，1304—1374），意大利诗人，欧洲文艺复兴时期人文主义先驱之一。

要经过几周的时间才敢吻她们一下。马里多，现在这些毛头小伙子把爱情弄成了多么下流的东西呀。"

我们在售票窗前为谁掏钱买票争执了一番，然后耐着性子看多洛雷斯·德里约表演了一个半小时，只见她时而呜咽，时而拥抱，时而高兴，时而哭泣，最后披头散发，迎风在树林里狂奔。散场后，我们仍旧步行回鲁乔舅舅家，一路上，蒙蒙细雨打湿了我们的头发和衣裳。我们又一次谈到彼得罗·卡玛乔。她真的从没听说过他的名字吗？因为据小赫纳罗说，彼得罗·卡玛乔是玻利维亚的名人呀。是的，她的确连他的名字都不晓得。我想，赫纳罗是让人骗了，或者，也许那个所谓的玻利维亚广播剧企业是他自己臆造出来的，为了做广告而抛出的一个带羽毛的土著人。三天后，我亲眼看到了那位有血有肉的彼得罗·卡玛乔。

那天，我刚和老赫纳罗发生了一些龃龉。因为帕斯库亚尔对于暴行消息有一种难以抑制的偏爱，十一点钟的播音稿用的全部是伊斯法罕的地震消息。使老赫纳罗恼火的倒还不是帕斯库亚尔挤掉了其他消息，淋漓尽致地报道了房倒屋塌时响尾蛇和眼镜蛇蹿到地面进攻那些幸免于难的波斯人，而是因为那次地震已经过去一个星期了。我不得不承认老赫纳罗并非没有道理，便把火发泄到帕斯库亚尔身上，骂他玩忽职守。他是从哪里弄来这碗剩饭的？从一份阿根廷杂志上。他为什么要干这样荒唐的事？因为眼下没有重大新闻，那个消息至少还算有趣。我给他解释说，人家付给我们工钱，不是为了要我们娱乐听众，而是要我们综合报道当天的新闻。帕斯库亚尔点点头以示和解，但提出一个难以反驳的理由："马里奥先生，问题是咱们关于新闻的概念理解不同。"我正要回答他说，如果你固执己见，每当我不在时就推行那套耸人听闻的新闻理论，那么咱们两个很快就会流落街头。这时，阁楼门口出现了一个不速之客的身影。那是一个矮小的人，身材介于矮子与侏儒之间，长着一个大鼻子和一双异常活泼的眼睛，目光里闪烁着某种不寻常的东西。他穿一身黑西装，看得出已经穿得很旧了，衬衫和蝴蝶结领带上有不少污迹。但是这身装束是经过精心考虑的，是谨慎而严肃的，就像那些老式照片上的绅士，穿着浆好的大礼服，戴着合适的高筒帽，活像囚犯。他的年龄大约在三十至五十岁之间，一头长及肩膀的油污黑发闪闪发亮。他的姿势、动作和表情好像与率真和自然的风度无缘，而使人立刻想到带有活动关节的玩具娃娃，想到用线牵引的木偶。他彬彬有礼地向我们一鞠躬，摆出一副和他那副仪表一样不常见的庄重神情，做了这样的开场：

"先生们，我要占用你们一台打字机。如果二位肯帮忙，我将十分感激。这两台打字机，哪台好使一些？"

他用食指来回点着我和帕斯库亚尔的打字机。尽管我常到中央电台去玩，对声音与身体的不一致已经司空见惯，但是，一个身材如此矮小、体质如此单薄的人，居然能发出这样洪亮悦耳的声音，而且咬字又是这样的完美，实在令我惊讶。仿佛在他发出的声音里，不仅每个字母都清晰可见，一个不缺，而且每个字母的分子和原子、每个音节里的音素都鱼贯而出，点滴不漏。他等得不耐烦了，没有察觉到他的外貌、大胆的举止和洪亮的声音引起了我们的惊奇，便动手查看——也像是嗅闻——两台打字机。最后他选中了我那台陈旧、笨重、样式很像一辆过时灵车的雷明顿牌打字机。这时，首先有反应的是帕斯库亚尔：

"您是强盗吗？还是别的什么东西？"他责问道。我明白他这是为伊斯法罕的地震消息在我面前将功补过，"亏您想得出就这样搬走新闻部的打字机！"

"艺术比你那个新闻部重要，幽灵。"那位人物大声怒喝道，并且狠狠地瞪了帕斯库亚尔一眼，目光好似对待被践踏的蝼蚁，同时继续干他的事。在帕斯库亚尔惊愕的目光注视下（毫无疑问他也像我一样打算猜出"幽灵"两字是什么意思），那位来访者动手去搬雷明顿。

他费了九牛二虎之力，终于把笨重的机器搬了起来，憋得脖子里青筋暴跳，眼球几乎要从眼眶里蹦出来。他的脸涨得通红，额头上挂满了汗珠，但仍然不肯罢休。他咬紧牙关，蹒跚着朝门口走了几步，终于筋疲力尽了，再过一秒钟，那件重物就会同他一起坠倒在地。于是，他把雷明顿打字机放在帕斯库亚尔的小桌上，呼哧呼哧地喘气。可是，他的呼吸刚恢复正常，便全然不理睬帕斯库亚尔和我对这副场面的讥笑（帕斯库亚尔已经三番五次地用手指点着太阳穴，示意我那是个疯子），恶狠狠地责备我们：

"先生们，别那么不通人情，讲点人道主义的团结精神吧，帮我一下！"

我说，我很抱歉，不能帮忙，要想搬走那台雷明顿打字机，得先踏过帕斯库亚尔的尸体，再跨过我的尸体。那矮子整理着由于用力过度而扭歪了的领带。我吃惊地看到他的面孔露出了恼怒的神色，显出全然不懂开玩笑，严肃地点着头答道：

"一个天生的好汉对决斗绝不胆怯。先生们，请定个时间和地点吧。"

好像上帝有意安排似的，小赫纳罗出现在顶楼门口，从而解除了眼看就要商定的决斗。他进门的时候，那个固执的矮子正想重新抱起雷明顿打字机再表演一次而脸红脖子粗。

"放下！彼得罗。我来帮您。"小赫纳罗说，从他手中夺过机器，好像那不过是个火柴盒。这时，他从我和帕斯库亚尔的脸上明白了应该说明一下，便满脸笑容地安抚我们："又没有死人，何必哭丧着脸呢！家父很快就会给你们补上一台打字机。"

"我们是多余的人，"为了保住面子，我抗议道，"所以把我们塞在这个猪窝一样的阁楼里。过去已经搬走了一张写字台送给会计师，现在又搬走我的雷明顿，而且事先都不通知一声。"

"我们还以为这位先生是强盗呢，"帕斯库亚尔支持我，"他进来就骂我们，摆出一副盛气凌人的架势。"

"同事之间不要闹纠纷。"小赫纳罗用圣贤的口吻说道。这时他已经把雷明顿放上肩头，我发现那矮子刚好同他的衣领一样高，"家父没有替你们介绍吗？那么我就介绍一下吧。这样大家便可相安无事了。"

那矮子立刻敏捷地伸出一只胳膊，朝我跨过几步，把一只孩子般的小手伸给我，又彬彬有礼地一鞠躬，用他那悦耳的男高音自我介绍道：

"一个朋友，彼得罗·卡玛乔，玻利维亚人，艺术家。"

他对帕斯库亚尔又重复了一遍上面的话，摆出同一姿态，同样鞠了躬。帕斯库亚尔显然由于一时慌乱而愣住了，无法判断那矮子是在捉弄我们还是一向如此。彼得罗·卡玛乔礼节性地同我们握过手，转身对着整个新闻部，站在顶楼中央和他身后巨人般的小赫纳罗的身影里。小赫纳罗十分严肃地看着他。他呢？把嘴巴一咧，脸上堆起皱纹，露出一排黄牙，做了个怪模怪样的笑脸。停了一会儿，他打着变戏法的手势，用一些伴有音乐感的话向我们致谢，告别道：

"我不会记恨你们的。人们不理解我，我已习以为常了。永别了，先生们。"

他迈着妖怪式的小碎步从顶楼门口消失了。企业家小赫纳罗肩扛雷明顿，大步流星地向电梯走去。

第二章

　　利马一个春光明媚的早晨，天竺葵显得更加艳丽，玫瑰花更加香气扑鼻，叶子花更加盛开怒放。这时，利马的著名大夫阿尔贝托·德·金德罗斯博士——有一个宽宽的前额、一只鹰钩鼻、一双炯炯有神的眼睛和一副刚毅仁慈的心肠——睁开双眼，在圣伊希特罗大街宽敞的房间里伸了伸懒腰，透过薄纱窗帘看到阳光把围着铁丝网、修整一新的花园草坪染成金黄色，天空清澈如洗，百花露出一张张笑脸。他美美地睡过八小时，心情平静，精神舒畅。

　　那天是星期六，如果那位生三胞胎的夫人不突然发生意外情况，他就不必去诊所，可以在上午做做体育锻炼，洗个蒸汽浴，然后去参加埃丽娅娜的婚礼。他的妻子和女儿还在欧洲进行精神修炼，采购服装，一个月之后才能回来。他有钱，他的仪表——双鬓已白，举止高雅，气质庄重——甚至连正派的夫人都会投去极为倾慕的目光。凭了这些，他本来可以利用这个月暂时的独身生活去寻花问柳，可是阿尔贝托·德·金德罗斯在赌博、女人和美金这些事情上一向适可而止，因而在他的许许多多的朋友中间流传着这么一句话："他的嗜好是科学、家庭和体操。"

他叫仆人准备早饭，与此同时给诊所打了电话。值班大夫告诉他，那位生三胞胎的夫人一夜平安无事，开刀割纤维瘤的女病人已不再出血。他叮咛了几句话，吩咐说如果出现什么严重情况，请向莱米吉欧体育馆打电话找他；吃午饭时，可以打电话到他弟弟罗贝托那里；还说傍晚他要去一趟诊所。管家送来了早饭——番木瓜汁、浓咖啡和抹了蜂蜜的面包——阿尔贝托·德·金德罗斯已经刮完脸，正在穿着灰色灯芯绒裤、平跟皮鞋和绿色高领运动衫。他一边吃早饭，一边漫不经心地翻阅晨报上的各种灾害事故和犯罪的消息。吃过饭，拿起手提运动箱就出门了。走过花园时，他稍稍停了几秒钟拍拍"布克"，这条高傲的小狼狗亲切地吠叫着送别他。

莱米吉欧体育馆坐落在米格尔·达索大街，只有几个街区的距离，阿尔贝托博士喜欢步行去。他每次都走得很慢，沿途向邻居们的问候回礼，观赏着各家的花园——人们常常在那时浇水，剪枝——还常常在卡斯特罗·索托书店停留片刻，买几本畅销书。那时还很早，但是敞怀露胸、头发蓬乱的小伙子们已经到了。这些人是从不迟到的，他们坐在摩托车上，或靠在斯波尔特牌汽车的挡泥板上喝着冷饮，开着玩笑，商量着夜里去何处玩乐。小伙子们很有礼貌地向他问好，可是他刚走过，一个小伙子便冒失地对他发出"忠告"，这种忠告在体育馆对他来说只是家常便饭，就是拿他的年龄和职业来取笑他："博士，不要太累了，要为你的孙子着想。"他从不对此发火，只是一笑了之。这次他几乎没有听到，因为他正在想象埃丽娅娜穿上巴黎格里斯蒂·迪欧尔服装店为她度身定制的结婚服装时该多么漂亮。

那天上午，体育馆里的人不多，只有教练员科克和两个举重迷——黑脸胡米利亚和佩里克·萨尔绵托。这三个身材像座山、肌肉发达的人有十个正常人那么重。他们可能刚到不久，正在做预备活动。

"喂，鹳鸟来了。"科克握着阿尔贝托的手说。

"几百年了，还活着？"黑脸胡米利亚和他招呼。

佩里克只是咂咂嘴，伸出两个手指，这是从得克萨斯传来的有特色的问候语。阿尔贝托大夫喜欢这样熟不拘礼的打招呼，这是体育场上的朋友们对他亲切的表示，仿佛一起穿着背心短裤汗流浃背地锻炼，平等相待，亲密无间，已经抹去了年龄和地位的差别。阿尔贝托回答他们，如果需要他帮助，他将十分乐意效劳，一旦感到头晕或碰伤了身体，就可以到他的诊所去，他会立刻戴上橡皮手套为他们仔细诊断。

"你把衣服换掉，来做一会儿准备活动。"科克对他说着，又在原地跳了起来。

"如果发生心肌梗塞，不过是一死，老家伙。"佩里克一边站在科克的对面，一边给他打气。

"滑冰运动员在里边。"他走进更衣室时，听见黑脸胡米利亚说。

果然，他的侄子理查德在里边，已经穿好蓝色的潜水服，正在穿便鞋。理查德无精打采地穿着，仿佛双手是烂布做的，毫无力气，脸上一丝笑容也没有。他看着阿尔贝托博士，一双蓝眼睛毫不在意，完全是一副旁若无人的样子，以致阿尔贝托博士自问是否自己变得无法见人。

"只有恋人才会这么出神。"博士走近他，弄乱了他的头发，"别心不在焉了，我的侄子。"

"请原谅，伯父，"理查德清醒过来，脸涨得通红，仿佛自己正在干见不得人的事，被人刚刚捉住似的，"我正考虑问题。"

"我倒真想知道你在想什么坏事，"阿尔贝托博士笑了。他打开手提运动箱，取出一个文件夹，随后开始脱衣服，"你家一定是乱糟糟、没有条理的。现在埃丽娅娜很紧张吧？"

理查德看了看他，眼睛突然闪着憎恨的光。博士纳闷是什么刺痛了这个小伙子，但是他的侄子显然竭力装得很自然，强颜欢笑：

"是的，乱糟糟的，所以我来减减肥，一直到……"

博士心想他一定会接下去说："走上断头台为止。"由于悲痛，他声音压得很低。他那脸上的表情、笨拙地结扎带子的动作以及身体猛烈的晃动都表明他心中的不快，充满了烦恼和不安。他控制不住自己的眼睛，一会儿睁开，一会儿闭上，一会儿又盯住一点，忽而移开，忽而收回，又移开，好像在寻找着什么无法找到的东西。他是当地衣着最考究的小伙子，在室外锻炼得容光焕发，显得既年轻又漂亮。即使在冬天最潮湿的月份，他也坚持滑冰运动，在篮球、网球、游泳和小足球运动中也名列前茅。现在体育运动把他的身体锻炼得很棒，黑脸胡米利亚说他有比"同性恋更炽烈的热情"：一点脂肪也不留，宽宽的脊背，顺着一块块清晰可见的肌肉一直延伸到蜜蜂似的细腰；两条粗壮而敏捷的长腿连最好的拳击家也要羡慕三分。阿尔贝托·德·金德罗斯常常听见女儿恰罗和她的女朋友把理查德同谢尔顿·海斯顿相比，认为前者更英俊，后者较为逊色。理查德正在读建筑系一年级，据他父母罗贝托和玛嘉丽塔说，他一向是模范生，爱学习，听话，尊敬父母，同妹妹相处得很好。他的身体也很好，待人热情。阿尔贝托大夫最喜欢侄女埃丽娅娜和侄子理查德，所以当他系吊带、穿潜水服和便鞋时——理查德在淋浴龙头前等他，轻轻地敲着瓷砖——看到侄子一副神魂不定的样子，心里很难过。

"有什么麻烦事吗，侄子？"他好像随便问问，脸上挂着慈祥的微笑，"说说看，伯父能帮助你解决吗？"

"没什么，什么事也没有，"理查德急忙回答说，脸又红得像火炭一样，"我很好，一心想锻炼身体。"

"我的礼品，给你妹妹送去没有？"大夫突然想起来了，"莫吉亚商店答应昨天送去。"

"一个非常漂亮的手镯，"理查德开始在更衣室白色的磁砖上跳起来，"我的瘦妹妹高兴极了。"

"这样的事情本来该由你伯母办，可她还在欧洲游览，只好我自己去选购，"阿尔贝托大夫动了感情，"埃丽娅娜穿上结婚礼服，一定赛过仙女。"

他弟弟罗贝托的女儿在女人之中，正如理查德在男人之中一样是人才出众的人物，她的美貌是女人的骄傲，即使用白玉般的牙齿、明星般的眼睛、金黄色的头发和仙桃般的皮肤来形容也不免黯然失色。她身材不高，一头乌黑的头发，白嫩的皮肤，连呼吸的起伏也别具魅力，小小的脸型异常动人，犹如出自东方工笔画家的手笔。她比理查德小一岁，刚从专科学校毕业，唯一的缺点是胆怯，太胆怯了，以致秘鲁美女竞选委员会的组织者们大为失望，因为无法说服她参加竞选，包括阿尔贝托大夫在内，谁也搞不懂为什么她这么快决定结婚，特别是和那么一个人。当然，红头发安图涅斯有些美德——忠厚老实，被芝加哥大学企业管理系聘为教授，将继承肥料公司这份遗产，自行车赛时得过好几座奖杯——但是，比起米拉弗洛雷斯和圣依希特罗其他那些向埃丽娅娜求爱的、为了能同她结婚甚至去犯罪的小伙子，他非但算不上美男子，而且是最平庸、最傻气的（阿尔贝托大夫为自己对再过几小时就要成为他的侄女婿的人有这样的看法而感到羞愧）。

"伯父，你的看法比我妈妈改变得还慢。"理查德一边跳着一边抱怨。

他们走进训练大厅时，那个更愿意把教练看作个人爱好而不是职业的科克正在训练黑脸胡米利亚，指着胡米利亚的肚子讲述哲理：

"你吃饭时，工作时，看电影时，和你的未婚妻谈心时，喝酒时，在你生命的每时每刻，如果可能，甚至在棺材里，都要收腹！"

"做十分钟准备动作，活动活动关节，老家伙。"教练又命令道。

阿尔贝托大夫和理查德一块跳绳，他感到周身慢慢地热起来，轻松而舒适，心里想，如果一个人这样活到五十岁，无论如何也不可怕。在他的同龄朋友中，谁的肚子能这样扁平，肌肉如此灵敏而有弹性？远的不说，就说他的弟弟罗贝托，比他小三岁，可是看上去又粗又胖，像只大桶，而且过早地驼了背，仿佛比他大十岁。可怜的罗贝托，大概对自己的掌上明珠埃丽娅娜的婚礼感到悲伤。显然，这是因为在某种意义上说是失去了她。他的女儿恰罗也行将结婚，女儿的未婚夫塔多·索尔德维亚不久将取得工程师的称号，那时，他势必也会感到难过，觉得自己更为苍老了。阿尔贝托博士跳绳跳得利落，节拍清楚，由于坚持练习，跳得非常熟练，双脚交替，双手交叉张开，好像优秀的体操运动员。相反，他通过镜子看到他的侄子跳得过快，由于急躁，常常绊在绳子上。他侄子紧咬牙关，额头冒出亮晶晶的汗珠，闭着双眼，好像为了更好地集中精神。也许是因为女人的事？

"停止，跳绳到此结束，懒汉们。"科克尽管正同佩里克和黑脸胡米利亚一起举重，可是一直看着阿尔贝托大夫和理查德，并且数着他们跳绳的时间，"三套仰卧起坐：开始，快点，老不死的。"

腹部动作证明阿尔贝托大夫浑身有力。他做得很快，双手抱着后颈，在升高到第二位置的划水板上让背部同地板保持水平，额头几乎碰到了膝盖。每做完三十次一套的仰卧起坐休息一分钟，那时便躺在地上做深呼吸。做完九十次之后，他坐了起来，高兴地看到他胜过了理查德。现在，他从头到脚浑身是汗，心跳加速。

"我还是不明白埃丽娅娜为什么要和红头发安图涅斯结婚，"他突然自言自语地说，"她看上他什么了？"

他失言了，马上很后悔，但是理查德仿佛对他的话并不感到惊奇。他呼哧呼哧地喘着气——刚刚做完俯卧撑——开玩笑地回答说：

"伯父，常言道，爱情是瞎子。"

"他是个优秀的青年，一定会使埃丽娅娜幸福。"阿尔贝托大夫想挽回自己的失言，显得有点羞愧，"我是说，在你妹妹的追求者中有利马最出众的小伙子。你看，她别的一个也不理睬，最后却接受了红头发的求爱。他是个好孩子，可是，太……"

"太愚笨了，对吗？"理查德替伯父把话说完。

"好了，我本不想说得那么难听。"阿尔贝托张开、合拢双臂，吸了口气又把它呼出来，"可是，他确实是个平淡无奇的人，和任何一个别的姑娘结婚都是般配的，可是和埃丽娅娜这么漂亮、这么活泼的姑娘相比，这个可怜的小伙子就太不相称了。"他对自己的过分直率有点不安，"喂，你可不要鄙视他，侄子。"

"你不要担心，伯父。"理查德对他笑笑，"红头发是个好人，既然我的瘦妹妹看上了他，一定有点缘故。"

"做三套侧身弯，每套三十次，废物！"科克吼叫着，头上举着八十公斤，肚子鼓得像只癞蛤蟆，"收腹，不要鼓起来！"

阿尔贝托认为，理查德做起操来会忘掉他的问题，可是他在做侧身弯时，看见理查德又露出一副怒相：显得憋闷，不耐烦，脸色十分难看。他想起他们金德罗斯家有过多位神经官能病患者。他想，在下一代的成员中，也许罗贝托的小儿子已经得了这种遗传病。然后他的思想开了小差，想到不管怎么说，来体育馆之前都应该到诊所去一下，看看那位生了三胞胎的夫人和做纤维瘤手术的女患者。他没有继续想下去，因为他需要全神贯注地做操。他一边抬腿落脚（做五十次抬腿动作！）活动躯干（三套快速扭转身体，用力呼吸！），一边遵照科克的命令，活动背部，扭转躯干，弯曲前臂，转动脖颈（用力，我的老祖宗！快点，该死的！），只有一叶肺在呼吸，只有一身皮肤在流汗，只有身上那几块肌肉在用劲，累得他也够呛了。当科克喊"拉力运动，做三次，每次十五下"时，他已经精疲力竭了。不过，出于自尊，他想至少应该用十二公斤的哑铃做上一套动作，可是已无能为力，他的力气已经耗尽了，第三次试举时，哑铃从他手上滑脱，引起了其他举重运动员的嘲讽（如果死了，就去坟墓！是鹳鸟，就到动物园去！叫殡仪馆来人！安息吧，阿门！），并且非常羡慕、默不作声地看着理查德——他一直愁眉苦脸，满脸怒气——毫不费力地完成惯常的动作。阿尔贝托大夫想，遵守纪律，持之以恒，节制饮食，有规律地生活，这还不够。这可以使差别缩小到一定的限度，超过这个限度，年龄就是难以克服的困难，就是高不可越的大墙了。后来，他脱光衣服走进浴室，汗水顺着睫毛流下来，迷住了他的眼睛，他伤感地反复叨念着一句在书上读到的话："青春呀，想起你多么叫人失望呀！"他从浴室出来，看见理查德已和举重运动员聚在一起亲切地交谈着。科克对阿尔贝托大夫指着理查德，露出讥讽的表情说：

"这个英俊的小伙子决定自杀了，大夫。"

理查德根本没有笑。他举着哑铃，满脸是汗，涨得通红，青筋突暴，满腔的怒火好像要倾泻到他们身上。大夫想，他侄子会突然把手中的哑铃扔过来，砸烂他们四个人的脑袋。他向他们告别，并且喃喃地说："理查德，我们教堂见。"

回到家里，听说生三胞胎的妈妈想和同诊所的女友玩桥牌，做纤维瘤手术的女人曾经问过今天是否能喝罗望果酱汤，他便放心了。他答应她们玩桥牌、喝罗望果酱汤的要求。大夫慢条斯理地穿上一套深蓝色的西服、白色的丝绸衬衣，系上银灰色的领带，并且在上边别了一颗珍珠。他正往手帕上洒香水时，有人送来他妻子的来信；在信的末尾，他女儿恰罗还附上几句话。那信是从旅游的第十四个城市威尼斯寄来的，上面说："当你收到这封信的时候，我们至少又游览了七座城市，所有的城市都美极了。"她们过得很快活，小恰罗很喜欢意大利人。"有些电影艺术家，爸爸，你想象不出他们怎样恭维我，不过，你不要告诉塔多。吻你一千次，再见。"

阿尔贝托大夫步行来到欧瓦洛·古铁雷斯大街的圣玛丽娅教堂。时间尚早，客人们刚刚开始到来。他坐到前排，望着祭坛消磨时间。祭坛上装饰着百合花和白玫瑰，窗上的彩色玻璃宛如高级主教的冠冕。他又一次确认自己一点也不喜欢这座教堂，因为石膏和砖块非常不调和，椭圆形的拱门显得很浮华。大夫不时地微笑着向熟人打招呼。当然熟人不会少，大家都要到教堂来：拐弯抹角沾上边的亲戚，多年不相往来的朋友，自然，也有城里那些最显赫的人物，如银行家、大使、企业家、政治家。这个罗贝托，这个玛嘉丽塔，总是那么轻浮，大夫心里想，他对待弟弟和弟媳的弱点十分宽厚仁慈，并不刻薄。他确定午餐一定是丰盛的筵席。当奏起结婚进行曲，看见新娘走进教堂时，他的心情异常兴奋。新娘果真漂亮极了，她穿一身洁白的轻纱衣服，鹅蛋似的小脸罩着面纱，显得分外妖娆、轻柔动人；她低垂着双眼，挽着罗贝托的胳膊，向祭坛走去。罗贝托身躯肥大，表情威严，掩饰着内心的激动，露出一副主宰世界的神情。红头发安图涅斯看上去不似平常那么丑陋，身子裹在崭新的大礼服里，脸上露出幸福的光彩，就连他的母亲——一个平庸的英国女人，尽管在秘鲁已经居住了二三十年，仍旧用不好前置词——身着黑色长衣，头发卷成两层，也像是成了迷人的夫人。阿尔贝托大夫想，真是一点不错，爱情不负有心人。从小时候起，可怜的红头发安图涅斯就一直在追求埃丽娅娜，对她甜言蜜语，体贴入微，但埃丽娅娜一直傲然处之。可是，他甘愿忍受埃丽娅娜所有的粗暴言行和无礼相待，除此之外还要忍受街区的孩子们对他任意而可怕的讥讽。阿尔贝托大夫思考着：红头发是个有毅力的青年，终于达到了目的，他现在激动得面色苍白，正把戒指给利马最美丽的姑娘戴在无名指上。仪式结束了，阿尔贝托大夫在嘈杂的人群中不住地左右点头，向教堂大厅走去时，远远地望见了理查德。这个青年人好像厌恶地离开了人群，直挺挺地靠近一根柱子站着。

　　当排队走近新婚夫妇时，阿尔贝托大夫高兴地听见费布列兄弟给他讲的一大串反政府的笑话。这对孪生兄弟长得如此相像，据说连他们的妻子都分辨不清。大厅里挤得水泄不通，仿佛房子马上就要倾倒，不少人原先是在花园里等着轮流进来看新郎新娘的。一群小伙子穿梭似的来来往往给宾客们送香槟酒。处处是一片笑声、开玩笑声和碰杯声，人人都说新娘漂亮极了。阿尔贝托博士终于排到了新娘跟前，他看到埃丽娅娜依然衣饰整洁，神采奕奕，尽管厅内又热又挤。"祝你永远幸福，瘦姑娘。"他拥抱着她说。新娘贴着他的耳朵说："今天早晨小恰罗从罗马给我打来电话，向我祝贺，我和梅塞德斯伯母也说了话。她们打电话给我，真是太热情了!"红头发安图涅斯浑身大汗，脸红得像只大虾，眼里闪着幸福的火花："现在我也应该叫您伯父啦，阿尔贝托先生?""当然啰，侄子，"阿尔贝托大夫甩手拍了拍他，"你应该对我以你相称。"

他半窒息地离开了新婚夫妇所在的位置，在照相机的闪光灯中，一边同别人摩肩接踵一边打着招呼，好不容易地走到了花园。那里人少一些，可以喘过气来。他喝了一杯酒，挤进一群大夫中间，这些大夫都是他的朋友，拿他妻子的外出旅行没完没了地开玩笑：梅塞德斯不会回来了，一定跟了法国佬，你的额头两端开始长角了①。阿尔贝托大夫一边任他们讲着，一边心里在想——他记起了体育馆的事——今天他可是出丑了。在数不尽的人头上边，他不时地看到理查德。理查德在大厅的另一端，站在说笑的男女青年中间，绷着脸，皱着眉，像喝水似的一杯杯地灌着香槟酒。"也许他是因为埃丽娅娜同安图涅斯结婚而感到难过，"大夫想，"他本来打算给妹妹找个更出众的人。"但是没有找到，大概他正在度过这种转变期的关键时刻。这时阿尔贝托大夫记起了他在理查德那个年龄也经历过这种困难阶段，在医学和航空工程学之间犹豫不决（他父亲曾用很有分量的理由来说服他，在秘鲁，航空工业工程师如果有出路，那只能是去搞风筝或航模）。也许罗贝托一头扎进生意中，不能为理查德出主意。阿尔贝托大夫鼓起勇气——这种勇气曾使他得到人们的普遍赞赏——决定在近日热情地邀请他的侄子，慎重地把事情了解清楚，巧妙地谈谈帮助他的办法。

---

① 在西班牙语国家里，意指妻子有外遇。

罗贝托和玛嘉丽塔的家坐落在圣克路丝大街，离圣玛丽娅教堂只有几个街区。教堂里的接待仪式一结束，被邀请进午餐的客人就在圣依希特罗大街的树木和阳光下鱼贯而行，向红砖、木顶的大房子走去。这所房子四周围着草坪、鲜花、栏杆，为午宴作了精心的布置。阿尔贝托大夫一到门前就看出来，欢庆活动比他本人预计的还要隆重。他出席的这地午宴，社会记者将称之为"豪华之举"。

花园里到处摆满了桌子，撑着凉伞。最深处靠近狗舍的地方支着一顶大帐篷，下边有盖着雪白台布的桌子，一字顺墙摆开，上面摆满了五颜六色的冷盘。饮料间设在养了许多日本鱼的池塘旁，里边摆放了那么多杯子、瓶子、鸡尾酒会器皿、冷饮罐，好像要为一支军队解除干渴似的。身穿白上衣的年轻男侍者和头戴压发帽、腰系围裙的姑娘们，看见客人一进大门就立刻迎上前去，递上皮斯科酸酒、鸡尾酒、伏特加果汁、威士忌、杜松子酒、香槟酒以及插着牙签的奶酪、辣子土豆、腊肉樱桃、一团团的大虾、各种冷菜和利马特产的所有大开胃口的甜食。屋里，成篮的鲜花和一束束鲜花，有的靠墙放着，有的沿楼梯摆着，还有一些放在窗台和家具上，给人以清新凉爽的感觉。这些鲜花有玫瑰、晚香玉、黄菖蒲、紫罗兰、石竹花。镶木地板打了蜡，窗帘洗得干干净净，瓷器和盘碗擦得亮晶晶。阿尔贝托博士笑了，他想，连玻璃柜里的古陶瓷都擦拭一新，光泽四射。前厅里也摆了小吃，饭厅里的甜食——杏仁糖、雪糕、蛋糕、蛋青糕、蛋黄点心、椰子果、核桃粘——围着美丽的洞房花糕摆了一圈。洞房花糕是个奶油渍渍、由许多圆柱体组成的"建筑"，上面罩着薄纱，显得那么庄重，使得夫人们不时地啧啧称赞。但是，尤其引起女人好奇心的是放在二楼的礼品，看到人们排了那么长队等候观看，阿尔贝托大夫当即决定不去看，尽管他很想知道他送的手镯在礼品中居于何种地位。

他到处都看了一下，不断地同别人握手，接受拥抱和拥抱别人。

之后，他又回到花园里，坐到一把凉伞下，慢悠悠地品尝那天的第二杯酒。一切都令人满意，玛嘉丽塔和罗贝托真会摆排场。尽管乐队的做法令他觉得不十分礼貌——撤走了地毯、小桌子和放置象牙制品的柜子，以便让舞伴们有地方跳舞——但他把这看作是对青年一代的让步而谅解这种有失高雅之举。因为众所周知，对青年来说，没有舞会的婚礼不成其为婚礼。火鸡和果酒送上来了，此刻，埃丽娅娜站在大门的第二道台阶上，正在扔花束，几十个学校的女友和邻居女伴高举双手等着接应。阿尔贝托大夫远远望见埃丽娅娜小时候的奶妈老维南希娅躲在花园的一个角落里，从心底里感到激动地用围裙边擦着眼睛。

阿尔贝托大夫的味觉虽然没有辨出是什么品牌的果酒，但是他立刻知道那是外国酒，可能是西班牙或智利的；不过那天他晕头转向，因而也不排除是法国的。火鸡又香又嫩，菜泥是甜奶油汁做的，还有凉拌卷心菜和葡萄干。尽管他坚持节制饮食，但还是吃了又吃。他喝第二杯果酒时，甜蜜的困意开始向他袭来，这时他看见理查德向他走来。他手中的威士忌酒杯在颤抖，双眼呆滞，闪着亮光，声音也变了：

"伯父，还有比婚礼更愚蠢的事情吗？"理查德小声说，他对周围所有的东西都露出轻蔑的表情，随后倒在旁边的椅子上。他的领带歪到一边，一块刚刚抹上的污迹弄脏了灰色西服的衣领。他的眼睛里除了残存的酒意，还积聚着大海波涛般的愤恨。

"那么，坦白地告诉你，我对参加欢庆活动并不太热心。"阿尔贝托大夫温和地说，"但是，你可不要这样。我在你这个年龄时，还是很注意这种事的，我的侄子。"

"我从心底感到厌恶，"理查德喃喃地说，瞪着双眼，好像要把所有人都从眼底下扫除，"我不知道我他妈的到这儿来干什么。"

"你想想，假如你不来参加你妹妹的婚礼，她会怎么想？"阿尔贝托在思索着一些酒兴使他说出来的蠢话：难道他不曾看见理查德在喜庆活动上玩得比谁都快活吗？他的舞不是跳得很好吗？曾经有多少次，他侄子领着一群男女青年到怡罗房间里来举行即兴舞会呀？但是，他对理查德一点也没有提起这些事。他看见理查德喝干了他的威士忌，要侍者再给他斟一杯。

"不管怎么说，你要准备着。"他对侄子说，"你结婚时，你父母会给你举办更盛大的庆祝活动。"

理查德把闪闪发亮的威士忌酒杯送到嘴边，半合上眼睛，慢慢地呷了一口。随后，他头也不抬，有气无力地低声说：

"我永远不结婚，伯父，我对天向你发誓。"

理查德的话极为缓慢地传到大夫耳朵里，几乎使他难以听见。

他还没来得及回答，一个身着蓝色衣服、浅色头发、颇具风姿的姑娘坚定地站在他们面前，随即拉起理查德的手，不等他反应过来，就让他站了起来：

"和老头子坐在一块儿，你也不害臊？跳舞去，傻瓜。"

阿尔贝托大夫看见他们消失在住宅的前厅里，他突然感到不是个滋味，好像"老头子"那几个邪恶字的回音还在他的耳朵里鸣响着。这个字被建筑师阿兰布鲁的小女儿说得那么自然，声音那么动听。喝过咖啡之后，他起身来到大厅观看。

喜庆活动正值高潮，跳舞的人已经很多，从乐队所在的烟囱旁到有舞伴跳舞的房间里，人们在大声地唱着"恰恰恰"和梅林盖斯舞曲，还有孔比亚和华尔兹舞曲。音乐激起了欢乐的波涛，太阳和烧酒不但使青年翩翩起舞，中年人甚至老年人也都起身跳了起来。阿尔贝托大夫惊异地看到，连本家的亲戚、八旬老人马塞利诺·华帕亚先生也在用力地摇动着他那沙沙作响的身体，踏着《灰色的云朵》的旋律，架着他的弟妹玛嘉丽塔跳着。阿尔贝看到处处烟雾腾腾，人声嘈杂，你来我往，一片光亮和幸福的景象，感到脑袋有点晕眩。他倚在栏杆上，双眼闭上片刻。随后，他微笑着，脸上闪烁着幸福的光辉，端详起埃丽娅娜来。她仍然穿着新娘衣裳，但已不戴面纱，成了舞会的主角。她一刻也不休息，每支舞曲结束时，便有二十几个小伙子围上来请她跳舞；她，面颊红润，眼睛明亮，每次都选择一个不同的舞伴，回到舞池的漩涡里。大夫的弟弟罗贝托走到了他身边。罗贝托没有穿大礼服，只穿一套咖啡色的薄料西装，他刚刚跳完舞，汗流满面。

"我真难以相信她是在结婚，阿尔贝托。"他指着埃丽娅娜说。

"她漂亮极了，"阿尔贝托大夫对他笑了笑，"你真讲排场，罗贝托。"

"为了我的女儿，要弄到世界上最好的东西。"他弟弟喊了起来，话音中颇带点伤感的调子。

"他们到什么地方度蜜月？"大夫问道。

"去巴西和欧洲，红头发的父母出钱。"他指着饮料间，高兴地说，"明天一大早就要走，可是看现在这个样子，我女婿恐怕是走不了的。"

一群小伙子围住红头发安图涅斯，轮番和他干杯。新郎的脸红得不得了，不安地笑着，他只用酒杯沾沾嘴唇，想骗过朋友，但这些人不依，一定要他干。阿尔贝托大夫用目光寻找理查德，但是他不在饮料间，也没跳舞，从窗口看出去，也没发现他在花园里。

这时发生了一件事。华尔兹舞曲《偶像》结束了，舞伴们正准备鼓掌，乐师们的手刚离开吉他，红头发正干第二十杯酒，这时，新娘将右手放在眼睛上，好像要驱赶蚊子，身子摇晃了一下，她的舞伴还没来得及去搀扶，她就摔倒了。新娘的爸爸和阿尔贝托大夫一动未动，大概以为她滑倒了，很快会高高兴兴地站起来。可是，大厅里顿时骚乱起来——人们惊叫着，推拥着，妈妈呼唤着："我的女儿，埃丽娅娜，亲爱的埃丽娅娜啊！"——这使他们也跑过去搀扶她。红头发安图涅斯一步跳过去，将她抱起来，由一些人护送着，跟着玛嘉丽塔夫人上楼去。玛嘉丽塔夫人边走边说："从这儿走，送到她房间去，慢一点，要小心。"并且让人去叫个大夫来。家里的几个人——舅舅费尔南多、妹妹恰布卡、马塞里诺先生——叫朋友们不要慌乱，吩咐乐队重新奏乐。阿尔贝托大夫看到弟弟站在楼梯高处向他打手势。啊呀，真蠢，难道自己不是大夫吗？还等什么呀？他大步跑上楼梯，人们看到他just让开路。

埃丽娅娜被送到卧室，那是一间用玫瑰布置起来、朝向花园的屋子。新娘的面色仍然很苍白，但已开始苏醒过来，睁开了眼睛。在她床的周围，站着罗贝托、红头发新郎和奶妈维南希娅。新娘的母亲则坐在她身旁，用一块浸过酒精的手帕给她擦前额。红头发新郎拉起她的一只手，焦虑地凝视着她。

"大家都暂时给我离开这儿，留下我和新娘。"阿尔贝托大夫命令道，他在尽自己的职责，于是他把大家拉到门口，"你们不要担心，没什么事。出去吧，让我给她检查一下。"

唯一不想出去的是老维南希娅，玛嘉丽塔几乎不得不拖着把她拉出去。阿尔贝托大夫回到床边，靠着埃丽娅娜坐下。透过长长的黑睫毛，埃丽娅娜茫然而恐惧地看了他一眼。他亲了她的前额，一边给她量体温，一边笑着对她说："没什么，不要害怕。脉搏跳得有点快，呼吸困难。"大夫发现她的胸部束得太紧，于是帮她解开了纽扣：

"反正你要换衣服的，这样更省时间，侄女。"

当他看到她的腰带扎得那么紧，立刻明白了是怎么回事，但是他毫不露声色，也没有问什么，以免让他侄女知道他已经明白了。埃丽娅娜脱衣服时，脸涨得绯红。此刻她是那么茫然不知所措，以致既没有抬起眼睛，也没有张口说话。大夫对她说，不必脱掉内衣，只要解下腰带就行了，因为腰带妨碍她呼吸。他微笑着，装出一副完全不在意的样子，说在新婚之日，心情激动，几天来的疲劳和忙碌，特别是一连几小时疯狂地不停地跳舞，一个新娘昏倒是世上寻常的事。他摸了摸她的胸脯和腹部（一解开紧紧束着的腰带就明显地鼓了起来），这个双手曾经摸过成百上千个孕妇的专家当即断定埃丽娅娜应该是怀孕第四个月了。他检查了她的瞳孔，免得她多心，胡乱地问了她几个问题，并且嘱咐她休息几分钟再回大厅去。可是再不要那么狂舞了。

"你看，只是累了点，侄女。不过，我还是要给你开点药，你一整天那么激动，需要镇静一下。"

大夫抚弄了一下埃丽娅娜的头发，为了让她在父母进来前有时间平静下来，问了她几个关于结婚旅行的事。她有气无力地做了回答。做一次这样的旅行，是一个人最幸福的事情之一。他由于工作过于繁忙，总是没有时间做一次如此完美的旅行，差不多三年没有去过伦敦了，那是他最喜欢的城市。他讲话时，看到埃丽娅娜偷偷地将腰带藏了起来，穿上一件长衣，将一件衣服、一件绣花袖口的带领罩衫和一双鞋子放在椅子上，而后又在床上躺好，盖上被子。大夫心里想，是不是干脆把事情跟侄女说开，告诉她旅行中应该注意什么更好些。但是，他马上打消了这个念头，可怜的新娘会尴尬，会感到十分不快。再说，已经这么长时间，她一定暗地里瞧过大夫，完全清楚应该怎么办。不过，不管怎么说，腰带束得那么紧是危险的，真的会出问题，也可能会对婴儿有影响。更使他激动的是，埃丽娅娜这个侄女，他一向认为她是个贞洁的姑娘，可是竟然怀了孕。他走到门口，打开门，安慰家里人。为了使新娘听见，他的声音很高：

"她比你们和我都健康，可是累极了。给她去买点这种镇静剂，让她休息一会儿。"

维南希娅冲进卧室。阿尔贝托大夫从肩膀上方看见老用人在亲埃丽娅娜。埃丽娅娜的父母也进去了，红头发安图涅斯也想进去，可是大夫很谨慎，拉住他的胳膊，把他带到洗澡间，关上了门。

"红毛子，她身体那个样子，整个下午都这样跳舞，太胡闹了。"

大夫一边往手上擦肥皂，一边以极为自然的语调对他说，"差一点流产，你告诉她不要束腰带，更不能束得那么紧。她怀孕多长时间了？三个月，四个月？"

这时，仿佛被眼镜蛇致命地咬了一口，阿尔贝托大夫一惊，脑子里闪过一个可怕的疑问。他颤抖了一下，觉得洗澡间里的寂静有如电流一般。他从镜子里看到红头发新郎怀疑地瞪着双眼，歪斜着嘴，那种怪相使他脸上的表情十分荒诞，面色铁青，像死人。

"三个月，四个月？"他结结巴巴地讲出这么几个字眼，"流产？"

大夫感到大地在下陷。"你真蠢！真鲁莽！"他想，现在他才清清楚楚地想起埃丽娅娜恋爱、结婚只不过是几个星期的事情。他把目光从安图涅斯身上移开，慢腾腾地擦着双手，脑子里紧张地思索着，想找到什么谎话、什么口实，把那个青年从痛苦的深渊中——他刚刚把他推进去——救出来。他只能说了几句连自己都认为愚蠢的话：

"埃丽娅娜不会知道我发现了这件事，我已经做到了使她认为我不知道。特别是，你不要担心，她很好。"

大夫急忙走出洗澡间，走过去时，偷偷地看了安图涅斯一眼。小伙子还站在原地，眼睛发愣，仍旧张着嘴，脸上汗水涔涔。他听到安图涅斯从里边反锁了洗澡间的门。他想，他会痛哭一场，会撞脑袋，揪头发，骂我，恨我，比对埃丽娅娜还恨。不恨我，恨谁呢？大夫慢慢地走下楼梯，他为自己的过错感到非常难过，疑虑重重。他一边走，一边像机器人似的反复对人们说，埃丽娅娜没有什么，马上就会下楼来。他走出去到了花园里，贪婪地吸了一口空气，才感到轻快些。他走到饮料间，喝了一杯纯威士忌，便决定回家去，不再等那场"戏"——这都是由于他的天真和菩萨心肠引起的——收场。他多么想关在自己的书房里舒舒服服地坐在黑色皮椅上，听听莫扎特的乐曲。

阿尔贝托大夫在大门口碰见了理查德，他坐在草地上，垂头丧气，盘腿而坐，像个菩萨，背靠在铁栏杆上，一身西服皱皱巴巴的，粘满尘土、污迹和野草。不过，是他的脸色使大夫忘记了红头发新郎和埃丽娅娜而停住了脚步。理查德的眼睛由于愤怒和喝酒过多而充血，瞪得又圆又大，两道口水从嘴角流了下来，表情既可笑又令人怜悯。

"不能这样，理查德。"大夫喃喃地说道，弯下身去，打算把他侄子拉起来，"你父母不能看着你这样。来，到家里去，让你清醒清醒。我从来想不到会看到你这个样子，侄子。"

理查德望着他，却看不见；他仰起头，虽然顺从地想站起来，但是两腿发软。大夫不得不拉住他的两只胳膊，几乎是把他抱起来。他架着他的双肩，扶他走路。理查德像个布娃娃似的一步三晃，仿佛随时都要扑倒在地。"我们出去看看能否租到出租汽车。"大夫小声说，站在圣克鲁斯大街一旁，托着理查德的一只胳膊，"这样走下去，你连大街拐角也走不到，侄子。"几辆出租汽车开过去了，但都有乘客。大夫举着手。等候出租汽车，加上想起了埃丽娅娜和安图涅斯，又对侄子的状况感到不安，这一切使这个一向镇静的人紧张起来。这时，他从理查德前言不搭后语的微弱的喃喃声中听到了"手枪"这个词，不禁笑起来。"遇到挫折不要灰心。"他好像对自己说，没打算叫理查德听到或让他回答：

"侄子，你要手枪干什么？"

理查德那双流露出杀机的眼睛左顾右盼，不知看着什么地方。他用粗哑的声音一眼一板地做了回答，听起来非常清楚：

"杀红毛子。"他怀着深仇大恨，把每个音节都吐得一清二楚。停了一会儿，突然又用刺耳的声音补充说："或者把我自己杀死。"

理查德的舌头又不听使唤了，阿尔贝托大夫已听不懂他在说什么。这时停下了一辆出租汽车，大夫将理查德推上去，告诉了司机地址，随后也上了车。汽车开动的一瞬间，理查德哭了起来。大夫回过头去看他，理查德向他扑去，把头靠在他的胸前，依然哭泣不止，由于抽噎，身子不时地颤动着。大夫把一只手从他肩膀上伸过去，像刚才对他妹妹那样抚弄着他的头发，并且对司机使了个眼色，意思是说"小伙子喝多了"，请他不必紧张，因为司机正从后视镜里看着那场面。大夫让理查德依在身上，任他哭，理查德的眼泪、口水和鼻涕弄脏了他的蓝色西服和银灰色领带。当他在侄子那令人费解的独白中听到两三次那句可怕的、然而也算是动听甚至可以说是纯洁的话——"因为我作为男人也爱她，任凭什么我都不在乎，伯父。"——连眼皮也没眨，心也没有发慌。到了他家的花园，理查德呕吐起来，胃痉挛得那么厉害，连小狗都吓坏了，管家和女佣用责难的目光看着他。阿尔贝托大夫架着理查德的一只胳膊，把他送到客厅，让他漱了漱口，给他脱掉衣服，安顿在床上，又给他服了好几片安眠药。然后大夫坐在他身边，用亲切的话语和动人的表情安慰他——他知道理查德既听不见也看不见——直到觉得他像个孩子似的酣然入梦。

大夫给诊所打了电话，告诉值班大夫说，除非有什么意外的事情，明天他才能去。他吩咐管家，来人来电话都说他不在家。然后喝了两杯威士忌，就一头钻进音乐间。他在唱机上放了一叠意大利音乐家阿尔比诺尼、维瓦尔第和斯卡拉蒂的唱片，因为他认为听上几个小时威尼斯、巴洛克和其他乐曲是驱除死死留在脑子里的阴影的好办法。他埋在软绵绵的皮椅里，苏格兰式海泡石烟斗在双唇之间冒着烟。他闭上眼睛，等待音乐必将创出的奇迹。他想，这是一个很好的机会，试验一下他年轻时就制定的道德准则。根据这个准则，宁愿谅解人而不评判人。他既不感到可恨和气愤，也不感到过分惊异。他发现了一个人的隐秘激情、一种不可征服的爱，这种爱含有柔情和怜悯。他自言自语地说，现在他完全清楚了，为什么一个那么俊俏的姑娘匆匆忙忙和一个傻子结了婚，为什么从来没有看到滑水冠军、本街区的美男子有过未婚妻，为什么他那样服服帖帖、一丝不苟地去执行保护妹妹的那些使命。他津津有味地吸着香喷喷的烟斗丝，品尝着令人心旷神怡、火一般的威士忌，心里想着没必要太为理查德操心。他会找出办法说服罗贝托，让他送儿子到国外，比如去伦敦读书，他在那个城市里会寻到新奇的事物和足够的刺激，从而忘掉过去。相反，他感到不安和关心的是故事里另外两个人物的情况将会如何。音乐使他渐渐地陶醉了，一大堆没有答案的问题在他脑子里乱糟糟地翻腾着，不过，越来越淡薄，越来越稀少了。红头发新郎那天下午就会抛弃他胆大的妻子吗？是否已经抛弃了？还是默不作声，让人辨不出他是高尚还是愚笨，继续爱那个他曾拼命追求的、骗人的姑娘？这件丑事会张扬出去还是用容忍和被践踏了的、骄傲的廉耻面纱永远把圣依希特罗的这场悲剧掩盖起来？

第三章

　　发生那次冲突后没几天，我又见到了彼得罗·卡玛乔。那是上午七点半，我准备好了第一份新闻稿，打算去布兰萨喝杯牛奶咖啡。从中央电台的门房经过的时候，我透过小窗看见了那台雷明顿。我听到打字机在响，一阵阵在滚筒上敲击字母的声音传进我的耳朵，但是见不到机器后面的人。我把头探进窗口，打字人是彼得罗·卡玛乔，人家给他在看门人的睡房里安置了办公室。这间屋子房顶很矮，墙壁既潮湿又破旧，还很肮脏。就在这样一个废墟般的房间里，如今放上了一张和那台雷明顿同样高级的写字台，那架打字机在上面"嗒嗒"地响个不停。写字台和雷明顿的庞大体积几乎把彼得罗·卡玛乔的小小身躯吞没了，他在座位上垫了一对枕头，尽管如此，他的头部也只及键盘的高度，双手与眼睛在同一水平上工作，所以看上去仿佛是在拳击。他是那样地全神贯注，尽管我已站到他身旁，他仍然没有察觉我的出现。他那突出的眼睛死死地盯着稿子，两个指头不停地敲打着，牙齿轻轻咬着舌头。他仍然穿着第一天的那身黑色西装，既没有脱掉上衣，也没有摘去花格领带。看见他那副聚精会神、忙得不可开交的样子，看见他那一头长发和一身十九世纪诗人的装束，看见他如此严肃认真地坐在对他来说显得那样庞大的写字台和打字机前以及那个几乎容纳不下书桌、机器和这个卡玛乔的狭小房间，不禁感到既同情又好笑。

"卡玛乔先生，您可真早啊！"我问候道，把半个身体向他凑近。

他只是目不斜视地点点头，命令式地示意我，要么请走，要么就等一下。我选择了后者，等着他打完那句话。我看到他桌子上堆满了已打好字的稿纸，地下扔着几个揉皱的纸团。那是因为没有字纸篓。过了片刻，他的双手离开键盘，看看我，站起身，有礼貌地伸出右手，用一句格言回答了我的问候：

"艺术无需时间表。早上好，我的朋友。"

我没有询问他在这个洞穴里是否感到厌恶，因为他一定会回答说，困苦的环境有益于艺术的成功。我宁可邀请他去喝咖啡。他望望细手腕上晃荡着的那块史前样式手表，低声咕哝道：

"已经创作了一个半小时，应该放松一下了。"

在前往布兰萨咖啡馆的途中，我问他是否总是一大早就开始工作。他回答说，他与其他搞创作的人不同，他的灵感是同白日的光亮成正比的。

"我的灵感随着太阳出山而到来，太阳越热，灵感越旺。"他唱歌般地解释说。与此同时，一个睡眼惺忪的小伙子正在我们身边打扫布兰萨撒满锯末、烟蒂和果皮的地面。"东方发白，我就开始写作。中午时分，我的大脑像火炬一样灼热明亮。下午，火力逐渐减退，黑夜一到，我就停止工作，因为只剩下灰烬。但是没有关系，下午和晚上正是演员工作效率最高的时候。我的作息制度安排得井井有条。"

他说起话来非常严肃，我觉得他几乎没有感到我在听他说话。他是那种只许别人听、不许别人讲的人。像第一次见面那样，使我惊讶的是，他的谈吐毫无幽默感，尽管也露出木偶般的微笑——咧嘴、龇牙、耸眉头——借以装饰他的独白。他无论说什么，都显得极其庄重，加上他那完美的咬字发音、矮小的身躯、古怪的装束、剧场里的动作，便显出一种极不寻常的风度。显然，他坚信自己所说的一切。可以看出，他既是世界上最爱装模作样的人，也是世界上最诚恳的人。我试图把他从艺术范畴的说教拉到普通的家常事务中来。我问他是否已经安顿下来，这里有没有朋友，觉得利马如何。对这些世俗话题，他觉得不值一谈，用了一种不耐烦的口气回答说，已经在离中央电台不远的基尔卡胡同找到了一间"atelier"①。他觉得无论在什么地方都是无拘无束的，因为艺术家的祖国难道不就是整个世界吗？他不要咖啡，而是点了一杯马黛茶泡薄荷。他解释说，这种饮料不仅味道甘美，并且可以"滋补心肺"。他一口接一口、速度均匀地喝着，好像每一次把杯子送到唇边，都准确地计算过时间。他刚喝完，便立起身，坚持要各自付款。接着，他请我陪他去买一份利马市区交通图。我们在联盟大街一间流动商亭里找到了他要买的东西。他对着天空展开地图，望着各个区县的五颜六色，满意地点点头，要求开一张标明二十索尔的发票。

"这属于工具书，商人应该开发票。"他用命令的口气说道。后来我们便回电台去。他走路的姿势也是奇特的：迅速而紧张，仿佛担心误了火车。我们在中央电台门口分手的时候，他指着那拥挤的办公室，好像展示一座宫殿似的说道：

"实际上办公室等于在街上，"他洋洋自得地说，"我就像是在人行道上工作。"

"人声那么嘈杂，车辆来来往往，这不使您分心吗？"我大着胆子暗示道。

"恰恰相反，"他使我放心地说，似乎很高兴用这样一个方式报答我，"我写的就是生活，我的作品要求有现实生活的靶子。"

---

① 法语，意为：车间，作坊。

我正要走开，他再次挥动食指喊住了我，一面指指地图一面神秘地请求我下午或明天给他提供一些素材。我回答说，乐意从命。

回到泛美电台的阁楼里，我看到帕斯库亚尔已经把九点钟的播音稿准备好了。稿子的开头，他用了一条他非常喜爱的那类新闻，是从《纪事报》上抄来的，只不过用一堆形容词点缀了一番："在风雨大作的安的列斯群岛的海面上，巴拿马货轮'萨尔克号'于昨晚沉没，八名船员死亡。他们淹死后，尸体被为害于上述海面的鲨鱼咀嚼一空。"我把"咀嚼"改成"吞食"，删掉了"风雨大作的"和"上述"等词，最后签上"已阅"二字。帕斯库亚尔并不生气，他是从来都不生气，但提出异议：

"这个马里奥先生呀，总是给我的文体抹黑。"

整整一周，我都在努力创作一篇短篇小说，是在我叔叔讲的一个故事的基础上写的。我叔叔是安卡什省一处庄园里的大夫，那里有个农民，夜晚装扮成毕斯达戈（魔鬼）从芦苇丛中跑出来吓唬另外一个农民。那个被捉弄的受害者是那么害怕，挥起砍刀向毕斯达戈劈去，一下子把他的脑壳砍成两半，这个魔鬼立刻被打发到另外一个世界里去了。那个农民随即躲进山中。过了不久，一伙农民参加舞会后回家，突然发现有个毕斯达戈在村里行窃，他们一拥而上，把魔鬼乱棍打死。死者原来是杀害第一个毕斯达戈的凶手，他为了夜里回村探视家人而假扮起魔鬼来。那群杀人犯也逃进山里，同样扮成毕斯达戈趁黑夜回村，结果其中两个被吓坏了的村民乱刀砍死。以后这些农民也如此这般，等等，等等。我原来准备讲述的并不像我叔叔彼得罗的庄园里所发生的那样，也不像后来我所想象的那样——在不可胜数的毕斯达戈中间，真正的魔鬼却溜掉了。我准备给这篇小说题名为《质的飞跃》，我希望这个故事能像博尔赫斯①的某篇短篇小说那样，冷

---

① 博尔赫斯（Borges，1899—1986），阿根廷著名诗人和小说家。

静而富于理智，简明而富于讽刺意味。博尔赫斯是我近日的新发现。我把从办公室、学校和布兰萨咖啡馆里省下来的空闲全部用到这篇小说上去了，在外祖父家里也写，中午写，晚上写。在这一星期中，我既没有去任何一位叔叔舅舅家吃午饭，也没有对表姐妹们进行例行的访问，更没有去看电影。我写了又撕掉，或者更确切地说，刚写上一句，觉得不称心，便又重新开始。我认为任何一个拼音或书写错误都非偶然，都会引人注目，都会使神或人无意中发现：此语不妥，需要修改。帕斯库亚尔抱怨了："好家伙！赫纳罗家的人如果看到这样浪费纸张，一定会扣我们的工资。"到了星期四那天，我认为总算写完了。那是一篇五页的独白，故事末尾才露出真相：扮鬼的恰恰是讲故事者本人。十二点，泛美电台播音之后，在阁楼上，我把《质的飞跃》念给哈维尔听。

"妙极了，兄弟，"他一面鼓掌，一面用结论式的口吻说，"可是，干吗要写这种鬼的故事？为什么不写一篇现实生活的小说？为什么不删掉魔鬼的情节，就让故事在那群假毕斯达戈中间展开？或者，就写一篇虚幻的故事，把你能想象出来的全部幻影都写出来。但是，不要魔鬼，别写魔鬼，因为那会带有一种宗教气息，一股假虔诚的味道，像陈年老货。"

他走了之后，我把《质的飞跃》撕成碎片，扔进字纸篓，决心忘掉那些毕斯达戈。接着，跑到鲁乔舅舅家共进午餐去了。在那里，我听说在那个玻利维亚女人和一个我曾耳闻的大庄园主、跟我们家族有某种亲戚关系的阿雷基帕市参议员阿道尔夫·萨尔塞多之间已经建立了某种联系。

"她这个追求者的好处是既有钱又有势，而且追求胡利娅的打算也是严肃的，"奥尔卡舅妈评论道，"他已经向她求婚了。"

"糟糕的是，这位阿道尔夫先生已经五十岁了，至今还没有洗清那一可怕的指责，"鲁乔舅舅反驳说，"如果你妹妹跟他结婚，就不得不守活寡，或者与别人私通。"

"他和卡尔洛塔的事纯粹是阿雷基帕人典型的诬蔑之词，"奥尔卡舅妈争辩道，"阿道尔夫仪表堂堂，是个百分之百的正人君子。"

参议员和卡尔洛塔女士那段逸事，我知道得一清二楚，因为我曾以此为题写过一篇小说。结果，哈维尔一通评价之后，我把那篇小说扔进了垃圾箱。他俩的婚事震动了秘鲁共和国整个南方，因为阿道尔夫先生和卡尔洛塔女士在布诺省占有大片土地，他们的结合在庄园主中间引起强烈反响。婚礼的规模很大，仪式在雅纳华拉漂亮的教堂里举行，参加婚礼的宾客来自秘鲁各地，还摆了极为丰盛的喜筵。蜜月刚刚度了两周，新娘子就把丈夫抛在国外什么地方，独自一人羞愧地归来。整个阿雷基帕市为之愕然，她当众宣布将向罗马教廷提出废除婚约。一个礼拜天，做过十一点的弥撒，阿道尔夫·萨尔塞多的母亲在教堂的门廊里看到了新娘，愤怒地责备她说：

"强盗婆，你为什么就这样抛弃了我那可怜的儿子？"

那位布诺省的女庄园主做了一个很优美的动作，用故意使大家都能听到的高嗓门回答说：

"因为先生们身上都有的那个东西，对你儿子来说却只能撒尿，太太。"

她终于使教会方面废除了婚约。阿道尔夫·萨尔塞多成了家庭聚会上取之不尽的笑料。自从他认识胡利娅姨妈以来，整日不是请客吃饭就是送礼，时而请她去玻利瓦尔餐厅，时而去九一饭店，时而赠送香水，时而用玫瑰花篮进行"饱和轰炸"。我听见这些消息十分开心，期待着胡利娅姨妈会出来对准那位追求者射上一箭。但是，她把我们弄得目瞪口呆，因为到了喝咖啡时间，她怀里抱着高高一堆纸包出现了。她一露面，便哈哈笑着宣布说：

"那些笑话是真的。萨尔塞多参议员果真是阳痿。"

"胡利娅，我的上帝，别那么没有教养，"奥尔卡舅妈申斥她，

"人家会以为……"

"今天上午，他本人亲口对我讲的。"胡利娅姨妈辩白道，她对那位大庄园主的悲剧颇有些幸灾乐祸。

那位大庄园主在满二十五岁之前一切正常。就在那一年，他在美国度假，发生了一件倒霉事。胡利娅姨妈记不清是在芝加哥、旧金山还是迈阿密，年轻的阿道尔夫在酒馆里追上了一位贵妇（他以为是贵妇）。她把他领进一家旅馆。正当他同那位贵妇得趣的时候，突然感到一把匕首顶在他的脊背上。他扭头一看，是个身高两米的独眼龙。他们并没有伤害他，也没有打他，只是抢去了他的手表、奖章和全部美元。阳痿就是打那时开始的，以后再没有好过。每当他同某位女士在一起心猿意马的时候，就感到脊梁骨上有一把冰凉的匕首，仿佛又看见了独眼龙那凶恶丑陋的面孔，于是冒冷汗，欲念也随之消失。他四处投医，请教心理学家，甚至向阿雷基帕市一位巫医去求诊，这个庸医在有月亮的晚上把他活埋在火山脚下加以治疗。

"你别那么坏。不要拿那个可怜人开心了。"奥尔卡舅妈笑得前仰后合。

"如果我能肯定他会永远保持这种状况，为了他那些钱财，我也可以跟他结婚，"胡利娅姨妈毫无顾忌地说道，"可是，万一我把他治好了呢？你想，那糟老头还不得在我身上极力补回失去的时光？"

我估计阿雷基帕市参议员的历险记一定会使帕斯库亚尔十分开心，说不定会热心地用整整一篇新闻稿加以报道。鲁乔舅舅告诫胡利娅姨妈，她若那样苛求，就别想在秘鲁找到丈夫。她抱怨说，这里像玻利维亚一样，美男子都是穷光蛋，有钱人都是丑八怪，即使有一两个有钱的美男子，又总是结了婚的。忽然，她转过来问我，这一星期没有露面，是不是害怕再被拉去看电影？我回答说不是，并编了一些将要考试的谎话，然后我提议当天晚上去看电影。

"好极了，去莱乌罗电影院，"她专断地决定道，"那里正在上映一部叫人痛哭流涕的影片。"

我乘公共汽车返回泛美电台,一路上思考着用阿道尔大的故事再试着写一篇小说,写得轻松愉快一点,模仿索麦尔塞特·摩根的风格,或者像莫泊桑那样写一篇嘲讽式的艳情小说。走进电台,小赫纳罗的女秘书在办公室里独自发笑。她笑什么?

"在中央电台,彼得罗·卡玛乔和老赫纳罗闹了一场纠纷,"她告诉我,"那个玻利维亚人宣称在广播剧里一个阿根廷演员也不要,否则他就辞职。他赢得了卢西亚诺·潘多和何塞菲娜·桑切斯的支持,结果如愿以偿。那些阿根廷人的合同作废了。真好玩,对吗?"

在本地播音员和演员与阿根廷播音员和演员之间存在着你死我活的竞争。阿根廷人潮水般地拥入秘鲁,其中许多人是由于政治原因被驱逐出境的。我认为那位玻利维亚笔杆子之所以采取这一行动,是为了赢得本地同事的好感。但是,事实并非如此,我很快发现这种猜测是不对的。他对阿根廷人普遍憎恶,对阿根廷演员尤其痛恨,看来这里面并无讨好的私心。准备好七点钟的新闻稿后,我去看他,打算告诉他我有些空闲时间,可以向他提供所需要的资料。他把我让进他的洞穴,以一种慷慨的姿态请我坐在除他自己那把椅子之外唯一可坐的地方:充当写字台的那张桌子的一角。他仍旧穿着那套西装,系着那条花格小领带,置身于一沓沓仔细堆积在雷明顿旁边的打字稿中间。那张利马市平面图已经用图钉按在墙壁上,各个街区都用红铅笔标上了奇形怪状的符号以及各式各样的缩写字母。我问他那些标记和字母是什么意思。

他点了点头答应告诉我,脸上露出一丝机械的微笑,这微笑包含着发自内心的得意和宽宏大量的神气。坐定后,他像发表演说似的开口道:"我是在生活的基础上创作的,我的作品就像葡萄藤那样攀附在现实生活上。为此我才需要地图,想知道这个世界是不是这个样子。"

他给我指着地图，我探过头去，以便弄明白他要说什么。那些缩写字母颇为费解，既不是指什么机关团体，也不是指哪个社会名流。唯一清楚的是，他把米拉弗洛雷斯、圣依希特罗、维克多里亚和卡亚俄港各街区都用红笔圈了出来。我告诉他，我一点都看不懂，请他解释一下。

"这很简单，"他回答说，那口气颇不耐烦，很像神父的语调，"最重要的是真实，艺术就是这样的，绝不能虚假，除非在个别情况下。我必须知道利马是不是就像我在地图上标的那样。比如，圣依希特罗区标上两个 A 是不是合适？它是不是那些世袭名门和暴发贵族混居的街区？"

他在 A 上面加重了语气，那腔调似乎在说："只有瞎子才看不见阳光。"他按社会地位把利马市的街区分了类。但是，那些限定词的种类和记名法的法则实在奇怪，有些地方他的定义下得很准确，另外一些则完全是主观臆断。比如，我赞成给赫苏斯·玛丽亚区标上MPA（中产阶层、职员、家庭主妇），但是我提醒他说，给维克多里亚和保尔贝尼区打上 VMMH（流浪汉、性变态者、暴徒、妓女）的可怕标记是很不公道的，把卡亚俄港缩写成 MPZ（水手、渔夫、黑白混血种人），给塞尔卡多和阿古斯底诺标上 FOLI（女佣、工匠、农夫、印第安人）也实在值得商榷。

"这不是科学分类，而是艺术分类。"他用做报告的口气说道，一面挥动着那小矮人的手掌，打着魔术的手势，"我并不对每个区里的所有人都感兴趣，而是那些最惹人注意的人，即那些给每个街区带来芬芳和光彩的人。假如一个角色是妇科大夫，他就应该生活在与他的身份相称的地区，一名警长也是如此。"

围绕着城市人口的分布，他对我作了一番详尽而饶有趣味的询问（我只是感觉有趣，因为他一直保持着葬礼般的肃穆神情）。我发现他最感兴趣的事情都是一些极端：百万富翁与乞丐、白人与黑人、圣徒与罪犯。他根据我的回答，毫不迟疑地以飞快的动作在地图上增减、修改原有的符号，这使我想到他所发明和使用的这套分类法大概很有些时间了。可他为什么只在米拉弗洛雷斯、圣依希特罗、维克多里亚和卡亚俄港标上符号？

"因为这些地方，毫无疑问，将是主要的舞台。"他说着，那双突出的眼睛带着拿破仑式的自满神情扫视着那四个街区，"我这个人讨厌半瓶子醋、浑水和淡咖啡。我喜欢是非分明，男女清楚，日夜有别。在我的作品里，一向是要么有贵族，要么有平民；要么有妓女，要么有贵妇。中产阶级既不能使我产生灵感，也不能激起我的听众的热情。"

"您很像浪漫主义作家。"我突然对他说了一句很不合时宜的话。

"从各方面来说，是他们像我，"他从椅子上跳起来，声音有些激怒，"我从来没有抄袭过别人的东西，随便指责我什么都行，唯独这种诬蔑我不答应。恰恰相反，是旁人用最恶毒的方式剽窃我的作品。"

我想解释一下，我说的像浪漫主义作家并非有意侮辱他，只是玩笑而已。但是，他并不听我讲，因为他突然变得异常恼怒，那副激愤的神情，仿佛面对一群满怀期望的听众。他口若悬河地用他那美妙的声音讲道："整个阿根廷到处都流传着我的作品，它们被拉普拉塔河流域的那帮笔杆子糟蹋得不成样子。您以前和阿根廷人相处过吗？您如果看见一个阿根廷人，就赶快躲开他，因为那股阿根廷臭气会像麻疹一样传染。"

他的脸色变得苍白，鼻翼不住地翕动着，接着咬牙切齿地做了一个厌恶的怪相。面对这一新的个性流露，我感到大惑不解，只好含含糊糊地嘟囔了一句什么，大致的意思是，拉丁美洲没有作者权益保障法，实在令人遗憾。结果我又惹了祸。

"不是这个意思。被别人剽窃，我并不在乎，"他更加恼怒地反驳，"我们这些艺术家并不是为沽名钓誉而工作，而是出于仁爱。即使我的作品挂了别的牌号，如果能够传遍全球，我也心满意足。令人不能原谅这些拉普拉塔的别字先生的是，他们任意篡改我的剧本，把它们弄得不成体统。你知道他们干了些什么吗？除去改换标题和人名——这是很自然的啰——他们总要用一些阿根廷佐料调味……"

"真狂妄……"我打断他的话，心想这一次肯定说在点子上了，"花样文章……"

他轻蔑地摇摇头，摆出一副悲天悯人的庄重神情，用缓慢、瓮声瓮气、震动这个洞穴的声音吐出两句我从未听他说过的粗话：

"捣鬼加性变态。"

我想让他说下去，希望知道他为什么对阿根廷人的仇恨要比一般人强烈，但是看到他那种气急败坏的神气，我没敢张嘴。他的面部痛苦地抽动了一下，一只手在眼前挥过去，仿佛要抹掉某些幻影。接着，他满面痛苦的神情，关上斗室的窗户，调整打字机的滚筒，盖好封套，整一整花格领带，从书桌里拿出一本厚书塞在腋下，示意要同我出去走走。他熄了灯，来到门外，锁好房门。我问他那是本什么书。他亲切地抚摸着书背，好像爱抚一只小花猫。

"一个患难之交，"他激动地低声说，把书递给我，"一个忠实的朋友和工作助手。"

这本书大概是由埃斯巴萨·加尔贝出版社于史前的什么时候出版的——厚厚的封皮上满布着五颜六色的污斑和擦痕，书页已经灰黄——作者是无名之辈（阿达尔贝尔托·卡斯德洪·德拉·雷盖拉，穆尔西亚大学古典文学、语法和修辞学硕士），作品是一部浩瀚的摘记，题目很大：《世界百名最佳作家文学语录一万条》，副标题是：《塞万提斯、莎士比亚、莫里哀等人关于上帝、生命、死亡、爱情、痛苦等问题的言论集》。

我们一直走到贝伦大街。分手时，我忽然想起了看表，感到一阵惊慌：已经是夜里十点钟了。我觉得和这位艺术家仿佛只待了半个小时，对这座城市所做的社会流言学的分析以及发泄对阿根廷人的憎恶竟然用去了三个小时。我急忙向泛美电台跑去，心中暗想，帕斯库亚尔肯定把什么土耳其巫师又塞进了什么帕尔伯尼区的杀婴案。但是，事情好像并不那么糟，因为我在电梯上遇到赫纳罗父子，他们并没有生气的样子。老板告诉我，这天下午已经同鲁乔·加蒂卡签订了合同，请这位歌手作为泛美电台独家聘请的客人来利马演出一周。我来到阁楼上，翻阅了一下新闻稿：还过得去。这样，我便不慌不忙地乘公共汽车到米拉弗洛雷斯区的圣马丁广场去了。

回到外祖父家已经是深夜十一点钟，他们都已入睡。我的晚饭一向留在炉灶上，但是，这一次除了馅饼、蛋炒饭之外——这是我一贯的食谱——还有一张便条，上面的字体颤巍巍的："你舅舅鲁乔打电话来，说你对胡利娅爽约了，你们说定要去看电影。他还说你是个野人，要你给胡利娅打电话道歉。外祖父。"

我心里想，为了一个玻利维亚文人，竟然忘记了新闻稿，忘记了和一位女士的约会，这实在有些过分。我很不痛快地上床躺下，为这并非故意的失礼而感到懊丧。我辗转反侧，折腾了许久方才入梦。睡前，我竭力说服自己，那是她的过错，是她强迫我接受看电影的鬼主意，非要我去受那份可怕的折磨。我寻思着第二天给她打电话的借口。我想不出别的什么好办法，也不敢对她说出真情，于是，我做出了一个豪侠之举。播完八点钟的新闻，我去市中心一家花店，让人给她送去一束价格一百索尔的玫瑰花，上面附了一张卡片，思索再三，我写了一句自认为简洁而又风雅的话："敬请谅察。"

下午编辑新闻稿的间歇，我就阿雷基帕市参议员的悲剧撰写了一篇艳情流浪汉式的小说草稿。我本想这天晚上大干一场，可是，哈维尔从泛美电台下班以后跑来找我，要带我到阿尔多斯区去看一个招魂的场面。招魂者是一名法院录事，他们俩是在储备银行的办公室里认识的。哈维尔多次对我谈起他，因为那个人经常把他与幽灵的交往讲给哈维尔听。那些幽灵不仅在正式招魂的场面上与他来往，而且常常出其不意地突然出现，比如，一大清早弄响电话和他开玩笑，拿起耳机听见里面传来他曾祖母清晰的笑声，而老太太早在半个世纪前就去世了，她一直住在炼狱里（这是曾祖母亲口告诉他的）。那些幽灵还常常出现在公共汽车、电车或行走在大街上，他们附在他的耳边低语，他只好保持一言不发，无动于衷（他似乎说的是"不予理睬"），免得人家以为他是个疯子。我听了非常着迷，便请求哈维尔安排一次同录事—招魂者的会晤。录事答应了，但是招魂的日子推迟了好几个星期，借口是气候不相宜，必须等待月亮转到某个方位、海水落潮以及其他一些更为特别的因素，看来幽灵对潮汐、星座方位和风向是很敏感的。现在，这一天终于来到了。

我们费了九牛二虎之力才找到录事—招魂者的家，那是一间肮脏不堪的矮房屋，挤在堪卡约小巷的尽头。实际上，那个人远不如哈维尔讲的那样有趣。他六十多岁，丧妻，秃头，身上散发出一股药味，眼睛放射出牛眼的光芒。他的谈吐实在乏味之极，任何人也不会相信他能够与幽灵交往。他在一间破烂、油污的小房间里接待了我们，请我们吃素饼干夹鲜奶酪，喝一小瓶少得可怜的红酒。他神色平静地给我们讲述他在阴间的经历，一直讲到时钟敲响十二点。二十年前，丧妻之后，他就有了这种经历。他女人的去世使他陷入难于慰藉的悲伤之中。直到一天，有个朋友给他指出招魂之路，才算救了他。这是他一生中最重要的事件：

"因为这不仅使人有机会继续眼见耳闻自己的亲人，而且也是一种很好的消遣，时光不知不觉就过去了。"他用评论命名礼的口气对我们说道。

听他的讲述，人们会觉得同死人谈话实质上有点像看电影或者看足球赛（当然不会那么有趣）。他对阴间的解释实在平庸得可怕，而且缺乏道德观。依照他所讲述的情况，阴间和阳间似乎没有任何

"质"的区别：幽灵也会得病、恋爱、结婚、生儿育女、旅行，唯一的区别是他们永远不会死亡。时钟敲十二点钟时，我不断恶狠狠地盯着哈维尔。录事—招魂者请我们在桌旁坐下（不是圆桌而是方桌），熄了灯，命令我们双手合十。接着是一片寂静，我心情紧张地等待着，希望事情会变得有趣些。这时，幽灵们开始出现，录事仍然用日常说话的口气开始问他们世界上最枯燥乏味的事情："索丽达，你好呀？我很高兴听到你的声音。我来啦，带了两位朋友，他们都是好人，希望和你那个世界接触一下，索丽达。什么？什么事？让我问候他们？当然可以，索丽达，我替你问候。她说让我衷心问候你们，还说，如果可能，请经常为她祷告，以便让她早日离开炼狱。"在索丽达之后，又来了一大串亲朋好友，录事也和他们作了类似的交谈。他们还都在炼狱中，都请他向我们转达问候，请求为他们祈祷。哈维尔坚持要召唤某个在地狱里的人，让他来给我们解除疑问。可是招魂者毫不踌躇地解释说，这做不到，因为那边的人只能逢单月的头三天方可约会，而且那声音只能勉强听到。哈维尔这时要求会见那个曾经侍候过他母亲、他本人以及他兄弟的女仆。于是，古麦尔辛达婆婆登场了。她问候大家，说她十分想念哈维尔，她正在打点行装，即将离开炼狱，去见天主。我请录事把我哥哥胡安招来（其实我根本没有弟兄），出乎意料，胡安竟然来了。他通过招魂者那柔和的声音告诉我，不必为他担忧，因为他和上帝在一起，而且经常为我祈祷。听罢这个消息，我的心沉静下来，不再注意招魂的场面，又开始为参议员的故事打起腹稿来。我灵机一动，想出一个令人难以猜透的标题来：《不完整的面孔》。就在哈维尔不厌其烦地要求录事唤来某位天使或至少某个像曼戈·夏伯克那样的历史人物时，我却决定让参议员通过下意识的幻觉解决他的问题：在与妻子亲热的时候，让她戴上一副海盗眼罩。

　　将近凌晨两点钟，招魂术方才结束。我们沿着阿尔多斯区的大街找出租汽车，想要它拉我们到圣马丁广场，再从那里乘公共汽车回家。我对哈维尔说：由于他的过错，阴间对我来说已经失去诗意和神秘色彩；由于他的过错，可以清楚地看到，在阴间，所有的死人都要变成蠢货；由于他的过错，阴间不再是虚无缥缈的，而且人们要怀着这样的信念生活下去：在来世（如果存在的话），一种无尽无休的呆痴病加上枯燥无聊的生活在等待着我们。这番话气得哈维尔简直要发疯。我们终于找到一辆出租汽车。作为惩罚，车钱由他付。

回到家，在馅饼、蛋炒饭旁边，我发现一张纸条："胡利娅给你打来电话。她说已经收到你的玫瑰花，非常好看，她很喜欢。她还说，你别以为凭着这些玫瑰就可以脱身，一两天之内你还得陪她去看电影。外祖父。"

第二天是鲁乔舅舅的生日。我给他买了一条领带做礼物。我正准备中午到他家里去，可是小赫纳罗偏偏来到阁楼，一定要我跟他去莱蒙地饭店吃午饭。他希望我帮他起草几份星期天登报的广告，预告一下彼得罗·卡玛乔的广播剧将从星期一开始播放。我说，由艺术家本人亲自起草这些广告不是更为合理吗？

"问题是他已经回绝了，"小赫纳罗解释说，像烟筒一样吐着烟圈，"他说他的剧本无需商业广告，它们凭着自己的身价就会令人钦佩，还有别的一些蠢话。这个家伙竟然这么复杂，有这么多怪癖。关于阿根廷人的那些事你已经知道了，对吗？他逼我们撕毁了一些合同，赔偿了人家的损失。但愿这些节目能证明他的傲气是有道理的。"

我们一面起草广告，一面就着海鱼喝冰镇啤酒。莱蒙地饭店的房梁上时而蹿过几只灰色的小老鼠。它们的存在仿佛证明这家饭店是百年老店。小赫纳罗还给我讲了他跟彼得罗·卡玛乔之间的另一次冲突，起因是在利马首次上演的四出广播剧的主角问题，在这些戏中，主角是个依然保持青春的五十岁的人。

"我们给他解释说，各种调查都表明，听众喜欢三十至三十五岁之间的主角，可他倔得像头骡子，"小赫纳罗苦恼地说道，一边从口鼻中吐出烟圈，"是不是我干涉得不对？这个玻利维亚人会不会一败涂地？"

我回想起和彼得罗在中央电台的洞穴中那个晚上的谈话。这位艺术家用火一般的语言给人生五十岁下了定义。他说，这个年龄是思维和性欲的高峰，正是年富力强的时期，这个年龄正是女人最喜爱而男人最害怕的岁月。令人颇为怀疑的是，他竭力坚持老年这个概念是可以选择的，我因此得出结论，这位玻利维亚文人大概五十岁——老年这个词使他感到恐惧，他那大理石般坚强的性格中终于流露出一丝人性弱点的光。

编完广告再去米拉弗洛雷斯区跑一趟已经迟了，于是我给鲁乔舅舅打电话，告诉他晚上再去拥抱、祝贺他。我原以为会遇上一大群亲戚前来祝贺，但是除了奥尔卡舅妈和胡利娅姨妈，再也没有旁人。因为亲朋好友白天已经来过。他们仨正在喝威士忌，给我也斟满了一杯。胡利娅姨妈对我送的玫瑰花再次表示感谢。我看见那些花放在客厅的餐具架上，实在少得可怜。随后，她又像往常那样开起玩笑来。她要我坦白失约的那天晚上是什么样的"节目"使我不得脱身，是大学里的小姐还是电台里的黄毛丫头。她身穿一件天蓝色的衣服，脚下穿着白色的皮鞋，脸上抹了胭脂口红，头发是在理发馆里刚梳洗过的。她笑起来，声音很响，毫无顾忌。她的声音略有嘶哑，两眼射出大胆放肆的目光。这时我才发觉她是个颇有魅力的女人。鲁乔舅舅心花怒放地说，人生只有一次五十大寿，请我们去玻利瓦尔餐厅吃饭。我心里想不得不连续两天放下那个太监式的堕落参议员的故事了（如果小说就用这个《太监式的堕落参议员》的题目怎么样？），但是我并不感到遗憾，而是很高兴参加这个晚上的聚会。奥尔卡舅妈上下打量我一番后，提出意见说，我这身装束去玻利瓦尔餐厅可不相宜。她让鲁乔舅舅借给我一件干净衬衫和一条鲜艳的领带，以弥补西装的皱褶和陈旧。衬衫穿上去太大，脖子在领圈里直晃荡，我感到惶惶然。（这又给胡利娅姨妈提供了开心的机会，她开始叫我"好宝贝"。）

我从未去过玻利瓦尔餐厅，觉得那是世界上最高尚文雅的地方，从来也没吃过那样美味可口的饭菜。乐队演奏着波莱罗舞曲、进行曲、狐步舞曲。这些节目中的明星是个法国女人，皮肤雪白，像牛奶一样，轻柔地朗诵歌词。鲁乔舅舅由于多喝了几杯而情绪高涨起来，用他称之为法语的话向那法国女人欢呼"Vravooo!（好哇!）Vravooo mamuase! Che'ri!（好哇! 亲爱的小姐。）"第一个站起来跳舞的是我，拉着奥尔卡舅妈到了舞池里。我自己也感到惊讶，因为我不会跳舞（那时我坚信一个文学天才与舞蹈、体育格格不入）。幸而人很多，在拥挤的舞伴中，在若明若暗的灯光下，没有人察觉到我不会跳舞。胡利娅姨妈这时正在使鲁乔舅舅吃苦头，强迫他跳舞时离她远些，并做出各种舞姿。她跳得很好，不少绅士的目光在随着她转。

到了下一个舞曲，我请胡利娅姨妈跳。我预先告诉她，我不会跳舞；但是，因为正在奏一支速度极慢的狐步舞曲，我跳得还算过得去。我们跳了两支曲子，不知不觉地离开了鲁乔舅舅和奥尔卡舅妈的餐桌。就在舞曲结束的一瞬间，胡利娅姨妈做了一个要离开我的动作，我拉住了她，在靠近她嘴唇很近的脸颊上吻了一下。她吃惊地看了我一眼，仿佛目睹什么奇迹似的。乐队已经换了班，我们只好回到餐桌上。在那里，胡利娅姨妈开始取笑鲁乔舅舅的五十大寿，她说从这个年龄开始，男人就变成了老色鬼。她不时地向我投来迅速的一瞥，好像要证实一下我是否真的在那里。从她的眼神里可以清楚地看出，她的脑袋还无法接受我吻过她这一事实。奥尔卡舅妈已感到疲倦，她想回去，可是我坚持再跳一次。"知识分子在堕落。"鲁乔舅舅论证道，说罢拉起奥尔卡舅妈去跳埃斯特里沃舞。我请胡利娅姨妈跳。我们跳舞的时候，她（第一次）保持沉默。跳到人多的地方，鲁乔舅舅和奥尔卡舅妈渐渐离我们远了，我就把她往怀里搂得紧一些，几乎贴着她面颊。我听到她惊慌地低语说："马里多，你听着……"我打断了他的话，在她的耳旁说："我不准你再叫我马里多。"她把脸离开一些，想望望我，试图微笑一下。就在这时，在一个几乎是机械性的动作中，我弯身吻了她的嘴唇。这是一个迅速的吻，出乎她意料之外，她惊讶得暂时停下了舞步。此刻她的惊讶是彻底的：目瞪口呆。舞曲一停，鲁乔舅舅付了账，我们就走了。在返回米拉弗洛雷斯区的途中——我和胡利娅坐在后排座上——我拉起她的手，温情脉脉地紧握在手中。她没有抽回去，但是慌乱的神色依然可见，不再开口讲话。在外祖父的家门口下车的时候，我暗自猜算她大约比我大多少岁。

第四章

　　卡亚俄港的夜晚好似狼窝，潮湿而又黑暗。警长利图马竖起军大衣的翻领，摩擦双手，准备去履行自己的职责。他五十岁，正值年富力强之际。国民警备队上上下下都尊敬他。他曾经毫无怨言地在最伤脑筋的警备地段工作过，身上至今仍留有同犯罪分子搏斗的伤痕。秘鲁大小监狱里关押着许多由他亲自戴上手铐的恶棍。他经常受到队前表扬和正式嘉奖，曾两度荣获勋章。但是，这些荣誉并没有改变他那谦逊的美德和勇敢诚实的品质。他在卡亚俄港第四警察分局已经工作一年了，命运安排给港口警长的最艰巨任务——夜间巡逻——也担负了三个月之久。

　　远处，卡门圣母教堂的钟声已经报过零点。一向准时的警长利图马——天庭饱满，鼻直口方，目光炯炯，一副正直忠厚的相貌——开始上路。在他身后的黑影里，第四警察分局的老式木板房里透出一线灯火。他想象着哈依麦·孔查中尉大概在阅读《公鸭多纳托》，警士莫戈斯·卡麻丘和曼萨尼达·阿雷瓦洛也许在搅拌刚滤好又加了糖的咖啡，日间唯一的囚犯——在丘古依多开往巴拉达的公共汽车上被当场捉住的扒手，是被五六个愤怒的乘客打得遍体鳞伤后送到分局来的

——可能正缩成一团睡在牢房的地板上。

他的巡逻路线从新港区开始，那里是夏多·索尔德维亚值勤的地段。夏多是冬贝斯省人，爱用假嗓子哼唱冬德罗民间舞曲。卡亚俄港的警察和密探都害怕新港区，因为在那个由木板、铁皮和碎砖乱瓦盖起的、迷宫般的棚屋区里，只有很少的居民依靠装卸货物和下海打鱼为生，大部分是流浪汉、小偷、醉鬼、吸毒分子、拉皮条的和性变态的女人（还不算那数不清的妓女）。这些人动辄寻衅斗殴，有时还舞刀动枪。这里没有自来水、下水道、电灯和柏油路，但不少警方人士用鲜血染红过该区。可是，今天晚上格外平静。他脚下经常踢到隐而不见的石块，粪便和腐烂物的臭气扑鼻。他紧锁着眉头，走过弯弯曲曲的街巷，四处寻找夏多。他心里想："冷天气使那些夜游神早早上了床。"时值八月中旬，正是隆冬时节。浓雾掩没了一切。牛毛细雨把空气弄得湿漉漉的，这个夜晚显得凄凉难熬。夏多躲到哪里去了？这个冬贝斯省的阴阳人可能因为怕冷，或是怕强盗，一定躲进瓦斯卡尔大街的酒馆里饮酒取暖去了。警长利图马想："不会的，他不敢。他知道是我巡逻，假如擅离职守，那可是自找倒霉。"

他发现夏多站在国营冷藏库对面的街口路灯下，正烦恼地摩擦着双手，把整个面孔裹藏在鬼怪式的长毛围巾里，只露出一对眼睛。一看见有人走来，他吓了一跳，立刻去摸枪套，但一认出是警长，便"啪"地立正。

"警长，您吓了我一跳，"他笑着说，"您打远处的黑影里钻出来，我以为是鬼魂呢。"

"什么鬼魂！胡说八道！"利图马跟夏多握握手，"你把我当成强盗啦。"

"天这么冷，不会有单干的小偷，他能捞到什么呢？"夏多重新摩擦起双手来，"这深更半夜的，只有像您和我这样的疯子才会想到外面走走。再有就是那些东西。"

他指指冷藏库的屋顶。警长极力睁大眼睛望去，只见六七只南美兀鹫把嘴巴埋在翅膀里，一只靠一只地整齐排列在铁皮屋脊上。他想："它们一定饿极了，即使冻僵，也要待至闻到腐肉的气味。"夏多借助昏暗的路灯，用捏在手心里的铅笔头在值班报告表上签了字。没有任何情况：无车祸，无犯案，无酗酒闹事。

"警长，这一夜平安无事。"他陪同警长向曼戈·卡巴克大街方向走了几个街区，说道，"但愿如此！等到下班岗，就是天塌下来也见他妈的鬼去吧！"

他独自笑起来，仿佛讲述了什么滑稽的故事。警长利图马想道："应该了解一下某些警员意志衰退的情况。"夏多好像猜到了他的想法，一本正经地补充说："警长，我跟您不同。我不喜欢这个职业。我只是为了混碗饭吃才穿这种制服的。"

"如果我有权，你就不用穿这身制服了。"警长低声咕哝着，"我只把那些信仰刀枪威力的人留在警备队里。"

夏多回答说："那么一来，警备队就是空城一座啦。"

"宁缺毋滥嘛。"警长哈哈笑起来。

夏多也笑了。他俩摸黑穿过瓜达鲁贝工厂周围的空地。宰狗工人常用石头打坏路灯，这里可以听到远处传来的海水喧闹声以及不时穿过阿根廷大街的出租汽车声。

"您希望我们个个都是英雄。"夏多突然开口道，"您希望人人都忠心耿耿地捍卫这些垃圾堆。"说着，他指指卡亚俄港，指指利马城，指指周围的一切，"难道人家感激我们？您没听见人家在大街上冲我们喊些什么吗？难道有人尊敬我们？警长，人们瞧不起我们。"

"就在这里分手吧。"走到曼戈·卡巴克大街的路口上，利图马说道，"不要离开自己的地段。不要自寻烦恼！不要总是盼着退伍。一旦退伍，就会像丧家狗到处受罪啰。潘其托·安德萨纳就是这样，他来局里找我们，眼泪汪汪地说：'我无家可归了。'"

这时，他听到夏多在他身后嘟囔了一句："没有女人的家算什么家？"

在漆黑的夜空下，警长利图马沿着凄凉无人的街道向前走去。他心中想，也许夏多是有道理的。人们确实不喜欢警察，只在担心出事的时候才想起警察。可那又怎么样？他无需强迫人们敬重他或者爱戴他。他想："人们的态度对我来说无关紧要。"的确，自己对待警备队确实不像同事们那样，这是为什么？他们绝不拼命干工作，极力图安逸；上司不在身边时便偷懒养神，或者捞点外快。利图马，你为什么不那样做？他心里回答："因为你喜爱这一行。就像别人喜爱足球或是赛马，你热爱自己的工作。"他忽然想到，假如某个足球迷问他："你喜欢哪一队？青年队还是卡亚俄港队？"他便回答说："我喜欢国民警备队。"在迷雾中，在密的细雨里，在这漆黑的夜晚，他笑了，十分得意于自己这个俏皮的念头。就在这时，他突然听到一声响动，吓了一跳，马上伸手掏枪，停步细听。情况发生得如此意外，他感到有些慌乱，心里想："利图马，你简直吓慌了手脚，可你从来没有害怕过呀？你是绝不会胆怯的，因为你一向不懂得恐惧是什么滋味。"他的左边是一片空地，右边则是海洋运输公司仓库的一号建筑物，响动就是从那里传出来的。那声音很响，好像一些木箱和铁罐翻倒后撞倒了另一些木箱和铁罐。不过，此时一切均已恢复平静，只有远处海浪拍岸和风吹铁皮屋顶或钻过铁丝网的呜呜声。他心里想："大概是猫追老鼠撞翻了木箱，使货堆坍塌了。"他想象着那可怜的猫和老鼠被小山般的箱桶、麻袋压破肚皮的惨景。这个地段已经属于乔克洛·罗曼的地段。乔克洛显然不在这里。利图马心里明白，他一定在地段的另一侧，在海员们经常光顾的"乐土""蓝星"或某个酒吧间、妓院里，要么就在爱嚼舌头的卡亚俄人称之为"梅毒巷"的弄堂里。他一定靠在某个破旧的柜台上，在白喝人家的啤酒。利图马继续向前走着，心里想，他要是突然出现在乔克洛身后说一声："乔克洛，好小子，你竟敢在值勤的时候喝酒，这回你可倒霉了。"那家伙会摆出怎样的嘴脸？

他刚刚走出二百米左右，便猛然收住脚步，转身望去：暗影里有一面墙壁，一盏街灯（从宰狗工人的弹弓射击下奇迹般地幸存下来）几乎照不到那里——仓库的所在地。他想："不是猫，也不是耗子。是小偷。"他的心脏骤然扑通、扑通地跳了起来，前额和双手似乎渗出汗来。是小偷，是小偷。他一动不动地站了片刻，心里明白应该向回走，因为从前有过类似的预感。于是，他掏出手枪，拉开保险栓，左手捏紧电筒，转身快步走去。他感到心脏好像要从嘴巴里跳出来。对，可以完全肯定是个小偷。走到仓库附近，他再次停步，不住地喘息着。假如不是一个而是几个呢？是不是最好去找夏多，去找乔克洛呀？他摇摇头：无需他人，自己足够，绰绰有余。若小偷很多，那对他们更糟，对自己更有利。他将耳朵贴在木板墙上，凝神细听：一片寂静。只听到远处传来的海水声和时而驶过的汽车声。利图马想："什么小偷！真是胡说八道！利图马，你在做梦吧？那是猫在逮耗子。"他觉得冷意全消，浑身燥热，有些疲倦。为了找到仓库大门，他转圈走了一遭。找到后，用手电筒照去，看到门锁没有被撬。他心中暗自思量："利图马，你可真泄气！你的听觉可不如以前啦！"他刚要迈步走开，左手不禁一晃，黄色的手电光圈照到一处破洞。这里离大门只有几米远，那是用斧头劈开的，或是用脚猛力踹断木板。这个破洞足以钻过一个人。

他的心脏发疯似的狂跳着，检查过手枪确实已打开保险栓，便关闭了手电筒，又环顾一下四周：只有一片黑暗，远处，瓦斯卡尔大街上的路灯宛若萤火般跳动着。他深深地吸足一口气，使出全身的力量，狂吼道："班长，带人把这片仓库给我包围起来。要是有人逃跑，就马上开枪。小伙子，快一点！"

为了效果真切，他用力跺脚来回跑了几遭。接着，把脸贴到仓库的板壁上，声嘶力竭地喊道："你们完蛋啦，自认倒霉吧。你们已经被包围了，赶快出来，一个个从钻进去的地方爬出来。给你们三十秒钟的时间，乖乖地爬出来！"

他听见自己喊声的回声消失在夜空里，随后仍然是海水声和偶尔的狗叫声。他数了不是三十秒，而是六十秒。他心里想着："利图马，这回你可出丑啦。"一股怒火涌上心头，他猛然高声喝道："兄弟们，注意！准备开火！"

接着，他果断地趴下来，尽管已经上了年纪，而且穿着大衣，却灵巧地钻进破洞。一到里面，他立刻站起身，踮着脚，闪到一旁，背贴着板壁。他什么也没发现，但他不想打开手电；他也没有听见任何响动，但是他再次确信那里有人。那个人也像他一样，正躲在暗处屏息静听，并且极力想看个究竟。警长觉得有人在呼哧呼哧地喘气，便端起手枪，扣着扳机，口中数了"一、二、三"后，一下子打开手电。一声突然的惊叫使他猝不及防，吓了一跳，电筒从手中滑脱，滚到地面，照见了似乎装着棉花的麻袋和酒桶。就在灯光一闪的瞬间，令人难以置信地照出一个缩成一团的裸体黑人，这人双手捂着面孔，但是那双吃惊的大眼睛从指缝间注视着手电筒，仿佛一切危险均来自那道亮光。

"不许动！不然我就宰了你！老实点，否则送你去见鬼，黑杂种！"利图马怒吼着，他用力过猛，喉咙震得好疼。说着，一面弯腰捡起手电，一面洋洋得意地说："黑鬼，这回你完蛋啦！自认倒霉吧！"

他喊得这样凶狠，自己也感到意外。他已经把手电筒拿在手中，光柱重新扫到了黑人身上。那家伙并没有跑，仍然蹲在那里。利图马吃惊地睁大了疑虑的眼睛，无法相信眼前的情景。但这不是想象，不是梦幻，一点不错，那黑人全身赤裸，如同出生时那副模样，一丝不挂：没有上衣，没有短裤，没有鞋袜。他好像不知害臊，似乎没有意识到自己裸着身子，因为他并没有盖住那个在灯光下轻轻摇摆的造孽玩意儿；他仍然蜷缩着，两手遮住半个面孔，纹丝不动，好像被手电光催眠入睡了。

警长没有向前靠近，只是下令说："黑鬼，把手举起来！你要是不想挨枪子儿，就老实一点！你因为侵犯私人财产和裸体外出而被捕了。"

警长一面提防着黑暗中可能窜出来共犯，一面估量着："这小子不是小偷，而是疯子。"这个判断的根据是对方不仅在隆冬季节裸体外出，还有那一声惊叫。警长想，这个人不正常，那一声喊叫十分奇特，介于狼嗥、犬吠、驴叫和狂笑之间；那声音不像是仅仅从喉咙里冲出，而似发自丹田或肺腑。

"我说过了，把手举起来！混蛋！"警长喊道，向前跨进一步。黑人并没有服从命令，仍然一动不动。他浑身漆黑，极其瘦弱。利图马在黑暗中辨认出他那皮包的肋骨、麻秆似的双腿，但腹部鼓得像个球，一直坠到阴部。警长立刻联想到附近街区有些骨瘦如柴的儿童，因为有寄生虫而挺着肿胀的圆肚皮。那黑人继续捂着面部，静静地蹲在那里。警长又向前跨了两步，盯着对方，提防着他随时可能逃走。他想："疯子是不怕手枪的。"同时又挪动两步。这时他离黑人只有一两米的距离，于是看清了对方的肩膀、胳臂和脊背上的鞭痕。利图马想："嘿，真他妈有种！"是鞭伤还是烧伤？或者是患病留下的？为了不使对方害怕，他低声说：

"黑人，你别乱动！把手放到脑袋上！到那个你钻进来的破洞去。你要是老老实实的，到警察局我给你喝咖啡。你一定冷极了，这种天气怎么能光着身子？"

他打算向黑人那里再靠近一步，对方突然把手从脸上放下来。利图马于是看到藏在一缕头发后面的、惊慌的眼睛，看到一些可怕的伤疤，看到从那张大嘴里露出的一颗孤零零的门牙，这一切使他惊得目瞠口呆。就在这时，那黑人又发出一声含混的、难以理解的、非人的嗥叫，同时东张西望，显得极度恐慌，仿佛一头不驯的野兽，准备寻路逃跑。最后他竟然选择了不应该选择的方向：警长用身体堵住的道路。他并非要打倒警长，只是想夺路而去。这种逃跑的方法实在出乎意料。可是利图马并没有躲闪，他立刻感到对方猛然撞到自己身上。幸亏警长早就有精神准备，食指没有扣动扳机，子弹没有走火。黑人与警长相撞时，嘴里喷出一股臭气。利图马用力一推，对方就像块破布似的跌倒在地上。为了教训黑人，警长又狠狠地踢了他一脚。

他命令说："站起来！你不仅是疯子，还是傻瓜。叫人恶心！"

那黑人身上说不上有股什么气味，像沥青，像醋酸，像猫尿。这时，他已经翻过身来，仰面朝天躺在地上，恐惧地望着警长。

"你是从什么地方跑出来的？"利图马嘟囔着，一面把手电筒靠近黑人，迷惑不解地审视着那张奇怪的面孔。他看到横七竖八的刀痕布满面颊、鼻子、前额和下巴，一直伸展到颈部。这样一副嘴脸，那两个东西又暴露在外面，竟然在卡亚俄港走来走去而无人报告。

"快站起来！不然扇你的嘴巴！"利图马说道，"不管你是不是疯子，你已经弄得我筋疲力尽了。"

那家伙动也没动，可是嘴里发出一阵阵噪音、一阵阵难以猜测的低语、咕噜咕噜的叫声、喊喊喳喳声，那声音与其说像人，不如说像鸟类、昆虫或野兽。他仍然万分恐惧地盯着手电筒。

"站起来！别害怕！"警长说着，伸出一只手拉住了黑人的胳臂。对方并未反抗，可也没有打算站起来。利图马心里想："可真够瘦的。"他觉得黑人那不停的咕噜声十分有趣，又想："你可真害怕了！"他强迫那黑人站立起来，无法相信他的体重如此之轻。他把黑人推向洞口，不料对方竟踉跄一下跌倒了。但是，这一次黑人自己爬了起来，费了很大力气才倚靠在油桶上。

"你病了?"警长问他,"黑人,你连路都走不了?你这鬼东西是从什么地方跑出来的?"

他把黑人拉向洞口,逼他弯腰钻过去,二人踏上了大街。那黑人走在前面,嘴巴里不停地发出喃喃声,仿佛嘴里有块铁片,要极力吐出来。警长想:"没错,是个疯子。"细雨已经停了,呼啸的狂风横扫着街道,周围发出一片哀鸣声。利图马推搡着黑人,催促他快些向警察局走去。他尽管穿着厚厚的军大衣,还是感到很冷。

"伙计,你一定要冻僵了。这种天气,又是这个钟点,你竟然赤身裸体,要是不得肺炎,那简直是奇迹。"利图马说道。

黑人走着,牙齿不住地咯咯作响,两只瘦长的胳臂抱在胸前,不停地摩擦着两肋,似乎寒气专门攻击他的肋部。他仍旧咕噜咕噜地响个不停,仿佛在自言自语。他顺从地按警长的指挥拐弯。街道上没有汽车,没有醉汉,连猫狗也没有。当卡门圣母教堂敲响两点钟的时候,他俩走到了警察局,看到窗户里射出昏黄的灯光。利图马高兴起来,好像遇难者看见了海岸。

风度翩翩的年轻中尉哈依麦·孔查发现警长带着裸体黑人出现在门口,差点儿扔掉了手中的《公鸭多纳托》——这是他夜间读的第四本,此外还读了三本《超人》和两本《曼陀罗花》。他的嘴巴张得老大,下颚骨险些脱臼。警士卡麻丘和阿雷瓦洛正在下棋,这时也吃惊地瞪大了眼睛。

"你从哪儿弄来这么一个稻草人?"中尉终于开口道。

"是人、野兽还是怪物?"阿雷瓦洛问道,一面起身仔细察看黑人。后者自从踏进警察局就一声不响,东张西望,满面惊恐,似乎生来第一次看见电灯、打字机和警察。但是他一看见阿雷瓦洛走近身旁,便又一次发出令人毛骨悚然的惊叫,企图跑到街上去。利图马看见哈依麦·孔查中尉吓得几乎连人带椅子和杂志翻倒在地,卡麻丘掀掉了棋盘。警长伸手抓住了黑人,轻轻摇晃着对方说:"黑鬼,老实点！用不着害怕。"

"中尉，我是在海洋运输公司的新仓库里发现他的。"警长继续说，"他打破板壁钻了进去。我怎么打报告？说他偷盗、侵犯他人财产还是有伤风化？或者三件一起报告？"

那黑人蜷缩成一团，中尉、卡麻丘和阿雷瓦洛从头到脚仔细地打量着他。

"中尉，这些痕迹不是患天花留下的。"阿雷瓦洛指着黑人面部和身上的刀疤，说道，"显然是别人用刀划的，真令人难以相信。"

"我一辈子也没见过这么瘦的人，"卡麻丘望着黑人的皮包骨说，"也没有见过这么丑的人。我的上帝，瞧他那头卷毛、那两只脚丫。"

"黑人，别叫我们再蒙在鼓里啦，说说你的来历！"中尉下令道。

警长利图马这时已摘掉军帽，解开大衣，在打字机旁边坐下，开始起草报告。他抬起头来高声说：

"中尉，他不会说话，只能发出一些无法搞懂的响声。"

"你是不是装疯卖傻？"中尉蛮有兴趣地问道，"你别想捉弄我们这些老行家。快说吧，你是谁？从哪儿来？父母是什么人？"

"要不然就扇你的嘴巴，看你说不说。"阿雷瓦洛补充说，"黑鬼，快点，像加那利鸟那样唱起来吧。"

"如果这些疤痕真是刀划的，那么至少挨过几千刀。"卡麻丘说道，一面仔细地审视黑人脸上那横七竖八的刀痕，"一个活人怎么能被弄成这副样子？"

"他快要冻僵了。"阿雷瓦洛说，"门牙像掷骰子一样咯咯乱响。"

卡麻丘纠正说："是臼齿。"他仔细打量着黑人，好像近距离观察蚂蚁，"你没看见这里只剩下一颗门牙了吗？对，就是这颗大象牙。好家伙，这是个什么怪物？噩梦里才会见到这种东西。"

"我看是疯魔。"利图马说道，一面不停地打字，"这么大冷天光着身子乱跑可不是头脑清醒的人干的。你说对吗，中尉？"

就在这时出了乱子，他抬头一看，那黑人像被电击一样猛然推倒中尉，飞矢一般从卡麻丘和阿雷瓦洛二人中间穿过。但是他并没有跑向大街，而是冲向摆着棋盘的桌子。利图马看到他猛扑到一块吃剩的夹肉面包上，一下子塞进口中，像动物一样万分艰难地吞咽下去。当卡麻丘和阿雷瓦洛赶到黑人身边时，他正贪婪地咽下另一块夹肉面包。他们怒不可遏地给他两个耳光。

"弟兄们，别揍了。"警长劝阻道，"发发慈悲，给他喝杯咖啡。"

"这里可不是慈善机构。"中尉说，"我真不知道该怎么处理这家伙。"他出神地望着黑人。后者一动不动地挨过卡麻丘和阿雷瓦洛的殴打后，已经咽完夹肉面包，这时正安静地躺在地上轻轻喘气。中尉终于发了善心，高声说道："好吧，给他一点咖啡。"黑人接过来眯着眼睛慢慢喝完，随后把杯子舔得一干二净，接着乖乖地被带进牢房。

利图马把报告重读一遍：企图盗窃，侵犯他人财产，行为不轨。哈依麦·孔查中尉已经回到写字台前，眼珠滴溜溜转个不停：

"我知道了，我知道他像谁了。"他开心地笑了，把一本五颜六色的杂志拿出来给利图马看，"像塔尔山故事里的黑人，像那个非洲人。"

卡麻丘和阿雷瓦洛把棋盘重新摆好。利图马戴上军帽，穿好大衣，刚要出门，便听到那个扒手醒来后的惊叫声，对牢房里来了这样一位同伴表示抗议：

"救命啊！快救救我！他会强奸我的。"

"住口！不然我们来收拾你。"中尉训斥道，"你让我安安静静看完这本书吧。"

利图马站在门口，看见黑人席地而卧，全然不理睬扒手的呼声。那扒手是个干瘦的乡下佬，躲在一旁，吓得胆战心惊。警长暗自笑了起来："那小子醒来发现和妖怪在一起。"他那高大的身躯顶着刺骨的寒风，又钻进了迷茫的黑夜。利图马竖起大衣的翻领，双手插进衣袋，心情沉重地踏上继续巡逻的路。他首先来到梅毒巷，乔克洛·罗曼正靠在"乐土"的柜台前听那个染了发、戴假牙的老乌龟兼茶房的巴罗马·德·扬托讲笑话。警长在巡逻记录上写道："警士乔克洛·罗曼执勤时有喝烈性酒的迹象，"尽管他知道孔查中尉是个宽恕自身与他人弱点的人，对此是不会理睬的。他离开海边，折回萨恩斯·贝涅大街。此时，这条街显得比坟场更死气沉沉。他费了九牛二虎之力才找到负责市场地段的温贝托·基斯贝。店铺还都关闭着。流浪汉比平时要少，都蜷缩在破口袋或烂报纸里，躲在楼梯或卡车下睡觉。利图马白白转了几圈，只好吹响预定的联络警笛，才在哥伦布街和高克让街交叉的路口上找到温贝托·基斯贝，后者正在救护一个被歹徒打伤脑袋、险些被抢劫的出租汽车司机。他们俩把司机送进医院急救，接着便到第一个开门营业的瓜尔贝达太太的鲜鱼店去喝鱼头汤。随后，一辆巡逻车在萨恩斯·贝涅大街接走了利图马，将他一直送到圣菲力佩要塞，警察局里年龄最小的弟兄玛尼塔·罗德里克斯正在要塞的墙下值勤。警长发现他独自在黑影里玩"跳房子"，玩得十分认真，时而单脚，时而双脚，一块一块地跳过去。他一看见警长，便马上立正站好：

"活动一下可以暖和暖和身体。"他指着人行道上用粉笔画的方块，说道，"警长，您小时玩过'跳房子'吗？"

"我更喜欢抽陀螺。放风筝也挺有意思。"利图马回答说。

玛尼塔·罗德里克斯报告了一个情况，并且评论说，这样值勤倒是很开心。事情发生在午夜时分，那时他正在帕斯·索尔丹大街巡逻，忽然看到有个人在爬窗户，便立刻拔枪在手瞄准那个家伙。可是那人放声大哭起来，发誓说他不是窃贼，而是有妇之夫，太太要求他夜里爬窗而入。问他为什么不像一般人那样敲门进屋，那男人哭哭啼啼地说："她有些失心疯。看见我像小偷那样溜进屋内，她会变得温柔可爱。有时，她硬要我用匕首吓唬她，甚至还要我扮成魔鬼。警察先生，要是我不满足她的要求，她都不肯吻我一下。"

"他看你长着一张娃娃脸，就拿你开心。"利图马说着笑起来。

"可那是千真万确的呀！"玛尼塔固执地坚持道，"我敲敲门，那小子和我一起进去了。他老婆是个毫无顾忌的黑女人。她说，确有其事，难道她和她的丈夫没有权利扮小偷玩？警长，干咱们这一行，什么怪事都能遇上，您说对吗？"

"是啊，小伙子。"利图马点点头，想起那个裸体黑人。

"警长，有这样一个老婆，永远也不会烦闷。"玛尼塔不住地啧啧称羡。

小伙子陪着利图马走到布宜诺斯艾利斯大街才分手道别。警长一面向地段分界线贝亚毕斯塔街、必希尔街和恰拉卡广场走去，这段路程较长，通常走到这里便开始感到困倦；心里一面想着那个裸体黑人。他会不会是从疯人院跑出来的？可是拉尔科·艾雷拉疯人院距离这里相当远，任何一个警察或巡逻车都会发现并将其拘捕。那些伤疤又是怎么回事？是用匕首划破的？好家伙，那可真要疼死了。怎么能把人一刀刀乱划成那副模样？老天爷，莫非他生下来就是如此？这时天空依然漆黑，但黎明的迹象已依稀可见：汽车逐渐多起来，早起的行人开始漫步街头。警长暗暗自问：各种怪人怪事你目睹过不计其数，为什么这个裸体黑人总是占据着心头？他耸耸肩膀：纯粹出于好奇心，巡逻的时候解闷而已。

警长利图马没费什么周折就与萨拉德碰头了。这名警员和他在阿亚库乔城一道工作过。只见他在值班日记上写道：一起微不足道的车祸，没有伤亡。利图马签过字，给萨拉德讲述了黑人的故事。后者觉得唯一有趣的是抢吃夹肉面包那一节。萨拉德爱好集邮，他一边陪同警长巡逻，一边向上司汇报，那天他弄到一些埃塞俄比亚的三角形邮票，上面印有红、绿、蓝三色的狮子和毒蛇；这种邮票极为少见，可他只用五张分文不值的阿根廷邮票就换到手了。

"人家一定以为你的那些邮票很值钱啰。"利图马打断他说。

往日他还能心平气和地忍受着萨拉德的饶舌，今天他却不耐烦，所以分手的时候感到如释重负，心头高兴。一抹淡蓝色的熹微悄悄出现在天际。卡亚俄港拥挤的、盖满铁锈的建筑群逐渐摆脱黑暗，露出浅灰色轮廓。警长几乎小跑地往前奔走，心里计算着还剩下几条街区才能到达警察局，但是得承认今天自己这样匆忙并非由于夜间巡逻的劳顿，而是急于再次见到那个黑人。"看来你以为这是一场梦，利图马，那个裸体人已经不在牢房里啦。"

但是，那黑人还在，好似一盘粗绳般蜷曲着身体，躺在牢房的地板上。那扒手已经滚到屋子的另一头去睡了，脸上仍旧挂着惊惧的神色。其余的人也在睡觉：孔查中尉伏在一叠《笑林》杂志上，卡麻丘和阿雷瓦洛背靠背地坐在板凳上打盹。利图马站在那里，长时间地观察着那个黑人：瘦骨嶙峋，蓬头垢面，孤零零的门牙，横七竖八的刀痕。他感到阵阵战栗传遍全身——"黑人呐，你是从哪儿来的？"这时中尉睁开蒙眬的睡眼，警长把巡逻报告递过去。

"利图马，你可以交差了。这一天又过去了。"中尉嘴巴里黏黏糊糊地说道。

"这辈子又少了一天。"警长心里想道。他用力一碰脚后跟，敬罢礼，转身走了。他下班了，这时正是清晨六点钟。像往日一样，他走到商场，在瓜尔贝达太太的店里喝碗热汤，吃些烤饼、米饭炒豆角，外加一杯甜牛奶，然后回到哥伦布街那个小房间去睡觉。他未能立刻入睡，刚一蒙眬，立刻梦见那个黑人。他看到黑人在阿比西尼亚高原上，头戴高顶大帽，脚踏马靴，手持驯兽棒，站在狮子和红、绿、蓝三色的毒蛇中间，这些动物随着驯兽棒在表演。在藤蔓缠绕、枝叶茂密的树丛中站着一群人，树上，鸟儿在唱，猴子在叫；树下，人们发疯似的狂呼喝彩。可是那黑人非但没有向观众鞠躬致谢，反而跪倒在地，伸出双手，一副哀求的可怜相；他两眼泪汪汪，嘴巴张得很大，痛苦地、急促地尖声唱出那绕口令般的奇怪乐曲。

下午三点多钟，利图马醒来，尽管已经睡过七个小时，仍然感到心绪不快，身体倦懒。他想："大概把黑人押到利马城去了。"他一面像小猫似的洗过脸，穿上衣服，一面想象着黑人的命运：九点钟的巡逻班车会把他拉走，在那之前，大概会给他一块遮羞布，然后送总局立案，再转到预审监狱。他现在可能就在那黑窟中，同过去二十四小时被捕的流浪汉、小偷、抢劫犯和打架斗殴分子关在一处；他一定冷得发抖，饿得要命，不停地逮虱子。

这一天，天气阴暗潮湿。人们走在雨雾中，犹如鱼儿在浊水里游动。利图马心事重重，踏着碎步，去瓜尔贝达太太的店铺里吃点心：咖啡、面包夹鲜奶酪。

"利图马，我看你神色不大对头。"瓜尔贝达太太对他说，这是个熟谙人情世故的老太婆，"是金钱问题还是爱情问题？"

"我在想昨天晚上抓住的那个裸体黑人。"警长用舌尖尝尝咖啡，"他钻到海运公司的仓库里去了。"

"这有什么新鲜的？"瓜尔贝达问道。

"他全身一丝不挂，满脸伤疤，头发像一堆乱草，还不会讲话。"利图马解释道，"从什么地方会跑出这种人？"

"从地狱里。"老太婆笑着接过钞票。

利图马起身去格罗广场找水手长贝特拉尔拜斯。他俩相识多年，当年利图马只是个普通警察，贝特拉尔拜斯是普通水手。那时他俩都在皮斯科城服役，后来不同的命运将他俩拆散了近十年之久，可是两年前再度相会了。现在二人总是一起消磨假日，利图马把贝特拉尔拜斯那里看成自己的家。他俩经常光顾蓬塔海员俱乐部，去喝杯啤酒，玩玩跳棋。警长一找到老朋友，就讲起那黑人的故事。贝特拉尔拜斯听罢，立刻有了答案：

"这是一个非洲野人，他偷偷溜进了轮船，躲在船里漂洋过海。船到卡亚俄港后，他趁着黑夜，钻到水里，秘密潜入我们秘鲁。"

利图马觉得茅塞顿开，一切水落石出。

"你说得很有道理，的确如此。"他赞不绝口地拍手称道，"不错，他是从非洲来的。到达这里后，出于某种原因，人家把他赶下船，因为是在货舱里发现的，为了免于付税，就把他轰上岸。"

"他们之所以没有把他交给当局，是因为知道当局不会收留，于是强迫他离船，并且说：'野人，你自己想办法去吧。'"贝特拉尔拜斯进一步做了补充，故事便完整了。

"这就是说，黑人还不晓得自己在什么地方。"利图马分析道，"他那些哇里哇啦的声音不是疯话，而是野人的话，也就是说，是他的语言。"

"兄弟，这好比你钻进一架飞机，在火星上着陆。"贝特拉尔拜斯启发他的朋友。

"咱们的脑袋真够灵的！"利图马说，"黑人的整个情况被咱们揭开了。"

"你应当说：'你的脑袋可真灵啊！'"贝特拉尔拜斯表示抗议，"怎么处理这个黑人？"

利图马心里说："天晓得！"他俩玩了六盘跳棋。警长赢了四盘，结果由贝特拉尔拜斯付啤酒钱。后来，两位朋友前往贝特拉尔拜斯在阡恰玛约大街的住处，那是一间窗棂装了铁条的小房子。贝特拉尔拜斯的女人多米底拉正在打发三个孩子吃饭，一看见丈夫和朋友来了，便将小儿子放到床上，吩咐另外两个不许出屋；稍稍梳理了一下头发，便一手挎着丈夫一手挎着朋友，走上街头。他们走进萨恩斯·贝涅大街的波尔多影院去看一部意大利电影。利图马和贝特拉尔贝斯都不喜欢这个片子，可是她说，不但喜欢，而且要再看一遍。他们回到阡恰玛约大街的时候，孩子们已经进入梦乡，多米底拉给丈夫和朋友端上刚刚回锅的土豆烧牛肉。

利图马告别的时候，已经十点半了。到达第四警察分局时，正是他上班的钟点：十一点整。

哈依麦·孔查中尉不容他歇脚，把他叫到一旁，下达紧急命令，那两句斯巴达克式的话使利图马感到头昏脑涨，两耳嗡嗡作响。

中尉拍拍他的肩膀，给他打气说："上级知道该怎么做。其中必有道理，应该好好理解。上级是不会搞错的，利图马，你说对吗？"

"当然啦。"警长含糊地说。

这时，卡麻丘和阿雷瓦洛装作十分忙碌的样子。警长斜眼一瞥，一个装作检查驾驶执照，那副专注的神情似乎在欣赏裸体照片；另一个装作收拾办公桌，一时理好，一时摊开，摆了一桌子纸片。

"中尉，我可以提个问题吗？"利图马问道。

"可以。不过我不知道能不能回答。"中尉答道。

"为什么上级偏偏选中我来干这个差事？"

中尉说："这个我能够回答，有两个原因：第一，他是你拘捕的，这个玩笑是你开的头，理应由你来结束；第二，你是我们分局，也许是全卡亚俄港最能干的警察。"

"实在过奖。"利图马喃喃地说，丝毫不感到高兴。

"上级十分清楚这是一件很困难的工作，所以委派你去完成。"中尉说道，"在利马成千上万名警察里挑选了你，那真该自豪啊！"

"哎呀，这么说我倒应该表示感谢啦。"利图马惊愕地摇摇头。他考虑片刻后，又低声问道："必须立即执行吗？"

"没别的余地。"中尉极力装出轻松愉快的神情，说道，"今日事今日毕，不可留到明日。"

利图马心里想："现在你明白为什么黑人那张面孔总是不肯离开你的脑海了吧？"

这时传来了中尉的声音："你想要个人当帮手吗？"

利图马发现卡麻丘和阿雷瓦洛显出一副失魂落魄的神情。就在警长注视两名警员的一瞬间，死一般的寂静笼罩了整个房间。为了让他们两个好好品尝一下这难熬的滋味，利图马故意迟迟不做决定。阿雷瓦洛手里捧着一叠纸在刷刷抖动，卡麻丘则埋头整理写字台。

利图马指指阿雷瓦洛说："让他去吧。"他听见卡麻丘深深地舒了一口气，也看到阿雷瓦洛把所有的仇恨都集中在目光里向他射来，心想他一定在骂娘。

"中尉，我感冒了。正想请求今天晚上免除我的外勤。"阿雷瓦洛摆出一副痴呆的模样嗫嚅道。

"别耍赖了，快穿上大衣！"利图马向前走去，从阿雷瓦洛身边擦过，却并不看他，"快点走吧！"

警长走到拘留室，打开房门，这是他天亮后第一次看见黑人。后者已经穿上一条仅及膝盖的破裤子，一条搬运工用的麻袋片遮住了前胸和后背，麻袋开了口子，头部露在外面。他仍然打着赤脚，静静地坐在地上，望着利图马的眼睛既不高兴也不恐惧，嘴巴里不停地咀嚼着什么；双手没有戴铐，手腕上拴了一根绳子，相当长，足以使手臂自由活动，可以抓痒或进食。警长打手势要他站起来，但是那黑人似乎不明白他的话。利图马于是上前抓住他一只胳臂，那家伙才顺从地站起身来。警长走在他前面，就像把他领来时那样冷漠。阿雷瓦洛这时已经穿好大衣，戴好围巾。孔查中尉没有回身去看他们出发的情形，他埋头在一本《公鸭多纳托》里。（利图马心里想："可是他没有发觉那本书拿颠倒了。"）相反，卡麻丘倒是向他俩苦笑一下。

来到大街上，警长挨着马路的一侧行走，将挨墙的一侧留给阿雷瓦洛；那黑人走在他们俩中间，迈着他那特有的步伐，幅度很大，对什么都不在意，嘴里还在嚼着东西。

"那块面包他嚼了差不多两小时。"阿雷瓦洛说，"今天晚上把他从利马带回来的时候，我们把储藏室里那些石块一样硬的面包给了他，他全吃光了，像一盘磨那样不停地咀嚼着。真是饿极了，您说是吗？”

利图马心里在想："任务第一，感情第二。"他确定了如下路线：沿着卡洛斯·孔查街上行至孔特拉米兰德·莫拉街，再顺着这条街走到里玛克河岸，沿这条河走到海边。他估计往返要用四十五分钟，最多一个小时。

"警长，这都是您的过错。"阿雷瓦洛嘟囔着，"谁让您去拘捕他的？您一发现他不是小偷就应该放掉他。你看这下弄得咱们多麻烦。请您告诉我，您相信上头的看法吗？就是说，这家伙是藏在轮船里跑来的。"

"贝特拉尔拜斯也是这么想的。"利图马说，"有可能是对的。不然怎么解释这桩怪事？这副蓬头垢面的模样、满脸的伤疤、全身一丝不挂、一口怪话，突然出现在卡亚俄港，这一切你怎么解释？他们说的大概是对的。"

漆黑的街道上回响着两个警察的皮靴声，那黑人的赤脚不发出任何响声。

"如果由我决定，就让他留在监狱里。"阿雷瓦洛再次开口道，"警长，因为一个非洲野人之所以是野人并不是他自己的过错。"

"正因为如此，他才不能留在监狱里。"利图马低声说道，"你也听中尉说了：监狱是关押小偷、杀人犯和流浪汉的。把他关在监狱里，国家花的钱算在哪笔账上？"

"那就遣送他回国。"阿雷瓦洛嘟嘟囔囔地说。

"可你怎么能查出他是哪一国的？"利图马提高了嗓门说，"你也听中尉说了，上级用各种语言试着跟他对话：英语、法语甚至意大利语。他什么语言也不会说，他是野人。"

"这意思是说，就因为他是野人，我们就应该给他一枪？"阿雷瓦洛又一次嘟囔道。

"我并没有说这是对的。"利图马低声说，"我只是把中尉传达上级的话再重复一遍而已。你别装傻啦。"

当他们走上孔特拉米兰德·莫拉街的时候，卡门圣母教堂的钟声刚好打十二下。利图马觉得那钟声十分凄惨。他努力注视着正前方，但常常不由自主地向左侧转过脸去，瞥黑人一眼。每当从昏黄的锥形灯光下走过时，警长便看看他，他总是那副老样子：上下颚骨卖力地工作着，脚下迈着与他们相同的步伐，毫无苦相。利图马想："对他来说，世界上唯一要紧的似乎就是咀嚼。"过了一会儿他又想道："他是一个被判了死刑还不知道判决的人。"立刻又想："毫无疑问，这是个野人。"正在这时，他听到阿雷瓦洛说：

"上级为什么不就地放掉他，让他自寻出路？"他恼怒地埋怨说，"既然利马有这么多流浪汉，那就再增加一个好啦，多一个少一个又有什么关系？"

"这你已经听中尉说过了，"利图马回答说，"国民警备队不能鼓动犯罪行为。假如你把他就此释放，那么他除去偷窃别无出路。不然，就会像条饿狗一样被冻死。实际上，咱们这是帮他的忙。枪一响，一秒钟的事，总比慢慢饿死、冻死要好，总比孤苦伶仃、凄凄惨惨地活着要好。"

可是，利图马觉得自己的话并没有什么说服力，听着自己的声音，他感觉似乎是另外一个人在说话。

"不管怎么样，您听我说件事，"他听到阿雷瓦洛抗议，"我可不喜欢这种差事，您选中我来干这件事，可真是坑了我。"

"你以为我喜欢这差事吗？"利图马低声说，"上级选中我来干这件事不是也坑了我吗？"

他们走过海军船坞的大门，里面的汽笛在响。穿过空地，走上旱堤的时候，一条野狗从黑影里窜出来狂吠。他们默默地走着，耳边传来皮靴踏地的回声和附近海水的喧闹声，这里已经可以闻到咸味的潮湿空气。

"去年，一批吉卜赛人在这块地上安营扎寨。"阿雷瓦洛突然声音颤抖着说道，"他们搭起帐篷，表演杂技，看手相，变魔术。可是市长下令要我们把他们驱逐出境，因为他们没有得到市政府的许可。"

利图马没有作声。他突然感到很难过，不仅由于那黑人，也为了阿雷瓦洛和那群吉卜赛人。

"难道我们就把他扔在海滩让鲣鸟啄食吗？"阿雷瓦洛几乎要呜咽起来。

"咱们把他扔到垃圾坑里，让市政府的卡车把他拉走，运到毛盖，送给医学院，让学生们做解剖用。"利图马生气地说，"上级的指示你听得很清楚，阿雷瓦洛，用不着我再重复了。"

"指示我是听到了，可是我想不通为什么我们必须杀死他，这样冷酷无情。"过了几分钟，阿雷瓦洛又说："您虽然努力执行任务，可您也想不通。从您的话里，我发觉您也不同意这道命令。"

"我们的职责不是同意不同意命令，而是执行命令。"警长口气缓和地说。停了一会儿，他更加缓慢地说："你说得有道理。我是不赞成这么办。可是我得服从命令，因为必须这样。"

这时，他们已经走完了柏油路，到了大街尽头，路灯也没有了，面前是漆黑的土路。一股浓重的臭气，几乎浓到要凝固的程度，将他们包围起来。他们已经来到里玛克河岸的垃圾坑边，这里离大海很近，地处海滩、河口和街道之间。每天清晨六点钟以后，清洁队的卡车就把贝亚毕斯塔、拉白尔拉和卡亚俄港的垃圾卸倒在这里；几乎与此同时，男女老少成群地跑到这里来翻捡脏物，寻找能卖钱的东西，常常与海鸟、兀鹫和野狗争抢垃圾中的残剩食物。离这片旷野较近的道路通向潘达尼亚和安贡，那里排列着卡亚俄港的鱼粉工厂。

"这地方最好不过。"利图马说道，"所有的垃圾车都经过这里。"

大海的浪涛声震耳欲聋。阿雷瓦洛停住了脚步，黑人也站下来。

两个警察手持电筒，通过微弱的光线观察着那张布满伤疤的脸颊和机械式咀嚼的嘴巴。

"糟糕的是他毫无反应，还猜不到事情的真相。"利图马低声说道，"别的人早就会有所觉察，一定会吓得要死，设法逃走。麻烦的是他竟然这样平心静气，这样信任我们。"

"警长，我有个主意，"阿雷瓦洛好像冻僵了，牙齿咯咯地碰个不停，"咱们放他逃走吧，回去就说已经把他杀了。总而言之，随便编点什么，说明尸体失踪的原因……"

利图马掏出手枪，这时正打开保险栓。

"你胆敢怂恿我违抗上级命令，甚至要我欺骗长官?"警长声音颤抖地吼起来，一面举起右手，将枪口指向那黑人的太阳穴。

但是，一秒，两秒，三秒……几秒钟过去了，他并没有射击。他会开枪吗?他会执行命令吗?枪声响了吗?那个神秘的外来移民躺倒在那神秘莫测的垃圾坑里没有?或者他被赦免一死，像野人似的、盲目地逃向外滩而那位无可指摘的警长则惶恐不安，任凭臭气不断袭来，海涛震耳，为自己的失职悔恨不已?卡亚俄港的这出悲剧究竟如何收场?

第五章

鲁乔·加蒂卡途经利马一事，在我们的新闻稿上被帕斯库亚尔炫耀成"绝妙的艺术界大事和全国无线电电话的巨大成就"。那次骚乱使我损失不小，丢了一条领带，撕破了一件衬衣，都是九成新的，并且我再次对胡利娅姨妈爽约。在这位智利波莱罗歌唱家到来之前，我在各家报纸上看到过他数不清的照片和颂扬他的文章（小赫纳罗曾说，不是花钞票买来的文章最值钱），但是，只是当我在贝伦大街看到妇女排着长长的队伍等候进入演出厅时，才真正发现他的声名如此显赫。由于演出厅很小——仅一百个池座——只有屈指可数的女士得以入座观看。演出的那天晚上，泛美电台门前挤得水泄不通，我和帕斯库亚尔不得不从与我们的住房共用一个平台的邻楼爬到顶楼。我们已把七点钟的新闻稿写完，但无法送到二楼去。

"一大堆女人挤在台阶上、门口和电梯前，"帕斯库亚尔对我说，"我想法请她们给我让条路，可是她们把我当作饿汉。"

我给小赫纳罗打了电话，兴高采烈地说：

"鲁乔的演出还要一个小时才开始，可是人群已经把贝伦大街的交通给堵塞了。这会儿，全秘鲁都在收听泛美电台的广播。"

我问他，鉴于发生了这种事情，是否能牺牲七点钟和八点钟的新闻？可是他对什么状况都能想出办法，他叫我们通过电话把新闻口授给播音员。我们照他说的办了。间歇时间，帕斯库亚尔欣喜若狂地聆听收音机里的鲁乔·加蒂卡的声音，而我则重读那篇关于议员—太监的小说的第四稿，我最后给它取了个恐怖小说的题目：《损坏了的面孔》。九点钟，我们听到演出结束了，听到马廷内斯·莫罗希尼向鲁乔·加蒂卡告别的声音和观众的欢呼声。这次不是唱片，而是真人在欢呼。十秒钟后，电话响了，我听到小赫纳罗告急的声音：

"你们要想办法下来，这里像蚂蚁似的，黑压压的一片。"

女士们拥挤在台阶上筑成了一道人墙，被身材魁梧的门房赫苏西托挡在演出厅的大门前。我们穿过这道人墙，真是费了九牛二虎之力。帕斯库亚尔高喊着："急诊！急诊！我们在找一个受伤的人！"女士们——大多数是年轻的——或无动于衷地望着我们，或微笑着，但是并不让路，我们只好推开她们。来到演出厅内，我们看到一幅慌乱的场面：被众人颂扬的艺术家正要求警察前来保护。这位艺术家身材矮小，脸色发紫，对他的女敬仰者们心怀愤怒。我们那位开明业主极力安慰他，告诉他叫警察来会造成更坏的印象，那群黑压压的姑娘站在那儿是出自于对他才华的崇敬。但是这位天才并不相信这番话。

"我了解那些女人，"他说，显出又怕又气的样子，"先是要签名，最后又抓又咬。"

我们都笑了，但后来的事证实了他的预言。小赫纳罗决定让我们等半个小时，他认为那群崇拜者一旦厌倦了就会走掉。十点十五分（我和胡利娅姨妈约好去看电影的时刻），姑娘们还没有厌倦，倒是我们等得不耐烦了，于是商定挤出去。我和小赫纳罗、帕斯库亚尔、赫苏西托、马廷内斯·莫罗希尼挽着胳膊，围成一个圆圈，把那位名人夹在中间。我们一开门，那位天才的脸色就更加惨白了，简直就像张白纸。我们走下头几级台阶，没有受到太大的伤害。我们用胳膊推，用大腿拱，用头顶，用胸撞，对付那些如山似海的女士。那些女士当时还只是鼓掌、叹息和伸出手去触摸那个她们所崇拜的人物——他面如缟素，微笑着，嘟嘟囔囔地说："小心，别松开胳膊，朋友们。"但是，我们马上不得不应付一场正式的进攻。她们抓住我们的衣服狠狠地拽着、号叫着，伸长手指要撕碎偶像的衬衣和西装。经过十分钟令人窒息的推拥，走到进口处的过道时，我觉得马上就要顶不住了，并且仿佛看见：身材瘦小的博莱罗歌唱家被人从我们中间夺走，他的女崇拜者们当着我们的面把他撕成了碎块。这种事情并没有发生。但是，当我们把他塞进老赫纳罗——他已在方向盘前守候了一个半小时——的汽车里时，鲁乔·加蒂卡和我们这些钢铁般坚强的卫士都变成了这一场大灾难的幸存者。我的领带被抢走了，衬衣被撕得一条条的；赫苏西托的制服被撕破，帽子被抢走；小赫纳罗的前额被手提包打伤了。歌唱大师安然无恙，但是他身上的穿戴只有鞋子和内裤完整无损。第二天，当我们十点钟在布兰萨咖啡馆喝咖啡时，我把女崇拜者们的英雄业绩讲给彼得罗·卡玛乔听，他根本不感到惊异：

"我的年轻朋友，"他远远地看着我，沉着冷静地对我说，"音乐也是打动人心的呀。"

正当我奋力保护鲁乔·加蒂卡的人身安全时，阿格拉德西达太太已经把顶楼清扫完，我那篇关于议员的小说的第四稿被她扔进垃圾堆里去了。我非但不痛心，反倒如释重负。我想那是天意。当我告诉哈维尔我不再写下去时，他不但没有设法劝说我，反而对我的决定表示祝贺。

胡利娅姨妈对我做保镖的事颇为开心。自从在玻利瓦尔饭店偷偷接吻的那天晚上起，我们几乎天天见面。鲁乔舅舅过生日的第二天，我贸然到了阿尔门达利茨大街的家里去，真幸运，胡利娅独自一人在那儿。

"他们去看望你的奥尔腾西娅姨妈去了，"她说着，把我让进大厅，"我没有去，我知道那个惹是生非的女人整天在编造我的故事。"

我搂住她的腰，把她拉过来，想亲吻她。她没有拒绝，但也没有亲我。我感觉到她那冷冰冰的嘴巴贴在我的嘴上。我们分开时，我看见她面无笑容地望着我。她不像昨天晚上那么惊恐，说得更确切些，她有些好奇，并且面带讥讽的表情。

"喂，马里多，"她的声音亲切，沉静，"我这一辈子各种荒唐的事都做过。但是，这个我不干，"她大笑一声，"我，难道我要勾引小孩子吗？这事我可不干！"

我们坐下来，畅谈了快两个小时。我给她讲了我的全部生活情况，不是过去的，而是未来的，也就是当我有朝一日住在巴黎、成为作家时的生活情况。我告诉她，从我第一次读大仲马的作品起，就想写作，并且从那时起，就梦寐以求去法国旅行，住在艺术家区的某个亭子间里，全力以赴地致力于文学，这是世界上最壮丽的事业。我对她说，为了讨家庭的喜欢，我才选学法律，可是我觉得在所有的职业中，律师是最令人讨厌和愚蠢的，我永远不会从事这个职业。我多次发现自己讲的话很狂热。我告诉她，我平生第一次将心里话讲给一个女人而不是男友听。

"在你看来，我像你妈妈，所以你对我讲了贴心话，"胡利娅姨妈对我进行心理分析，"这么说来，多丽塔的儿子竟然成了个流浪者，不行，不行。糟糕的是，你会饿死的，孩子。"

她对我说，前一天晚上，她彻夜失眠，回味着玻利瓦尔饭店里偷偷的接吻。这位多丽塔的儿子，曾几何时，至多是昨天吧，她还陪同他妈妈一块儿送他到科恰班巴的拉萨列学校去上学，她仍然把他当作一个拖鼻涕穿短裤的小孩子，一个为了免得独自外出才叫他陪自己去看看电影的娃娃，可现在竟长大成人，一下子亲起她的嘴来了，她实在难以理解。

"我已长大成人了，"我拉过她的手来亲吻，理直气壮地对她说，

"我十八岁了，而且五年前就不是处男了。"

"那么我呢，我已经三十二岁，十五年前就不是处女了，那我又该是什么样的人呢?"她笑了，"一个老掉了牙的女人!"

她的笑声嘶哑而有力，爽朗欢快;她那张厚嘴唇的嘴巴张得老大老大，眼角堆起皱纹。她讥讽、调皮地看着我，尽管还不像是对待成年男子，可也不像是对待胎毛未脱的娃娃那样了。她起身给我倒了一杯威士忌:

"在你昨晚那些大胆的举动之后，我再不能用可乐招待你了，"她对我装出难为情的样子，"我不得不像对待我的求爱者那样招待你。"

我对她说，年龄上的差异并不那么可怕。

"是的，并不见得那么可怕，"她回答我说，"可是，差一点，只差一点点，你就正好是我的儿子啦。"

她给我讲述了她的婚后生活。开始几年一切如意。她丈夫在高原上有座庄园，她对乡居生活是那么习惯，所以很少到拉巴斯去。庄园住处很舒适，她喜欢那里宁静、健康而简单的生活:骑马，远足，参加印第安人的聚会。由于她不能生育，阴云便开始出现;一想到不能传宗接代，她丈夫便闷闷不乐，后来喝起酒来，从此夫妻关系便沿着吵架、分居、重归于好的斜坡往下滑，直到最后吵翻。离婚后，他们保持着良好的朋友关系。

"假如有一天我结婚，是不要孩子的，"我提醒她，"孩子和文学势不两立。"

"这就是说，我可以提出申请，挂号排队了?"胡利娅姨妈妈风韵十足地对我说。

反驳别人的话时，她反应机敏，显得很有口才;她饶有风趣地讲述桃色故事，她(同到那时为止我所认识的所有女人一样)对文学一窍不通到可怕的地步。她给人的印象是，在玻利维亚庄园那漫长的清闲岁月里只读过阿根廷的一些杂志、德利的个别拙作，还有她认为值得回味的一两本小说：一个叫 H. M. 胡尔的《阿拉伯人》和《阿拉伯人的儿子》。那天晚上，我告辞时问她我们是否去看电影，她说："完全可以。"我们去看了夜场。从那以后，几乎天天如此。除了耐着性子看许多墨西哥和阿根廷的歌剧外，我们还无数次地接了吻。看电影渐渐变成了借口。我们选择距离阿尔门达利茨住宅最远的一些影院（蒙泰卡洛、科利纳、马尔萨诺），以便有更长的时间待在一起。电影散场后，我们沿着米拉弗洛雷斯空旷无人的街道长时间地来回踱步（每当出现路人或汽车时就分开），做着"小肉饼"（她对我说，在玻利维亚，手挽手被称为"做小肉饼"），无所不谈，而那正是在利马称之为冬天的、可怕的季节里，牛毛细雨淋得我们浑身湿漉漉的。胡利娅姨妈总是和她的众多求爱者一同去用午餐或喝茶，但是把晚上的时间留给我。我们经常去影院，坐在池座的后排（特别是影片很糟的时候），这样我们就可以在不影响别的观众的情况下接吻而又不被认出来。我们的关系很快稳定下来，但是没有定型，处在恋人和情人这两种格格不入的范畴中某个难以确定的阶段。这一点在我们的谈话中常常提及。说是情人，是指我们总是躲躲闪闪，提心吊胆，怕被人发现，老是觉得在冒风险；但这是精神上的，实际并非如此，因为我们并不放荡相处（像哈维尔后来大肆渲染的那样，我们几乎"碰都不碰"）。说是恋人，是指我们尊重当时米拉弗洛雷斯青年恋人的某些古老礼仪（看电影，一边看一边接吻，手挽手在街上漫步）和保持贞操（在石器时期，米拉弗洛雷斯的姑娘们结婚时一般都是处女，只有当自己的恋人成为正式的未婚夫时才让他触摸乳房和性器官），但是，我们的年龄相差那么大，又有亲缘关系，怎么会成为恋人？鉴于我们含糊而荒唐的浪漫爱情，我们便开玩笑地称这种爱情是："英国式的婚约""瑞典式的浪漫""土耳其戏剧性的爱情"。

"一个娃娃和一个老太婆之间的爱情，而且这个老太婆还是娃娃的姨妈，"一天晚上，我们穿过中心公园时，胡利娅姨妈对我说，"这可是彼得罗·卡玛乔广播剧的好题材。"

我提醒她："她只不过是我的表姨妈。"而她对我讲，在三点钟的广播剧节目里，圣伊希特罗的一个小伙子非常和蔼可亲，是用夏威夷滑雪板滑雪的健儿，他偏偏和他的妹妹发生了关系，更可怕的是，使她怀了孕。

"你是从什么时候起开始听广播剧的？"我问她。

"我是受了姐姐的影响，"她回答说，"实际上，中央电台的那些东西纯粹是捕风捉影，都是些令人心碎的剧目。"

她推心置腹地对我说：听广播剧时，她和奥尔卡舅妈常常双眼含着泪水。这是我看到彼得罗·卡玛乔的文笔在利马居民中产生影响的第一个证明。以后连续几天，我又在我家的住处看到了另外的证明。我常到拉乌腊姨母那里去，她一见到我出现在大厅门口就把一根手指放在嘴唇上吩咐我保持肃静。她把身子倾在收音机旁，好像不单单是为了倾听，也是为了嗅闻、触摸玻利维亚艺术家的（或颤抖、或严肃、或热情、或清脆的）声音。我到加比姨妈那里去，见她和奥尔腾西亚姨妈一边聚精会神地用手指拆线团，一边洗耳恭听卢西亚诺·潘多和何塞菲娜·桑切斯怪腔怪调、充满形容词的对话。而在我自己家里呢？我的外祖父和外祖母，正如外祖母卡门说的，他们一向"喜爱小小说"，现在却确确实实地迷上了广播剧。我早晨被他们扭动收音机指针发出的声响吵醒——他们正忙着准备收听第一次即十点钟的广播剧；我吃午饭时，不得不听下午两点钟的广播剧；白天，不管我什么时候回家，都碰到两位老人和厨娘躲在小会客厅里全神贯注地在足足有橱窗那么大小、笨重的收音机旁收听广播剧。最糟糕的是，他们总是把音量开到最大。

"你为什么那样喜欢广播剧？"有一天，我问外祖母，"比如说，那里面有书本上没有的东西吗？"

"这玩意儿很生动，亲耳听人物讲话觉得更真切，"她思索了一下，然后给我解释，"再说像我这样的年纪，耳朵比眼睛更好使。"

我在别的亲戚家也做了类似的调查。我的姨妈和舅妈——加比、拉乌腊、奥尔卡和奥尔滕西娅，都喜欢广播剧，因为她们觉得广播剧很有意思，既有悲伤的，也有快活的；还因为广播剧使她们有了消遣，使她们充满幻想，能体会到实际生活中无法体会到的东西；还因为广播剧表现真人真事，又或者因为每个女人都有点儿浪漫情趣。当我问她们为什么不喜欢看书时，她们反驳说：谁那么傻呀，干吗去买书？书里讲的都是些深奥的文化；而广播剧则简单明了，惹人发笑，可以消磨时光。真的，她们确实成天守着收音机，我从未见到她们有谁打开过一本书。在我们夜间散步时，胡利娅姨妈有时扼要地给我讲些她印象深刻的故事，我给她讲同玻利维亚文人交谈的内容。这样，不知不觉，彼得罗·卡玛乔就成了我们浪漫史的组成部分。

我经过无数次交涉终于修好了打字机那天，小赫纳罗本人对我证实了新广播剧所取得的成就。他手中拿着文件夹，眉飞色舞地登上阁楼。

"超出了最乐观的预期，"他对我们说，"两个星期内，收听广播剧的人数增加了百分之二十。你们知道这意味着什么吗？主办人将增加百分之二十的收入！"

"那么也意味着给我们增加百分之二十的工资了，赫纳罗先生？"帕斯库亚尔在他的座位上跳起来。

"你们不是在中央电台而是在泛美电台工作，"小赫纳罗提醒我们说，"我们是有高尚趣味的，不播放广播剧。"

各家日报也很快在专门的版面上与新广播剧所吸引的听众相呼应，开始赞颂彼得罗·卡玛乔。吉多·蒙泰维代率先在《最后一点钟》的专栏尊崇彼得罗·卡玛乔，称他是"老练的、富有热带想象力和浪漫语言的剧作家，是广播剧中交响乐的大胆指挥者和具有甜蜜声音的、多才多艺的表演家"。可是，这些形容词的享用者并不了解在他周围正在掀起的那股热潮。一天早上，我到布兰萨咖啡馆去，想拉上他一同去喝咖啡，我发现他寝室的窗户上贴着一张告示，上面用草体字写着："不接待记者，不签名。艺术家在工作！请尊重他！"

"这是真的还是开玩笑？"我问他。我品尝着牛奶咖啡，他喝着薄荷马黛茶健脑剂。

"非常认真，"他回答说，"这个地方千奇百怪的事情在折磨着我，如果我不制止他们，那儿很快就要有听众来排队了，"他指着圣马丁广场说，好像不希望出现那种情况似的，"要照片，要签名，我的时间像金子般贵重，不能浪费在那种蠢事上。"

他的话没有半点自负的意味，只是表现出一种真心的不安。他穿着那套惯常穿的黑西服，戴着花格领带，抽着飞行牌气味难闻的香烟，像以往一样，十分严肃。当我给他讲我的所有姨妈、舅母都变成了他的狂热听众，小赫纳罗对他的广播剧收听率激增的效果喜出望外时，我满以为他会高兴。可是，他厌烦地叫我住嘴，不要说下去，仿佛这些事情都是不可避免的，他许久以前就预料到了。更确切地说，他告诉我他对"商人们"（从那以后他使用这个词总是指赫纳罗父子）缺乏敏感而觉得很恼火。

"广播剧尚有不足之处，我的职责是弥补它，他们的职责是帮助我，"他皱着眉头说，"但是，很清楚，艺术和交易所是死敌，就像猪猡和珍珠。"

"不足之处？"我惊异了，"可是，那是大获成功的呀！"

"尽管我提出了要求，商人们还是不想解雇巴布利托①，"他对我解释说，"这都是出于感情上的考虑。我不知道他在中央电台干了多少年头，可是还是干这类蠢事，仿佛艺术同仁慈有关系似的。那个病包儿的无能对我们的工作是一种真正的破坏！"

---

① 巴布利托是巴布罗的小称。

大巴布利托是被电台环境所吸引来或造就出来的那种惹人喜欢、无法形容的人物之一。我之所以用巴布利托这个小称，是因为他个子小。可他是年过五旬的混血儿，走路总是拖着双脚，常犯哮喘病，一发病，四周就满是痰气。上午和下午，他在中央电台和泛美电台逛来逛去，从帮助清洁工打扫、出去给赫纳罗父子买电影票和斗牛票到分发排演券，什么都干。他经常性的工作是搞广播剧，负责特技。

"这些人以为搞特技是连穷要饭的都可以胜任的简单事，"彼得罗·卡玛乔威严而冷冰冰地讲着，"实际上那也是艺术，而那个半死不活的短脑袋巴布利托又对艺术懂得什么？"

他向我发誓说，"时机一到"，他将毫不犹豫地亲手把"改善他工作"的一切障碍搬掉（他说得那么肯定，我都信以为真了）。他感伤地补充说，他没时间培养一名特技技师，把字母从 a 到 z 都教给他；但是，对"当地各个电台"进行迅速考察后，他找到了要找的东西。他放低声音，向四周扫了一眼，恶狠狠地结束对话：

"对我们合适的那个人在胜利电台。"

我们和哈维尔一起分析了彼得罗·卡玛乔实现搞掉大巴布利托的想法的可能性，一致认为大巴布利托的命运完全取决于民调：如果广播剧能不断增加收听率，他就会被毫不留情地牺牲掉。果然，没过一个星期，小赫纳罗到顶楼来了，正遇上我在全神贯注地写一篇新小说。他可能注意到了我的慌乱。我很快将打字机上的纸取下来插在新闻稿中，可是他装作没看见，什么也没有说。他露出一副文学艺术家的伟大保护人的神气，同时对我和帕斯库亚尔说：

"抱怨了那么久，总算找到了你们想找的新编辑，你们这两个懒汉，大巴布利托将和你们一道工作。他们可不要躺在功劳簿上呀！"

新闻部得到的这个补员与其说是物质上的，毋宁说是精神上的，因为第二天早上七点钟，大巴布利托非常准时地来到办公室问我该干什么时，我让他整理一下会议纪要。他面带惧色，咳嗽了两声，脸变成了土色，结结巴巴地说他干不了这事。

"我可是不识字的呀，先生。"

我把小赫纳罗为我们挑选了一个文盲当编辑这件事看作他乐观精神的美好表现。帕斯库亚尔得知编辑任务由他和大巴布利托分担时本来很紧张，现在听说来的人是个文盲，便毫不掩饰他的高兴。他当着我的面教训他的新同事，说他精神不振，没有设法去受教育，像他帕斯库亚尔，虽已进入壮年，可还要去夜校进免费补习班。大巴布利托吓得胆战心惊，不断称是，像个机器人似的重复说："是这样，我没想到这一点；是这样，您说得完全对。"他带着一副马上就要被辞退的神情盯着我。我安慰他，要他负责给播音员传送新闻稿。实际上，他成了帕斯库亚尔的奴隶。帕斯库亚尔叫他整天在顶楼和大街之间奔来奔去，买香烟或从卡拉巴亚大街流动小贩那里给他买夹肉土豆，甚至让他看看是否在下雨。大巴布利托以杰出的牺牲精神忍受着这种奴役，甚至对那个折磨他的人比对我更尊敬、更友好。他不做帕斯库亚尔吩咐的事情时，便蜷缩在办公室的角落里，把头靠在墙上，暂且睡上一会儿。他像一台生了锈的电扇那样鼾声隆隆，还伴着哨声。

他是个气度很大的人，并不因为彼得罗·卡玛乔用胜利电台的外来人取代了他而对他怀有半点怨恨。他总是用最好的言辞夸奖那位玻利维亚文人，对他怀有最真诚的崇敬。大巴布利托常常向我请假，去看广播剧的排练。回来时，一次比一次显得更兴奋。

"这个人是个天才，"他迫不及待地说，"他能想出各种奇招。"

他总是带回有关彼得罗·卡玛乔艺术壮举的有趣奇闻。一天，他对我们发誓说，彼得罗·卡玛乔曾劝卢西亚诺·潘多在登台表演一段爱情对话前预先进行手淫，理由是这样可以使声音轻柔，使呼吸更浪漫。卢西亚诺·潘多拒绝了。

"现在我才知道为什么每当有爱情场面时，他就钻到院内的小厕所去，马里奥先生。"大巴布利托画着十字，用嘴舔着手指，"去干那种丢人的事，肯定是这样。怪不得他的声音那样轻柔。"

我和哈维尔争论了老半天，确有其事还是这位新编辑的捏造？我们的结论是，不管怎么样，有充分的根据不能把那件事看成绝对不可能。

"你该就这些事情写故事而不必去写多罗特奥·马蒂，"哈维尔训导我说，"中央电台对文学创作来说是个宝库。"

那些日子，我加紧写作的那篇小说是根据胡利娅姨妈给我讲的一段轶事写的，那是她在拉巴斯的萨维埃德拉剧院亲眼看到的。多罗特奥·马蒂是一位西班牙演员，他走遍美洲，演出《凶残的女人》《真正的人》或其他更为惨不忍睹的东西，使广大观众感情沸腾，声泪俱下。甚至在利马——戏剧在那里作为一种奇闻已从二十世纪消失了——多罗特奥·马蒂的剧团以它加演的根据神话传说编写的、独一无二的剧目，使整个市政剧院座无虚席。那剧目的名字是：《我们的主耶稣的生活、受难和死亡》。艺术家具有一种强烈的务实精神。那些爱说长论短的人说，有一天夜晚，扮演耶稣的演员中断了他在橄榄林中的痛苦呜咽，用温柔的声音告诉尊贵的观众，剧团第二天将有一场动人的演出，届时每位绅士可以免费带上他的伴侣前来观看（然后又继续演出骷髅地①）。这恰恰就是胡利娅姨妈在萨维埃德拉剧院看到的那场生活、受难和死亡的演出。剧情进入高潮时，耶稣在各各他山顶上奄奄一息，观众们发现那块笼罩在香炉烟云之中的木桩——马蒂扮演的耶稣被钉在上面——开始摇动。是意外事件还是事先安排的？圣母、弟子、罗马军团的士兵、平民都默默地交换着目光，小心翼翼地往后退，离开那个摇摆不定的十字架。在十字架上，多罗特奥扮演的耶稣把脑袋依然耷拉在胸前，喃喃地说起话来，声音很低，但池座

---

① 和下文的各各他为同一个地方，耶稣在此地被钉在十字架上。

的前几排还是能够听到："我死了，我死了。"无疑，那些被亵渎神明的恐怖吓瘫了、站在天幕上隐而不见的人谁也不去扶十字架。此刻，在一片代替了祈祷声的恐怖嘈杂声中，十字架无视各种物理定律，左右摇晃着。过了几秒钟，拉巴斯的观众们就看见了加利利①的马蒂被那块圣木压着向他所歌颂的舞台坠落下去，并且听到震撼剧院的雷鸣。胡利娅姨妈对我发誓说，耶稣摔到舞台上变成肉饼前野蛮地吼叫道："我死了，他妈的！"特别是这个故事的结尾，我想重新创作。故事就让它这样结尾，以耶稣的吼叫和粗话取得良好的效果。我希望写成一个滑稽的故事。为了掌握幽默的技巧，我在汽车上、火车上、睡觉前躺在床上，都在阅读我手头所有名家的作品，从马克·吐温、萧伯纳到哈迪埃尔·蓬塞拉和费尔南德斯·弗洛雷斯②。可是，像过去一样，我写不出来。帕斯库亚尔和大巴布利托不断地数着我扔到筐子里的纸张，好在赫纳罗父子对新闻部的用纸毫不在乎。

　　过了两三个星期，我才认识接替了大巴布利托的那个从胜利电台来的人。跟他到来之前——那时人们可以自由地去观看广播剧录音——不同，彼得罗·卡玛乔已经禁止除演员和技师之外的任何人进入录音室。为了做到这一点，他把所有的门都关上，在门前放上令人望而生畏的巨大耶稣像。就连小赫纳罗本人也不例外。我记得一天下午，小赫纳罗像是遇到了麻烦需要安慰，气得鼻子抽动着来到顶楼上向我发牢骚：

　　"我想到录音室去，可是他一下子停止了排演，我不走他就拒不录音，"他气得声音都变了，"他说我下次再使排演中断就拿话筒打我的脑袋。我怎么办？是一气之下把他赶走还是忍气吞声？"

　　我说了些他想让我说的话，由于广播剧取得了成功（"为了国家

　　①　在巴勒斯坦，为耶稣宣讲教义的场所。
　　②　哈迪埃尔·蓬塞拉（Jardiel Poncela，1901--1952）和费尔南德斯·弗洛雷斯（Fernández Flórez，1886--1964）都是西班牙作家。

无线电电话事业"等等），要忍气吞声，不要再去那位艺术家的领地凑热闹。他这样做了，我却害上了猎奇病，很想去看看那位文人是怎样录制节目的。

一天上午，在我们惯常喝咖啡的时候，我小心翼翼、拐弯抹角说了一阵，最后鼓起勇气试探一下彼得罗·卡玛乔。我告诉他，很想看看新来的特技技师是怎么工作的，以便证实一下技师是否像他向我说的那么好。

"我没有说他好，而是说他还可以，"他马上纠正我说，"但是我在教他，他也许能成为一个好技师。"

他呷了一口滋补剂，用那双小眼睛冷冷地、有礼貌地看着我，似乎满腹疑虑，最后无可奈何地同意；

"好吧，您明天来，看三点钟的。但是，下不为例，我实感遗憾。我不愿意让演员们分心，不管谁来都会扰乱他们，使他们脱离我的指挥，不能进入角色。录制一段戏就是做一次弥撒，我的朋友。"

实际上，我看到的这次录制比做弥撒还要庄严。在我所记得的弥撒中（我已多年不进教堂了）从未看到过像录制《阿尔贝托·金泰罗的祸与福》第十七章那么真切感人的场面。演出大概不超过三十分钟——十分钟排演、二十分钟录制。可我竟觉得持续了几小时。整个演出过程中，铺着落满灰尘的绿地毯的玻璃房间里笼罩着严肃的教堂气氛，从一开始就给我留下了深刻的印象，这里称得上是中央电台的"一号录音室"。录音室里的观众只有我和大巴布利托，其余都是积极参加录音的人。彼得罗·卡玛乔一进来，就用他那军人般的目光告诉我们，必须像可笑的雕像似的待着。剧本作者兼导演好像变了样：魁梧、结实，活像一位给纪律严明的军队进行训话的将军。纪律严明？更确切地说，是被迷住了、神魂颠倒、十分狂热的军队。何塞菲娜·桑切斯挂着大胡子，青筋暴露，我好不容易才把她认出来。我曾多次看过她录制台词，嘴里嚼着口香糖，手里打着毛线，一副心不在焉的样子，看上去像不知道自己在讲些什么。如今却一变而为举止严肃的人，此刻她如不查看——犹如做祈祷——脚本，便总是尊敬而温顺地盯着艺术家，像小孩子第一次接圣餐那天看着祭坛那样微微颤抖。卢西亚诺·潘多和另外三个演员（两个女的和一个很年轻的小伙子）也是如此。他们互不交谈，互不相视；他们的眼睛像被磁铁吸引似的，从脚本转向彼得罗·卡玛乔，再转向控制音响效果的技师——轻浮的奥乔阿，他在玻璃的另一侧，分享着快乐。他非常严肃认真，不断调试各种控制系统，按电钮，开灯光，紧皱眉头，专心致志地注视着录音室里的情况。

五位演员在彼得罗·卡玛乔周围站着围成一圈。彼得罗·卡玛乔总是穿着那套黑西服，结着花格领带，蓬松着头发。他正在给演员讲解将要开始录制的那场戏。他对他们讲的并不是什么指示，至少在他具体交代怎么念道白——稳重或夸张、慢或快——时那种淡然的样子说明了这一点。然而按照他的习惯，在讲述深奥的美学和哲理时，总是露出一副高尚、傲慢的神气，仿佛自己是这方面的权威。因此，"艺术"和"艺术的"这两个词汇便成了那种热烈的演说中频繁出现的字眼，如同神奇的军中口令，什么都能解决，什么都能解释。但是，比这位玻利维亚文人的话更为罕见的是他说话的那种热情，也许他的话产生的效果更为罕见。他讲话时打着手势，不时地踮起脚尖；他的语调慷慨激昂，像一个人掌握了一种急迫的真理，必须宣传它，让人分享，让人接受。他大获成功：五位演员痴呆地听他讲话，神情惶惑，眼睛睁得老大老大，像是为了更好地吸收对他们工作（剧本作者兼导演说是他们的"使命"）的训诫。我感到遗憾的是胡利娅姨妈不在场，因为当我给她讲述在那漫长的半个小时里我看到在彼得罗·卡玛乔激昂演说的鼓舞下，从事利马最卑贱职业的那伙演员如何改形换貌、美化装扮、精神振奋地排演时，她是不会相信的。我和大巴布利托坐在录音室一角的地板上，我们面前就是刚从胜利电台叛逃而来的那个人，他的周围放着从那个电台带来的东西，这是中央电台的最新战果。他也以神秘的姿态聆听了艺术家感情奔放的演说。录音一开始，我觉得他就变成了那个场面的中心人物。

他是一个身强力壮、铜色皮肤的小个子，头发挺硬，穿戴几乎像乞丐：破旧的黄裤子、缀满补丁的衬衫、没有带子的鞋。（后来我得知人们都管他叫那个神秘的绰号：石滚子。）他的工具是：一个舞台、一扇门、一个盛满水的洗脸盆、一个哨子、一叠白金纸、一台电扇和其他一些类似家用的器皿。石滚子独演一台戏，他可以变换腔调，做杂技动作，扮演几个角色，表演让人想象得出的姿态。导演者刚发出预先定好的信号——在充满对话、哎哟声和叹息声的空中像教师那样摆动着食指——石滚子就在舞台上煞有介事地迈着慢步，发出人物走动由远及近或由近及远的脚步声；看到另一个信号时，他操纵电线以不同的速度转动着白金纸，发出淅沥雨声或刮风的呼啸声；再一个信号，他把三个手指放到嘴里吹起口哨来，录音室里充满了颤音，那是一种在某个春晓时分唤醒别墅里女主人的颤音。制造大街上一片嘈杂声时，他干得尤其漂亮：在某一特定的时间里，两个人物一边交谈一边穿过阿尔玛斯广场，轻浮的奥乔阿利用录音磁带发出发动机和汽车喇叭的声响，但是其他音响效果都是石滚子不靠机器而是自己弄出来的——用舌头弄出爆裂声、咯咯的叫声、嘟嘟囔囔的说话声、低低的耳语声（他像是同时做着这些事情）。在中央电台这间小小的录音室里，只要合上眼睛就能体会到各种声音：轻松愉快的谈话、笑声、感叹，即一个人在繁华的街道漫步时听到的一切。但是，好像这还不够，石滚子发出十几种人声的同时，还在舞台上走动和跳跃着，发出行人在便道上的脚步声和身体摩擦的声音。他同时用脚和手"走路"（手是套上鞋子的），蹲下身子，像猴子一样垂着双臂，用肘腕和小臂拍打大腿。演完阿尔玛斯广场中午的嘈杂场面（声音方面）后，在某种意义上说，用音乐配制——铁器叮当作响，刮玻璃，为了模仿在松软地毯上椅子滑动和人跌倒的声音用几块木板磨蹭臀部——利马某个高傲的贵妇宅邸内的情况就是小事一桩了：贵妇用中国瓷器为女友倒茶，或者用音响效果使人仿佛亲临巴尔兰科动物园，可以听到野兽吼叫，飞禽啼鸣，动物用嘴刨地，豺狼嚎叫（他还另外增加了许多动物）。录音完成后，他就像刚刚跑完奥林匹克运动会的马拉松赛跑，呼哧呼哧喘个不停，两眼发黑，汗流浃背。

彼得罗·卡玛乔犹如置身于葬礼上的严肃态度感染了他的合作者。这是一个巨大的变化。古巴 CMQ 电台的广播剧常常是在狂欢的气氛中录制的，演员们一边表演一边相互做着怪相，或做着下流的动作嘲弄自己和自己说的话。现在给人的印象则是，如果有谁开个玩笑，别人就会向他扑过去，把他当作亵渎神明的家伙进行惩罚。当时我想那也许是出于对上司的恭顺装出来的，为的是不像阿根廷人那样被赶走，实际上他们并不像上司那样对自己成为"艺术的牧师"有十分把握。但是，我错了。返回泛美电台时，我和何塞菲娜·桑切斯一起在贝伦大街散了会儿步，何塞菲娜·桑切斯在两场广播剧之间的空闲时间要回去为家里煮点茶。我问她玻利维亚文人是否每次录音前都要发表那种慷慨激昂的演说还是这次有点例外。她那样轻蔑地看了看我，以致肥胖的下巴都颤抖了。

"今天他讲得不多，因为他没有灵感。有时想到他那些思想不保留下来传给后代，真叫人难过。"

我问她——她"有那么丰富的经验"——是否真的认为彼得罗·卡玛乔是一位才华出众的人。她迟疑了几秒钟才找到了恰当的话表达自己的想法：

"那个人把艺术家的职业奉为神明。"

第六章

　　夏日一个明朗的早晨，佩德罗·巴雷达·依萨尔迪瓦博士像往常那样衣冠整洁而又准时地走进他在利马最高法院第一庭（刑事）审判长的办公室。他有五十岁左右，正是年富力强的时候。从外表看——饱满的天庭、鹰钩式的鼻子、深邃的目光——组成一副正直、善良的相貌。他的行为举止反映出翩翩的风度，令人肃然起敬。他衣着朴素，因为他是个薪水菲薄的法官，根据宪法，是不能受贿的。但是，由于他品行端正，那样彬彬有礼，竟然给人以一种高雅脱俗的印象。这时，司法部大厦开始从昏睡中苏醒过来，熙熙攘攘的人群拥进这座大楼，其中有律师、讼棍、公务员、告状人、公证人、遗嘱执行者、中学毕业生、好奇的观众。在这座蜂房的中心部分，巴雷达·依萨尔迪瓦博士正打开皮包拿出两份卷宗，在自己的写字台前坐下，准备开始办公。几分钟后，身材矮小、戴着眼镜、说起话来仁丹胡有节奏地颤动的书记员塞拉亚博士像一块陨石般急促而又无声地降落在巴雷达的办公室。

　　"早晨好，博士先生。"他一面问候审判官一面尊敬地点头致意。

　　"您好，塞拉亚，"巴雷达·依萨尔迪瓦博士和蔼可亲地笑着说，

"您上午给我们安排了什么事？"

"一件造成严重伤害身心健康的强奸幼女案，"书记员说着把厚厚一袋公文放在写字台上，"被告是维克多里亚区的居民，他否认犯罪事实。主要的证人都在走廊里等着呢。"

"在听取证词前，我要把警方的报告和原告的起诉书再看一下。"法官提醒书记员。

"一切必要的材料马上备齐。"书记员说罢便离开了办公室。

在巴雷达·依萨尔迪瓦博士那坚固的法官盔甲的里面有着诗人般的心灵。他只要剥去那些法律条款和充斥着拉丁语词的华丽外壳，便可以轻而易举地从那些冰冷的公文里想象出事实真相。他就是这样批阅维克多里亚区提交的报告，一面极为详尽地将告发的事实复原。他读到：上星期一，一个十三岁的女孩，名叫萨丽达·万卡·萨拉维利亚，梅塞德斯·卡维略·德·卡沃内拉中心小学的学生，走进光怪陆离的维克多里亚区的警察局。她哭哭啼啼地走进来，面部和四肢都带有青紫色的伤痕，陪同她前来的是父亲卡西米罗·万卡·帕德隆先生和母亲卡塔利娜·萨拉维利亚·梅尔加女士。这个女孩是前一天晚上被强奸的，地点在鲁纳·皮萨罗大街 12 号居民楼 H 号房间，犯罪分子是一个叫梅古梅辛多·特略的家伙，也是这座居民楼的房客（住在 J 号房间）。萨丽达一面克制着慌乱，一面声音颤抖地向社会秩序的维护者们揭露，这次强奸事件是那个罪犯长期蓄意纠缠的悲惨结果。该罪犯八个月来——也就是说自从他像个不祥的怪鸟搬到 12 号居民楼那天起——就在追逐萨丽达·万卡，而她的父母或别的邻居则毫无察觉。他常常说些令人不快的恭维话和无耻的暗示（诸如"我很想挤一挤你那果园里的柠檬"或者"过几天我给你挤挤奶吧"）。后来，古梅辛多·特略果真从预谋转为了行动，他曾经在这个女孩放学回家或外出办事的时候，等在 12 号居民楼的大院里，或者在附近的街道上企图抚摸和亲吻她。出于少女的羞怯，被害人并没有把上述被纠缠的情形告诉父母。

星期天夜晚，萨丽达·万卡的父母去梅特罗波里丹影院看电影，他们走后十多分钟，这个女孩正在做作业，忽然听到有人轻轻敲门。她上前开了门，看见是古梅辛多·特略站在外面。她有礼貌地问道："您有什么事吗？"那个罪犯装出世界上最无害的样子，借口说他的煤油炉没有燃料了，想去买，天又太晚了，希望能借一点煤油好做饭（他保证次日归还）。万卡·萨拉维利亚这姑娘既慷慨又天真，便让那家伙进了房间，并且告诉他，煤油桶就放在炉灶和马桶中间。

（巴雷达·依萨尔迪瓦博士看到那位受理此项控告的警方代表的疏忽，露出一丝微笑。那份报告无意中暴露了万卡·萨拉维利亚家的布宜诺斯艾利斯人的习惯——在进餐和起居的房间里用木桶大小便。）

被告用上述手段钻进 H 号房间以后，立刻将门闩上，随后双膝跪下，两手合拢，向萨丽达·万卡·萨拉维利亚倾诉爱慕之情。这时，小女孩才为自己的处境惊慌起来。古梅辛多·特略运用那少女称之为浪漫的语言，劝她答应他的要求。他要求些什么呢？他要她脱光衣裳，让他抚摸。萨丽达·万卡极力镇定下来，断然拒绝，并厉声斥责古梅辛多·特略，声称要喊街坊四邻。被告见此情形，一反哀求的态度，立刻从身上抽出一把匕首，威胁女孩说不许声张，否则乱刀捅死。他从地上站起来，步步向她逼近，一面说道："得了，得了，宝贝儿，快脱衣服吧！"由于她无论如何不肯依从，他便拳打脚踢，直到把她打得躺在地上。据受害人称，因为恐惧，她的牙齿抖个不停。罪犯撕开了她的衣服，又解开了自己的纽扣，便猛扑到她身上，就在地板上把她奸污了。由于小姑娘一再反抗挣扎，那个强奸犯又是一顿殴打，所以身上增加了青斑和肿块。性欲得到满足后，古梅辛多·特略离开了 H 号房间，临走前他又警告萨丽达·万卡·萨拉维利亚，如果还想活下去，就对发生的事一个字也别说出来（他一面说一面晃动匕首，表明他的话是算数的）。父母从电影院回到家中，发现女儿泣不成声，并且遍体鳞伤。处理过她的伤痕后，他们一再追问发生了什么事，但是她因为羞愧交加，不肯开口。这一夜就这样过去了。次日清晨，小姑娘从这次意味着失去童贞的沉重打击下有所恢复，向父母讲出了事情的全部经过。于是他们立刻前往维克多里亚区警察局提出控告。

巴雷达·依萨尔迪瓦博士闭目沉思片刻。他为女孩的遭遇感到痛心（虽然他终日与犯罪案件接触，却不能习以为常），思量着，看上去，这是一件毫不神秘、典型的、可以分毫不差地归入刑法的案件，根据其有预谋、百分之百暴力和手段残酷等恶劣性质，完全可以纳入强奸幼女的条款中。

法官接着批阅了警方逮捕古梅辛多·特略的报告。

阿尔贝托·库西甘基·阿佩斯特吉和瓦西·蒂托·帕里纳高卡两位警察奉恩里克·索托上尉的指示，手持逮捕证前往鲁纳·皮萨罗大街12号居民楼，但是罪犯不在家中。邻居报告说，他的职业是机修工，在印地摩托气焊修理部工作。这家修理部位于维克多里亚区的另一侧，差不多就在松树岭的山坡上。两名警察立即动身前往，到达修理部后，他们吃了一惊，原来古梅辛多·特略刚刚离开。修理部的老板卡洛斯·普林西佩先生告诉他们，古梅辛多·特略借口参加洗礼仪式向他请了假。当警察询问工人们他可能到哪个教堂去时，工人们都诡秘地相视而笑。卡洛斯·普林西佩先生解释说，古梅辛多·特略不是天主教徒，而是"耶和华的见证人"。他们这个教派不在教堂里由神父洗礼，而是露天钻到河水中去。

库西甘基·阿佩斯特吉和蒂托·帕里纳高卡怀疑这种聚会是同性恋的某个团体干的（因为发生过类似情况），便要求老板带他俩前往被告所在的地方。经过反复思量和交换看法，印地的老板决定亲自带领警察前往特略可能在的地方，因为好久以前，特略曾经给老板和修理部的同事们宣讲过教义，并邀请他去观看受洗的仪式（结果老板并没有被上述场面说服）。

　　普林西佩先生用自己的汽车带上治安当局的代表来到玛依纳斯大街与玛尔蒂奈底公园交界的地方，那里是一片空地，周围的居民经常在那里焚烧垃圾脏物，里玛克河的一条支流从那儿经过。"耶和华的见证人们"果然正在那里聚会。库西甘基·阿佩斯特吉和蒂托·帕里纳高卡看见有十几个不同年龄和性别的人站在齐腰深的泥水中，没有穿游泳衣，而是衣冠整齐，有些男人还系着领带，其中一个甚至戴着礼帽。他们全然不理睬从附近跑来看热闹的居民的嘲笑、讽刺、投掷果皮和其他恶作剧，继续严肃认真地进行仪式。两位警察最初一看，认为那是不折不扣的集体投河自杀。他们看见这样一个场面："耶和华的见证人"以十分笃信的声调唱出奇怪的赞美诗，同时抬起一个身披斗篷、穿宽脚裤的老年人，把他按进那肮脏的河水中，难道他们要用他来祭祀上帝？可是，当警察手持左轮枪，两脚踏进污泥，命令那些人停止罪恶行径时，首先表示抗议的就是那位老人，他要求警察马上退走，并且称他们是什么怪物（似乎是"罗马人"和"天主教徒"）。这两位治安维持者无可奈何，只好耐心地等待洗礼结束，以便逮捕古梅辛多·特略，在普林西佩先生的指点下，他们已经认出了那个罪犯。洗礼又持续了一会儿，见证人们时而祈祷，时而将受洗人按入水中。那老人脸朝下，大口吞下脏水，直到灌满肚皮。那时，聚会者才将他抬到岸边，祝贺他从那时起获得了新生命。

　　就在这时，两名警察上前逮捕了古梅辛多·特略。这位机修工人未做任何反抗，也没有企图逃跑，更不为被捕一事表示惊慌。给他戴上手铐时，他仅仅对别人说出这样一句话："弟兄们，我永远不会忘记诸位。"见证人们立刻放声唱起新的赞美诗，举头望着天，翻动着白眼球，他们就这样伴送古梅辛多·特略和警察登上普林西佩先生的汽车。老板将他们仨送到维克多里亚区警察分局。局里的人对老板提供的帮助表示感谢，老板便告辞而去。

在分局里，恩里克·索托上尉询问被告是否愿意把鞋子和长裤放在院子里晒干。对此，古梅辛多·特略回答说，由于近来利马城内改变信仰的人日益增多，他已经习惯穿着湿衣湿鞋走路。索托上尉立即进行审讯，被告对此表现了积极合作的态度。当问他一般情况时，他说姓名是古梅辛多·特略，母亲是古梅辛达·特略女士，莫盖瓜省人，已故，父亲情况不详。他本人大约也出生于莫盖瓜省，现年二十五岁或者二十八岁。关于年龄不准确的问题，他解释说，他出生后不久，母亲便将他送给省城里由天主教开办的孤儿院。他说，他接受的是天主教的愚昧教育，幸运的是到了十五岁或十八岁的时候便摆脱了他们的愚蠢言行。他解释说，活到十五岁或十八岁时发生一起大火，孤儿院被烧得一干二净，全部档案也付之一炬，所以他的准确年龄便成了秘密。他声称，这场灾难是命里注定的，因为就在这时，他认识了从智利徒步到利马的一对智者夫妇，他们一路上宣讲使盲人可以看见光明、使聋子可以听见声音的真理。他再三强调，他随同这对智者来到利马。至于这对夫妻的名字，他婉言拒绝说出，因为他说只要知道有这么两个人存在于世就足矣，何必贴什么标签？他还说，从那时起，他一直住到现在，一部分时间从事机修工作（他在孤儿院学了这门手艺），另一部分时间宣传真理。他说，他曾在波雷尼亚、毕达尔德、阿尔多斯区居住过，八个月前才搬到维克多里亚区，因为他在印地摩托气焊修理部找到了工作，而以前住的地方离修理部太远。

被告承认从那时起他就在鲁纳·皮萨罗大街 12 号居民楼以房客的身份定居下来，还承认认识万卡·萨拉维利亚一家。他说他曾经几次对这一家人进行过启发性谈话，朗读过一些有益的作品，但是毫无成效，因为像其他房客一样，他们受罗马异端邪说的毒害太深。当提到那个据称是受害者的萨丽达·万卡·萨拉维利亚小姑娘的时候，他说他记得这个名字，并且暗示道，尽管她尚且处于童蒙阶段，他却没有失望，总有一天要把她引导到正路上去。当古梅辛多·特略听到对他的有关控告时，显得极为惊讶，当即否认犯罪事实，随后便放声大笑（故作姿态以便将来辩护？），并且十分高兴地说，这是上帝为他设下的考验，从而检查他的信仰和牺牲精神。他还补充说，现在他才明白为什么征兵时没有中签，其实这正中下怀，是他求之不得的，因为他想以此为例，宣讲他如何拒绝入伍，拒绝向国旗宣誓效忠，因为那是魔鬼的象征。恩里克·索托上尉追问他这些话是否有意反对秘鲁。对此，被告回答说，绝非如此，他所涉及的只是宗教问题。接着他便热烈地向索托上尉和警察们宣讲起来。他说耶稣并不是神，而是神的见证人；还说天主教宣传的耶稣被钉在十字架上是伪造的，是在撒谎，因为据《圣经》记载，他是被钉在一棵树上。关于这个问题，他奉劝他们去阅读《觉醒》半月刊，花上两个索尔就可以解决这类及其他疑难，并为人们提供健康的娱乐方式。索托上尉打断了他的话，发出警告说在警察局里不许进行商业宣传。上尉一定要他供出前一天晚上待在何地，做些什么，因为萨丽达·万卡·萨拉维利亚毫不含糊地声称是前一天晚上被古梅辛多殴打、强奸的。特略明确地回答说那天晚上同每天夜里一样，他独自一人待在自己的房间里，思考着耶稣被钉上去的那棵树，在考虑为什么某些人说的在最后审判的日子里人人都能复活是错误的，因为有许多人永远不会复活，这说明灵魂终有一天会泯灭。当再次要他回到正题上来的时候，被告表示道歉，他说他这样做并非故意，而是无法避免，因为他总想时刻发出光和热去照亮别人。看着人们生活在黑暗之中，他感到万分焦虑。具体地说，他记不得那天黄昏或黑夜看见过萨丽达·万卡·萨拉维利亚。他请求当局将下面的意思记录在案：他虽然身遭诬陷，却并不怀恨那个小姑娘，甚至还要感谢她，因为他猜想这是上帝通过这小姑娘来考验他的信仰是否坚定。鉴于无法从古梅辛多·特略口中确定别人对他的指控，恩里克·索托上尉便结束了审问，将被告转交给司法部监狱看押，以便让法官进一步审理此案。

巴雷达·依萨尔迪瓦博士合上卷宗，在这个令人忧伤的早晨，法院里充满了嘈杂声，他开始沉思起来。"耶和华的见证人"？他见过这个教派的人。前几年，有个男人骑着自行车四处活动，有一天也跑来敲他家的大门，并递给他一份《觉醒》。他由于一时心软，便收下了杂志。于是从那时起，"见证人"就像星辰一样地守时，白天黑夜地踏进他的家门，坚持要他接受上帝的启示，给他送来大量不同风格和题材的小册子、书籍、报刊，直到用劝告、哀求和说教的文明礼貌方法已经不能将"见证人"请出家门，法官只好诉诸警方的武力了。而眼前的强奸犯居然是那种满腔热情地劝说人们皈依正宗的人。巴雷达·依萨尔迪瓦博士心里想，这个案件一定很有意思。

这时上午刚过一半，这位法官漫不经心地玩弄着写字台上那把锋利的长裁纸刀，刀柄上镶有蒂亚瓦纳科①遗址的图样。这是他的上司、同事和下属对他表示敬意的信物（当他庆祝获得律师头衔后的银婚纪念时他们馈赠的礼物）。他唤来书记员，指示要证人出庭。

首先进来的是警察库西甘基·阿佩斯特吉和蒂托·帕里纳高卡，

---

① 位于南美洲玻利维亚和秘鲁交界处的古城，其太阳门上刻有 1 万 2 千年前灭绝的古生物和繁复精确的天文历法。

他俩用尊敬的口气证实了拘捕古梅辛多·特略时的现场情况，还证明，该嫌疑人除去否认指控，虽然由于他那宗教狂热而有点令人讨厌，却表现得乐意合作。书记员塞拉亚博士鼻梁上架着摇摇欲坠的眼镜，逐一地记录着警察的话。

随后进来的是女孩的父母。这对年事已高的夫妇使法官为之一惊：这样一对老朽怎么在十三年前还能生儿育女？女孩的父亲伊萨亚斯·万卡先生牙齿全无，双眼被眼屎糊住一半。他在警方有关他的报告上很快签上字，便急于想知道萨丽达是否能同特略先生结婚。这个问题一提出，萨拉维利亚·德·万卡太太，一个身材矮小、满脸皱纹的女人立刻走到法官面前，一边吻着他的手一边用哀求的声调请求法官行行好，强迫特略先生娶萨丽达为妻。巴雷达·依萨尔迪瓦先生费了好大功夫才向这两位老人解释清楚，在他被授予的最大职权范围内，没有强制结婚这一项。看来，这对老夫妻更关心的是让女孩成婚而不是惩罚强奸犯，因为他们几乎没有谈到事件本身，只在催问他们的时候才说上几句。可是他们花去很多时间细数萨丽达的美德，仿佛正在进行拍卖。

法官不禁暗暗发笑，他想，这些可怜的农夫——毫无疑问他们是从安第斯山里来的，以前一定是和土坷垃打交道的——把他当成了一个不肯批准儿子婚事的刻薄老爹。他再三要他们认真考虑：怎么能让一个强奸幼女的男人做女儿的丈夫？可是他们急忙插嘴说，萨丽达一定是个模范妻子，她小小的年纪已经对烧饭、缝衣等家务事样样精通。他们已经年迈，不愿意丢下她当孤儿。特略除了那一夜对萨丽达有些越轨，看来为人严肃、肯干，从来没有看见他喝醉过，实在令人尊敬。他总是一大早就手提工具箱和一捆挨户推销的小报上工去，这样一个为生活而奋斗的小伙子难道对萨丽达来说不是一个很好的对象吗？两位老人向法官伸出双手说："法官先生，发发慈悲吧，帮帮我们！"

巴雷达·依萨尔迪瓦博士的心中浮起一堆疑团，做了这样的假设：所有这一切会不会是这对老夫妻为嫁出女儿而设下的圈套？但是大夫的报告是无可争辩的：女孩的确被强奸了。他颇费唇舌地送走了这对证人，随即传讯受害人。

萨丽达·万卡·萨拉维利亚的到来使法官闷热办公室的气氛变了样。法官是见多识广的人，无数的害人者和受害人在他眼前表演过种种千奇百怪的事，但是这一次，他心里想，眼前这一位是个真正别具一格的标本。萨丽达·万卡·萨拉维利亚是女孩吗？从年龄上判断，这是毋庸置疑的；从她那初显女性特征的幼小身材，从梳成长辫的发式以及学生式衣裙的穿戴着，都是毫无疑问的。可是，看看她那灵活的动作、站立的姿势、时而分开的双腿、时而扭动的腰身、时而耸动的肩膀、时而插在腰间的双手，特别是她那用两只丝绒般毫无顾忌的眼睛看人的方式以及用老鼠般的小白牙咬住下唇的神态，都似乎说明萨丽达·万卡·萨拉维利亚是个饱经风霜、阅历丰富的女人。

巴雷达·依萨尔迪瓦博士审问少年儿童时一向极其谨慎。他善于赢得孩子们的信任，懂得用迂回的办法来避免伤害他们的感情，用温和耐心的态度轻而易举地诱导他们说出那些棘手的问题。但是这一次他的经验不灵了。他用委婉的口气问那个女孩是不是古梅辛多·特略长期以来说些没有教养的话来纠缠她，萨丽达·万卡立刻打开了话匣子。她说，是的，自从他搬到维克多里亚区之后，每时每刻，在任何地方都在纠缠她。有时去公共汽车站等她，有时送她回家，总是说："我真想从你身上吸一口蜜。"但是使法官的面颊烧得通红、使塞拉亚中断了打字的还不是这些女孩不便说出口的隐喻，而是萨丽达描绘她被追逐时的一系列动作。那个机修工总想摸摸这个地方，她说着举起双手，放在那柔软的胸脯上亲热地抚摸起来。他还摸这个地方，她说着，两手又落到膝盖上，然后逐渐向上、向上滑去，弄皱了裙子，一直摸到大腿根（不久前还是情窦未开的）。巴雷达·依萨尔迪瓦博士眨眨眼睛，咳了一声，同书记员飞快地交换了一下眼色，用长辈的口气向那女孩解释说，谈谈大概的情况即可，不必那样具体。萨丽达打断法官的话，说他还捏这个地方，说着转过身去，向法官撅起臀部，仿佛有个胀大的气球突然出现在他眼前，法官立刻产生一种预感：他的办公室随时可能变成脱衣舞场。

法官极力克制着心头的紧张，用平静的声调引导她忘掉那段开场白，集中叙述她被强奸的经过。他解释说，虽然她应当客观地讲出发生的事件，但对细枝末节无须赘述；至于那些有碍廉耻的部分，就更不必多讲了（巴雷达·依萨尔迪瓦博士略为难地干咳了一声）。法官一方面想缩短这次传讯的时间，另一方面也想使这一次传讯进行得规矩些。他心里揣猜那女孩说到色情淫秽的地方自然会慌乱不安，小心谨慎，轻描淡写地一带而过。

可是，萨丽达·万卡·萨拉维利亚刚听罢法官的提示，就像一只嗅到血腥味的斗鸡，立刻激动万分，脱口说出一篇淫秽的独白，外加说明精子运动的表演，这使得巴雷达·依萨尔迪瓦博士屏住呼吸，弄得塞拉亚浑身颤抖，颇不雅观。机修工这样敲门，她这样开门，他这样盯着她，这样说话，这样跪下，这样拍着心窝，这样向她表白发誓说爱她。法官和书记既慌乱又恍惚地注视着这个小妇人，望着她好像飞鸟般扑扇着翅膀，仿佛跳舞般地踮起脚，弯腰，起立，微笑，发怒；听着她变换着声调，提高嗓门，时而模仿自己，时而模仿古梅辛多·特略；最后，表演他跪在地上向她求爱。巴雷达·依萨尔迪瓦博士伸出一只手，含含糊糊地说，好了，不要讲下去了。但是那个饶舌的受害者继续解释说，机修工用匕首这样威胁她，这样扑向她，把她这样推倒在地，这样趴到她身上，这样掀起她的裙子……听到此处，法官——脸色苍白，神情庄重而又威严，好似《圣经》里愤怒的先知——从座位上挺直身体，怒吼道："行了，行了，够了！"这是他有生以来第一次高声怒喝。

萨丽达·万卡·萨拉维利亚平躺在地面上，就要形象地讲述到令人消魂的阶段，这时惊恐地望着那根似乎要向她开火的食指。

"我不需要再了解了。"法官较为缓和地重复说，"站起来！整理好裙子，回到你父母那里去。"

受害人点点头，站立起来，那戏剧性的表情和不知羞耻的神色已经从那张小脸上消失，她又重新变成了一个小姑娘，并且明显地露出愧色。她一面卑微地低头鞠躬，一面退向房门，然后离开了。法官这时转身望着书记员，用很有分寸、毫无讽刺意味的口气提醒他别再打字了，难道他没发觉打字纸早已滑到地上，他是在空滚筒上敲打吗？塞拉亚满脸通红，结结巴巴地回答说，刚才发生的事把他弄得神经错乱了。巴雷达·依萨尔迪瓦博士微笑着对他说：

"咱们看了一出非同寻常的演出。"法官满带哲理地说下去，"这个女孩的血液里有个魔鬼在捣乱，糟糕的是她自己可能还不知道。"

"博士，美国人把这种人称为洛丽塔，对吗？"书记员企图增长些见识。

"毫无疑问，是个典型的洛丽塔。"法官语气肯定地说。他一面故作镇静，仿佛倔强的海豹，虽遇飓风却依然乐观地吸取教训，一面补充说："我们至少可以感到欣慰，并非只有北方巨人才有这项专利权。我们这位本地姑娘可以与任何一个外国的洛丽塔决一雌雄。"

"看上去似乎是她把那个工人弄得神魂颠倒，结果就把她强奸了。"书记员走了题，"但听完她的讲话，看完她的表演，人们会发誓说，是她把他奸污了。"

"行了，别说了！我禁止这类推论。"法官责备书记员，后者脸色变得苍白，"别搞这种多疑的猜测。传古梅辛多·特略到庭！"

十分钟后，巴雷达·依萨尔迪瓦先生看到古梅辛多被两名警察押着走进办公室，立刻明白书记员对该人的归类太过火了。这不是一个惯犯，而是从某种意义上来说更为严重的人：一个教徒。看到古梅辛多·特略那张面孔，一股寒战使法官脑后的头发陡然竖立起来，他立刻记起那个骑自行车散发《觉醒》杂志的人，特别是那不动声色的眼神。他曾经在噩梦中见过此人，梦见过那平静而又固执的目光，那目光表明他是那种通晓真谛、心中不惑、已经解决了全部疑问的人。可以肯定，这是一个未满三十岁的小伙子，他那瘦骨嶙峋、体弱多病的模样很容易引起别人的怜悯，从而给予布施；他的头发短得几乎成了光头，肤色黝黑，身材矮小；身上穿着烟灰色的外衣，既不整洁也不褴褛，而是不好不坏；衣服已经干了，但是由于曾经下水洗礼而皱褶得厉害，上身穿件白衬衫，脚下穿着带铁掌的短靴。法官——这个具有人类学家般嗅觉的人——只需看上一眼，就知道这人的性格特征是：谨慎、俭朴、信仰诚笃，沉着冷静，天资聪慧。他很懂礼貌，刚踏进门槛，便亲切地向法官和书记员道了日安。

巴雷达·依萨尔迪瓦博士命令警察给他打开手铐后离开办公室。自从巴雷达登上法官的宝座后，便确定了一个习惯：即使面对最放肆的罪犯，也要单独审问，不用强制手段，而用慈父般的口气。就在一对一的面谈中，罪犯常常像忏悔的人面对牧师那样向他敞开心扉。他从来没有对这个带有冒险性质的试验表示过后悔。古梅辛多·特略揉揉手腕，对这表示信任的做法连声道谢。法官指给他一个座位，机修工挺直胸脯在椅子边沿上坐下来，他似乎是那种一想到舒适的概念就浑身不自在的人。法官心里推测着约束这位"见证人"的生活信条：睡眼惺忪就起床，尚未吃饱就离开餐桌，（如果去看电影）不等影片结束就退场。他试图想象这位机修工如何受到维克多里亚区那个小荡妇的撩拨和刺激，但是他立刻取消了这种联想，因为这违反辩护条例。这时，古梅辛多·特略开口讲起来：

"我们的确不给政府、政党、军队或任何显赫的政治团体充当奴仆，因为他们都是魔鬼的产物。"他温顺地说道，"我们也的确不向任何五颜六色的布片宣誓效忠，也不穿任何军服，因为任何军服和袖章都不能使我们喜欢。我们也不赞成移植皮肤或输血，因为上帝造就科学是为了建设，而不是为了破坏。但是，这些看法并不意味着我们不去履行自己的义务。法官先生，我听您的吩咐，将竭诚效力，并且希望您明白，虽然事出有因，但我仍然对您表示尊敬。"

他缓缓地讲着，似乎有意给书记员的工作提供方便。书记员用音乐般的打字声为他那冗长的演说伴奏。法官对他的良好愿望表示感谢，并且告诉他法庭尊重各种思想和信仰，特别是宗教信仰。然后便有意提醒他，他并非由于信仰问题而被捕，而是因为有人控告他殴打和强奸幼女。

一抹深奥的微笑从这个莫盖瓜省人的面孔上闪过。

"见证人就是出面作证的人，是可以证明他人行为的人，是可以证实某个事件的人，"他一面注视着法官，一面表现他如何精通词义学，"见证人就是知道上帝存在而把它讲述出来的人，是认识了真理并把它公布于众的人。我是见证人，你们二位只要有决心，也可以成为见证人。"

"谢谢，改日再谈这个吧。"法官打断他，拿起那厚厚的卷宗，在机修工面前一晃，仿佛那是一盘食物，"现在时间紧迫，眼前这件事是重要的，咱们还是直截了当地说吧。开始前，我有一言相劝：讲真话，老老实实地讲真话，这对您是有好处的。"

被告人似乎被某种隐秘的回忆激动，深深地叹息一声。

"真话，真话，"他忧伤地嘟囔道，"法官先生，何谓真话？莫非指诬蔑、走私或梵蒂冈利用庸人的天真所宣传的欺骗？那难道是真理？不客气地说，我认为我已经找到了真理，但是我斗胆地问您一句：您找到真理了吗？"

"我正打算找到它。"法官拍拍卷宗的封面，狡黠地说。

"是关于十字架的虚构吗？是关于彼得和石头的玩笑吗？是关于主教冠冕的真相吗？或是关于取下教皇一根头发便可使灵魂永生的传

说?"古梅辛多·特略用讽刺的口吻问道。

"是关于你对萨丽达·万卡·萨拉维利亚小姑娘犯下的强奸罪行,"法官开始反击了,"是关于你蹂躏一个十三岁少女的真相,是关于你如何殴打她、威胁她、恐吓她、强奸她、凌辱她、也许已经使她怀孕的真相。"

法官的声调越来越高,口气里充满了责备和威严。古梅辛多·特略极为严肃地望着法官,像他坐的那把椅子一样死板,脸上毫无慌乱、悔恨的表情。终于,他像老黄牛那样温和地摇摇头,语气肯定地说:

"我准备迎接耶和华对我的任何考验。"

"这与上帝无关,而是与你自己有关,与你的欲望、淫乱、好色有关。"法官把他从天上拉回到尘世。

"法官先生,这总是与上帝有关的,"古梅辛多·特略固执地说,"这与您、与我、与任何人都无关,只与上帝有关。"

法官劝告他说:"你要承担责任。按照事实讲吧!如果认罪,法庭也许可以从轻发落。既然你极力要我相信你是有信仰的,那么就按照你的信仰办事吧。"

"我对自己的种种罪过,无数的罪过,是悔恨的,"古梅辛多·特略悲哀地说道,"法官先生,我清楚地知道我是个有罪孽的人。"

"很好,讲具体事实吧。"巴雷达·依萨尔迪瓦博士催促道,"要讲得确切,不要拐弯抹角。说吧,你是怎么强奸她的?"

可是这个为上帝做见证人的人却双手蒙面,抽抽搭搭地哭起来。法官并没有被打动,他早已习惯了被告人突然间的喜怒变化,并且善于利用这种变化来追查事实。看见古梅辛多·特略那样垂头丧气,看见他那颤抖的身体和沾满泪水的双手,巴雷达·依萨尔迪瓦博士因这套战术的效果而产生出对职业的自豪感,他想,被告的内心斗争已经达到这样一种火候:鉴于无法再伪装下去,只好自动、急切而滔滔不绝地讲出真相。

"材料，材料，"他强调说，"干了些什么事？什么地点？什么位置？说过什么话？做过什么动作？好了，拿出勇气来！"

"法官先生，问题是我不会撒谎，"古梅辛多·特略抽抽噎噎、含含糊糊地说，"我吃什么苦都行；挨骂，坐牢，受羞辱，都可以。但是，我不会撒谎。我从来也没学过。我做不到！"

"很好，很好，不会撒谎值得赞扬，"法官脸上露出鼓励的表情，同时高声说道，"可是要证明给我看。说吧，你是怎么把她强奸的？"

"问题就出在这里，"上帝的见证人一面咽下口水，一面绝望地说，"因为我根本就没有强奸她！"

"特略先生，我要对您说，"法官一字一顿、口气宛如长蛇般柔软但显得越发轻蔑，"你是耶和华的假见证人！是个骗子！"

"我没有碰过她，从没有和她单独说过话，昨天甚至没有看见她。"古梅辛多·特略说道，好似一头咩咩叫的羊羔。

"你是一个无耻之徒、一个惯于装腔作势的人、一个言而无信的家伙，"法官斩钉截铁地斥责道，"如果说你不在乎法律和道德，那么至少要尊重你整天挂在嘴上的上帝吧。想想吧，上帝眼下就在注视着你。想想吧，上帝听见你撒谎，他会感到多么痛心。"

"无论是我的眼睛还是我的心灵，都从没有伤害过那个小姑娘。"古梅辛多·特略再次重复道，那声音是令人心碎的。

"你威胁她，殴打她，强奸了她！"法官发火了，"特略先生，就是因为你那下流的性欲！"

"因为——我那——下流的——性欲？"上帝的见证人重复道，仿佛头上挨了重重的一击。

"是的，先生，因为你那下流的性欲。"法官重申道；稍停一下，他又添加一句："就是因为你那个造孽的玩意儿！"

"因为——我那——造孽的——玩意儿？"被告结结巴巴地说道，

那声音是凄楚的，表情是惊愕的，"您说——我那——造孽的玩意儿？"

他的两眼奇怪地翻动着，仿佛一对惊慌的蚱蜢，从书记员转到法官，从地面转到天花板，从椅子转到写字台，然后在桌子上停住，扫视着纸张、卷宗、吸墨器……当他的目光落到那把因史前艺术光辉而璀璨夺目的蒂亚瓦纳科图样的裁纸刀上时，眼睛里突然放出异彩。古梅辛多·特略突然一伸手，把刀子抢在手中，这个动作如此之快，使得法官和书记员根本来不及阻止。古梅辛多没有任何威胁他人的意思，而是相反，好似母亲保护婴儿般把寒光闪闪的刀子贴在胸前，一面向那两个惊得目瞪口呆的人投去一瞥平静、安详而又凄然的目光。

"要是你们以为我会伤害各位，那就是对我的侮辱了。"他以悔罪的声调说。

"蠢货，你是绝对逃不出去的。"法官这时渐渐恢复了镇定，发出警告，"司法大楼里布满了警察，他们会杀死你！"

"我要逃跑？"机修工嘲讽地问，"法官先生，您太不了解我了！"

"你看看，你现在不是不打自招了吗？"法官强调说，"把裁纸刀还给我！"

"为了证明我是清白无辜的，需要借用一下。"古梅辛多·特略平静地解释说。

法官和书记员互相对视了一下。这时被告人已经站起身来，他脸上的表情好像耶稣准备受难，右手上的刀子发出不祥的寒光，左手则不慌不忙地伸向裤子中央的拉链，痛苦地说：

"法官先生，我至今还是童身，从来没有接触过女人。这个别人用来造孽的家伙，在我身上只能用来小便……"

"等一等！"巴雷达·依萨尔迪瓦博士产生了极大的疑心，连忙打断他说，"你打算干什么？"

"把它割下来，扔到垃圾里，以证明它对我是无关紧要的。"被告一面回答，一面用下巴指指字纸篓。

他毫无狂妄的表情，平静而又果断地说完，法官和书记员张口结舌地望着，未能发出一声喊叫。古梅辛多·特略的左手已经抓住那个造孽的家伙，右手举起裁纸刀，仿佛刽子手挥动刀斧前那样测量着被判死刑者的头颅，以便手起刀落，结束那不可思议的考验。

他下手没有？如果一刀下去，会不会发生意外？他肯为了表现抽象的伦理道德而牺牲自己的身体、青春和名誉吗？古梅辛多·特略将把利马最受尊敬的法庭变成祭坛吗？这出法庭悲剧究竟怎样收场？

第七章

　　尽管我和胡利娅姨妈的恋爱进行得一帆风顺，事情还是逐渐变得复杂起来，因为保守秘密不易。我们共同商定好，为了不在家里引起怀疑，我大大减少了到鲁乔舅舅家去拜访的次数，只是每星期四还继续准时去吃饭。晚上为了去看电影，我们要各种花招。胡利娅姨妈先走，她打招呼告诉奥尔卡舅妈说要去同一个女友吃饭，然而却是到某个商定的地点去等我。不过，这样做也有不便，胡利娅姨妈必须长时间地耽搁在街上，直到我下班为止，而且她常常要饿肚子。有时，我乘出租汽车去找她，人不下车；她留心看着，一见汽车停下就飞快地跑来。不过，这是一个冒险的计策，一旦叫人发现，他们马上就会知道我和胡利娅姨妈之间有点什么。无论如何，这个埋伏在汽车里的神秘邀请人终将引起人们的好奇、怀疑和猜测……

　　因此，我们宁可夜里少见面，利用白天电台工作的空隙多见面。胡利娅姨妈乘公共汽车到市中心，上午十一时或下午五时左右在卡马纳大街一家咖啡店或联盟大街一家叫做"丰盛"的冷饮店里等我。我改完几篇新闻稿，我们便可以共度两个小时。我们已不再去科尔梅纳大街的布兰萨咖啡馆，因为泛美电台和中央电台的人都到那儿去。有时（更确切地说是在发薪的日子里）我请胡利娅姨妈吃午饭，那时我们在一起一连待上三个小时。可是我那点微薄的工资支付不起这种过度的花费。在这以前，有一天上午，我曾趁小赫纳罗为彼得罗·卡玛乔的成功而笑逐颜开的时候，同他作了一次巧妙的交谈，使他给我增加了工资，我的收入从而达到了五千索尔。我把两千索尔交给外祖父和外祖母资助家用，其余的三千索尔，虽说不算宽裕，但应付我的恶习——吸烟、看电影和买书——还是足够的。可是自从我和胡利娅姨妈恋爱以来，花钱如流水，手头总是拮据，常常借债，甚至求助于阿尔玛斯广场的国家当铺。另外，由于在男女交往上，我有着西班牙人的牢固偏见，一次账也不让胡利娅姨妈付，所以我的经济状况到了难以自救的程度。为了缓和这种状况，我开始做一点哈维尔严厉地称之为"糟蹋我的文笔"的事，就是写书评和在利马的杂志及文化副刊上发表报道文章。为了减少发表这些拙劣文章所感到的羞愧，我用的是笔名，但是每月增加的两三百个索尔对我的预算是一剂补药。

在利马市中心咖啡馆的这些约会不是很放肆，只不过是浪漫的长谈，互相拉手，眉来眼去而已；倘若环境允许，则贴着腿坐；只在谁也看不到的时候才接吻，这种情况很少，因为那个时段的咖啡馆里总是挤满一般职员。我们谈我们自己的事，自然，谈到了被家里某个人发现的危险，谈到了避免这些危险的方法，事无巨细地互相诉说自上次见面（也就是几个小时前或一天前的见面）后所做的一切。但我们从不计划未来。未来这件事在我们的交谈中被心照不宣地抹掉了，无疑这是由于我和她都确信我们的关系没有任何前途。虽说如此，我觉得这种像一场游戏似的爱情在利马市中心烟雾缭绕的咖啡馆的纯洁相会中逐渐变得严肃起来。正是在那里，我们不知不觉地产生了爱情。

对文学，我们也谈得很多，或者说得更准确一点，是胡利娅姨妈听，我讲，讲巴黎的亭子间（那是与我的才能不可分割的一部分）和我成为作家时将要写的各种小说、剧本和杂文。哈维尔在联盟大街的丰盛冷饮店发现我们的那天下午，我正在给胡利娅姨妈读我的一篇关于多罗特奥·马蒂的故事，这篇故事的题目富有中世纪味道：《十字架的屈辱》。共五页，这是我读给她听的第一篇故事。我读得很慢，为了掩饰我对她将要作出的评判的不安。这次试验对我这个未来作家的敏感性来说是灾难级的。我一边读着，胡利娅姨妈一边不断地打断我：

"可是，不是这样，你把事情都弄颠倒了。"她惊奇地对我说，甚至发火，"事情不是像你说的那样，可是……"

我难过极了，停下来告诉她，她所听到的并非她跟我讲的那个事件的真实写照，而是一个故事，一个故事，所有增加或删掉的东西都是为了获得某种效果。

"就是戏剧效果。"我强调说，不知她是否懂了；而且即使出于怜悯之心，她露出笑容也好呀。

"可是，适得其反，"胡利娅姨妈大胆而无情地反驳道，"由于你改变了那些情节，故事一点风趣也没有了。谁会相信十字架从活动到倒下会经过那么长的时间？那么，引人发笑的东西在哪儿？"

尽管我内心受到伤害，暗暗决定把这个关于多罗特奥·马蒂的故事扔到字纸篓里去，但我仍竭力为文学虚构可以违背现实的权利热烈而艰难地辩护着。正当这时，我觉得有人拍我的肩膀。

"我要打断你们，是他们告诉我二位在这里。我本来要走了，因为我讨厌被人撂在一边不理不睬，"哈维尔说着拉过一张椅子坐下，向侍者要了一杯咖啡，他向胡利娅姨妈笑了笑，"很高兴认识您，我叫哈维尔，是这位记者最好的朋友。你把她藏得多严实呀，朋友。"

"这是小胡利娅，我的奥尔卡舅妈的妹妹。"我对他解释说。

"怎么？就是那个大名鼎鼎的玻利维亚女人？"哈维尔的劲头渐渐消失了。他看到我们时，我们正拉着手，没有松开。现在他的眼睛盯着我们交叉在一起的手指，已经没了以前那种世俗的自信心。"算了，算了，小巴尔加斯。"

"我是大名鼎鼎的玻利维亚女人？"胡利娅姨妈问，"为什么大名鼎鼎？"

"因为你来到利马时是令人反感的，有一些讨厌的议论，"我及时插嘴说，"哈维尔只知道事情的第一部分。"

"你这个拙劣的讲述者和坏朋友把最精彩的部分藏起来了，"哈维尔恢复了自如，指着我们拉着的手说，"你们怎么讲我？怎么讲？"

他确实兴致很好，没完没了地唠叨，开着各种玩笑，胡利娅姨妈很高兴见到他。他发现了我们，使我喜上心头。我本来没打算给他讲我恋爱的事，因为我懒得讲这些感情上的秘密（在如此复杂的情况下尤其不想讲）。但是既然这个偶然的机会使他知道了这一秘密，我也就愿意和他谈谈这件奇事的变迁。那天上午，告别的时候，他吻了胡利娅姨妈的面颊，行礼致意：

"我是第一流的皮条客，你们可以指望我为你们做任何事情。"

"你干吗不说你将为我们铺床叠被？"那天下午，当他刚刚出现在我在泛美电台的"鸡窝"里贪婪地打听细节的时候，我跟他吵起来。

"那么说，她是你的姨妈，对吗？"他用手拍拍我说，"很好，你给我留下了深刻的印象。一个富有的、离婚的老情妇。好极了！"

"她不是我的姨妈，而是我舅舅的妻子的妹妹。"我一边翻看《新闻报》上一则关于朝鲜战争的消息，一边对他解释他已经知道的事，"她不是我的情人，她不老，也没有财产，只有离婚这件事是真的。"

"我说的老，是指她比你大；我说她富有并非批评，而是祝贺；我是主张同有钱女人结婚的。"哈维尔笑了，"这么说她不是你的情妇？那么是你什么人？恋爱对象？"

"介乎两者之间。"我对他说，故意惹他生气。

"啊，你想变成神秘人物，但是，这件事马上要使你变得臭不可闻，"他警告我说，"再说，你是个无赖，我把同瘦姑娘南西的恋爱情况全部告诉了你，可你对我隐瞒你同有钱女人恋爱的事。"

我从头开始把事情给他讲了。我们约会相见是何等麻烦，他也明白了为什么最近几个星期内我向他借了两三次钱。他很感兴趣，一个劲儿地问这问那，最后向我发誓他要成人之美，做我的皮条客。但是，告别的时候，他变得严肃起来：

"我认为这是一场游戏。"他开导我说，眼睛像慈父般打量着我，"不要忘记，不管怎么说，我和你还是两个乳臭未干的孩子。"

"如果我使她怀了孕，我会让她堕胎。"我打算让哈维尔放心。

哈维尔一走，巴斯库亚尔便用发生在阿莱玛尼亚大街的一场连环冲突吸引着大巴布利托。在这场冲突中，一个粗心大意的比利时游客为了救一条小狗，把汽车停在公路正中央，这样，二十几辆汽车一辆接一辆地卡在一起。与此同时，我想：那场恋爱真的是一场游戏？对，是这样。这是一段不同寻常的经历，它比我所有的经历都更成熟，更大胆。不过，为了留下美好的回忆，它不该持续太久。我正这样思索时，小赫纳罗进来邀请我去吃午饭。他把我带到马格达莱纳大街一座西班牙风光的花园，为我买了鸭肉饭和夹蜜油炸饼。喝咖啡的时候，他把清单交给我：

"你是他唯一的朋友，跟他讲讲，他现在正把我们置于一场混战中。我不能忍受了。他说我不开化、无知，昨天他称我父亲为中产阶级政治主义者。我避免同他争吵。如果再这样，我就不得不辞退他，这对企业是一场灾难。"

问题的症结是阿根廷大使寄给中央电台的一封信，语言恶毒，抗议广播小说（外交官称它们为系列化的连播戏剧故事）的字里行间充斥着对萨米恩托和圣马丁的祖国的诽谤、敌视和精神狂般的谰言。大使列举了几个例子说，这些例子并非特意搜集来的，而是使馆人员在这类广播节目中偶然听到的。一个节目中说布宜诺斯艾利斯人众所周知的品行端正只不过是一种神话，因为他们几乎所有人都搞同性恋（特别是被动的同性恋）。一个节目中说，在布宜诺斯艾利斯如此邪恶的家庭里，由于饥饿，把无用的人——老人和病号——杀死以减轻负担。另一个节目中说，阿根廷之所以出口奶牛是因为那里的家庭真正喜欢食用的是马肉。还有一个节目中说阿根廷开展广泛的足球活动，由于这种活动，特别是用头顶球，损害了国民的生殖能力，因而在黄褐色的河流两岸出生了大量的痴呆症患者、发育畸形者以及其他诸如此类的克汀病患者。在布宜诺斯艾利斯的家里——"那里居住着世界各国的人"，大使的信指出——就在吃饭和睡觉的同一个地方，在一只普通的桶里大小便是司空见惯的……

"你感到好笑，我们也感到好笑，"小赫纳罗说，啃着指甲，"可是今天来了个律师，我们不再笑了。如果大使馆向政府提出抗议，他们可能要撤掉我们的广播剧，罚款，关闭电台。请你去求求情，吓唬吓唬他，别让他写阿根廷人了。"

我答应尽力而为，但是希望不大，因为那位文人是一个非常自信、铁面无情的人。我自认已和他称得上是朋友，除了他使我对昆虫学产生兴趣之外，我对他还抱有敬意。但是，他对我也是这样吗？彼得罗·卡玛乔看来不会为友谊或任何其他要他脱离"他的艺术爱好"的事浪费时间、精力，也就是说，他不能脱离他的工作或癖好，这使他置人情、物质和欲望于不顾。他确实对我比对别人宽宏大量。我们在一起喝咖啡（他喝薄荷马黛茶），我常到他的房间去，利用休息时间同他闲聊片刻。我聚精会神地听他讲，大概这使他感到高兴。也许他把我看作一个弟子，或者干脆说，我对于他仿佛老处女的小哈巴狗和退休者玩的组字游戏，亦即为他填补空虚的人或什么东西。

彼得罗·卡玛乔身上有三样东西吸引着我：他的言谈、为一心一意致力于某种想法而过着刻苦的生活和他的工作能力。尤其最后一点，更是感人。在埃米尔·路德维格①的传记里我曾读到拿破仑的顽

① 埃米尔·路德维格（Emil Ludwig，1881—1948），德国传记作家。

强，他的秘书都倒下了，他还继续口授命令。作家彼得罗·卡玛乔长有大鼻孔的面庞使我常常想到他很像那个法国的皇帝。有一段时间，我和哈维尔把这个作家叫做"高原的拿破仑"（也常常叫他"在拉丁美洲出生的巴尔扎克"）。出于好奇，我甚至掌握了他的工作时间表，可是尽管我多次证实，但总难以相信。

起初，他每天写四个广播剧。后来鉴于取得成功，逐渐增加到十个。这些剧本从星期一至星期六在电台播出，每次持续半个小时（实际上是二十三分钟，因为广告占去七分钟）。由于他既是这些剧的导演，又是这些剧的演员，所以每天要在工作室里待七小时左右，估计每个节目预演和录音需要四十分钟（有十至十五分钟花在演说和重复上）。广播剧一边播出，他一边写。我证实了他每写一个剧本所花费的时间只不过是他表演时间的两倍，即一小时。不管怎样，这就是说他每天要有十小时左右坐在打字机前。由于有星期天——这是他的休息日——每天实际工作时间要少一些。自然，星期天他是在自己的寝室里度过的，提前做下一周的工作。就是说，从星期一到星期六，他的时间表是：每天工作十五六小时，星期天八至十小时。所有这些时间都是富有成果的，即生产有声的"艺术"产品。

他早上八点到中央电台，将近半夜才离开。唯一上街走走的时候都是和我同行，到布兰萨咖啡馆去清醒清醒头脑。他在寝室里吃午饭，吃是一份三明治和一杯清凉饮料，那是赫苏西多、大巴布利托或他的某个合作者热心为他买来的。他从不接受邀请，从未听他说过去看过一场电影、一出戏、一场足球赛或参加什么娱乐活动。除了记事本和那些作为他劳动工具的平面图，从未见他读过一本书、一本杂志或一份报纸。尽管有人说我撒谎，但有一天我的确发现他有一本《国家俱乐部》会刊。

"我用几个铜板买通了门房，"当我问起那本无用的书时，他对我解释说，"我还能从哪儿搞到贵族人士的名单呢？别的名单，耳朵听听就行了：平民百姓从大街上就可以找到。"

他创作广播剧，那么轻而易举地就可以写出一个剧本来，我一直很难相信。我多次看过他编写剧本，和录音不同——他竭力保守录音的秘密——别人看他写是没有关系的。当他在他的（我的）雷明顿打字机前工作时，他的演员、听差或音响技师不断进来打断他。他抬起眼来，解决问题，给予独特的指示，用他那感染性的微笑——这种微笑和我所熟悉的微笑截然不同——送走来访者，之后继续打下去。我常常以学习为借口到他寝室去，说我的"鸡窝"太闹，有很多人（这些人在那儿学习法律课程迎接考试，考试一过就把一切忘得干干净净；这些考试我总是顺利通过，他们不说我好，而说大学糟）。彼得罗·卡玛乔并不反对，他甚至对这些人的到来感到高兴，视为一种光荣。

我坐在窗台上，俯首读着一本法典。实际上，我是在窥视他。他用两个手指打字，打得很快。我看得清清楚楚，但却不敢相信。他从不停下来查找某个词或沉思一下，在他的狂热、鼓胀的小眼睛里从未出现过疑问的影子。看起来他像是在誊清一篇背熟的课文，在听别人的口授而打字。他的小手指如此迅速地落在键盘上，一天工作九至十个小时，创作出好几个故事的情节、片断和对话，这简直不可思议。然而他确实做到了，剧本从他顽强的脑袋里和不知疲倦的双手下一个接一个地以恰当的方式生产出来，有如一架机器上制造的一串串香肠。一个剧本写完后，他既不修改也不阅读一遍，然后毫不停顿地着手创作下一个。有一次我对他说，看到他工作，我想起了法国超现实主义者自动书写的理论，那种书写直接来自无意识而不受理智的检查。我得到了一种民族主义的回答：

"我们混血美洲人的头脑可以生产比那些法国佬更好的东西。这并不复杂，我的朋友。"

为什么他不把在玻利维亚写的故事作为他在利马写的故事的基

础？我向他问起这件事，他给我的回答如此含糊，以致不能得到任何具体的东西。故事和听众见面，应该是新鲜的，如同水果和花草，因为艺术不容贮存，更不要说时间已使之腐败了的食物。此外，故事需要"听众家乡的故事"。既然听众是利马人，他们怎么会对发生在拉巴斯的故事感兴趣？不过，他作这样的解释是因为要立论，要把这一切变做普通的真理和永恒的公理，正如写作的必要出于本分。毫无疑问，他不利用自己以前的广播剧，其理由是比较简单的，就是他对节约脑力毫无兴趣。对他来说，生活即写作。他根本不去关心自己的作品能存在多久。一旦播出，他就把剧本忘在一边。他对我说，他连一本广播剧的副本也没有保存。他写完这些剧本，心中总是默默地想着，一旦它们被观众所吸收，就应该烟消云散了。有一次我问他，是否从未想到过出版。

"我的剧作保存在比书籍更难以磨灭的地方，"他当即教训我，"它们保存在电台听众的脑子里。"

在同小赫纳罗共进午餐的那天，我同彼得罗·卡玛乔谈了阿根廷大使馆的抗议事件。六点钟左右，我来到他的寝室，邀他去布兰萨咖啡馆。由于担心他的反应，这消息我是一点点地透露给他的。我说有的人非常敏感，经不起讽刺；另一方面，秘鲁在诽谤文章问题上的立法极为严厉，一家电台可以因为一个无足轻重的原因遭到封杀。阿根廷大使馆显然缺乏远见卓识，为几句暗示的话就觉得受了伤害，以致向外交部提出了正式抗议……

"在玻利维亚，那会儿更严重呢，竟然威胁要断绝外交关系？"他打断我，"一个拉巴斯人甚至透露说在边界集结了军队。"

他讲这话时的神情是无可奈何的，仿佛在想，太阳的义务就是发光，如果这会引起火灾，那有什么办法！

"赫纳罗父子请求您尽量不要在广播剧里再讲阿根廷人的坏话，"我对他坦白地说，并且找到了一个我认为会使他感动的理由，"完全不要讲，最好根本不去讲他们。难道他们值得一提吗？"

"值得，因为是他们使我这样做的。"他对我解释说，于是这件事到此为止。

回电台时，他用顽皮的、不妥协的语调告诉我，拉巴斯丑闻"刺疼了他们"，事情是由一个关于"高卓人的残忍风俗习惯"的剧本引起的。在泛美电台，我告诉小赫纳罗，不要对我作为中间人会劝说成功抱有幻想。

两三天后，我得知了彼得罗·卡玛乔的寓所。胡利娅姨妈在我编完最后一份新闻稿的时候来找我，她想看梅特罗影院放映的一部影片，里面有一对赫赫有名的浪漫派演员：格林·卡松和瓦尔代·彼特甘。半夜时分，我们穿过圣马丁广场去乘公共汽车，这时我看到彼得罗·卡玛乔从中央电台走出来。我刚把他指给胡利娅姨妈看，她就要我给她介绍。我们向彼得罗·卡玛乔走过去，而她一听说是她的同胞，显得非常亲热。

"我非常崇拜您，"胡利娅姨妈对他说，为了使他更加高兴，她撒谎说，"在玻利维亚，我就一直不放过您的广播剧。"

我们和他一块儿走着，几乎是不知不觉地走向吉尔加街区。路上，彼得罗·卡玛乔和胡利娅姨妈谈到了他们的祖国，我被丢在一边，他俩没完没了地讲着波多西的矿山、塔基尼亚牌啤酒、叫拉瓜的玉米粥、跟鲜干酪一起吃的小烤鱼、科查班巴的气候、圣克鲁斯的美景以及玻利维亚其他值得骄傲之处。谈到故土的奇迹，这位文人像是非常高兴。走到一幢带阳台和百叶窗房子的大门门口时，他停住了，但并不向我们告别。

"上去吧！"他向我们建议道，"尽管我的晚餐很简单，但我们可以共享。"

塔帕达公寓属利马市中心那些破旧的两层楼房之列。这些房子是二十世纪建造的，以前曾经是宽敞舒适的，也许还算得上豪华。但是后来，随着富裕人家逐渐离开市中心，搬到温泉疗养地去，老利马市慢慢失去了特殊风格，变得支离破碎，到处挤满了人，甚至被分割成一个个的蜂房。靠着一道道薄墙，房间两倍四倍地增加，在前厅、平屋顶甚至在露台和楼梯上都五花八门地修起新的多面堡。看上去塔帕达公寓马上就要崩塌。我们上楼时，通向彼得罗·卡玛乔房间的阶梯在脚下摇晃，尘土飞扬，呛得胡利娅姨妈直打喷嚏。墙上、地上，到处覆盖着一层厚厚的尘土。显然，这所房子从来没有打扫过，也没有擦过。彼得罗·卡玛乔的房间仿佛是牢房，非常小，里边几乎空空如也。一张没有靠背的帆布床，上面铺着褪了色的床单，放着一只没有套子的枕头；一张铺着油布的小桌子和一把稻草椅子；一只箱子和拴在两壁之间的一条绳子，绳子上搭着短裤和袜子。文人自己洗衣服并不使我感到惊奇，但是他自己做饭出乎我意料。窗台上摆着一个煤气炉、一个煤油瓶、几个盘子、一套白铁餐具和几只杯子。他把椅子让给胡利娅姨妈坐，同时以一种恰到好处的表情让我坐在床上：

"请坐。住所是寒碜的，但心是伟大的。"

他用了两分钟就做好了晚餐，把剩下的食品装在一个塑料袋里，放在窗口通风处。菜单是煎鸡蛋、煮香肠、面包加黄油、干酪和加蜂蜜的酸牛奶。我们看见他熟练地做着晚餐，像是一个天天做惯了的人。我肯定这是他一贯的食谱。

我们吃饭时，他很健谈，而且显得很客气。他顺从地谈着如何配制雪花膏（这是胡利娅姨妈请他讲的）和洗白衣服最经济的肥皂之类的话题。他没有把菜吃光，推开菜盘时，指着剩下的东西自我打趣道：

"我的朋友，对艺术家来说，吃饭是一种恶习。"

我看到他兴致很好，便大胆地问起关于他工作的情况。我对他说，钦佩他的顽强精神，尽管他的日程表安排得像苦役犯，可是看起来从不疲倦。

"为了使每天的工作丰富多彩，我有我的办法。"他坦率地说。

仿佛为了不让幽灵般的竞争者发现他的秘密，他压低了声音，对我们说他从不用超过六十分钟的时间去写同一个剧本，而是从一个题目转到另一个题目，给人以新鲜之感，因为这样每个小时都感到刚刚开始工作。

"先生们，在这种变化中可以找到乐趣。"他重复说，瞪着激动的眼睛，露出一副施魔法的侏儒怪相。

为此，重要的是不要把故事写得千篇一律，而要各有特色，环境、地点、情节和人物的全面变化会加强新鲜感。另外，薄荷马黛茶是有用的，可以疏通思维，丰富想象力。每过一段时间就离开打字机到工作室去，从写作转到导演和演出，这同样是休息，是调剂性的过渡。但是，还有，在多年的工作过程中，他发现了一点什么，一点在无知和麻木不仁的人看来也许是孩子行为的东西。那么，是不是一想起出身，会刺疼他的心？我们看到他犹豫不决，沉默不语，漫画般的脸上一片愁云。

"不幸的是，在这儿我不能把它付诸实践，"他忧伤地说，"只在星期天我一个人独处时才行，其他的日子里，看热闹的人太多，他们不能理解这件事。"

从何时起在这个鄙视人生的人身上产生了这种疑虑？我看到胡利娅姨妈和我一样迫不及待地说道：

"您不能欲言又止让我们继续蒙在鼓里，"她向彼得罗·卡玛乔恳求，"这个秘密是什么？卡玛乔先生？"

他望着我们，一言不发，像一个为自己唤起了别人的注意而感到欢欣的幻想家。然后，他像牧师般慢腾腾地站起来（他靠着煤气炉坐在窗台上），走近箱子将它打开，像一个从高顶礼帽里取出鸽子或旗子的魔术师似的从里边拿出一件件出人意料的珍藏品：一顶英国法官的假发、各种类型的假胡须、消防队员的头盔、一枚军人徽章、胖女人和老头及傻孩子的假面具、交通警察的指挥棒、老水手的帽子和烟斗、大夫的白大褂、假鼻子、假耳朵、棉花做的胡子……他像一个电动人似的把那些精巧制品拿出来，不知是为了让我们更好地鉴赏还是由于我们的关系密切而这样做。他一件件将它们装进套里，放好这件，取出那件，动作是如此敏捷，说明这已是他长期的习惯，经常这样刻苦地操作练习。就这样，我和胡利娅姨妈迷惑不解地望着他。彼得罗·卡玛乔通过更换道具在我们面前变成大夫、海员、法官、老妇、乞丐、女教徒、大主教……他一边这样变换，一边兴致勃勃地讲着：

"为了同我的人物交融在一起，为什么我不能打扮成他们的样子？我描写他们的时候，谁能禁止我有他们的鼻子、头发和大礼服？"他一边说一边将红衣主教的帽子换成一只烟斗，烟斗换成防尘罩衣，防尘罩衣换成拐杖，"我用破布给自己的想象力擦上油，这与别人有何相干？先生们，什么叫现实主义？人们如此津津乐道的现实主义究竟是什么东西？除了有形地同现实结合在一起，还有什么更好的方式从事现实主义艺术？这样不就使得工作日更容易度过、更愉快、更动人吗？"

可是，很清楚，他的声音开始是气愤，而后变得悲伤，人们的不理解和愚蠢把一切都解释错了。如果人们看见他在中央电台乔装写作，就会对他说三道四，说他是个玩世不恭的艺术家，他的办公室将变成多病平民的磁铁。最后他把假面具和其他物品放好，盖上箱子又回到窗户那儿。此刻，他神情忧伤，嘟嘟囔囔地说着，在玻利维亚，他一向在自己的工作室里工作，从来没有在"破布"上发生过问题。相反，在这儿，只有星期天才能按照他的习惯写作。

"这些伪装是根据人物创造的还是先有伪装而后创造人物？"为了说点什么，我这样问他，仍然处在惊讶之中。

他看像一个刚刚生下的孩子似的看了看我：

"显然，您很年轻，"他温和地责备道，"难道您不懂得首要的总是词汇吗？"

我们热情地谢过他的邀请，回到街上时，我对胡利娅姨妈说，彼得罗·卡玛乔对我们显得格外亲热，把他的秘密都透露给了我们，我非常感动。胡利娅姨妈也很高兴，她从没想到知识分子中也有那么有趣的人。

"好了，并不是所有的知识分子都是这样的，"我自我打趣道，"彼得罗·卡玛乔是带引号的知识分子。你没看到他的房间里一本书都没有吗？他对我解释说，他不读书，为了不让自己的风格受到影响。"

我们手拉着手，沿着市中心夜深人静的街道向公共汽车站走去。我对胡利娅姨妈说，某个星期天，我要到中央电台去看看这个神秘的文人戴上各种假面具的模样儿。

"他像乞丐一样生活着，得不到酬金，"胡利娅姨妈反对说，"他的广播剧那么有名，我原以为他挣的钱多得堆成山。"

在塔帕达公寓，既看不见浴缸，也看不见淋浴设备，甚至在楼梯第一层平台上连个破旧的厕所和盥洗室都没有。这使胡利娅姨妈感到忧虑："我想彼得罗·卡玛乔这个文人是从不洗澡的。"我对胡利娅姨妈说他压根儿不注意这些琐事。她对我说，看到公寓那个脏劲儿，恶心得想呕吐，费了九牛二虎之力才咽下香肠和鸡蛋。我们上了公共汽车，这辆破车在阿雷基帕大街的每一个街角都要停下来。当我慢慢地吻着胡利娅姨妈的耳朵和脖子时听到她惊恐地说：

"难道作家都是饿死鬼？这就是说，你一辈子都要让人讨厌，小巴尔加斯？"

自从听哈维尔这样叫我之后，她也称呼我小巴尔加斯了。

第八章

费德里科·特列斯·温萨特吉先生看看手表，发现确实已经十二点钟了，便对灭鼠有限公司的六个职员说可以去吃午饭了。他不必提醒他们下午三点要准时上班，不得迟到，因为这家企业的全体职员都十分明白，迟到被认为大逆不道，要扣发工资，甚至被踢出门。待他们走后，费德里科先生照例亲自给办公室加上两道锁，然后戴上灰鼠皮帽，穿过行人拥挤的万卡维利加大街，向停车站走去——他的道奇牌轿车停在那里。

他长得令人敬畏，给人以阴郁的感觉，只要在街上遇见他，就会觉得此人非同寻常。他今年五十多岁，年富力强。他的长相颇有风度：天庭饱满，鼻梁笔直，目光炯炯有神，给人以刚直的印象。假若他喜欢追求女人，完全可以做唐璜。可是费德里科·特列斯·温萨特吉先生早已把全部精力投入圣战之中了。除去吃饭、睡眠、处理家务等必须做的以外，他不能被任何事、任何人分心。这场战争已经进行了四十年之久，目标是歼灭国土上的一切啮齿动物。

他的亲朋好友，甚至他的妻子和四个儿女，对他为什么有如此幻想一无所知。费德里科·特列斯·温萨特吉先生一向避而不谈。但是他绝没有忘记，那个想法日夜盘踞在他的脑海里，好似连续不断的噩梦。他从中吸取仇恨的力量，从而坚持这场战争。有些人认为这荒唐绝伦，另一些人认为狂妄不羁，更多的人认为是出于商业需要。此时此刻，当他步入停车场，用兀鹫般的目光扫视了一下，发现道奇已经被冲洗干净。他点燃了发动机，看着手表，等了两分钟让机器预热。这时他的思绪像灯蛾扑向火焰那样飞向火堆，穿过时空，回到了童年那座森林小镇，想起命运之神为他安排的那件可怕的事。

事情发生在二十一世纪的第一个十年。那时廷戈·玛丽亚在地图上仅仅是个无名小镇，不过有几间被热带丛林包围的茅草房。间或有些冒险家放弃首都的舒适生活，怀着征服原始森林的梦想，历尽千辛万苦来到这里。工程师依尔布兰多·特列斯就是其中一个，同他一起来的还有他年轻的妻子（她姓温萨特吉，名叫玛依黛，有着巴斯克人①的高贵血统）和一个幼子。费德里科·依尔布兰多·特列斯先生心里有宏伟的蓝图：伐木，出售供大户人家使用的房屋、家具木料，种植菠萝、香蕉、西瓜、番荔枝和李子，再创办一家亚马孙河轮船公司。但是，天灾人祸将他的梦想化成了灰烬；天灾——暴雨、虫害和洪水泛滥——加人祸——缺乏劳力和信贷、人们的懒惰和愚昧——使这位创业者的梦想逐渐破灭。到廷戈·玛丽亚之后又过了两年，他只能依靠彭旦西亚河上游的一小块红薯地勉强糊口度日。在这个地方，一间用树干和棕榈叶搭成的茅屋里，一群老鼠在炎热的夜晚钻进没有蚊帐的摇篮，把刚出生的玛丽亚·特列斯·温萨特吉活活咬死了。

事情既简单又可怕地发生了。一天，有人邀请工程师夫妇作为教父教母去参加命名礼仪，那天晚上要在河对岸过夜。工头带着两个雇工照看家园，不过，他们的草棚离东家的房子较远，夜里只有费德里科和他的小妹妹住在家里。天气炎热的时候，费德里科常常把自己的

---

① 西班牙的巴斯克人于 15、16 世纪至 19 世纪末形成"集团贵族"，最初于 11 世纪初获得。

小床移到彭旦西亚河边上去睡，喜欢在那里听着潺潺的河水进入梦乡。那天夜里他也这样做了（后来他为此而悔恨终生）。他先在月光下畅游了一会儿，随后便上床入睡了。蒙眬中，他仿佛听到小妹妹的哭声，但是并不十分真切，或许哭的时间不长，难以把他惊醒。黎明时分，他觉得钢锉般的牙齿在啃咬他的脚趾。他马上睁开眼睛，真是吓个半死，或者确切地说，他以为已置身阴间：十几只老鼠围住他，争先恐后地往床上爬，拼命挤到他身边，啃咬嘴边的东西。他霍地从床上跳下来，捡起一根木棒，声嘶力竭地叫起来，把工头和雇工唤醒。大家举着火把，挥舞大棒，一阵拳打脚踢，终于赶跑了那群老鼠。当他们冲进茅屋时，女孩已经变成了那群饿鬼的美餐，只剩下一把骨头。

两分钟过去了。费德里科·特列斯·温萨特吉先生发动了轿车，加入了汽车组成的长蛇阵，沿着塔克纳大街拐向威尔逊和阿雷基帕路，朝巴兰科区开去。他将在那里用午餐。每当在红灯前停车，他就合上眼睛，像往常忆起那个可怕的黎明时一样，感到心里一阵阵地翻腾。正如那句至理名言所说："福无双至，祸不单行。"他的母亲，那年轻的巴斯克女人，由于女儿惨死而染上痼疾。她总是不停地打嗝，以致引起呕吐，无法进食，引起人们的喧笑。她渐渐地不会说话，只能发出颤抖的沙沙声。她整天瞪着恐怖的眼睛，打着噎嗝，慢慢消瘦了下去，没过几个月就憔悴而死。从此，父亲自暴自弃，雄心壮志丧失殆尽，连卫生习惯也丢掉了。后来，由于懒散，只好变卖了土地，在瓦牙卡河摆渡，依靠运送过客、货物和牲畜来维持生活。但是，某天，洪峰把渡船冲撞到树上，撞得粉碎。他再也没本事另造一艘，于是爬到那座被称为"睡美人"的山上（因为这座山的形状很像乳峰和臀部），用树叶和枝条搭了个窝棚。他留起了长发和胡须，以野菜为食，抽着令人头晕的麻叶，度过了几年。费德里科先生长成少年就离开了大森林。而那位前工程师，这时被廷戈·玛丽亚镇的人称为巫师，住在火鸡洞附近，与瓦南盖纳部族的三个印第安女人同居，生了一群挺着球形肚皮的混血小儿。

只有费德里科先生善于通过创造性的劳动对抗天灾人祸。就在那个因丢下妹妹一个人在茅屋而受到鞭打的早晨，当时还是小孩子的他（在短短几小时内已经变成大人）跪在妹妹玛丽亚的坟堆旁，发誓要灭绝那群吃人动物，直至生命的最后一息，不达目的誓不罢休。为了增加誓言的分量，他把用鞭子抽出来的鲜血洒在妹妹的坟上。

四十年过去了。今天，费德里科·特列斯·温萨特吉先生一面驾驶着轿车去吃那每日菲薄的午餐，一面暗自思量，他那移山般的坚韧精神，完全证明自己不愧是个言而有信的人。因为这些年，他亲手和用药物杀死的老鼠恐怕比出生的秘鲁人还要多。这项艰难困苦且并无奖赏的工作使他成了一个古板的人、一个没有朋友的人、一个不正常的人。起初，他还是个少年，难点是要克服对那些灰老鼠的厌恶情绪。当时的捕鼠技术很原始：用陷坑。后来，他拿零用钱在莱蒙地大街的"美梦"货栈里买下一只捕鼠器，以便加以仿制。他砍好木棍，剪好铁丝，盘绕成夹子，在自己家里一天放置两次。有时他看到被夹住的小老鼠还没有死，便心情激动地把它们放在火上慢慢烤死，要么扎死，要么砍去四肢，或挖掉眼睛。

尽管他是个孩子，但聪明地懂得，如果沉迷于这种把戏，理想就会落空，因为他的目标是提高捕杀的数量而不是追求质量。不过，这并不是说不让那些单个的敌人受罪，而是要在较短的时间内尽可能地大量歼敌。他以出众的智慧和惊人的毅力把慈悲怜悯之情全部抛弃，终日冷若冰霜，统计着捕杀的数目，把科学方法运用到这项灭绝啮齿动物的任务中去。他千方百计从加拿大修女办的学校里挤出时间，废寝忘食（自从妹妹死后，他再也不玩耍），不断改进捕鼠器。他在捕鼠器上装置了一把刀子，可以切断猎物的身体，这样，凡是被夹住的，没有一个得以存活（这样做并非为了减少它们的痛苦，而是不必因为再补一刀而浪费时间）。后来，他又制成大型捕鼠器，里面安装了一把有图案的大餐刀，可以同时把鼠爹、鼠娘和四个鼠崽子一切两断。这一发明很快赢得本地区居民的称赞。不知不觉，他从报私仇的行动转到为公众服务，并因而获得一些酬劳（不管是多么菲薄）。从此以后，远村近邻只要发现老鼠入侵的迹象，便纷纷前来报告。他呢？像蚂蚁一样勤奋，总是尽可能在最短时间内将敌人扫荡干净。廷戈·玛丽亚镇上的茅屋、住宅、办公室也开始有人向他求援了。有一天当国民警卫队上尉恳请他收复被老鼠占领的部队驻地时，这个孩子备感荣耀。他将全部进款都花在制造新的捕鼠器上，以便大力发展某些天真汉子认为邪恶的事业或赚钱的事业。当他的父亲，那位前工程师，钻进"睡美人"那淫荡的密林中时，费德里科先生——这时已经离开学校——正在进一步地完善器械，并使用了另一件杀伤力更强的武器：毒药。

他能够自食其力了，而旁的同龄少年还在抽陀螺呢。不过，从事这种职业也使人讨厌他，人家唤他来只为消灭老鼠，从来不请他在桌旁小坐片刻，甚至连一句感谢的话都没有。为此他的确很难过，但从不怒形于色，更确切地说，同胞的厌恶倒使他暗自窃喜。他是个性格孤僻的少年，寡言少语，谁也不敢吹牛说能使他发笑或有谁见过他的笑脸，看来他唯一的热望就是灭绝那些丑类。他干活收费从不过分，有时还义务卖力；一旦获悉鼠敌在某个穷人家里安营扎寨，便立即提起装有捕鼠器和毒药的口袋应声而至。由于这个小伙子不倦地改进技术，那些灰色动物纷纷毙命，要处理的尸体急剧增加。家庭主妇或者女仆是讨厌干这种活的。费德里科先生于是扩大了业务范围。他训练了一个白痴，即住在圣约瑟修道院里的斜眼驼背。他给白痴一些食物作为代价，叫他把死老鼠装入麻袋，扛到修道院后面火化，或者扔给廷戈·玛丽亚镇上的猫、狗、猪、鹰去饱餐一顿。

从那时起发生了何等巨大的变化！在哈维尔·布拉多大街的红灯

前，费德里科·特列斯·温萨特吉先生暗自想，少年时期，他终日奔走在廷戈·玛丽亚镇的泥泞路上，身后跟着那个白痴，两人用手工方式同杀害他妹妹玛丽亚的刽子手决战到底。毋庸置疑，时至如今，他已取得巨大成就。当时他只有身上那套衣服和一名助手，而三十五年后的今天，他已在统率一支训练有素的商业大军。他的手伸到秘鲁各大城市，拥有十五辆卡车，指挥着七十八位熏鼠洞、配毒药、设置捕网的专门技师。这些人在前线（街道、住宅和农田）从事侦察、包围、歼敌等任务，以他为首的司令部（由方才去吃午饭的那六位专家组成）则负责发布命令、指示及后勤供应。除去上述阵容，还有两个实验室也参加了圣战。费德里科先生分别与他们签合同（实际上由他资助），目的在于加紧实验，不断更新毒剂，因为敌人有着惊人的抗药能力，各种毒药用于两三场战役就失效了，反而成为鼠敌的蜜糖。此外，费德里科先生还设立了奖学金——这时绿灯已亮，他挂上挡，继续向海滨区驶去——由"灭鼠有限公司"每年派出一名刚毕业的大学生去巴顿·胡日大学攻读灭鼠专业。

恰恰是这一科学为信仰服务的想法，促使费德里科·特列斯·温萨特吉先生二十年前结了婚。总之，他终于动了爱慕之心。一天，他脑海里开始孕育这样一个想法：筹建一支由他的亲骨肉组成的捕鼠大军，从哺乳期开始就向他们灌输仇鼠思想；让他们接受高等教育，也许会在祖国的疆界之外继续从事他的事业。六七名姓特列斯的博士身居最高学府，将秉承他的志愿，并使之不朽。这动人的前景推动他这个缺乏性欲的人去婚姻介绍所登门求教。付过一笔可观的手续费，介绍所给他办成了婚事。女方二十五岁，没有什么特别出众的姿色——如同拉普拉塔河流域的大多数女人一样，牙齿不全，膀大，腰圆，腿粗——却具备他所要求的三个条件：身体健康得无可挑剔，处女膜完好无损，有旺盛的生育能力。

索依拉·萨拉维亚·杜兰是瓦南盖纳部族人，她的家族几经变迁，从乡村贵族败落为城市半无产阶级。她本人曾受教于萨雷霞纳斯嬷嬷开办的公费学校。在这类教会学校里，每个同学都身心健康地成长。具体到她本人，这颗心可以理解为顺从、寡言和贪食。她整天为学校看门，萨雷霞纳斯嬷嬷和含糊其辞的校规都没有明确她的职务——女仆？女工？职员？——这样就加重了那弹性很强的劳役，迫使她像绵羊，对各种事情只是点头或摇头。失去双亲的时候，她已经二十四岁，经过一番犹像徘徊，方敢光顾婚姻介绍所，才得以与这位主人牵上了线。由于双方缺乏经验，致使房事过程异常缓慢，充满恐惧，协调不力，仿佛一部章回小说，一章章地表演下去。虽然性诱惑力不断增加，但成效不大。要说他们是一对贞节夫妇，那是无稽之谈，因为索依拉终于用所多玛方式①失去了童贞（并非由于恶习，而是出于愚蠢的冒险和缺乏新婚训练）。

除去这桩偶然发生的、令人作呕的事情，这对夫妻的生活是循规蹈矩的。索依拉作为妻子，勤劳、俭朴，一丝不苟地遵照丈夫的原则（有人说这些原则是怪癖）行事，从未逾越费德里科先生设置的禁区，比如不准使用热水洗澡（据丈夫说，那会削弱斗志，引起伤风）。即使二十年后的今天，她走近浴室时还是浑身发抖。她从来没有违反过家法中的任何条款（虽然没有明文规定，她却铭刻在心），比如任何人不得在室内睡眠五个小时以上，免得懒惰成性。因此，每天黎明时分，五点钟闹钟一响，她那鳄鱼式的呵欠声便震得屋窗作响。为防止道德堕落，她顺从地同意从家庭娱乐中取消看电影、舞蹈、戏剧及收听广播等活动；为了不增加预算，不下餐馆，不旅行，并且放弃了服饰打扮和点缀住室的奢望。她唯一可称为罪过的是贪食，这一点她是不能听命于一家之主的。她的食谱上经常出现鱼、肉、奶油、点心。这是费德里科·特列斯·温萨特吉先生唯一不能将自己的意志强

---

① 所多玛是巴勒斯坦城市，以淫乱著称，此处系指手淫。

加于家庭生活的一个方面——他是严格的素食主义。

索依拉婚后再也没有背着丈夫犯过那种邪恶毛病。这时她的男人正驾着道奇驶回他们居住的可爱的米拉弗洛雷斯区。一路上，他心里一直在想，索依拉真诚坦白的态度虽然不能将其罪过抵消，却可减轻不少。当强烈的食欲压倒服从心理时，她不顾那恶狠狠的目光，大口吞咽洋葱煎牛排或红烧海鱼或奶油苹果饼，满面通红，心甘情愿受到惩罚。她从未对制裁表示过抗议，比如费德里科先生（因为她多吃一块烤肉或巧克力糖）罚她三天不许说话，她就戴上口罩，免得在睡梦中违反规定；假如处分是鞭打臀部，她便立刻宽衣解带。

费德里科先生在米拉弗洛雷斯区的海岸大堤上驱车奔驰着，漫不经心地朝着灰色的（他所厌恶的颜色）太平洋海水望去，暗自思量，对，无论如何，索依拉没有辜负他的期望。他这一生中最大的失败是在子女身上。他梦寐以求的是勇猛善战的王子，而上帝通过这个贪食的女人强加给他的是四个不争气的儿女，这之间有着何等悬殊的差别！

她只生下两个男孩。这真是意外沉重的打击。他从未想到索依拉会生丫头。第一个女孩就使他感到理想破灭了，不过他仍然把这事看作偶然。但是当第四胎依旧是女孩时，费德里科先生开始惊慌起来，担心继续生出这样的孩子，于是当机立断，打消了传宗接代的念头（为此他把双人床换成了单人床）。他并不厌恶女性，只不过他不是色情狂，也不是贪得无厌的男人，因此那些具有生殖能力与烹调才干的人对他又有什么用处？他认为，之所以要生儿育女，就是为了使讨伐鼠类的事业后继有人。而特莱莎和劳乌拉的出世使这个希望已化为泡影。费德里科先生不是那种赶时髦的人物，不会宣扬女人除去女性特征也有头脑，可以像男子一样从事同等的工作。再说他还十分担心这样的可能性，即弄得不好会名声扫地。不是有许多统计数字雄辩地证明百分之九十五的女人过去、现在、将来可能是娼妓吗？为了使自己的女儿能在那百分之五的贞女中占有一席，费德里科先生严格地安排她们的生活：不许穿袒胸的衣裳，冬夏都穿深色衣裙和长袖罩衫；绝对不许染指甲、抹唇膏、描眉毛、涂脂粉，或者把头发梳成刘海、长辫、马尾以及任何吸引男性的风骚打扮；绝对不准从事任何可能接触男人的文体活动，比如去海滩或参加祝寿舞会之类。若违反规定，便处以体罚。

但是，并不只是在子嗣中出现女儿一事令他沮丧，糟糕的是，两个男孩——里卡多和小费德里科先生——并未继承父亲的禀性。他们懦弱、懒惰，喜爱无聊的活动（如嚼口香糖和踢足球）；费德里科先生给他们讲述远景规划时，他们都毫无热情。假期一到，他为了训练两个儿子，就强迫他们与灭鼠前线的战士一道作战，但他们显得无精打采，带着十分厌恶的神情开赴战场。有一次，他发现兄弟二人暗地里咒骂他毕生从事的事业，说实在为父亲的职业感到难为情。当然啰，他马上把两个儿子像囚犯似的剃光头发，却难于摆脱那番密谋活动所造成的背叛之情。如今，费德里科先生再也不抱任何幻想了。他明白，他一旦去世或年老残废，里卡多和小费德里科先生就会离开他既定的道路，改变职业（选择某种生财之道）；而他的事业——像一部优秀的交响乐那样——会半途而废。

恰恰这个时候，费德里科·特列斯·温萨特吉先生十分不幸地看到一个报童从汽车窗口递进来一份五颜六色的杂志；中午的太阳一照，杂志封面反射出邪恶的光芒。他立刻露出不快的神色，因为他发现封面照片上有两个身穿游泳衣的姑娘，那款式只有妓女才敢于尝试。当他认出那两个半裸体、轻浮地笑着的姑娘是何许人时，禁不住像野狼吠月一样，张开嘴巴发出撕裂心肝的狂吼。他毛骨悚然，只有那天黎明在彭旦西亚河畔看到群鼠围攻妹妹的残骸才能与此刻的心情相比。信号灯变成了绿色，后面的汽车在按喇叭。他用笨拙的手掏出钱包，付了那份下流杂志的钱，开动汽车，觉得道奇要出事——方向盘从手中滑脱，车身在剧烈地颠簸——于是刹住制动器，停在了路旁。

在车里，他由于战栗而感到眩晕，两眼呆滞地注视着那张可怕的罪证。一点不错，那是他的女儿。大概是某个下流摄影师躲在游泳的人群中偷偷拍的，两个姑娘没有面对镜头，好像在谈天，躺在甜水滩或铁锁滩的沙面上。费德里科先生逐渐恢复了正常的呼吸。在激烈的心理活动中，他想到一些连他自己都难以置信的偶然性：可能是某个流动摄影记者将特莱莎和劳乌拉摄入了镜头，随后在下流杂志上登出，结果被他发现……这个可怕的真相以突然袭击的方式展现在他眼前。啊，原来他女儿当着他的面佯装顺从，他一转身，她们就与两个哥哥搞阴谋诡计，与母亲密谋叛乱——费德里科先生感到心上仿佛中了一箭——沆瀣一气，嘲弄他的清规戒律。啊，她们竟然在海滩上赤裸裸。想到此处，他老泪纵横。他仔细审视着那些游泳衣，衣服是那样短小，除了使人想入非非，丝毫不能遮盖任何部位。特莱莎和劳乌拉将全身各部位——大腿、双臂、腹部、前胸、颈项——呈现在人们面前，几乎探手可取。想到连他自己都未亲眼看见过这些如今暴露在光天化日之下的四肢和躯体，他有一股难言之痛。

拭干泪水，重新开动马达，他表面上已平静下来，但是，内心里却像篝火一样燃烧得噼啪作响。他驾驶着道奇，向彼得罗·德·奥斯玛大街的小小住宅缓缓前进。一路上，他心中暗想，既然她们能赤裸裸地跑到海滩上去，那么趁他不在家，当然更会参加舞会，身穿长裤，勾引男人，甚至出卖肉体了。莫非她们竟敢在家里接客？也许索依拉负责定价和收费？难道里卡多和小费德里科先生会担任招徕顾客的肮脏任务？费德里科·特列斯·温萨特吉先生感到呼吸困难，仿佛看到这样一张令人心惊的分工表：女儿——妓女，儿子——拉客者，老婆——鸨母。

惯于运用暴力——他毕竟杀死了成千上万只动物呀——使费德里

科先生变成一个易怒的人。有一次，一位农业技师为解决国家食物多样化的问题，在费德里科先生面前贸然提出，鉴于秘鲁畜牧业不发达，有必要大力繁殖灰兔。起初，费德里科·特列斯·温萨特吉先生颇有礼貌地提醒那个胆大包天的人，灰兔是鼠类的堂兄弟。可是那位技师固执己见，引经据典，大谈兔肉的营养价值和鲜美味道。费德里科先生立刻扬手给了他一个耳光。技师捂着面颊应声摔倒在地，费德里科先生大骂他厚颜无耻，竟敢为杀人犯做广告。

他走下轿车，锁好车门，紧锁眉头，脸色苍白，迈着沉重的脚步不慌不忙地向家门走去。这位廷戈·玛丽亚镇来的男子汉像那天怒斥农业技师那样感到内心深处有一团熔岩在升腾。他右手紧握着那本罪恶的杂志，仿佛的是一根烧红的铁条，眼睛里冒出阵阵怒火。

他的心情如此之乱，想不出有什么办法足以惩处这种罪过。他气得头脑发懵，不能有条理地思考问题，这更加剧了他的痛苦。费德里科先生一向是靠理智来行动的人，他看不起那些原始人，他们像动物一样仅凭本能和预感行事。但是，这一次，他一面掏出钥匙，用因激怒而笨拙的手指开门，一面心里思忖，他无法冷静地处理此事，盛怒之下，只好任凭心血来潮了。他关好家门，深深地吸了一口气，极力镇定自己。如果让这些败家子看出他是那么恼怒，他会感到难堪。

这所住宅的底层有穿衣间、小客厅、餐室和厨房，寝室全部在楼上。费德里科先生从客厅的门口看见了他的女人。她正站在碗柜旁，嘴里津津有味地咀嚼着甜食——费德里科先生心里想，一定又是糖果、巧克力、蜜饯之类——手中握着还没有吃下的部分。一看见他走进门，她胆怯地一笑，温柔地指指口中的食物。

费德里科先生不慌不忙走上前，双手展开杂志，为的是让妻子看到那罪证的全貌。他一言不发，把封面一直送到她的鼻子底下，悻悻然地注视着她那陡然变得苍白的面孔和目瞪口呆的神情——挂着糖果黏液的一条口水正滚落下来。这位廷戈·玛丽亚镇的男子汉使出全身力气，抡圆右臂，给了那个吓呆的女人一记耳光。一声惨叫之后，她踉踉跄跄地跪倒在地，继续带着那伪善的表情，用不可思议的目光望着那张封面。费德里科先生巍然屹立，执法森严地怒视着脚下的女人。接着，他冷冷地传讯两名主犯：

"劳乌拉！特莱莎！"

听到脚步声，他转身望去，两个女儿已经走到楼梯底层。他不知道她们是什么时候下来的。大女儿特莱莎身穿罩衫，好像在打扫房间；小女儿劳乌拉穿着学生服。两个姑娘惊慌失措地望望跪在地上的母亲，又望望慢慢走近的父亲，他活像个前去寻找圣坛而等着他的是刀剑与火神的修士。她们的目光最后落到那本杂志封面上。费德里科先生这时已走到她们身边，像审判官似的把封面一直递到她们面前。但是，女儿们的反应出乎他的意料。她们脸色没有涨紫，更没有下跪求饶。这两个早熟的姑娘略带羞意，迅速地交换了一下眼色，那只能理解为在订立攻守同盟。费德里科先生悲愤已极，心想，今天这杯苦水原来还没有喝完：特莱莎和劳乌拉竟然知道她们被人拍照的事，知道照片是要发表的；她们也许觉得这是件值得高兴的事，不然，她们眼里闪烁的欢乐火花又作何解释？在这个他认为正统的家园里，不仅盛行市面上流行的海滩裸体热，而且竟敢在杂志上展出（不是女人强烈的性欲作怪，又是什么？）。如今，真相大白，他感到浑身瘫软，嘴里好像吃了石灰。这一切迫使他仔细思考当今世道是否合理。上述种种想法自然都是几秒钟内一闪而过的。此外，他在考虑解决这种可怕的事唯一确当的处罚是否就是处死。一想到成千上万的人已经抢走他女儿的处女珍宝（仅仅用眼睛），他就不觉得成为杀子犯的念头过于痛苦了。

霎时间，他开始行动。为了双手抡得更自由些，他放下了杂志，用左手抓住劳乌拉学生服的裙带；为了打得准确，他把女儿往怀里拉近一些，又把右手举得高高的，以使打击的力量达到最大；接着，他便将满腔怒火倾泻到这一击上。这时，第二件出乎寻常的怪事发生了——啊，这是多么奇特的一天呀！——比那张淫秽的封面更令人头昏眼花。他竟然没有打中劳乌拉细嫩的脸蛋，而是扑了个空，身子向前颠踬一下，那姿势真是滑稽可笑。更糟糕的事还在后面。因为那小丫头不仅仅躲过耳光——费德里科先生极其懊丧地回想起家里谁也没这样干过——而且在撤退后，那十四岁少女的面庞由于仇恨而扭得歪斜，接着便向他——不错，就是向着他——猛扑过来，拳打脚踢，又咬又抓。

他当时感觉到，纯粹由于惊愕，仿佛血液停止了流动。一瞬间，好像宇宙大乱，星球离开了轨道，万物互相碰撞、爆炸，溅向四面八方。他还没有反应过来，只是步步后退，眼睛瞪得老大。那小姑娘则步步追逼，越战越勇，怒不可遏。她一边猛打，一边不停地叫喊："坏蛋，挨刀的，该死的，我恨死你了。你干脆死了吧！"当他发觉特莱莎从后面跑过来非但不去拉住妹妹，反而也帮她打起来的时候——这一切发生得如此迅速，他还没有明白过来，形势已经大变——他觉得自己简直要发狂了。现在大女儿也在向他进攻，嘴里喷吐着令人作呕的咒骂："吝啬鬼，老混蛋，老疯子，讨厌鬼，老魔王，神经病，只会逮耗子！"在两个愤怒少女的夹击下，他被迫退到墙角；他终于从惊愕中醒悟过来，开始自卫，用双手保护面颊。突然，他感到后背一阵剧痛，回身一看，原来索依拉也加入了战斗，狠狠地咬了他一口。

看到自己的妻子变得比女儿还厉害，完全判若两人，他惊异不止。难道这是索依拉？那个一向任劳任怨、从不高声说话的女人？现在居然圆睁着不肯屈服的眼睛，狂怒地举起双手对他猛捶，猛抓，还不停地唾他，撕扯着他的衣裳，发疯似的叫喊："咱们打死他！报仇雪恨！把他眼睛挖出来！让他自食其果吧！"三个女人在咆哮。费德里科先生觉得那吼声要刺破他的耳膜。他拿出全身力量进行自卫，竭力躲开对方的打击，但是不能奏效。因为她们采用了两个人抱住他的双臂、第三个人上前厮打、轮番作战的战术。难道她们事先秘密地举行过演习？他感觉头昏脑涨，浑身疼痛，眼冒金星。忽然，他看见对方手上染有红斑，才知道自己出血了。

当他看到里卡多和小费德里科先生的身影在楼梯口出现时，心中再也不抱幻想了。他之所以这样快地变成怀疑狂，是因为他知道那对兄弟必定会加入战斗，对他拳打脚踢。他惊恐万状，不顾礼义廉耻，一心想冲到门口，逃到街上去。但是谈何容易！他刚刚向外跨出两三步，就被人家伸脚一绊，轰然跌倒在地。他缩成一团，极力保持男子气概，望着他的事业的接班人如何凶狠地猛踢他的身体。与此同时，他的妻子和女儿手持帚把、鸡毛掸子、火炉通条继续向他围攻。他心里不明白这究竟是怎么回事，只晓得世道已经变得荒唐之极。接着，他听见儿子们边踢边骂："疯子，吝啬鬼，下流坯，逮耗子的家伙！"然后，便陷入一片黑暗。这时，在餐室的墙角下，一只灰老鼠从一个小小的洞口露出头来，用嘲讽的目光注视着那个躺倒在地的人……

这位秘鲁啮齿动物的屠夫、威风凛凛的费德里科·特列斯·温萨特吉先生是死是活？这场儿女杀父、妻子杀夫的事件是否到此结束？或许那当父亲和丈夫的人躺在混乱不堪的房间里，在餐桌下昏迷过去了，这时他家里人却急速收拾细软，欣喜若狂地弃家而去？这场地狱般的灾难究竟如何结束？

第九章

　　关于多罗特奥·马蒂的故事写作失败后，我一连好几天都无精打
采。但是一天上午，我听到巴斯库亚尔向大巴布罗谈他在飞机场的发
现，感到我的才智又恢复了，于是开始构思一篇新的故事。巴斯库亚
尔发现几个游手好闲的小伙子搞一种危险而刺激性很强的娱乐，天黑
时，躺在利马坦博机场跑道的一端，巴斯库亚尔发誓说，飞机起飞
时，躺着的小伙子借助喷气的力量能腾起地面几厘米，并且飞起来，
活像魔术节目。几秒钟后，喷气作用消失了，小伙子们又突然跌回地
面。那些天，我看了一部使我振奋的墨西哥影片，片名叫《被遗忘的
人们》①（直到几年之后才知道那是布努埃尔的作品以及布努埃尔是
何许人）。我决定以同样的气魄编个故事，关于一些被市郊艰苦的生
活条件磨炼得像小狼一样的小伙子，亦即一些老小孩的故事。哈维尔
持怀疑态度，他向我断定说，那段轶事是虚构的，飞机起飞产生的喷
气连一个新生婴儿都吹不起来。我们争论了一番，最后我对他说，在
我的故事里，人物都要飞腾而起。尽管如此，这仍将是一个现实主义

----

　　①　西班牙导演路易斯·布努埃尔荣获 1951 年戛纳电影节最佳导演的电影，
　　　　讲述了墨西哥贫民窟少年们的故事。

的故事（"不，是魔幻式的。"他叫道）。最后我们说定，某天夜晚和巴斯库亚尔一起到科尔帕克荒野去证实一下，看看这些危险的游戏（这是我给故事选好的题目）哪些是真的，哪些是假的。

那天，我没有看到胡利娅姨妈，但是我希望第二天，即星期四在鲁乔舅舅那里看到她。可是，那天中午我去阿尔门达利茨大街的舅舅家里吃例行的午餐时，却没有看到她。奥尔卡舅妈对我说，"一个匹配的意中人"吉列尔莫·奥索雷斯大夫邀请她去吃午饭。这位大夫和我家多少有些来往，是个道貌岸然、五十开外的人。他有点资产，刚刚丧偶。

"一个意中人，"奥尔卡舅妈向我挤眉弄眼地重复说，"严肃，富有，是个美男子。只有两个孩子，已经大了。这不正是我表妹所需要的丈夫吗？"

"最近几个星期，她百无聊赖地打发着时光，"鲁乔舅舅也很满意地说，"不愿和任何人外出，过着老处女式的生活，但是内分泌科大夫把她迷住了。"

我妒忌得很，胃口顿失，仿佛闻到了腌菜水的苦味。由于我神情慌乱，我觉得舅父母就要察觉到我身上发生的事情。我不需要向他们探听关于胡利娅姨妈和奥索雷斯大夫的更多细节，因为他们不会谈更多。大概十天前，胡利娅姨妈在玻利维亚使馆举办的鸡尾酒会上认识了奥索雷斯大夫。这位大夫知道她的住址后就来登门拜访，给她送过鲜花，打过电话，邀她到玻利瓦尔酒吧间喝过茶，如今又邀她到联盟俱乐部吃午饭。内分泌科长大夫向鲁乔舅舅开玩笑说："鲁伊斯，你的小姨子是第一流的女人。她不正是我一直梦寐以求并可以为之再次牺牲一切的女人吗？"

我想装出不感兴趣的样子，却弄巧成拙。过了一会儿，只剩下我和鲁乔舅舅在一起时，他问我发生了什么事：是否干涉了不应该干涉的事情被人家开了？幸亏奥尔卡舅妈谈起了广播剧，这才使我松了一

第九章

口气。她说，彼得罗·卡玛乔有时也有败笔，那个为了在法官面前证明自己没有强奸姑娘而用裁纸刀割伤自己的男人的故事，她的所有女友都觉得未免太过分了。她说这些话的时候，我一声不吭，只是从愤怒转向失望，又从失望转向愤怒。关于大夫的事，胡利娅姨妈为什么对我只字不提？最近十天，我们曾几次见面，她从没有提到过他。奥尔卡舅妈说她终于倾心于一个人了，这是真的吗？

乘公共汽车回泛美电台的途中，我忽然由自卑变得骄傲起来。我们相爱已久，说不定什么时候就会被发现，引起家人的嘲笑和愤怒。此外，我何必把时间浪费在一位这样的夫人身上？正如她自己所说，她几乎可以做我的母亲。作为体验，这已经够了。奥索雷斯的出现是老天爷的安排，他使我得到解脱，用不着我自己出面把这个玻利维亚女人甩掉了。我感到坐立不安，少有地冲动，仿佛要大醉一场，恨不得要打谁一顿。在电台，我和巴斯库亚尔吵了一架。他旧习难改，将下午三点钟新闻稿的一半用来报道汉堡的一场大火灾，在这场大火灾中，有十多个土耳其侨民被烧死。我对他说，以后不经我过目，不准播报任何有关死人的消息。我很不友好地对待了圣马尔可大学的一位同学，他打电话来让我记着我还在这所大学的法律系学习，并提醒我第二天诉讼法的考试在等我。电话刚放下，马上又响起来，这次是胡利娅姨妈打来的：

"为了一位内分泌科大夫，我把你丢下了，小巴尔加斯，我想你会觉得我是个怪人吧？"她恬不知耻地对我说，"你不生气吗？"

"为什么生气？"我回答说，"你不是爱做什么就做什么吗？"

"哎，这么说你生气了，"我听她说道，语气已经比较严肃，"你不要犯傻，我要向你解释解释。我们什么时候见面？"

"今天不行了，"我冷淡地回答说，"有时间我打电话告诉你吧。"

我挂上了电话，与其说是生她的气，还不如说是生我自己的气。我感到自己很可笑。巴斯库亚尔和大巴布罗开心地望着我，那个热衷天灾人祸的家伙得意扬扬，他从我对胡利娅姨妈的斥责中报了仇：

"啊呀，这位马里奥先生对女人可真厉害。"

"就应该这样对待她们，"大巴布罗支持说，"这些女人，没有比被别人制服能让她们更高兴的事了。"

我把两个编辑赶走，自己编定了下午四时要播音的新闻稿，然后去看彼得罗·卡玛乔。他正在录制一个剧本，我在他的房间里等他。我对他扮演的角色感到好奇，但是我不懂他在读什么，因为我一直在心里自问，这次同胡利娅姨妈在电话里的交谈是否意味着我们关系的决裂。几秒钟的争吵竟使我对她恨之入骨，下定决心不再理睬她。

"您陪我去买毒药吧，"彼得罗·卡玛乔在门口甩动着他那狮鬃般的头发，愁眉不展地对我说，"我们会有时间喝饮料的。"

在我们走遍联盟大街的条条小巷寻找毒药的时候，艺术家告诉我，拉塔帕达公寓里的老鼠已经闹到令人不能容忍的地步。

"如果这些老鼠只是在我床底下跑跑，也就算了。它们不是小孩子，对动物，我是不怕的。"他一边对我解释，一边用那长着瘤子的鼻子嗅着一些黄色粉末。据杂货店老板说，这些粉末能杀死一头奶牛。"但是这些长胡子的家伙吃我的口粮，每天晚上都啃咬我放在窗台透风的食品。没有什么可说的，我要消灭它们。"

他用各种理由讨价还价，把老板弄得晕头转向。付过款，让店里为他把毒药包好，而后我们便到科尔梅纳咖啡馆去。他要了杯薄荷马黛茶，我要了杯咖啡。

"我在为爱情而苦恼，卡玛乔朋友。"我开门见山地向他坦白道，对这种广播剧式的表述法，连我自己都感到惊讶。但是我觉得，这样对他说可以摆脱我自己的事情，达到一吐为快的目的。"我喜欢的女人欺骗我，她另有所爱。"

他神秘莫测地观察着我，那双又小又突出的眼睛闪烁着空前冷酷、愤然的光芒。他身上的黑色西装已经洗熨过那么多次，穿用那么许久，以致变得像片洋葱叶子似的透明发光。

"在这些平民化了的国家里，决斗是要坐牢的，"他像判决似的说，神情十分严肃，双手痉挛地做着手势，"至于自杀，那已为人所不齿。一个人自杀，换来的不是良心的谴责、不寒而栗和钦佩，而是遭人耻笑。我的朋友，最好还是采用实际可行的办法。"

和彼得罗·卡玛乔讲出了心里话，我感到很痛快。我知道，对他来说，除了他自己，再不存在第二个人。我的问题他已经不记得了，他纯粹是一架使他的理论体系付诸实施的机器。听他讲话比参加一场酒宴更能得到安慰（而且后遗症较少）。彼得罗·卡玛乔以威胁的神态笑了笑，然后给我详细开了药方：

"写一封措辞强硬的信，要刺痛那个淫妇，像石头一样打在她身上。"他指手画脚地对我说，"这封信要使她感到自己变得像一条没有五脏六腑的小蜥蜴，像一条肮脏的鬣狗。这样她就会明白没有人是傻瓜，人家知道她的背叛。这封信要充满轻蔑，叫她懂得她是个淫妇。"他沉默了，考虑了一会儿，稍微变换了声调，随即对我做了个极为友好的表示，简直出乎我的预料："如果您愿意，我替你写这封信。"

我连声道谢不迭，但是我对他说，我了解他那苦役犯般的工作时间表，绝不愿再用我的私事去增加他的负担（后来我后悔不该有这些顾虑，失去了一位作家的亲笔文章）。

"至于那个诱奸者，"彼得罗·卡玛乔眼睛里闪过一道凶狠的光芒，接着说道，"最好写一封匿名信，骂他个狗血喷头。既然他们把您当成王八，受害者岂能无动于衷？岂能允许他们舒舒服服地私通？一定要破坏他们的爱情，击中他们的痛处，在他们之间制造猜疑，让他们产生不信任，互相敌视，互相仇恨。这样来报复不是其乐无穷吗？"

我向他暗示，也许写匿名信不是正人君子所为，但是他立即宽慰我说："一个人同正人君子打交道应当像个正人君子，同无赖打交道就应该像个无赖。这是‘人所共知的至理名言’，否则就是傻瓜。"

"给女方写信，给男方写匿名信，可以使两个情人受到惩罚，"我对他说，"但是我的问题还是没有解决呀！谁给我解除怨恨、失望和痛苦？"

"所有这一切只需喝点加氧化镁的牛奶就解决了，"他回答说，叫我连笑都笑不出来，"我知道，您会觉得这是一种夸大了的唯物主义。但是，您听我的好了，我有生活经验。事情多数是这样，所谓心灵受到创伤之类均属消化不良，是难消化的硬菜豆、过了期的鱼和便秘作祟。一副好的泻药，马上就会把爱情的疯癫治愈。"

毫无疑问，这次他成了杰出的幽默作家，讥笑了我和他的听众。他说的话我一句也不相信，他在运用贵族式的消遣娱乐来向自己证明，我们这些人全是不可饶恕的傻瓜。

"您谈过多次恋爱，有非常丰富的感情生活？"我问他。

"是的，非常丰富。"他把薄荷马黛茶端到嘴边，透过茶杯上方盯着我表示同意，"但是我从来没有爱过一个有骨头有肉的女人。"

他停了一下，渴望自己的话产生反应，似乎在衡量我天真或愚笨的程度。

"您想想，如果我的精力被女人占去，我能做我现在做的事情吗？"他教训我了，声音里带着厌恶的语调，"您认为养儿育女和进行创作能同时并举吗？一个人遭受着梅毒威胁的时候还能有创作的灵感和想象力？女人和艺术是相互排斥的，我的朋友。每个女人的肉体里都埋葬着一位艺术家。生育，有什么意思？狗、蜘蛛、猫，不都会生育吗？人应该有独创之处，朋友。"

他没有继续说下去，突然跳起来提醒我，五点钟广播剧时间到了。我感到失望，我多么想整个下午都听他讲呀，我觉得无意中触及他人品的关键之处。

胡利娅姨妈正在泛美电台我的办公室等我。她像个皇后坐在我的办公桌上，接受着巴斯库亚尔和大巴布罗对她的恭维。他们十分殷勤，一个劲儿给她看新闻稿，向她介绍新闻部的工作情况。她面带笑容，神情很安详。我一进去，她立刻变得严肃起来，脸色有些苍白。

"啊哈，真是想不到。"为了找个话头，我这样说。

但是胡利娅姨妈不想转弯抹角。

"我是来告诉你，任何人不许对我摔电话，"她斩钉截铁地对我说，"更不要说你这样一个毛孩子。你愿意告诉我是什么苍蝇咬了你吗？"

巴斯库亚尔和大巴布罗愣住了，他们把眼光从她身上转到我身上，又从我身上转到她身上。他们对这场戏的序幕非常感兴趣。当我要求他们出去一会儿时，他们立刻面带愠色，不过没敢违抗。两个人不怀好意地扫了胡利娅姨妈几眼就走开了。

"我掐断了电话，实际上我更想掐死你。"当只剩下我们两个人时，我对她说。

"我不明白你为什么这样冲动，"她看着我的眼睛说，"可以知道你发生了什么事吗？"

"你很清楚，用不着装憨卖傻。"我说。

"是因为我和奥索雷斯大夫出去吃午饭，你吃醋了？"她有点嘲弄地问我，"显然你是个乳臭未干的孩子，马里多。"

"我已经说过，不许你叫我马里多。"我提醒她说。我感到怒不可遏，声音颤抖，已经不知道自己在对她说些什么。"现在我不许你叫我乳臭未干的孩子。"

我在办公室的一个角落坐了下来，由于正在顶嘴，胡利娅姨妈站起身来向窗口走了几步。她把手交叉在胸前，望着灰蒙蒙、湿漉漉、充满深沉虚幻气氛的、黄昏的天空出神。但是她没有看什么，而是想寻找话题和我说点什么。她穿了一身蓝色衣服和一双雪白的皮鞋，我突然产生了想吻她的欲望。

"我们还是开诚布公地谈一谈，"最后，她对我说，一直背朝着我，"你什么都不能禁止我，即使开玩笑也不能这样。理由很简单，你不是我的什么人。你不是我的丈夫，不是我的未婚夫，不是我的情人。我们这种互相拉拉手，在电影院里接接吻的小游戏，不是正经八百的。尤其是，这并没有赋予你对我的权利。你必须把这一点牢牢记在脑子里，孩子。"

"你讲起话来真像是我妈。"我对她说。

"这是因为我有可能成为你妈。"胡利娅姨妈说，她的脸上显出悲伤的样子，似乎狂怒已消，代之而起的是一种哀怨、一种深深的懊丧。她回过身来，向办公室走了几步，在离我很近的地方站住了。她痛苦地望着我："你使我感到自己老了，尽管我并不老，小巴尔加斯。我不喜欢你这样做，我们的事情没有必要进行下去了，想到将来，更是如此。"

我搂住她的腰肢，她不由自主地向我靠近。但是，当我非常深情地吻着她的面颊、颈项、耳朵的时候——她温暖的皮肤在我的嘴唇下颤抖着，我感到她血管里有一种神秘的生命力，使我产生了莫大的愉快——她以同样的声调接着说：

"近来我想了很多，我不喜欢我们的事情了，小巴尔加斯。你不觉得这很荒唐吗？我已经三十二岁，并且是个离过婚的女人，干吗要和一个十八岁的不懂事小伙子在一起呢？你说是吗？那是五十开外的女人干的荒唐事，我还没到那个年纪。"

我一边吻她的颈项、双手，一边轻轻地咬她的耳朵，嘴唇擦过她的鼻子、眼睛，或者把手指插进她的头发。我如此激动，多情，有时竟听不清她对我讲些什么。她的声音忽高忽低，有时微弱得简直像耳语。

"事情开始时很有趣，因此生怕别人知道，总是躲躲闪闪，"她说着，让我吻她，但没有露出任何要吻我的表示，"尤其是因为，这使我感到自己又变成了小姑娘。"

"到底该怎么讲呢?"我在她耳边喃喃地说。

"我使你感到我是一个伤风败俗、年过五十的老太婆还是一个小姑娘?"

"和一个情火如炽的小伙子在一起,只要拉拉手,看看电影,柔情地接接吻,就足以使我回到十五岁了,"胡利娅姨妈继续说,"当然,和一个腼腆的小伙子谈情说爱是美妙的。他尊敬你,不来抚摸你,不敢和你睡觉,对待你像对待初次交遇的小姑娘。但是,这是一种危险的游戏,小巴尔加斯,它建立在谎言的基础上……"

"恰巧我要告诉你,我正在写一篇题目叫《危险的游戏》的故事,"我对她轻轻地说道,"内容是几个调皮的小伙子靠飞机起飞时的喷气在机场上飞起来。"

我觉得她笑了。过了一会儿,她的双臂抱住了我的脖子,把脸贴在我的脸上。

"好了,我不再生气了,"她说,"我到这儿来,决心让你认识认识我。哎,看你再敢给我摔电话。"

"哎,看你再敢陪内分泌科大夫出去,"我吻着她的嘴对她说,"请答应我,再也不要和他出去了。"

她离开我,看着我,眼睛里闪烁出要吵架翻脸的光芒。

"你不要忘了,我是来利马找丈夫的,"她半开玩笑地说,"我相信这次我找到了顺心的人。他是个美男子,有教养,有地位,两鬓已挂银丝。"

"你敢肯定那个完美无缺的人能和你结婚吗?"我对她说,又一次感到悻悻然和妒忌。

她双手捧着臀部,摆出一副挑战的姿势回答说:

"我能够使他和我结婚。"

但是,当她看到我的脸,就笑了。她又把双臂放到我的脖子上。

我们正这样热烈接吻时，听到了哈维尔的声音：

"你们干这种伤风败俗、下流透顶的丑事，该坐牢了，"他显得很高兴，一边拥抱我们俩一边告诉我们，"瘦南希接受我的邀请去看斗牛了，应当庆祝庆祝这件事。"

"我们刚刚第一次大吵了一通，你来正巧碰上我们和好。"我对他说。

"看来你还不太了解我。"胡利娅姨妈警告说，"我大吵大闹时要摔盘子，抓人，杀人。"

"不打不相爱嘛!"哈维尔说，他在这方面是行家，"可是，真倒霉，瘦南希接受了我的邀请，我高高兴兴而来，你们却给我泼冷水，这够得上朋友吗? 我们吃顿午饭来庆祝庆祝这件事。"

他们等我编完两份新闻稿，我们便到贝伦大街的一家小咖啡馆去了。哈维尔非常喜欢这家咖啡馆，虽然窄小肮脏，却备有利马最好的烤肉。在泛美电台门口，我看见巴斯库亚尔和大巴布罗正在调戏过路的女人，我吩咐他们回编辑部去。大白天，又是在闹市，我家亲戚朋友多，他们的眼睛可能看到我们。但是我和胡利娅姨妈还是手挽手走着，我一直在吻她。她脸上浮现出乡村姑娘的红晕，看来很兴奋。

"你们的色情卖弄得够了，自私鬼，想着我点儿吧，"哈维尔抗议说，"我们来谈谈瘦南希吧。"

瘦南希是我的表姐，她长得美丽、妖娆。自懂事以来，哈维尔就爱上了她，像条猎狗似的处处跟着她。她从来没有诚心诚意地理睬过哈维尔，但是每次都使他觉得也许他会把她弄到手，一时不行，便再等待些时候。这种早熟的恋爱在我们读中学时就开始了。我作为哈维尔的知音、密友和牵线人，对他们的事情知道得一清二楚。瘦南希曾让他吃了无数次闭门羹，不知多少回星期天的日场，她让他等在莱乌罗电影院门口，她却去科纳或梅特罗了。不知有多少次，在星期六的舞会上，她带着别的追求者出现在哈维尔的面前。我第一次喝得酩酊大醉就是陪哈维尔借酒浇愁。那是在苏尔吉略小酒吧间，那天，他听说瘦南希已答应嫁给农学系学生埃杜阿尔多·蒂拉万第（这个学生在米拉弗洛雷斯区是受欢迎的，因为他善于把点着的纸烟放到嘴里，然后拿出来接着吸下去，像没事似的）。哈维尔泣不成声，而我，除了安慰他，还要在他哭得昏过去时把他送回公寓去睡觉。（"我会大醉的。"他学着豪尔赫·内格雷特的样子预先告诉我。）但是首先垮台的是我，哇啦哇啦大吐一阵，醉得不省人事——这是哈维尔卑鄙的解释——爬到柜台上，大声疾呼地向胜利酒吧的主顾——酒鬼、夜游神和无耻之徒——发表演说：

"你们在一位诗人面前脱掉裤子吧。"

哈维尔一直责备我，在那样一个悲伤的夜晚，我非但没有照料他，安慰他，反而逼得他不得不沿着米拉弗洛雷斯的街道把我拖到奥查兰别墅去。我烂醉如泥，酒后失态，一副狼狈相，哈维尔把我交给我那惊呆了的外祖母时惶恐不安地说：

"卡门西塔太太，我看小巴尔加斯要死了。"

从那时起，瘦南希先后接触、拒绝了五六个米拉弗洛雷斯区的男人。哈维尔也有过不少情人，但这些情人非但没有使他放弃对我表姐的爱情，反而更加爱她，同我表姐继续来往，拜访她，邀请她，对她的拒绝、怠慢、蔑视、给吃闭门羹毫不介意。哈维尔是这样一个人，他可以把爱情置于虚荣之上，所有米拉弗洛雷斯朋友们的嘲笑，他压根儿不放在心上。他对我表姐的追求在这些朋友中间引起的笑话应有尽有。（这个区的一位青年发誓说，一个星期天，他看见哈维尔在瘦南希做完十一点钟的弥撒出来时走近她，这样对她说："喂，小南希，今天上午多美啊，我们去喝点什么？一杯可口可乐或香槟酒？"）瘦南希有几次曾和他一起出去，通常带着两个情人，去看电影或参加舞会。那时哈维尔便心怀极大的希望，高兴得眉飞色舞。现在我们在贝伦大街这家叫帕尔梅罗的咖啡馆里喝着牛奶咖啡，吃着烤肉三明治，哈维尔手舞足蹈地讲着。我和胡利娅姨妈在桌下腿挨着腿，手指也交叉在一起；在桌上则互相凝视着，听哈维尔像谈一种主题音乐般谈着南希。

“我邀请她，她很激动，”哈维尔对我们说，“因为，你愿意告诉我米拉弗洛雷斯区有哪个穷光蛋能邀请起一个姑娘去斗牛场吗？”

“你是怎么请得起的？”我问他，“中了彩？”

“我卖掉了公寓里的收音机，”他对我们说，没有一丝内疚，“他们以为是厨娘干的，把她当贼辞退了。”

哈维尔向我解释，他有一个万无一失的计划。当斗牛进行到一半时，他用一件有征服力的礼物——一条西班牙披巾——给瘦南希来个突然袭击。哈维尔是祖国之母俱乐部的伟大崇拜者，极为崇拜一切和这个俱乐部有关的东西：斗牛、安达露西亚音乐、萨里塔·蒙铁尔的歌曲。他渴望到西班牙去（正像我渴望到法国去一样），披巾的事，是他在报上看了一则广告时想到的。这块披巾花去他存在储蓄银行的一个月工资，不过他确信这种投资会取得成果。他告诉我们将怎样进行这件事：他把披巾仔细地包好，带到斗牛场去，等到全场沸腾的某个时刻，便打开小包，拿出那件珍贵的礼物披在我表姐柔嫩的肩膀上。哈维尔问我们，这位瘦姑娘将会有怎样的反应？我劝他要把事情办得更周到些，再加一把塞维利亚梳子和几块响板，给她唱一支西班牙古典舞曲。但是胡利娅姨妈热情支持他，称赞他的计划妙极了，如果南希不是铁石心肠，一定会为之神魂颠倒。而她本人，倘若某个小伙子对她这样表示，她将会被征服。

“你没看到我一直对你说的事情吗？”她对我说，仿佛在骂我，“哈维尔确实是浪漫，他懂得怎样谈恋爱。”

哈维尔很高兴，他建议下周随便哪一天，我们四个人一起去看电影、喝茶和跳舞。

“如果看到我和胡利娅姨妈一块出去，瘦南希会怎么说呢？”我想阻止他这样做。

但是他给我浇了一瓢冷水：

"你不要犯傻了，她什么都知道。她认为这样很好，我已经把你们的事讲给她听了，"看到我大吃一惊，他带着轻浮的表情补充道，"说实话，对你表姐，我没有秘密。不管她怎么样，终归要和我结婚。"

得悉哈维尔对南希讲了我同胡利娅姨妈的情史，我不免担心起来。我和南希关系很好，她肯定不会告我们的密，但是她可能会走漏一点风声，那样事情就会像大火似的在家族之林蔓延开来。胡利娅本来沉默不语，如今却以鼓励哈维尔去完成他在斗牛场上的那个动人计划掩饰。我们在泛美电台大楼门口告别，我同胡利娅姨妈约定那天晚上以去看电影为借口再见面。吻她时，我对她耳语道："感谢内分泌科大夫，我发现我爱上了你。"她表示同意地说："我看是这样，小巴尔加斯。"

我看着她离开，和哈维尔一起向公共汽车站走去。只是在这时我才注意到中央电台门口聚集了不少人。其中尽管也有男人，但最多的还是青年妇女。他们两个人一排，接着，人越来越多，互相推搡，你挤我撞，队形乱了起来。我好奇地走过去，因为我想那肯定是彼得罗·卡玛乔引起的。果然，那是些喜欢收藏亲笔题词的人。我从他那间房间的窗口望进去，看到文人在赫苏西托和老赫纳罗的护卫下正飞笔疾书，用阿拉伯文在练习本、笔记本、纸片和报纸上签字，以不可一世的神气打发他的崇拜者。这些崇拜者喜出望外地看着他，羞涩地向他走过去，嘴里嘟囔着啧啧赞扬的话。

"他使我们头痛，但毫无疑问，他是全国无线电之王，"小赫纳罗把一只手搭在我肩膀上，指着人群对我说，"你认为如何？"

我问他题词的事情是从什么时候开始的。

"有一个星期了，每天半个小时，从六点到六点半。你这个人不太注意观察，"开明企业家对我说，"你不看我们的发行广告吗？你不听你任职的电台的广播吗？我原先对这件事持怀疑态度，但是你看，我大错而特错了。我原以为只需两天就能把人打发完，现在看来得持续一个月。"

小赫纳罗邀我去玻利瓦尔酒吧喝一杯。我要了一杯可口可乐，但他坚持要我陪他喝威士忌。

"你懂得这些长蛇阵意味着什么吗？"他向我解释说，"这是彼得罗的广播剧深入人心的公开表现。"

我告诉他我相信这一点。由于我"爱好文学"，他要我以那个玻利维亚人为榜样，学习他的办法，去争取广大听众。"你不要把自己关在象牙塔里。"他劝告我。他已吩咐印制五千张彼得罗·卡玛乔的照片，从星期一开始，那些找彼得罗·卡玛乔题词的人就可以得到一张照片作为礼物了。我问他文人是否减少了对阿根廷人的攻击。

"这已没有关系，现在他可以骂任何人，"他神秘地对我说，"你不知道那条重要新闻吗？将军也收听彼得罗的广播剧，一部都不放过。"

为了让我相信，他详细地讲了这件事。因忙于公事，将军白天没有时间听广播，于是便让人录音，每晚睡觉前一部接一部地听。这是总统夫人亲口对利马的许多夫人讲的。

"尽管众说纷纭，看来将军还是个有感情的人，"小赫纳罗最后总结，"所以，如果首脑支持我们，彼得罗骂那些外来人又有什么问题？难道他们不是罪有应得？"

和小赫纳罗的谈话、与胡利娅姨妈的和解都给了我很大的鼓舞。我一回到电台顶楼，就感情冲动地写起我的飞人故事来，巴斯库亚尔则处理新闻稿。我的故事已经写到结尾部分：在一次这样的游戏中，一个小伙子比别人飞得都高，他狠狠地摔了下来，颈背折断而死。最后一个句子，我要描写他的伙伴们的惊恐神色，在飞机的轰鸣中，他们凝望着死者。这将是一个斯巴达故事，像精密时钟那样准确，具有海明威的风格。

几天后，我去看表姐南希，想了解她是怎样知道胡利娅姨妈的事情的。我见到她时，她对那次披巾事件仍然余怒未消。

"你知道那个白痴使我出了怎样的洋相吗？"她在家里一边到处跑着找拉斯基一边对我说，"突然，在阿乔斗牛场上，当着那么多人的面，他打开一个小包，拿出一件斗牛士斗篷披在我肩上。所有的人都看着我，连公牛都笑得要死。整场斗牛赛他都要我披着它，还想要我披着它上街。你想想，我一辈子都没有丢过这样的丑！"

我们在管家床下找到了拉斯基。这是一条多毛而丑陋的狗，总是喜欢咬我。我们把它放回笼子里，瘦南希把我拖去她的卧室看那件罪恶的斗篷。那是一件现代化的服饰，看到它会想起异国情调的花园、吉卜赛女郎的帐篷、豪华的妓院。那服饰色彩艳丽，光泽闪烁，褶皱处染着各种各样的红色，从鲜血般的朱砂到红霞般的玫瑰样样俱全。斗篷上缀着长而多结的黑色流苏、宝石和金箔，光彩夺目，令人晕眩。我表姐模仿着斗牛士的动作，把自己裹在斗篷里哈哈大笑。我对她说，不许她开我朋友的玩笑，并且问她是否终究会对他产生感情。

"我正在考虑这件事，"她像往常那样回答我，"但是，作为朋友，我很喜欢他。"

我对她说，她是一个无情无义的风骚女人，哈维尔为了赠给她这件礼物不得不去行窃。

"可你呢？"她一边把披巾叠好放在衣柜里一边对我说，"你和胡利娅姨妈的事是真的？和奥尔卡舅妈的妹妹恋爱，你不害臊？"

我对她说确有其事，我不害臊。可当时我感到脸上像火烧。她也有点慌乱，但是她那米拉弗洛雷斯人的猎奇心很强，瞄准靶子开了枪。

"如果你和她结婚，二十年后你还年轻，她却成了个小老太婆，"

她挽起我的胳臂，拖着我下楼到大厅去，"你来，我们去听音乐，把你恋爱的事从头到尾给我讲讲。"

她选了一大堆唱片：纳特·金·科尔、哈里·贝拉方特、弗兰克·西纳特拉和埃克萨维尔·卡加特。[1] 她坦白地告诉我，自从哈维尔对她讲了我和胡利娅姨妈的事，她一直提心吊胆，想着如果家里人知道了将会出现怎样的后果。难道我们的亲戚会像看到胡利娅同别的小伙子出去时那样对待这件事而不会由舅父母和表姐妹出面把我妈妈叫来向她告状？我爱上了胡利娅姨妈！这是多大一桩丑事呀，马里多！南希提醒我，家里人对我是抱有幻想的，认为我是家族的希望。这是真的，我的那些该死的亲属希望我有朝一日成为百万富翁或者至少能当上共和国总统（我始终不明白为什么他们寄予我这么大希望，这绝不是由于我在学校的分数高，因为我从来没有取得过优异成绩。也许因为我从小就给所有的舅妈写诗，或者因为从表面看来我是个对所有事都发表看法的早熟孩子）。我要求瘦南希一定要守口如瓶。她急切地想知道我们情史的细节：

"你只是喜欢胡利娅还是深深地爱上了她？"

我曾经对她说过心里话，如今既然她已经知道，我也就不加隐瞒。事情是儿戏般地开始的，但是突然，就在我对内分泌科大夫感到妒忌的那天，我发现自己的确爱上了她。然而，我越是与她形影不离，越感到我们的恋爱是个难题。不仅仅是由于年龄差距，还因为我尚需三年才能结束律师学业。我想我永远不会从事这项职业，因为我唯一喜好的是写作，但是作家们常常要忍饥挨饿。现在我的收入只够买点烟，买些书，去看看电影。如果我有可能成为一个经济独立的人，胡利娅姨妈能不能等到那一天呢？我表姐南希真是好极了，她非但不反对我，反而认为我言之有理：

---

[1] 都是美国著名歌唱家。

"当然，且不说到那时也许你已经不喜欢胡利娅，把她扔掉了，"她以现实主义的态度对我说，"而且可怜的胡利娅也可悲地失去了年华。不过你告诉我，她是真心实意地爱你还是逢场作戏？"

我对她说，胡利娅姨妈绝不是像她那样朝三暮四的轻浮女人（我这样说委实使她高兴）。但是这个问题，我自己也曾多次反躬自问。几天后，我向胡利娅姨妈提出了这个问题。我们面朝大海，坐在一个叫不出名字的小花园里（也许叫多莫多索拉或差不多这样的名字）互相拥抱着，不停地接吻，第一次谈到了未来。

"我对未来看得清清楚楚，我是在玻璃球上看到的，"胡利娅姨妈对我说，没有一丝痛苦，"我们的事情至多维持三年，或许四年，也就是说，到你找到一个将成为你孩子妈妈的年轻小姐为止。到那一天，你将抛弃我，我不得不去引诱别的男人。那时我们便会说：事情到此为止吧！"

我一边吻她的手一边对她说，听广播剧对她没有益处。

"看来你从不听广播剧，"她纠正我说，"彼得罗·卡玛乔的广播剧很少谈到爱情或类似的事情。举例说，我和奥尔卡都非常喜欢下午三点的广播剧，那是关于一个小伙子的悲剧，他不能入眠，因为刚合眼就觉得把一个可怜的小姑娘压扁了。"

我又回到原来的话题上，告诉她，对于我们的未来，我比她乐观。为了说服她，也为了说服我自己，我慷慨激昂地向她保证，不管年龄有无差距，纯粹建立在肉体关系上的爱情是不会长久的。待新鲜劲儿一过，一切习以为常，性的吸引力就减弱了，最后完全没有了（尤其在男人方面）。到那时，维持夫妻关系只能靠别的吸引力：精神上的、智力上的和道德上的。对于这样的爱情，年龄是无关紧要的。

"说得多好啊，果真如此，那就适合我了，"胡利娅姨妈说，把总是冰凉的鼻子贴在我的面颊上摩擦着，"不过这是彻头彻尾的谎言。肉体是第二位的吗？它对于维持两个人的关系而言是最要紧的，小巴尔加斯。"

"您又和内分泌科大夫出去了吗?"

"他找过我好几次。"她对我说。我焦急地期待着她说下去,然后她吻着我,把那个谜揭开:"我告诉他,我再也不同他出去了。"

在这幸福到极点的时刻,我对她大讲了一通我的那个飞人故事。故事写了十页,进展很顺利,我想把它登在《商报》副刊上,并且加上隐语题词:"献给阴性的胡利奥"①。

---

① 阴性的胡利奥即胡利娅。

第十章

　　对年轻的药品推销员鲁乔·阿夫里尔·马罗金而言，一切本来都
预示着他前程灿烂，然而悲剧却在一个晴朗夏日的早晨从天而降。事
情发生在历史名城皮斯科市郊。他十年前就开始从事这项东奔西跑的
职业，来往于秘鲁的各个城镇，拜访诊所和药店，向其赠送拜耳制药
厂的样品和说明书。此刻，他刚刚结束旅程，正准备返回利马。他大
概用去了三个小时的时间拜访皮斯科城的大夫和化学家。尽管他有个
同学现在在圣安德烈第九机组当机长，他来皮斯科时常常在那同学家
吃午饭，但这次他决定直接回首都。他已经结婚，妻子是个白皮肤的
法国姑娘。年轻人的热情和恋人的心，促使他急着尽早投入妻子的
怀抱。

　　午后不久。他三个月前结婚时分期付款购买的崭新沃克瓦根牌汽
车停在广场的一棵茂盛的桉树下等候他。鲁乔·阿夫里尔·马罗金放
好装着样品和说明书的手提箱，解下领带，脱掉外衣（根据制药厂的
瑞士人的规定，为了给人以严肃感，推销员必须结领带，穿外衣），
决定不去拜访他在民航局的同学，不去用正规的午餐，而只是吃些点
心，以免吃了难消化的食物以致在寂寞的三个小时路程中困倦无神。

他驾车穿过广场，进了皮亚维冷饮店，叫店主意大利人送来一瓶可口可乐和一杯桃汁。他吃着简单的午餐，心里想的不是这座南方海港的历史，不是圣马丁这位可疑英雄和他的解放大军旌旗招展的登陆，而是像所有感情丰富的男人一样，自私而多情地想到他那温柔的娇妻——实际上她还是个孩子——皮肤雪白，蓝眼睛，有一头金黄色的鬈发；想着在浪漫的黑夜里，她如何善于将他带到狂热的高潮，贴着他的耳朵，用极为多情的语言（法语越难懂，越具有刺激性），像头不高兴的小猫发出抱怨那样，给他唱一支名叫《枯死的叶子》的歌。他发现这些夫妻间情意绵绵的追忆开始使他不安了。他产生了新的想法，付了款，走出了冷饮店。

鲁乔在附近的一个加油站给汽车加了油，添了水，然后便上路了。尽管那时正是烈日当空，皮斯科大街上空旷无人，他还是十分留心，车开得很慢。他不是考虑行人的安全，而是为他的黄色沃克瓦根着想，除了他的金发法国女郎，这汽车就是他的掌上明珠。他一边驱车前行，一边回忆着自己的生活。他今年二十八岁。中学毕业后，他决定参加工作，因为他嫌大学预科学制太长。通过考试，他进了制药厂。这十年间，他的工资提高了，职位晋升了。他的工作并不令人感到枯燥无味。他喜欢跑外勤，不愿在办公桌后边混日子。只是现在他不宜整天东跑西颠，把那秀丽的法国鲜花丢在利马。众所周知，这座城里到处都是时刻窥探着美女的大"鲨鱼"。鲁乔·阿夫里尔·马罗金同他的上司们谈过这件事，他们很重视，不过还是鼓励他：再在外边跑几个月吧，来年初给他在省里安排个职位。精悍的瑞士人斯切瓦布博士确切地说过："安排的职位将意味着晋升。"鲁乔·阿夫里尔·马罗金情不自禁地想到：也许让他当特鲁希略、阿雷基帕或齐克拉约分厂的经理。那样的话，他还有什么可说的呢？

他慢慢地离开了皮斯科，上了公路。这条路他来回走过那么多次——坐公共汽车或自己驾车——闭着眼睛都不会走错。黑色的柏油路伸向远方，消失在沙丘和光秃秃的山岭之间，没有银色光芒闪烁，这说明没有汽车行驶。他前面只有一辆旧卡车摇晃着。他正要超过去，远远望见了前方的桥梁和交叉路口，在那儿有条公路向南分出去，离开了那条爬上山坡向卡斯特罗维莱纳铁矿山驶去的主干线。鲁乔这个人很谨慎，他珍爱自己的汽车，也不敢违章，于是决定开过岔路口再超车。卡车只以五十公里的时速前进，鲁乔不得不减低车速，同卡车保持十米的距离。向前行驶一会儿，他看见了桥梁、岔路、摇摇晃晃的建筑物——饮料店、香烟摊、交通岗楼——以及因逆光而分辨不清的、在茅舍间走来走去的人影。

鲁乔刚刚穿过公路桥，突然发现前边有个小女孩，仿佛是从卡车底下钻出来的。他永远不会忘记那小女孩如何猝不及防地站在了他和公路之间，面色惊恐，高举双手，像一块飞来的石头挡在了沃克瓦根前面。事情如此突如其来，甚至大祸（大祸的起点）发生之后他还未刹住车，也没有把车偏离一旁。他惊愕不已，骤然感到有点什么东西，仿佛是一团肉，软绵绵地撞在汽车的保险杆上，飞起老高，画了一道抛物线，落在八到十米远处。

此刻鲁乔刹住了车，刹得那么急，以致方向盘撞在了自己的胸口。他面色刷地变得像白纸一般，头嗡嗡作响，赶快跳下车，一边想"我是阿根廷人，撞死了孩子"，一边跌跌撞撞地跑到小女孩身边，把她抱起来。孩子大约五六岁，光着脚，衣衫褴褛，脸、手和腿上结着一层干硬的泥垢，身上没有一处出血，但是她双目紧闭，好像停止了呼吸。鲁乔就像个醉汉似的，趔趔趄趄地在那儿打转，左顾右盼，面对沙洲、清风和远方的海浪高喊着："来辆急救车！来个大夫！"犹如梦境一般，他望见从山上的岔路下来一辆卡车，也许他注意到了，对于即将到达岔路口的车辆来说，那是超速行驶。他虽然发现了这一点，但当看到从茅舍里出来一个民警跑到他跟前时，他的注意力立刻被吸引了过去。民警气喘吁吁，汗流满面，一副秩序维护者的架势，看着小女孩问鲁乔："睡着了还是已经死了？"

鲁乔·阿夫里尔·马罗金一直自问当时怎样回答才是正确的。女孩受了重伤还是已经死去了？鲁乔没有来得及回答气喘吁吁的民警，因为民警刚问完，脸色就变得吓人。鲁乔正好回过头看见那辆从山上下来的卡车鸣着喇叭，发疯似的向他们冲来。他闭上眼睛，轰隆一声，汽车把女孩从他怀里夺走了，眼前一片漆黑，金星四射。鲁乔几乎处在神秘的麻木状态，仍然听到那种可怕的声音：喊声和呻吟声。

过了好一会儿，他大概才知道自己被撞倒了，这并非因为存在一个有罪必然受到正义惩罚的法则，像谚语说的那样："以眼还眼，以牙还牙。"而是因为矿山卡车的刹闸失灵了。也许他还知道，民警被轧在后颈上，当场丧命；那个可怜的女孩——索福克勒斯①真正的女儿——在第二次车祸中（第一次有幸没被压死）不仅死了，而且死得很惨，卡车正好从她身上轧过去，这可乐坏了撒旦们——卡车的两个后轮。

但是，多年后，当鲁乔·阿夫里尔·马罗金想到那天早晨所有有教益的经历时，他以为最难以忘怀的既不是第一次车祸，也不是第二次车祸，而是后来发生的事情。说也奇怪，虽然被撞得很厉害（他不得不在职工医院住了几个星期，因为发生了好多处骨折、脱臼、皮肉撕裂和撕伤，需要全身正骨和肌肉缝合），这位药品推销员并没有失去知觉，或者只昏厥了几秒钟。当他睁开眼睛时，他知道一切都刚刚发生，因为从他前面的茅舍里大约有十一二个甚至十五个男人和女人逆光向他跑过来。他不能动，可是并不感觉疼痛，只感到轻松和安宁。他想，不必怀疑了，一定是来人急救，来了大夫，来了热情的护士。是他们，他们来了，他想对那些俯身的面孔笑一笑，但是，这时他感到有人在他身上又摸、又拉、又捅，于是他明白了，刚刚来的那

_____

① 索福克勒斯是古希腊三大悲剧诗人之一。

些人不是在急救而是在夺他的手表，掏他的腰包，七手八脚地抢他的皮包。他脖子上的林皮亚斯耶稣像一下子被他们拽走，那是他自从第一次出席圣餐仪式就一直戴着的。面对这些人的举止，他感叹不已，感到真的绝望了。

由于浑身疼痛，那一夜过得如同一年。开始，灾难的后果好像只在肉体上有感。当鲁乔恢复知觉时，已经在利马了。他躺在医院的一间小病房里，从头到脚都包扎着。床两侧，使激动的鲁乔恢复平静的守护神、他的与居列特·格列科①同国籍的金发妻子和制药厂的斯切瓦布博士不安地看着他。麻醉剂使他感到有些醉意，当感到妻子隔着纱布吻他的前额时，他兴奋异常，泪水顺着面颊流下来。

骨骼接好，肌肉和筋腱复位，伤口愈合、结疤，也就是说，伤痕累累的身体经过了几个星期的时间复原，不过相对来讲还不十分难熬，因为大夫的医术高超，护士们照顾得十分周到，妻子殷勤服侍，制药厂多方帮助，从感情和金钱支持方面来说，都是无可挑剔的。在职工医院里，鲁乔·阿夫里尔·马罗金在恢复期间得知了一个令人喜悦的消息：他的法国妻子已有身孕，七个月后就是他孩子的妈妈了。

后来，他出了院，回到圣米格尔街的住宅，并且重新上班工作，这时车祸在他精神上留下的复杂创伤的隐痛开始发作。失眠是落在他头上最轻的不幸。他彻夜不能成眠，在住宅里摸黑踱步，不停地抽着烟，始终处于兴奋状态，断断续续地讲着话，其中令他妻子感到惊异的是反复听到这么一个词："希律。"② 用安眠药以化学方法克服了失眠后，后果更糟糕：鲁乔一睡着，便噩梦重重，看到他尚未出世的女儿被剁成肉块。他的怪叫起初使妻子感到恐怖，最后终于流了产，从胚胎来看那可能是个女孩。"我的梦应验了，我杀害了自己的亲生女儿，我要搬到布宜诺斯艾利斯去住。"梦中杀子的鲁乔凄惨地、昼夜

————————

① 居列特·格列科是法国女歌唱家。
② 希律是古代犹太王，以暴君著称。

不停地念叨着。

但是，这还不是最惨的事情。失眠的、噩梦不断的夜晚之后，随即而来的是可怕的白昼。自从车祸以来，鲁乔染上了根深蒂固的恐惧症，凡是有轮子的东西，他都害怕。只要是汽车，无论作为司机，还是作为乘客，他都不能上去，一上去就感到头晕目眩，呕吐，出大汗，并开始喊叫。克服这种忌讳的所有尝试均告失败，因而在堂堂的二十世纪，他却不得不像在印加帝国时代（没有车的社会）那样生活着。如果路程只限于他家和拜耳制药厂之间的五公里距离，事情还不那么严重，因为对一个精神受了创伤的人来说，早晨和傍晚各走上两个小时也许会起到镇静剂的作用。不过，对于一个药品推销员，他的活动范围是秘鲁的广阔国土，患上车辆恐惧症是一个悲剧。由于根本没有可能恢复到信差跑步送信的时代，鲁乔的职业前景面临严重威胁。制药厂同意给他在利马的配药房里安排一个安定的工作，虽然没有减薪，但从思想上和心理上来讲，这种变化（现在他负责管理样品）意味着降级。更为糟糕的是，他的足以和"奥尔良的姑娘"[①] 媲美的法国妻子曾毫无抱怨地勇敢忍受了丈夫神经错乱的后果，如今也歇斯底里了，特别是在孩子流产之后，情况更惨。这样只好暂时分居，直至情况有所好转，他那面色如同黎明的鱼肚白和南极的白夜似的妻子启程回法国，去娘家寻求安慰了。

车祸后的一年，鲁乔·阿夫里尔·马罗金就是这么度过的：失去妻子，失眠，不安，恐惧车辆，天天步行上班（必须这样），伴随他的只有焦虑和痛苦。（黄色的沃克瓦根在为金发妻子回法国筹集路费而被卖掉时，车身满是杂草和蜘蛛网。）同事和朋友已在议论说，鲁乔的可怜去向只能是疯人院或者干脆自杀。这时，这个年轻人却如同久饿得食、久旱逢雨一般听说有这么一个人，她既不是牧师，也不是

---

① 这是德国剧作家席勒的同名作品中的人物，剧本描写法国女英雄贞德（奥尔良的姑娘）反抗外敌的故事。

巫婆，却能医治灵魂。这就是女大夫路希娅·阿赛密拉。

阿赛密拉大夫是个高尚的女人，没有杂念，五十岁，正是科学上称之为黄金时代的年龄。她前额宽广，鹰钩鼻，目光敏锐，为人正直忠厚——和她姓氏的含义①正好相反（她为自己的姓感到骄傲，像英雄业绩一样印在名片上或她诊所的牌子上，供人们欣赏），在她身上，智慧表现在她的身体上，是她的病人（她喜欢称病人为“朋友”）看得到、听得见、闻得着的东西。在世界的大知识中心——德国的柏林、冷漠的伦敦、罪恶的巴黎——她以优异的成绩获得了许多证书和奖状。不过，她习得大量有关人世维艰和解脱办法的主要大学还是（当然是）生活本身。像所有那些在庸人间独辟蹊径的人，这位大夫引起了她的那些无能创造奇迹的同事、精神病专家和心理学家（与她不同）的议论、批评及百般嘲弄。阿赛密拉大夫对被称为巫师、撒旦同类、腐化堕落分子的教唆犯、精神错乱者和其他醒醍的称呼全然不放在心上。要了解她这样做是有道理的，只要看看她的朋友的感激之情就行了。她的朋友——精神分裂症患者、杀近亲者、妄想症患者、纵火犯、忧郁症病人、手淫者、疯子、罪犯、假教徒和结巴——一经过她的手，得到她的治疗（她喜欢说经过她的“劝导”），便重新恢复了正常的生活，父母变得十分仁慈，儿女变得听话，妻子变得贤惠，从业人员变得诚实认真，口吃的人变得说话滔滔不绝，镇民们从病理学角度遵从法律。

斯切瓦布博士亲自劝鲁乔·阿夫里尔·马罗金去找阿赛密拉大夫看病，并且亲自以瑞士表般准确的作风迅速为他预约挂号。失眠者二话没说，顺从地按时到了路希娅·阿赛密拉的诊所（庙宇、忏悔台和精神修炼院）。这间诊所坐落在圣费利佩住宅区，宅邸的院墙是玫瑰色的，周围是种满了曼陀罗的花园。一位文雅的护士记下了他的情

---

① 阿赛密拉，西班牙文为蠢驴之意。

况，把他让进大夫的诊室。那是一个很高的房间，书架上摆满了皮封套的书，写字台是桃花心木的，铺着松软的地毯，室内还有一张湖绿色的丝绒大沙发。

"您要把带来的偏见去掉，同时要脱掉外衣，解下领带。"路希娅·阿赛密拉大夫用学者们令人感到自然的声音喊道，同时把大沙发指给鲁乔，"躺在那儿，脸朝上朝下都行，这不是出于弗洛伊德的装腔作势，而是我想让你躺得舒服。现在，不要给我讲你的梦境，也不要向我坦白说您爱上了自己的妈妈，而是要十分准确地告诉我，您的胃怎么样？"

药品推销员羞涩地躺在弹簧沙发上，他想大夫搞错了人，于是鼓起勇气喃喃地说，他到这间诊所来不是因为内脏有病，而是因为精神有病。

"这是无法区别的，"阿赛密拉大夫反驳说，"一个人的胃代谢及时，其头脑也必然清醒，灵魂必然健康。反之，胃贪食，不消化，负担重，必然产生杂念，性情暴躁，心里出现郁结，性欲出轨，创造犯罪的条件，把大便不畅的痛苦发泄在别人身上。"

经过这样的训导，鲁乔·阿夫里尔·马罗金坦白说他有时消化不良，便秘，除了大便的形状不一，甚至连其颜色和量也是多变的，当然硬度和温度更是变化无常，不过他不记得自己最近几个星期是否触摸过。大夫微笑着点点头，喃喃地说："我早就知道。"她提出，鲁乔要每天早晨空腹食用六枚干洋李，直到下一个疗程。

"这个首要问题解决了，我们谈别的问题吧。"女哲学家又说道，"您可以对我讲讲您遇到了什么麻烦。不过，您要事先知道，我不是帮您解决难题，而是要教您怎样珍爱它，怎样为此而感到自豪，就像塞万提斯为失去一只胳膊、贝多芬为耳聋感到自豪一样。请讲吧。"

鲁乔·阿夫里尔·马罗金拥有同大夫和司药进行十年专业交谈的素养，他言词流利、一五一十地将他的事情毫不隐瞒地简述了一遍，从皮斯科不幸的车祸到夜里的噩梦以及那场悲剧在他家里造成的恐怖后果。他痛惜自己，说到最后不禁失声痛哭起来，以一声惊呼结束——那声惊呼除了路希娅·阿赛密拉，谁听了都会胆裂心碎："大夫，帮帮我吧！"

"您的故事并没有使我感到痛苦，而是令我厌嫌，因为它太平淡无奇了。"女灵魂工程师亲切地安慰他，"把鼻涕擦擦。您应该知道，您这种精神领域里的疾病，如果是在身体上，相当于甲沟炎。现在，您注意听我说。"

她用经常出入上层社会交际场合的女人特有的风度对鲁乔解释说，使男人毁掉的是不敢正视事实和精神上的矛盾。关于前一点，她对失眠症患者开导说，所谓车祸的那种意外的不幸并不存在，而是人们为了掩盖自己的歹毒而臆造的托词。

"说到底，您是想杀害那个女孩，并且真的杀死了。"大夫陈述她的想法，"后来，您对自己的行为感到害怕了，怕进警察局或下地狱，于是便想被卡车轧死，作为对自己的惩罚，或者为自己的杀人行为找到解脱的办法。"

"可是，可是，"药品推销员结结巴巴地说，眼睛瞪得溜圆，前额冒出了汗珠，露出一副绝望的样子，"那么民警呢？难道他也是我杀的？"

"谁没有杀死过警察？"女科学家思索着，"也许是您，也许是卡车司机，也许是自杀。可这不像钩针那样一下子可以钩住两条线，我们还是只说您的事吧。"

大夫又对鲁乔解释说，人们在纠正自己的正当冲动时，对自己的精神就会不满，精神便以制造噩梦、恐惧、杂念、焦虑、忧郁等加以报复。

"一个人不能和自己作对，因为人在这种争斗中只是败北者。"上帝的女使者摆出一副权威的架势，"不要对发生的事情感到羞愧；所有人都是残忍的；要成为好人，简单地说，就是要善于掩饰，应该用这样的想法求得自我安慰。您对着镜子看看，跟自己说：'我是杀孩子的罪犯，害怕快速运动。'用不着拐弯抹角，不要对我说车祸呀，恐车综合征呀什么的。"

大夫又举了例子，她说，骨瘦如柴的手淫者来诊所跪着求她治疗时，她送给他们黄色杂志；吸毒病人来求她时，她送给他们从地上刮起的灰渣；这些人揪着自己的头发抱怨命运不济时，她送给他们大麻烟和大把大把的古柯叶。

"那么您给我开的药方是继续杀害儿童吗?"药品推销员怒吼道，这只羔羊变成了猛虎。

"如果您愿意的话，为什么不呢?"女心理学家冷冷地反驳说。接着又提出警告："您不要对我提高嗓门，我可不是那种认为顾客总是有理的商人。"

鲁乔·阿夫里尔·马罗金忧虑地哭泣起来。路希娅·阿赛密拉大夫无动于衷，只是花了十分钟时间写了好几张纸，大标题是《要学会真诚地生活》。写好后交给了鲁乔，约他过八个星期再来。送别时，大夫紧紧地握住他的手，提醒他不要忘记早晨吃干洋李。

和阿赛密拉大夫的大多数患者一样，鲁乔·阿夫里尔·马罗金离开诊所时，感到自己做了一场心理埋伏战的牺牲品，断定自己已落进了一个神经极度错乱的女人的罗网；如果胡乱地遵照那个大夫的嘱咐去做，他的病情必定加重。鲁乔决定把大夫开的"学会生活"的药方扔到马桶里让水冲走，看也不看一眼。但是，就在那天夜里，他本已减弱的失眠又变得严重起来，于是读了那个药方。他认为从病理学角度来讲是荒谬的，他笑得那么厉害，以致打起嗝来（按照妈妈的教导，鲁乔喝了一杯水防止再打嗝）。后来，他又感到很稀奇，闷得难受。为了消遣，为了熬过不眠之夜，尽管不相信它有疗效，他还是决定试试看。

鲁乔在塞阿尔斯商店玩具部轻松买到了他所需要的小轿车——一号卡车和二号卡车,代表女孩、民警、强盗和他自己的洋娃娃。按照医嘱,鲁乔按自己的记忆把汽车涂上了原来的颜色,洋娃娃的衣服也上了彩(鲁乔有作画的才能,以致民警的制服、女孩的破衣服和身上的污垢画得惟妙惟肖)。为了画好皮斯科的沙地,鲁乔用了一整张包装纸;为加强真实感,还在一端画上了太平洋:一条蓝色水带,边缘汪着泡沫。第一天,他跪在饭厅的地板上,用近一个小时重演了那次车祸。演习完,也就是当强盗们扑到药品推销员的身上抢劫时,他几乎像事发当天那样感到害怕和痛苦。鲁乔仰面躺在地板上,浑身出冷汗,抽泣着。但是,之后几天,他精神上的紧张渐渐减轻了。这种活动具有体育锻炼的作用,使他重返儿童时代,过去不善于利用的那些时间有了消遣,因为现在妻子不在身边,他又从来不到图书馆去,也不爱听音乐。他搭积木,玩七巧图,解纵横字谜。有时,在拜耳制药厂的仓库里,他一面给推销员们分发样品,一面在脑子里反复回忆着那次车祸的某个细节、当时的情况和原因,以便在当天夜里演习时加点新花样,并且能表演的时间长一些。来打扫卫生的女人发现饭厅里满是洋娃娃和塑料汽车,问鲁乔是不是想过继一个孩子,但是提醒他,如果那样,她将要更多的工钱。鲁乔按药方指出的练习进程,每天夜里对车祸(?)进行十六次小型演习。

"要学会真诚地生活"那份药方中有关儿童的部分,让鲁乔觉得比孩子们写的东西还荒唐。那么,"这样引起恶习或好奇的无生命的东西能使科学进步吗?"不过他也照办了。这部分又分成两点:理论训练和实践训练。阿赛密拉大夫指出,前者必须先于后者,因为:难道人不是一种有理性的动物吗?人的思想不是先于行动吗?理论部分的广泛基础是鲁乔的观察和思索精神。那处方上只是写着:"每天都要想想孩子给人类造成的灾难";不论在何时何地,都要坚持这样做。

天真无邪的幼童给人类造成什么灾难?他们不是给人类带来美好

的希望、纯洁、欢乐和生命吗？在做理论训练的头一天早上，鲁乔一边在去办公室的五公里路上走着一边这样问着自己。尽管他心里将信将疑，但还是相信药方上说的，承认孩子们可能爱吵闹。的确，孩子们爱哭，随便为一点小事，也不管在什么时候就哭起来。由于他们还不懂事，不可能知道这种习性产生的害处，也不可能被说服，保持安静的美德。鲁乔当时记起了一个工人的情况。他在坑道里干了一天，已经筋疲力尽了，回到家，新生婴儿不停地啼哭，他不能入眠，最后竟把孩子杀了。世界上大概会有成百万类似的情况吧？有多少工人、农民、商人和职员——由于生活费用高、工资低、缺少住房——住在拥挤的房间里，与子女同室？他们不可能有适当的睡眠时间，因为孩子不时地哭叫，而且那哭叫是要大便还是想吃奶，孩子自己也说不清楚。

那天傍晚，在回家的五公里路上，鲁乔·阿夫里尔·马罗金也一直在想，他发现许许多多不幸的事也可以归罪于孩子。与其他任何动物都不同，孩子要很晚才能自理。这种缺点会造成多少灾难呀？他们什么都破坏，像演员的面具和纯硅玻璃花瓶，把主妇费尽心血缝制的窗帘撕下来，把沾满屎尿的双手毫无顾忌地放在浆好的桌布或破费许多钱买来的心爱的花边披巾上。且不要说他们还常常把手指伸进电源插座引起短路或者白白地电死，这就意味家里要买白木棺材，找墓穴，守灵，在《商报》上登通知，穿丧服，举行葬礼。

鲁乔在制药厂和圣米格尔街之间的往返路程上养成了做这种训练的习惯。为了不重复，每次开始时都先把前次想到的罪过很快地总结一下，然后思索新的。这样，题目一个接一个，很容易地浮现在脑际，他从未空闲过。

再如，经济方面的罪行也足够鲁乔走三十公里路思考了，因为正是他们糟蹋家庭预算，而且是破坏性的。他们使父亲入不敷出，这不仅仅因为他们一味贪吃、肠胃软弱而需要特殊食品，还因为他们需要一系列的管理开支：接生婆、摇篮、儿科大夫、托儿所、保育员、杂技、幼儿老师、看早场演出、买玩具、青少年犯罪审判、劳改场，还包括儿童方面的专门科学，这些如同树木上的寄生虫破坏母株，产生了医学、心理学、牙科和其他科学。总之，这群人需要可怜的父母亲给他们衣穿，给饭吃，还要给养老金。

一天，鲁乔·阿夫里尔·马罗金差点儿哭起来，他想到了那些年轻母亲。她们具有美德，为了一心照顾孩子而不顾自己的身体；她们放弃娱乐活动，不看电影，不去旅行，到头来被丈夫抛弃。她们的丈夫多次只身在外，最后必然要犯罪。孩子们如何报答母亲的那些不眠之夜和千辛万苦呀？他们渐渐地长大了，另外组织了家庭，把无依无靠、年迈的母亲丢在了一边。

这样，鲁乔不知不觉中把他们天真无邪、忠厚善良的神话打破了。难道凭着不懂事这个众所共知的托词，他们就可以拔除蝴蝶的翅膀，把活雏鸡扔进火炉，把乌龟弄得四脚朝上、置于死地，打瞎松鼠的眼睛吗？打鸟的弹弓难道是成人的武器吗？对其他体弱多病的孩子，他们手下留过情吗？再说，到了他们那个年龄，如果是小猫，早已自食其力，可是他们仍然步履不稳，常常撞在墙上，头上碰起肿包，能说这样的人是聪明的吗？

鲁乔·阿夫里尔·马罗金有很强的思考能力，这使他走路时总是在思虑问题。他曾希望所有女人一直到绝经期都保持青春的风姿和健美。一想到分娩给母亲们造成的痛苦就心如刀割，本来一只手就能挽过来的杨柳细腰一下子长满了脂肪，鼓胀起来，前胸后臀也霎时臃肿了。腹部呢？原来光滑明亮，犹如肌肉铸成的铁块一般，嘴都咬不动，如今却变软了，肿大而下垂，有了褶皱。某些夫人，由于尿频和难产时抽筋，变成了罗圈腿，走起路来像鸭子。鲁乔·阿夫里尔·马罗金回想起他的法国妻子的标准身材，很高兴她生的不是一个圆滚滚的、有损她美貌的婴儿，而几乎是一块肉。有一天，他感到心情平静，因为干洋李把他的胃洗泻一空。他发现当他想到残杀婴儿的犹太王时不再吓得颤抖了。一天早上，连他自己都感到吃惊的是，竟然狠狠地敲了一个小乞丐的脑袋。

鲁乔于是知道，像日月星辰升起和落下那么自然，他已不知不觉地转入了实践训练。阿赛密拉大夫把这些训导称为"直接行动"。而鲁乔在重温这些医嘱时，犹如听到了大夫富有科学性的声音。这些医嘱和理论指导不同，非常切实。一旦懂得了他们造成的灾难，就要自己动手进行一些小小的报复。不过应该谨慎从事，小心注意诸如"孩子们是无依无靠的""即使用鲜花也不要去碰孩子""打骂会产生复杂心理"以及蛊惑人心的说教。

确实，开始时费了很大力气。当他们中的某个人穿过大街时，这个人和鲁乔本人都不知道放在小脑袋上的那只手是惩罚还是粗野的抚摸。但是，实践加强了他的信心，他渐渐地克服了胆怯心理和祖辈遗传下来的拘谨性格，胆子大了起来，改变了态度，有了主动性。几个星期后，像"训练"预示的那样，鲁乔发现，在街角打孩子的脑袋、把肌肉掐得青紫肿胀、把新入学的孩子踩得号哭不止，这些在他眼里已不是囿于道德和理论不应该做的事情，而是一种乐趣。鲁乔很喜欢看到那些前来向他兜售彩票、冷不防挨了一记耳光的孩子们的哭号。看到给盲人引路的孩子被主人一脚踢倒、铜钹从手中飞走滚在地上叮当作响、孩子揉搓着疼痛难忍的腿难以爬起时，鲁乔犹如身处斗牛场那样兴奋。实践训练是危险的，可是，对性情鲁莽的药品推销员来说，这一点非但不能阻止他，反而是鼓励。甚至有一天，当他弄坏了一只皮球，一群孩子手持棍棒和石头追赶他时，他也没有放弃自己的努力。

就这样，在治疗的几个星期，鲁乔干了不少这样的事。人们由于思想懒惰，变得痴呆，常常把这些称为卑劣行径。在公园里，鲁乔把保姆哄孩子用的洋娃娃的脑袋拔掉，把孩子们刚刚放在嘴边的奶瓶、乳脂糖和硬糖块夺过来，踩在脚下，或者扔给狗吃。他还窜到孩子们去的马戏场、早场电影和木偶戏院偷偷摸摸地干坏事，甚至扯孩子们的小辫子和耳朵，拧他们的小胳膊、大腿和小腿，手指都累得麻木了。当然啰，他还粗俗地对他们伸舌头，做鬼脸，甚至变着声调哑着嗓子给他们讲鬼怪、恶狼、警察、骷髅、巫婆、吸血鬼和其他大人想出来吓唬孩子的故事。

但是，雪球越滚越大，最后变成了雪崩。一天，鲁乔·阿夫里尔·马罗金那样害怕，为了尽快赶到诊所去见阿赛密拉大夫，急忙乘上了出租汽车。鲁乔浑身冒着冷汗，刚走进威严的诊室就颤抖地喊道：

"我眼看就要把一个小女孩推到开往圣米格尔街的有轨电车轮下，在最后一刻控制了自己，因为我看见一个警察。"他像孩子似的哭泣着高声叫道，"大夫，我险些犯了罪！"

"你已经犯过罪了，健忘的年轻人。"女心理学家一字一板地提醒他。随后从上到下把他打量了一番，高兴地断言："您已经好了。"

鲁乔·阿夫里尔·马罗金像在黑夜里看到火光，在海上看到满天星斗，这时他才记起自己是坐出租汽车来的。他正要跪下去，被博学的女大夫阻止了：

"除了我的狗，谁也不能舔我的双手。不要过分激动！您可以走了，我还有新的朋友等着看病，到时候您会收到账单。"

"真的，我的病好了。"药品推销员满面春风地重复说。他最近一个星期每天睡七个小时，不做噩梦了，反倒做了些甜蜜的梦，梦见躺在奇异的海滩上，任凭烈日暴晒，观赏着乌龟在枝叶繁盛的棕榈树间慢腾腾地爬行，海豚在蓝色的波涛中追逐嬉戏。这次，他摆出久经磨炼者谋多智广、胸有成竹的神气，乘上出租汽车到制药厂去。路上，他哭了起来，因为他发现在人生道路上"滚动"所产生的唯一后果已不是阴森森的恐怖、巨大的焦虑，而只有一点轻微的头晕。他跑过去亲吻弗德里克·特列斯·翁萨特吉先生白嫩的手，称他是"拯救我生命的好参谋，再生之父"。鲁乔的这种表示和言语，使他的上司像所有受敬重的主人对待奴仆一样，郑重地接受了。上司像是虔诚的加尔文教徒，毫无表情地告诉鲁乔，不管病是否治好，杀人念头除掉与否，都必须按时到"灭鼠有限公司"上班，不然就要罚款。

鲁乔·阿夫里尔·马罗金就这样摆脱了自皮斯科意外车祸以来一直生活的洞穴。从那以后，一切都开始恢复正常。那个甜蜜的法国小姐由于亲人的照顾，已从痛苦中解脱出来，通过蜂窝状奶酪和黏海螺等诺曼底食物的调养，身体也强壮了，又满载情意、精神振奋地返回了印加大地。夫妻团圆，犹如蜜月。他们疯狂地接吻，紧紧地搂抱，拼命抒发内心的激情，直到这对恩爱夫妻精疲力竭。药品推销员好像一条刚刚换皮的巨蛇，精力倍增，很快地在制药厂重露头角。根据鲁乔本人的要求——希望证明他仍然是以前的鲁乔——斯切瓦布博士重新对他委以重任，任凭他乘飞机、坐火车、乘轮船，跑遍秘鲁的村镇和城市，在大夫和药剂师中间推销拜耳制药厂的产品。由于妻子勤俭持家，夫妻俩很快还清了家庭危机期间欠下的全部债款，又以分期付款的方式买了一辆新的沃克瓦根，当然还是黄色的。

表面（难道在这种情况下不该仔细想想"不要相信表面现象"这句民间谚语吗？）看来，阿夫里尔·马罗金一家的生活没有变坏。推销员很少记起那次车祸；即使想到，也是非但不感到难受，反而颇为骄傲。作为遵从社会礼节的中产者，鲁乔不愿披露这一点。可是，在爱巢，在甜蜜的家庭里，在响着维瓦尔第小提琴曲的熊熊炉火旁，还残存着阿赛密拉大夫治疗的痕迹，正如太阳下山后，其光辉依然照映在空中；人死去后，头发和指甲还在生长。也就是说，从某种意义上讲，鲁乔·阿夫里尔·马罗金有一种爱好，喜欢玩玩具：小木棒、积木、小火车和小士兵，这对他这样年龄的人来说确实有些过分。鲁乔家里的玩具渐渐堆满了，使得邻居和用人们大为不解，融洽的夫妻关系中出现了第一道阴影。一天，法国女人开始抱怨丈夫星期天和假日在浴盆中玩小纸船或在房顶放风筝。但是，比这个爱好更为严重的是，自实践训练以来，鲁乔头脑里对儿童的恐惧已根深蒂固，妻子对这些十分反感。鲁乔在大街上、公园里和公共广场从来不接近孩子，除非为了给他们以平民们所说的残忍的惩处。在和妻子的交谈中，鲁乔常常轻蔑地称他们是"流浪汉""死后下地狱的人"。当金发妻子再次有身孕时，这种反感变成了焦虑不安。夫妻俩恐慌地飞步跑去见阿赛密拉大夫，求她帮忙解决。大夫听过他们的讲述，毫无震惊之意。

"您患了幼稚病，同时，也是潜在的杀婴症。"大夫像口授电报似的，"这种荒唐病没有什么了不起，用不着大惊小怪。不费吹灰之力，我便可以把它治好。您不必担心，不等胚胎长出眼睛，您就会好的。"

大夫能治好吗？她能使鲁乔·阿夫里尔·马罗金摆脱幻觉吗？能像上次除掉他的车辆恐惧症和一心想犯罪的念头那样治愈他的恐婴幼稚病和对残暴犹太王的恐惧症吗？圣米格尔街的这场心理戏剧将如何收场呢？

第十一章

　　期中考试已经来临。自从和胡利娅姨妈相爱，我上课少了，写故事（见效甚微）占去很多时间，这次考试准备得很不好。一位同学救了我，他叫吉列尔莫·贝兰多，是卡马纳人，住在市中心 5 月 2 日广场附近的一所公寓里。他是个模范学生，从不缺课，甚至把老师的呼吸都记下来。他像我背诗一样，把法典的条款背得滚瓜烂熟。他总是讲他的故乡，他的未婚妻住在那里。他盼望拿到律师学位，一旦获得成功，便离开可恨的城市利马，回卡马纳去。在那里，他将为家乡的进步而战斗。他把他的笔记借给我，考试时跟我咬耳朵。考试临头的时候，我就到他的公寓去，让他把课堂上的情况给我作一番精辟扼要的介绍。

　　这个星期天，我从吉列尔莫那里回来。我在他房间里度过了三个小时，满脑子的法律术语在打架，一大堆必须死记硬背的拉丁语把我吓得晕头转向。当我来到圣马丁广场时，远远地望见中央电台铅灰色的正面墙上彼得罗·卡马乔房间的小窗户打开着。我当然要去问候他。我到他房间去的次数越多——尽管我们的关系仍然限于在咖啡桌上交谈三言两语——他的品行、外貌和口才对我的魅力越大。我穿过广场向卡玛乔的办公室走去，他那钢铁般的意志再次浮现在我的脑海里。这意志给予这个禁欲主义矮子以工作才干，他凭着这种才干，上午和下午、下午和晚上，连续不断地创作着暴风骤雨般的故事。白天，不管什么时候记起他，我便想到"他一定在奋力挥笔"。而且，像我无数次见过的那样，果真看到他在用两个小指头飞快地在雷明顿打字机键盘上敲打着，那迷幻的眼睛望着滚筒。于是，一种既怜悯又羡慕的奇特感觉便从我心中油然而生。

房间的窗户虚掩着，可以听到打字机有节奏的声响。我一边推开窗户一边向他致意："早上好，能干的先生。"但是，我忽然觉得似乎弄错了地方，认错了人，过了几秒钟，才认出那个用白色防尘罩衣、大夫的小帽子、犹太教士的大黑胡子伪装起来的玻利维亚文人。他不动声色，也不看我，轻轻俯身在写字台上继续打字。过了一会儿，像是在两种想法之间迟疑了一下，但并没有回过头来看我。我听见他用银铃般悦耳的声音说道：

"妇科大夫阿尔贝托·德·金德罗斯给侄女接生三胞胎，有一个胎儿胎位不正。您能等我五分钟吗？我要给这位姑娘做剖腹产手术，然后我们去喝一杯薄荷马黛茶。"

我抽着烟，坐在窗台上等着，一直等到他使胎位不正的三胞胎生下来。手术果然只用了几分钟。然后，他脱去防尘罩衣，仔细叠好，连同犹太教士的假胡子一起放在一个塑料口袋里。我对他说：

"生三胞胎动剖腹产手术，总共只需五分钟，干得真是漂亮极了。我写三个小伙子利用飞机喷气飞起来的故事花了三个星期。"

去布兰萨咖啡馆的路上，我告诉他，多次失败之后，我觉得这个飞人故事是不坏的。我诚惶诚恐地把它送到《商报》星期天副刊，社长当着我的面读了这篇稿子，给了我一个令人难以捉摸的回答："留下吧，看看再说。"从那时起，一连两个星期天，我每次都拼命地、急如星火地去买报纸，但直到现在仍未见刊出。彼得罗·卡玛乔不想在别人的事情上浪费时间。

"我们不要喝冷饮了，走吧。"我正要坐下去时，他一边拉住我的手臂说着一边把我拖向科尔梅纳，"我觉得腿上发痒，快抽筋了。这是由于老是坐着不动，我需要活动活动。"

我知道他会怎么回答我，所以提醒他说，应该像维克多·雨果和海明威那样：站着写作。可是这一次我弄错了。

"在拉塔帕达公寓常常发生一些有趣的事，"他对我说，根本没有回答我，这时他拖着我小跑似的围着圣马丁纪念碑转圈子，"一位青年每逢月夜就哭泣。"

我很少在星期天来市中心，看到平时到这里来的人和现在到这里来的人大为不同，我感到惊奇。现在来这里的不是中层公务人员，而是轮休的女仆、脸上多斑足登大靴子的山民、扎着辫子的赤脚小女孩……他们熙熙攘攘挤满了广场。在混杂的人群中可以看到流动摄影师和卖酒食的女贩。我拉着文人在纪念碑正中央那个穿长衣的贵夫人前停下来，这位夫人象征着祖国。为了看看能否逗他笑，我告诉他为什么这位夫人头上戴着一个荒唐可笑的、驼马似的东西，原来在利马铸造铜像时，艺人们误解了雕塑师的话，把许愿的"火焰"理解成动物"驼马"①。自然，他没有笑。他重新拉起我的手臂，拖着我一边和行人碰撞着向前走，一边又开始了他的独白，对周围的一切事物都无动于衷，首先是把我忘在一边：

"没有看清他的脸，但是可以想象是某种怪物，是公寓老板娘的私生子吗？由于他的缺陷、驼背、过矮和双头，阿塔纳西娅夫人白天把他藏起来，免得惊吓我们，只在晚上才放他出来透透气。"

他不动声色地讲着，仿佛一台录音机。为了套他的话，我反驳说他的假设未免言过其实，难道不会是一个为爱情而伤心痛哭的青年？

---

① 在西班牙语中，"火焰"和"驼马"是同一个字。

"如果是恋人，他会拿把吉他、小提琴，要么唱歌，"他以一种由于恻隐之心而减淡了的轻蔑神情看着我说，"可是这人只是哭。"

我竭力使他把这一切从头给我解释解释，但是他的话比平常更加冗长、隐晦。我只弄清楚了有个人在公寓的角落里已经哭了许多个晚上，拉塔帕达公寓的房客们怨声载道。老板娘阿塔纳西娅太太说她什么也不知道，照文人的看法，她是用"本人不在现场"因而与事无关的手法来为自己开脱。

"也有可能他是为犯了罪而痛哭流涕，"彼得罗·卡玛乔搜肠刮肚，以会计员大声报数的那种嗓门对我说。他扯着我的胳膊，在纪念碑周围转了好一阵，才拉我去中央电台。"是杀亲之罪？是令人毛骨悚然、痛悔欲绝的弑父杀妻之罪？这年轻人是个卑鄙下流的东西吗？"

他一点也不激动，但是我发现他比往常更不着边际，不听别人说话，不同别人讲话，也不记得旁边还有人。我敢说他没有看见我。我打算让他继续独白下去，因为似乎他真真切切地看到了幻觉的一切。可是好像突然讲起的那个看不见的哭泣者，他一下子沉默了。我见他重新钻进房间，脱去黑上衣，解下蝴蝶领带，用发网拢住长发，把从另一个塑料袋里拿出来的、带着发结的女人假发放进套子。我忍俊不禁，哈哈大笑起来。

"还有比这个人在我面前更使人高兴的事吗？"我问他，依然笑着。

"我应当开导开导那个长得像法国人的化验员，他杀死了自己的儿子，"他讥讽地向我解释，这一次没有往脸上挂从前那种犹太教士的胡须，而是涂上了美人痣，戴上了彩色耳环，"再见，朋友。"

我刚转身要走——精神抖擞，胸有成竹，信心百倍，不露声色，稳重大方——便听到了雷明顿打字机的响声。在去米拉弗洛雷斯的公共汽车上，我一直想着彼得罗·卡玛乔的生活。是什么社会环境、什么结合、什么关系、问题、偶然性、事件产生了这种文学才华？（是文学才华吗？如果不是文学才华又是什么？）这文学才华在一部部作品中得到了实现，得到了表现，并且获得了承认。他模仿作家的样子，同时由于长时间献身职业、写出作品而在秘鲁成为唯一无愧于作家称号的人。这怎么可能？那些非法捞到诗人、小说家、剧作家称号的政治家、律师和教育家在从事非文学活动的一生中，只在短暂时期内以五分之四时间进行创作，难道他们一旦写出几首华而不实的诗篇或一本难产的故事集，就称他们是作家吗？为什么这些把文学作为点缀或遁词的人比彼得罗·卡玛乔更称得上是作家？彼得罗·卡玛乔是毕生致力于写作的呀！为什么他们读（或者至少他们懂得应该读过）普鲁斯特、福克纳、乔伊斯，而彼得罗·卡玛乔只配比文盲稍好而已？当我想到这些事情，感到悲伤和焦虑。我看得越来越清楚，在生活中，我唯一想做的就是作家；我也越来越相信，为了成为作家，只有把全部精力倾注于文学。我绝不愿意成为一个半瓶醋或昙花一现的作家，而要成为一个真正的作家。那么，应该以谁为表率呢？离我最近、我可以师事的、精力旺盛、勤奋努力、热情奔放、具有才华的作家，据我所知，正是这位玻利维亚的广播小说家。因此，他是那样地令我神往。

在外祖父家里，沉浸在幸福之中的哈维尔正在等我，带来了一套能使死者复活的星期天节目。他收到了双亲从皮乌拉给他寄来的当月生活费，还附有为国庆日给他的一大笔犒赏。他决定由我们四个人共同使用这些额外收入。

"为了尊敬你，我编了一套知识性的世界各地节目，"他对我说着，拍着我的肩膀表示鼓励，"内容包括阿根廷的弗兰西斯科·佩特罗内剧团、林孔·托尼餐厅的德国饭菜、在内格罗·内格罗举行的法国节目中的最后一个节目——熄灯在黑暗中跳波莱罗舞。"

真的，在我短促的生涯中，彼得罗·卡玛乔是我见过的最有希望成为作家的人。在我的熟人中，哈维尔由于慷慨和富有，最像一个得天独厚的王子。此外，他很能干。他说胡利娅姨妈和南希已经得悉今晚我们干什么，他口袋里已经装好剧票，节目不会太引人注目，一下子把我关于才华和对秘鲁文学乞丐般的命运的忧思赶得一干二净。哈维尔也显得很高兴，一个月以来，他经常和南希出去，那种风雨无阻的劲头颇有正式恋爱的情调。我对表姐坦白了我和胡利娅姨妈的爱情，这对哈维尔很有用，因为他可以借口为我们穿针引线和提供外出的方便，设法一个星期内几次看到南希。我表姐和胡利娅姨妈现在形影不离。她们一起去买东西，一起去看电影，互相倾吐心曲。我表姐变成了我们爱情的热情保护神。一天下午，她的话提高了我的勇气："胡利娅有一种可以抹去一切年龄差距的生活方式，表弟。"

那个星期天的那套大节目（我相信这套节目在很大程度上决定了我大半生的命运）是在最好的征兆下开始的。二十世纪五十年代，在利马很少有机会看到优秀的戏剧，而弗兰西斯科·佩特罗内的阿根廷剧团带来了一批在秘鲁没有上演的现代剧。南希到奥尔卡舅妈那里去接胡利娅姨妈，二人一起乘出租汽车到市中心。我和哈维尔在塞古拉剧院门口等她们。哈维尔在这类事情上往往做得过分，他订了一个包厢。这是唯一被占用的包厢，因此，我们成了众矢之的，几乎像在舞台上一样成了人们注意的中心。由于我心怀鬼胎，疑心一些亲戚和熟人可能会看到我们，从而对我们说三道四。但是演出一开始，这些顾虑便消失了。演出的是阿图尔·米列尔的《一个旅行者之死》，那是我所看到的第一个打破时间和空间常规、不落俗套的剧目。我是那样兴奋和激动，以至在幕间休息时唠唠叨叨地讲了起来，热情赞颂这部作品，评论它的人物、技巧和思想。后来我们在科尔梅纳大街的林孔·托尼餐厅吃香肠喝黑啤酒的时候，我用一种哗众取宠的方法继续这样评论着，使得哈维尔后来教训我："你简直就像一只吃了兴奋剂的鹦鹉。"我表姐一向认为我的文学狂热荒唐可笑，像埃杜阿尔多舅舅一样胡闹。埃杜阿尔多舅舅是一位与外祖父亲如手足的退休老人。

致力于很少见的收集蜘蛛网的消遣活动。她听了我对刚刚看完的剧目如此高谈阔论，疑心我的志趣会落个不好的结局："你正在变成酒徒，瘦小子。"

内格罗·内格罗是哈维尔选来结束今晚活动的地方，它是一个带有某些文丐色彩的场所——每个星期四演出一些小节目：独幕剧、独角戏、诗朗诵。画家、音乐家和作家经常聚集在那里。但也因为它是利马最阴暗的公共场所，是圣马丁广场门楼下的地下室，里面只有二十张桌子，我们认为它的装饰是"存在主义"式的，所以那地方我很少去，觉得仿佛置身于圣日耳曼·德布雷斯教堂①的洞穴里。我们坐在舞池旁一张小桌子上，哈维尔空前慷慨，要了四瓶威士忌。他和南希立刻站起来去跳舞。我在这座又窄又挤的多面堡里继续跟胡利娅谈着戏剧和阿图尔·米列尔。我们紧紧挨在一起，互相拉着手，她克制着听我讲。我对她说那天晚上我懂得了戏剧艺术可以像小说一样复杂和深刻，为了真切生动，有血有肉，还配有其他艺术，如绘画、音乐等。戏剧也许是最高级的艺术。

"我突然改变了体裁，不再写故事，而要写剧本了，"我十分激动地对她说，"你看怎么样？"

"这对我并没有什么不合适，"胡利娅姨妈回答我，站起身来，"但是现在，小巴尔加斯，先请我跳舞，在我耳边说点什么吧。在舞曲间隙，如果你愿意，我再让你给我谈谈文学。"

我完全按照她的指示做了。我们紧紧地抱着跳舞、接吻。我对她说我爱上了她，她也说她爱上了我。靠着亲热的、令人动情而混杂的气氛和哈维尔的威士忌，我向她吐露了心曲。我们一边跳舞，我一边把双唇慢慢地贴到她的颈项上，深深地吮吻着她的嘴唇。为了和她的胸脯、腹部和大腿接触，我紧紧地搂着她；后来坐在桌子上时，在阴

---

① 位于法国的一座教堂。

影的掩护下，我抚摸着她的双腿和胸部。我们就这样处在神魂颠倒之中，感到十分幸福。这时，在两支博莱罗舞曲间歇期间，表姐南希的话使我大吃一惊：

"我的上帝！你们看看谁在那儿，是豪尔赫舅父。"

我们本来应当考虑到这种危险。豪尔赫舅父是所有舅父中最年轻的，过着超级放荡的生活，大胆地把各种生意、企业风险同紧张、夜游、放浪形骸、花天酒地的生活结合在一起。关于他，有一个悲喜剧的传说，即他有另一个娱乐场所：大使馆。演出刚刚开始，歌女就唱不下去了，因为一个醉汉在一张桌子上捣乱，粗野地打断了她。在拥挤的人群面前，豪尔赫舅父站了起来，像堂吉诃德那样大吼道："别闹了，混蛋，让我来教教你该怎样尊重一位夫人。"他摆出一副拳击家的姿势，向那个讨厌的家伙走去。一秒钟后，他发现自己闹了笑话：歌女被那位所谓观众打断原来是演出的一部分。他确实在那儿，和我们只隔两张桌子。他很漂亮，面孔刚刚被抽烟者的火柴和侍者的手电筒照亮。在他旁边的，我认出是他妻子，加比舅妈。虽然他们离我们不过两三米，两个人竭力控制住不往我们这边看，但很显然，他们看到了我吻胡利娅姨妈。他们什么都看得一清二楚，只是选择了外交式佯装不见的做法。哈维尔付了钱，我们几乎立刻离开了内格罗·内格罗。甚至当我们擦着他们的身子走过时，豪尔赫舅父和加比舅妈也没有看我们。乘出租汽车去米拉弗洛雷斯时，我们四个人都沉默不语，拉长了脸。瘦南希总结了我们大家都想到的事情："别了，工作，一场大丑剧已经发生。"

但是，就像一部停演的好电影，在之后数天内，什么事情都没有发生。没有任何迹象表明家里人被豪尔赫舅父和加比舅妈提醒过了。鲁乔舅舅和奥尔卡舅妈没有向胡利娅姨妈暗示过一句使她觉得他们已经知道了我们事情的话。那个星期四，当我鼓起勇气到他们家用午餐时，他们对我如此自然和亲切，完全和往常一样。南希表姐也没有受到拉乌拉舅妈和胡安舅父任何巧妙的盘问。在我家里，外祖父和外祖母似乎心不在焉，仍然以天使般的神态问我是否总是陪影迷小胡利娅去看电影。那几天，我和胡利娅姨妈惶惶不安，尽量小心从事，决定接下来一个星期之内连偷偷见面都停止。我们通过电话交谈。每天，胡利娅姨妈至少到街角的酒店给我打三次电话，互相交流各自观察到的、所担心的家庭反应情况，并且做出各种假设。豪尔赫舅父是否能保守秘密？我知道，根据家庭习惯，那是十分反常的。那么，这是怎么回事？哈维尔早已说过，加比舅妈和豪尔赫舅父喝了那么多威士忌，没有看清我们，他们脑子里只有一点模糊的猜疑，不愿对一件没有绝对把握的事大肆声张。一方面是出于好奇，另一方面是出于色情狂，那个星期我到大家族的各家都转了一转，以决定该如何行动。除了某种少见的回避，我没有发现任何异常。那种少见的回避使我想起了许多。奥尔卡舅妈请我喝茶，吃饼干，在两小时的交谈中根本没有提到胡利娅姨妈的名字。"他们什么都知道了，正打算采取措施。"我对哈维尔肯定地说。他也不想再听别的事，凭这件事便下了结论，他说："实际上你巴不得这件事张扬出去，以便有东西可写。"

那个星期发生了很多事，我突然变成一场街头争论的主角，类似彼得罗·卡玛乔保镖的人物。我询问了刑法考试的分数，便离开圣马尔可大学。我心里感到内疚，虽然我的分数比我的朋友贝兰多高，但他是真正学懂了的。我穿过大学公园时遇到了老林纳罗，他是泛美电台和中央电台产业的主人。我们交谈着走到贝伦大街。他总是穿深色衣服，一向是个很严肃的老爷。玻利维亚文人有时谈起他时称他为"黑奴贩子"，其中的缘故很容易想象。

"您的朋友，这个天才，总干些使我头痛的事，"他对我说，"我对他讨厌透了。如果不是由于他能干，我早把他踢到大街上去了。"

"阿根廷大使馆又提抗议了？"我问他。

"我不知道他在搞什么鬼名堂，"他埋怨说，"他要笑人，把一部广播剧的人物搬到另一部广播剧里去，改名换姓，弄得听众摸不着头脑。我的妻子已经提醒过我，现在听众打来了电话，甚至写来了两封信。门多西塔神父被称为赫奥瓦的见证人，而这个见证人却被称为那位神父。我很忙，没有时间听广播剧。您听过广播剧吗？"

我们沿科尔梅纳大街向圣马丁广场走去。身边驶过开往各省的公共汽车，街旁有许多小咖啡馆。我想起几天前谈到彼得罗·卡玛乔时，胡利娅姨妈把我逗笑了。她向我证实，我关于这个作者是个乔装的幽默作家的猜想是对的：

"发生了一件蹊跷的事：姑娘生了个丑八怪，分娩时他死了。之后按照一切法律手续埋葬了他。你怎么解释今天下午那段广播剧里人们在大教堂里为他洗礼的事？"

我对老赫纳罗说，我也没有时间听广播剧，也许这些变化和错乱的东西正是他讲故事的独特技巧。

"我们雇他可不是为了让他玩弄独特技巧，而是要他为我们拉听众，"老赫纳罗说，显然他不是一个进步的企业主，而是一个传统的企业主，"他开这些玩笑将失去听众，主办人会撤掉广告。您是他的朋友，请告诉他，让他放弃这些现代主义的玩意儿，否则要冒失业的风险。"

我建议他自己去跟他讲，因为他是主人，那样威胁会更有分量。可是，老赫纳罗摇摇头，悲伤地——他儿子把这种表情也继承了下来——说：

"他甚至不允许我对他讲话。成就使他骄傲得很。我想跟他谈谈时，他根本不理睬我。"

他以极大的涵养告诉了彼得罗·卡玛乔关于接到听众电话的事，并且把抗议信给他看。彼得罗·卡玛乔一句话也没有回答，拿过那两封信，没有打开就撕得粉碎，扔进了废纸篓，然后旁若无人地打起字来。老赫纳罗气得要中风，当他要离开那个充满敌意的洞穴时，听到彼得罗·卡玛乔自言自语地说："各得其所吧。"

"我不能再忍受这种粗暴态度，也许我不得不辞掉他，这大概并不现实，"他最后说道，满脸厌恶，"但是您没有什么可损失的，他不会侮辱您，您也是半个艺术家，不是吗？帮我们一下吧，为我们的企业做这件事，去跟他谈谈。"

我答应他去做这件事，真的，泛美电台播完十二点钟的节目，我——该我倒霉——邀请彼得罗·卡玛乔去喝薄荷马黛茶。我们从中央电台出来时，两个彪形大汉挡住了我们的去路。我立即认出了他们，是烤肉工人、阿根廷烤肉铺的大胡子兄弟俩。这个烤肉铺和中央电台在同一条街，位于贝伦小修女学校对面。在烤肉铺里，他们系着白围裙，戴着厨师的高帽子，亲自准备鲜肉和牛肠。弟兄俩杀气腾腾地围住了玻利维亚文人，又胖又老的哥哥厉声骂道：

"卑鄙的卡玛乔，那么说，我们是杀孩子的人了，是不是？你这个无赖，你觉得在这个国家里没有人教你尊重人吗？"

他越说越激动，脸涨得通红，嗓音都变了。弟弟同意哥哥那样做，在发火的哥哥停下时插了进来：

"是虱子吗？那么说布宜诺斯艾利斯人的美味是从他们儿子头发里取出来的小虫子？你这个婊子养的。你和我妈妈通奸，我还能袖手旁观？"

玻利维亚文人丝毫没有退缩，他听着兄弟俩的责骂，金鱼眼睛在他们两个身上扫来扫去，颇有一派博士风度。突然，他以礼宾官特有的宽容、庄严的声调向他们提出了再礼貌不过的问题：

"难道你们不是阿根廷人？"

那个胖烤肉工人唾沫已经流到胡子上，他的脸离彼得罗·卡玛乔的脸只有二十厘米，为此不得不使劲弯下腰。他怀着爱国主义的感情咆哮道：

"阿根廷人，是的，你这个婊子养的，这很光荣！"

那时我看到，在这样的证实面前——其实完全不需要证实，因为只要听他们讲两个字就可以知道他们是阿根廷人——玻利维亚文人仿佛心里有一点什么爆炸了，脸色苍白，眼里喷射着火焰，以一种威胁的表情，在空中点动食指打断了烤肉工人：

"我嗅出来了。那么好吧，你们立即去唱探戈舞曲吧！"

这命令不是滑稽可笑的，而是悲惨的。两个烤肉工人待在那里，一时不知说什么好。显然，文人不是开玩笑。他是个倔强的矮个子，虽然完全没有自卫能力，但一直凶狠、鄙视地看着他们。

"你说什么？"胖烤肉工人终于清晰地说，狼狈不堪，怒气冲冲，"说什么？说什么？"

"我说要你们去唱探戈舞曲，去洗洗耳朵！"彼得罗·卡玛乔用尽善尽美的发音把命令说得更加完善。接着，稍微停顿了一下，他以令人不寒而栗的平静道出了挖空心思想到的胆大妄为的话，这句话使我们倒了霉："如果你们不想挨一顿揍！"

对这一切，我比烤肉工人更为惊讶。那个小人儿，他的身材像小学四年级的孩子，竟然声言要把两个体重上百公斤的大力士揍一顿，除了自取灭亡，这简直是梦呓。但是烤肉工人已经动手了，大胖子抓住文人的脖子，在围观人群的笑声中把他像根鸡毛似的举了起来，同时大吼道：

"还想教训我？现在我让你知道，矮子……"

我看到年长的烤肉工人企图用右手狠狠地把卡玛乔摔在地上，不能不干预了。我抓住他的手臂，想把那位多文体作家夺过来。卡玛乔脸色铁青，悬在空中，像只蜘蛛般蹬着脚。我终于说了话："喂，您不要胡来，放开他。"年轻的烤肉工人二话没说就向我扑来，一拳头把我打得蹲到地上。我晕头转向，艰难地从地上站起来。我准备实践外祖父的哲学，他是一位老派武士，曾告诉我这地方从没有一个名副其实的阿雷基帕人拒绝打架的邀请（特别是像那种直接打脸的邀请）。

我看见年长的烤肉工人雨点般地打艺术家耳光（他宁可打耳光而不动拳头，因为他可怜对手身体矮小，像小人国的人）。随后我便同小烤肉工人你推我撞地打起来（我以为这是在保卫艺术），再也看不到那热闹的场面。拳击没持续很久，但是，当中央电台的人把我们从那两个壮汉手中解救出来时，我头上已有几个大包；文人的脸上肿得更厉害，以致老赫纳罗不得不把他送到公共急救站。我冒着生命危险挺身而出保卫他独一无二的明星，小赫纳罗不但没有表示感谢，那天下午反而为巴斯库亚尔浑水摸鱼地连续在两篇新闻稿中插进一条消息骂了我。这条消息开头（有点夸张）是这样说的："拉普拉塔河的匪徒今天罪恶地毒打了我们的主任、著名记者……"。

那天下午，哈维尔来到泛美电台的顶楼时，对拳击的故事哈哈大笑起来。他陪我去问候文人，了解情况。文人的右眼上包着一条厚厚的绷带，脖子和鼻子下也做了医疗处理。我们问他感觉怎样，他露出一副鄙视的神气，根本不把那件事放在心上。我为了支援他而卷入了这场斗殴，他却不感激我。他唯一的评论乐坏了哈维尔：

"人们把我们拉开，使他们得救了。假设再持续几分钟，人们认出我来，他们可要倒霉了，不狠狠地揍他们一顿才怪！"

我们到布兰萨咖啡馆去。在那里，彼得罗·卡玛乔告诉我们，有一次在玻利维亚，一个"那个国家"的足球运动员听了他的节目，手持左轮枪来到电台，幸亏守卫人员及时发现了他。

"您可要注意，"哈维尔提醒他说，"现在利马到处是阿根廷人。"

"归根到底，不管是你们还是我，虫子早晚要把我们吃掉。"彼得罗·卡玛乔推论说。

于是他跟我们谈起了灵魂的迁移，他认为那是上帝揭示的真理，我们应该信仰。他跟我们讲了一件心事：如果可以选择，他来世愿意变成一种长寿、安静的海生动物，比如乌龟或鲸鱼。我趁他心情愉快，便履行在他和赫纳罗父子之间搭桥的光荣职责，这项职责我承担下来已经有一段时间了。我向他转达了老赫纳罗的口信：电台接到了电话和信件，有些人弄不懂广播剧的一些情节。老赫纳罗恳求他不要把情节弄得很复杂，要照顾水平不高的中间听众。我想站到他的一边（实际上我是站在他那一边），把消息传达得委婉一点，以便他能听进去。我说，这个要求是荒谬的，一个人应该爱写什么就写什么，我只是告诉他赫纳罗父子要我转达的话。

　　他听我讲话时一言不发，毫无表情，我感到很不舒服。当我停下来时，他仍然沉默不语。他把最后一口马黛茶喝干，站起来，自言自语地说他该回工作间去了，连"再见"都没有说一声就离开了。是因为我在一个陌生人面前讲这些，他生气了？哈维尔认为是这样，劝我请求他原谅。我决定永不再为赫纳罗父子说项。

　　我没有看到胡利娅姨妈的那个星期，有几个夜晚和米拉弗洛雷斯的朋友一起出去。自从我偷偷恋爱，就没有再去找过他们了。他们有的是我的同学，有的是我的邻居。这些年轻小伙子有的学工程，比如内格罗·萨拉斯；有的学医学，比如科洛拉奥·莫尔菲诺；或者已经工作，像克科·拉尼亚斯。我和他们从小就在一起分享美事：踢足球，逛萨拉萨尔公园，在特拉萨斯和米拉弗洛雷斯的波涛中游泳，参加周末舞会，追逐姑娘，看电影。但是，由于几个月来很少拜访他们，在这几次外出中，我发现我们的友谊失去了一点什么，大家已不像过去有那么多共同的东西。这个星期的每个夜晚，我们干了过去经常干的那些英雄业绩，去苏尔科古老的小墓地，借着月光，在被地震移动了的坟墓中间争先恐后地寻觅着，企图抢到一个骷髅；赤条条地在靠近阿恩孔的圣罗萨温泉的大游泳池里游泳，这个游泳池还在建设；逛遍格拉乌大街所有阴暗的妓院。这些朋友依旧是原来的样子，开着同样的玩笑，谈论着同样的姑娘，我却不能和他们谈我认为重要的事：文学和胡利娅姨妈。如果我告诉他们我在写故事，渴望成为作家，毫无疑问，像瘦南希一样，他们会认为我发疯了。如果我告诉他们——就像他们把自己弄到手的女人告诉我一样——我和一位离了婚的夫人在一起，她不是我的情人，而是我的恋爱对象（这是地道的米拉弗洛雷斯说法），他们就会根据当时最时髦的、漂亮而不为人熟知的短语，认为我是一头发疯的、未被阉割的牲口。我毫不鄙视他们，因为他们不读文学作品；我也不认为由于自己和一个完全成熟的女人相爱而高他们一等。但是，有一点是真的，在这些夜晚，当我们在苏尔科公墓桉树和漆树中间的坟墓上趴着的时候，或者在星光下圣罗萨温泉的大游泳池里游水嬉戏的时候，或者喝着啤酒和纳内特的妓女们讨价还价的时候，我全都感到乏味。我想那篇《危险的游戏》（这个星期《商报》还是没有把它登出来），想胡利娅姨妈，更甚于这些朋友对我讲的事。

当我对哈维尔讲起我和我邻居朋友们令人失望的重逢时，他挺起胸脯回答说："那是因为他们仍是乳臭未干的孩子，而咱们已经是大人了，小巴尔加斯。"

第十二章

在尘土飞扬的市中心，伊卡街区中央，有一座带阳台和百叶窗的破旧房屋。由于年久失修和没教养行人的刻画（多情的人刻上弓箭、心脏和女人的名字，下流客则刻上性器官和龌龊脏话），远看，墙上的斑斑污迹像片片云彩，那原是殖民时期装点贵族宅邸的蓝靛色图画的残迹。这座建筑物（或昔日侯爵的官邸）如今已是一座座摇摇欲坠、千修百补过的工房。它能存留下来实在称得上是奇迹，且不说它经不住地震，就连利马的微风和牛毛细雨也难抵挡。它从上到下全是蛀洞，到处是老鼠和小爬虫的巢穴。为了容纳更多的房客，这座房舍一次又一次地挡隔，根据需要，院子和房间都变成了蜂房。许许多多贫穷的人住在（可能会被压死在下面）纸一样的薄板墙和塌陷的天花板之间。二楼有五六个房间里摆满了古董和古色古香的器皿，这些房间也许算不上干净雅致，但是从精神上来说是无可非议的。"殖民公寓"就在这里营业。

公寓的主人兼管家是贝瓜一家，这个三口之家是三十多年前从宗教山城阿亚库乔搬来利马的。噢，这些有生命的幽灵在身体上、经济上、社会地位上甚至连精神上都每况愈下。毫无疑问，他们将在这座国王之城献出自己的灵魂，转生为鱼、虾、飞鸟和爬虫。

如今，"殖民公寓"正值衰退，房客全是些下等人和付不起房租的穷光蛋。最高级的也只不过是些来首都拜会大主教的省城神父，最贫贱的算是青紫脸膛、羊驼眼睛、钱放在玫瑰色手绢里、用克丘亚语祈祷的乡巴佬。当然，公寓里没有雇女佣，所有杂事，包括铺床、收拾、打扫、采购和做饭全落在玛尔加丽塔·贝瓜太太和她女儿身上。她女儿是个四十岁的老姑娘，有一个散发着芳香气味的名字：罗莎①。玛尔加丽塔·贝瓜太太是一位矮小瘦弱的女人，脸上皱得赛过葡萄干，不知为什么，看上去像只小猫（虽然公寓里并没有猫）。她从早忙到晚，为家庭和生活奔忙，众所周知。她的一条腿比另一条腿短二十厘米，穿着一只高跷似的鞋，鞋底像擦皮鞋人的箱子。这只鞋是几年前阿亚库乔一位心灵手巧的祭坛装饰家给她做的。当她拖着腿走路时，地板便震动起来。她一贯俭省，但久而久之，美德就变成了怪癖。现在，毫无疑问，"吝啬"这个辛辣的形容词对她来说再合适不过了。例如，她只许房客在每月第一个星期五洗澡，并且把阿根廷人的习惯——在这个兄弟国家里，每家都是如此——强加给房客：大便后不拉水箱，而是每天只拉一次（这个活儿由她在临睡前亲自动手），因此公寓里到处都散发着刺鼻的臭味，那些刚刚住进来的人被熏得头昏脑涨（这位想象力丰富的女人对任何事都可以编出个缘由来，硬说多亏这股味道，人们才睡得香甜）。

罗莎小姐具有（更确切地说是过去具有，因为自从那个大悲剧发生之后，情况变了）艺术家的心灵和手指。童年时，在阿亚库乔，她家还处在鼎盛时期（有三间青石大房、土地和绵羊），罗莎就开始学弹钢琴，而且学得很出色，竟然在城里的剧院举行了独奏音乐会，市长和监察官亲临欣赏。她的父母听着人们的喝彩和掌声，激动得流出

---

① 罗莎亦有玫瑰之意。

了眼泪。贝瓜一家在这场光荣晚会的激励下——演奏中他们也顿足助兴——决定卖掉全部家产搬到利马去住，以便让女儿成为独奏家。为此，他们买下了这座房子（后来又一间间地卖掉或租出去），买了一架钢琴，把这位具有音乐天赋的女孩送进了国立音乐学院。但这个淫乱的大城市很快使他们愚蠢的幻想破灭了，贝瓜一家立刻发现很多他们过去连想都没想过的事，利马这座阴暗龌龊之城有数不尽的犯罪分子，这些罪犯毫无例外地都想和有艺术才华的阿亚库乔姑娘通奸；罗莎这个梳着锃亮发辫的姑娘总觉得有人在盯着她，整日生活在惊恐之中，从早到晚不断地讲着：独唱老师曾气喘吁吁地扑向她，企图在一堆乐谱上干那桩罪孽事儿；音乐学院的看门人曾猥亵地问她："你愿意当我的姘头吗？"两个男同学曾要她到厕所看他们撒尿；她向街角的警察问路，警察认错了人，想摸她的乳房；公共汽车上，司机收票时捏了她的奶头……为了保护姑娘的处女膜完好无损——依照山里人的道德观念，处女膜要保持得如同大理石一般洁白无瑕，年轻的女钢琴家只能把它献给未来的主人和丈夫——贝瓜夫妇决定让女儿从音乐学院退学，聘请了一位小姐做家庭教师。他们把罗莎打扮得像个修女，除非由双亲陪伴，不许她上街。从那时起，二十五年过去了。处女膜的确依然存在，完好无损，但是到了这个年纪，它已没有多大价值了，因为失去了魅力——而且现在的青年人根本不把这件事放在眼里——昔日的女钢琴家（自那出悲剧以后，钢琴课取消了，为了付医院和大夫的医疗费又卖了钢琴）没有别的东西好奉献，变得麻木不仁，驼背了，矮小了。她身上裹着使人性欲大减的长衫，头上戴着包住头发和前额的兜帽，哪里像个女人？简直是个行走的包裹。她硬说男人们摸她，居心不良地吓唬她，强奸她。但是到了这步田地，连她的父母也暗暗自问：她那些幻想是否真有其事？

"殖民公寓"里真正动人的人物是监护人塞巴斯蒂安·贝瓜先生。这位老人有宽宽的前额，鹰钩鼻，目光敏锐，耿直忠厚。他的祖先贝瓜兄弟是昆卡高原人，这些西班牙征服者跟随皮萨罗①来到了秘鲁。可以说，塞巴斯蒂安·贝瓜先生这个顽固守旧的人不仅从祖辈身上继承了无情棍打千万个印加人（每个人都挨打）且使不少库斯科长明灯侍女怀孕的本领，而且保留了纯洁的天主教精神，厚颜无耻地相信古代名门绅士可以靠租金和掠夺而不靠汗水来生活。他从小就天天去听弥撒，每星期五必然朝拜林皮西斯的耶稣，领食圣餐；对上帝一向十分虔诚，每月至少有三天鞭打自己或穿苦行衣。他对劳动，对低级的、充满市民味的琐事向来深恶痛绝，甚至连维持自己生活的地租都不去征收。在利马定居之后，他没有一次到银行取过投资股票的红利。这类家务琐事实际上都该是女人管的，因而都落在了勤恳的玛尔加丽塔肩上。女儿长大之后，便由女儿，即原来的女钢琴家照管。

直到那场残酷加速贝瓜家族衰落的悲剧——这一厄运弄得贝瓜一家连名字都没有了——发生之前，塞巴斯蒂安先生一直在首都过着十足的基督教绅士生活。他经常起得很晚，不是由于懒惰，而是为了不同房客一起用早餐——他并非看不起下等人，而是觉得应该存在社会差别，特别是种族差别——稍微吃些点心便去做弥撒。他是一个好奇心强、对历史有着浓厚兴趣的人，经常到圣奥古斯都、圣彼德罗、圣弗朗西斯科、圣多明戈这些教堂去，为的是一方面在上帝面前尽到责任，一方面欣赏和享受殖民宗教的杰作。此外，那些昔日的石砌纪念物把他的思想感情带回到征服时期和殖民时代去——那是多么辉煌的时代呀，如今却变得昏暗无光。他真愿回到那个时代去生活，当一名冒险的长官，做一位有信仰的偶像破坏者。塞巴斯蒂安先生装着满脑子怀古的幻想，沿着繁华的市中心大街回"殖民公寓"去（他穿着一身干净的黑色西服，假领假袖口——显然是浆过的——的衬衫，一双上世纪末的带漆皮软底的鞋子，昂首挺胸，文质彬彬）。回到公寓后，

---

① 西班牙征服者之一，1502 年从意大利到美洲，1524 年联合阿尔马格罗和卢克开始征服秘鲁。

面对镶百叶窗的阳台，他舒舒服服地坐在一把摇椅上——恰似有妓女守在身旁那样舒服——嘟嘟囔囔地念报纸（包括广告），了解世界上发生的事情，度过上午的余暇。他忠于自己的身世，午餐——午餐只好同房客们一道吃，但在他们面前显得很有教养——过后，要按照西班牙的习惯睡午觉。随后，重新穿上那套黑色西装、浆过的衬衣、戴上灰色的礼帽，迈着方步到坦博一阿亚库乔俱乐部去。俱乐部设在凯略马街区的几间高层楼房里，美丽的安第斯土地上的许多知名人士经常聚集在那儿打牌，游戏娱乐，谈谈政治，有时——这是人之常情——也谈些对小姐们不适宜的题目。就这样，从下午一直玩到晚上，天黑了，塞巴斯蒂安先生才悠然自得地回公寓去，在房间里独自喝粥，吃菜，听无线电广播，而后便心满意足、无忧无虑地进入梦乡。可这是过去的事情了。现在塞巴斯蒂安先生从来不出门，也不换衣服——无论白天还是夜晚，总是那身灰色睡衣、蓝色长袍、毛袜和羊驼呢便鞋——从那场悲剧之后，他一句话也没说过。他再不去做弥撒，也不读报了。当他身体好的时候，年老的房客们（自从发现世界上所有的男人都是好色之徒，"殖民公寓"的主人便只收住女房客和因病或年迈以致性欲已显然衰退的男房客）看到他像个幽灵似的在黑暗破旧的住房里来回走动，目光茫然，满脸胡须，头发肮脏蓬乱；有时看见他几小时几小时坐在摇椅上轻轻地摇着，一声不吭，两眼发呆。他既不陪客人们吃早餐，也不陪客人们吃午餐，好像一个贵族被送进了贫民收容所那样可笑。塞巴斯蒂安先生自己已不能把饭送到口中，而是由他的太太和女儿喂他。他身体欠佳的时候，房客们就看不到他了，这位高贵的先生卧床不起，反锁房门。但是能听到他的声音在吼叫、呻吟、怨恨和哀叹——那哀叹使得玻璃都震动起来，新到"殖民公寓"的人感到很惊奇。在这样的时刻，尽管这位病入膏肓的征服者的后裔在号叫着，可是玛尔加丽塔太太和罗莎小姐依然扫地、收拾房间、做饭、招待客人或聊天，好像什么事也没发生。客人们认为她们无情无义，心肠冷酷，对丈夫或父亲的痛苦无动于衷。有些不懂事的人竟指着紧闭的房门问："塞巴斯蒂安先生病好了吗?"玛尔加丽塔太太满脸不高兴地回答："没什么，他想起一件可怕的事情，一会儿就会好。"果然，两三天后，病就过去了，塞巴斯蒂安先生又出现在"殖民公寓"的走廊和房间里，在片片相连的蜘蛛网中间，他显得苍白瘦削，样子十分可怕。

那么，是什么样的悲剧? 发生在何时、何地，经过如何?

那是二十年前，一个目光悲哀、身着耶稣长袍的年轻人来到"殖民公寓"。事情就从这里开始了。他是药品推销人，家住阿雷基帕，患有习惯性便秘。他的姓氏埃塞基耶尔·德尔芬①是预言家的名和海鱼的姓相结合的产物。尽管他很年轻，"殖民公寓"还是收留了他，因为他的外表（干瘪消瘦，一把骨头，面色苍白）和显而易见的宗教虔诚（除了酱紫色的领带、小脖巾、袖标，他的行囊中还藏着一本《圣经》，衣服中间露出教士用的披肩）像抵制青春期放荡行为的保证。

确实，一开始，埃塞基耶尔·德尔芬这小伙子处处使贝瓜一家人喜欢。他吃得少，有教养，按时付款。他和蔼可亲，令人敬佩，不时地送些紫罗兰给玛尔加丽塔太太，往塞巴斯蒂安先生的纽扣上别一朵石竹花，在罗莎生日时送些乐谱和节拍器。他很羞怯，如果不是人家先跟他说话，他从不先开口。他说话时也总是低声细语，眼睛盯着地面，从不敢正视谈话者的脸。他庄重的举止言谈获得了贝瓜一家人的极大欢心，他们很快就爱上了这位客人，也许在他们的心灵深处想到了塞翁失马的哲理，随着时间的推移，想把他招为女婿。

塞巴斯蒂安先生更是喜欢他。勤恳、跛脚的女主人没有给他生儿子，他大概把这个瘦弱的推销人当成自己的儿子加以宠爱。十二月的

---

① 德尔芬即海豚之意。

一个下午，他带他去散步，一直漫步到利马的圣罗莎教堂，在那儿，他看着他把一枚金币扔到井里，偷偷地请求宽恕。一个盛夏的星期天，他在圣马丁广场请他喝冰镇柠檬水，他看到这个小伙子缄默、忧郁，觉得他文雅高尚。他心灵上有什么神秘的痛苦或者病魔在折磨他的身体吗？或者他在爱情上留下了难以治愈的创伤？埃塞基耶尔·德尔芬守口如瓶，如一座坟墓。有时，贝瓜一家小心翼翼地安慰他，叫他把忧愁倾诉出来，问他：那么年轻，为什么总是一个人？为什么从不光顾任何娱乐场所，从不看电影？为什么不笑，而总是无精打采、唉声叹气？他只是羞红了脸，结结巴巴地辩白几句，然后就到厕所去，在那儿有时一待就是几个钟头，说是大便干燥。去工作和回来的路上，他木头人儿似的不说一句话——贝瓜一家从不知他从事什么行业，卖什么东西。在这儿，在利马，当他不工作时，便关在自己房间里，不知是读他的《圣经》还是默默祈祷？玛尔加丽塔太太和塞巴斯蒂安先生对他深表同情，有意当红娘，鼓励他去看罗莎弹钢琴，以便消遣。他服从了，待在大厅的角落里一动不动，专心致志地听着。最后，他总是很有礼貌地鼓掌。他经常陪塞巴斯蒂安去做早弥撒。那一年的圣周，他和贝瓜一家跑遍各个地方进行朝拜，好像是这个家庭的成员了。

正因为如此，当埃塞基耶尔刚从北方旅行回来那天吃午饭时突然呜咽起来，其他房客们——一位安卡什的调停法官、一位卡哈坦沃的神父和两个瓦努科的姑娘（护士学校的学生）——大为不满，同时把一小盘菜豆打翻在桌子上，贝瓜一家则大惊失色。全家三口人把他送回房间，塞巴斯蒂安先生将自己的手帕借给他，玛尔加丽塔太太煮了加薄荷的马黛茶给他喝，罗莎用毯子把他的脚盖好。过了几分钟，埃塞基耶尔·德尔芬安静下来，请求原谅他感情脆弱，解释说最近他的精神非常紧张，不知为什么随时随地都会发病，眼泪不由自主地流出来。他很害羞，用一种几乎听不到的声音向贝瓜一家倾诉，晚上他害怕，蜷缩着身子彻夜不眠，浑身出冷汗，总是想到鬼怪，孤单单一个人熬到天亮。听了他的这番话，罗莎洒下了眼泪，跛脚女人画了十字，塞巴斯蒂安先生自告奋勇和他睡一个房间，以便给他壮胆，使他轻松入眠。埃塞基耶尔·德尔芬吻了他的手，以示感谢。

玛尔加丽塔太太和女儿把一张床搬到房间里，很快铺好了。塞巴斯蒂安先生那时五十岁，正当年富力强，在睡觉前，习惯做四五十下俯卧撑（在睡觉前做，而不是在早上醒来时做，以区别于平民）。但是那天晚上，为了不打扰埃塞基耶尔，他没有做。晚餐时，那个神经质的人喝过香喷喷的肉汤，早早地躺下了，他说有塞巴斯蒂安先生陪着，早已安定下来，肯定能睡得像冬眠的旱獭。

那天晚上的每一个细节，永远不会从这位阿亚库乔绅士的记忆中抹掉。在失眠和睡梦中，那些情景时刻展现在他的眼前，直到他死去。天晓得来世还会不会继续纠缠着他。那天晚上，塞巴斯蒂安先生早早地熄了灯，感到旁边床上那位多愁善感、对他十分领情的人在平静地呼吸，他很满意："他睡着了。"他也渐渐困得难以支持了。他听到了教堂的钟声和远远传来醉汉的哈哈大笑声，后来就入睡了。他做了一个令他十分欣慰的美梦：在一座尖顶城堡里，点缀着树状的徽志，放着羊皮文件、纹章字花纹和世系图案，他一代代追溯着他的祖先，直至亚当、阿亚库乔的耶稣（原来是他！）。他在这里接受一群肮脏的印第安人送来的大量贡品和热烈的敬意，这些印第安人填满了他的金库，也满足了他的虚荣心。

猛然间，也许过了十五分钟或三个小时？好像一点什么响动、一种预感或有人绊了一下，使得塞巴斯蒂安先生醒来了。在黑暗中，借着从窗户里透进来的微弱光亮，他隐隐约约地看到一个人影从旁边床上爬起来，悄悄地溜到门口。蒙眬中，他猜到也许是那个便秘的小伙子要去厕所或感到不适，因此小声问道："埃塞基耶尔，身体怎么样？"没有回答，但清楚地听到了房门插销的响声（插销长了锈，声音刺耳)。他不知道发生了什么事,从床上微微欠起了身子。他有点害怕,又问:"埃塞基耶尔,你怎么了?需要帮忙吗?"这时他感到小伙子的动作像猫一样敏捷,已经回来了,并且站在了他的床旁,挡住了从窗户射来的微光。"我说,你回答我呀,埃塞基耶尔,你怎么了?"他一边嘟囔着,一边摸索着寻找电灯的开关。此刻他挨了第一刀,砍得又深又狠,正砍在他那黄油般的肚子上,一直上划到锁骨。他肯定当时他喊叫了,呼唤救命,还想自卫,想从裹缠在脚上的被单中逃脱出来。他奇怪无论他的妻子还是女儿或房客们,一个也没赶来。实际上,谁都没听到什么。后来当警察和法官追记受伤情形时,大家都十分愕然,他是那么健壮,怎么就没缴罪犯埃塞基耶尔这个体弱多病的人的械呢?真想不到,在鲜血四溅的黑暗中,那位药品推销人仿佛有一种超然的力量,塞巴斯蒂安先生只觉得自己在高声呼喊,猜想第二刀会从哪里来,以便用手去阻挡。

他一共挨了十四五刀(大夫们认为右臀上那道大口子可能是两刀砍在了同一个地方,这种罕见的巧合使一个人一夜之间苍老了,并使他更加相信了上帝),那些伤口上下左右均衡地分布着,唯独脸上没有受伤,连一道抓痕都没有——玛尔加丽塔太太认为是林皮亚斯的耶稣显了灵,或者像一个同名的女人认为的那样是圣罗莎的耶稣显了灵,是这样吗?事后发现那把锋利的十五厘米长刀原来是贝瓜家的,一个星期前莫名其妙地从厨房失踪了。正是这把刀使这位阿亚库乔人身上留下了比好斗的击剑手更多的伤疤,他的健康被严重地损害了。

他为什么没有死?那是出于偶然,是由于上帝的大慈大悲,(尤其是)几乎可以说是由于一场更大的悲剧。塞巴斯蒂安先生身上挨了十四刀(十五刀),终于失去了知觉,在黑暗中流血不止,谁也没听到动静。那个一时感情冲动的人本可以跳到街上逃之夭夭,永远销声匿迹。可是,就像历史上许许多多著名人士一样,一个古怪的念头葬送了他。当那个受害者不再抵抗时,埃塞基耶尔·德尔芬放下刀子。

他没有穿衣服，而是脱光了衣服，就像刚来到这个世界上时那样赤条条的。他开了门，穿过走廊，闯进了玛尔加丽塔·贝瓜太太的房间，二话没说，扑到床上，毫不犹豫地企图奸污她。他为什么要这样做？他为什么企图强奸一个妇人？这妇人出身名门倒是真的，可是她已年过半百，瘸腿，身材瘦小，死气沉沉，总之，从任何已知的美学观点看，不能再有比她更丑的人了。他为什么没去摘那个风韵犹存的女钢琴家的禁果？她是处女，而且情火正旺，头发乌黑，皮肤又白又嫩。他为什么没去找那些偷偷卖淫的、瓦努科的女护士云雨作乐？她们全是二十上下的姑娘，肯定肌肤细腻滑润，富有弹性。出于这些认真的考虑，法庭认为埃塞基耶尔·德尔芬是出于自卫，才有那般举动。结果这个年轻人没有被关进监狱，而是以神经错乱为由把他遣送到拉尔科·埃雷拉。

玛尔加丽塔·贝瓜太太遭遇这小伙子突如其来、殷勤的闯入时，她懂得发生了十分严重的事情。她是一个讲究实际的女人，对自己的魅力不抱幻想："别人就是做梦也不会想强奸我。我马上明白了他浑身一丝不挂不是发疯就是要犯罪。"她在法庭上作证时说。她像一头凶猛的母狮那样进行自卫——她在证词中向圣母发誓，说那个情火炽热的小伙子连吻都没有吻到她——此外，自己的贞节非但没受损害，她还救了丈夫的命。她又抓又咬，推顶拉打，使那个堕落的人无法得手。她大声喊叫（真的喊了），把女儿和房客喊醒了。罗莎、安卡什的法官、卡哈坦沃的神父和瓦努卡的女护士们最后抓住了那个赤身裸体的家伙，把他绑起来，随后大家一起跑去找塞巴斯蒂安先生：他还活着吗？

他们费了将近一个小时才找到一辆急救车，把塞巴斯蒂安先生送到阿尔索比斯波·洛阿依萨医院。警察三小时后才赶来，从年轻女钢琴家手中救出鲁乔·阿夫里尔·马罗金。她发疯地（是因为她父亲挨了刀子？是因为她母亲被侮辱？或许是因为人类那肮脏妒忌的心在作怪，姑娘对自己被弃置在一旁大为恼火？）想挖他的眼睛，喝他的血。那位年轻的药品推销人在警察局恢复了他本来的温顺表情和柔和声音，说话时羞红了脸，看上去正直而腼腆。他拒不承认别人的证词，说那是贝瓜一家和房客们对他的诬蔑：他从没侵犯过任何人，从没企图强奸过一个女人，更没想去强奸一个像玛尔加丽塔·贝瓜那样身残的女人。这位心地如此善良、关心他人的夫人，在这个世界上是他最敬爱的人（当然，除了他的妻子。他的妻子是来自爱和歌之国、有着意大利人的眼睛能歌善舞的女郎）。他镇定自若，彬彬有礼，温和听话，他的上司和巴耶尔实验室的同事对他赞不绝口，加上警察在搜查中一无所获，这一切使得执行命令的看守人犹豫不决起来，这里头是否有什么深不可测的奥妙？是否有诈？是否这一切都是受害者的妻子和女儿以及房客们为陷害那个病弱的小伙子而杜撰的阴谋？国家的第四权力（新闻媒体）觉得这一看法有道理，出面维护了他。

受害人塞巴斯蒂安·贝瓜先生躺在阿方索·乌加特大街的平民医院里，生死未卜，无法出面澄清疑团，所以事情很棘手，只好搁置起来。给他输了大量的血，这几乎使坦博·阿亚库乔的许多同乡濒于患肺病的边缘。他们一获悉那桩悲惨的事件，就马上赶来献血。经过输血、输液、缝合、消毒、包扎，护士们轮流在床头照料，外科大夫接骨，塞巴斯蒂安先生的器官恢复了正常，精神也平静下来。不过，几个星期内，家中那已经不多的租金也分文不剩了（通货膨胀，物价飞涨）。他们不得不抛售股票，一点点地出卖、租让房产，最后只好全家挤在二楼，像如今这样无所事事地勉强度日。

塞巴斯蒂安得救了，这是真的。但开始时，他的康复似乎并不足以解除警方的疑团。由于挨了那么多刀，受了惊吓，妻子的名声又遭到污损，他变成了哑巴（人们甚至议论说他成了傻子）。他不会说话，像乌龟那样用嗜睡的眼睛毫无表情地看着一切，看着所有人。他的手指也不听使唤，甚至不能（他想那样做吗？）写字来回答糊里糊涂的审判中对他的提问。

审判的声势很大。开庭期间，这座国王的城市一片沸腾。在利马、秘鲁（整个混血的美洲？）等地人们群情激昂地注视着法庭辩论、专家答辩和反答辩、检察官和辩护律师的辩护。辩护律师是从大理石之城罗马赶来的著名法学家，他特地前来为埃塞基耶尔·德尔芬辩护，因为鲁乔是一位意大利姑娘的丈夫，而那位姑娘不但是他的同乡，还是他的女儿。

国内分成两派，一派认为药品推销人是无辜的——所有报纸都坚持这种意见。他们认为塞巴斯蒂安先生险些被妻子和女儿伙同安卡什的法官、卡哈坦沃的神父和瓦努卡的女护士们害死，毫无疑问，这是为了遗产和金钱。罗马法学家威严地支持这种见解，他断言说，由于埃塞基耶尔·德尔芬患有轻度的疯癫症，塞巴斯蒂安一家和房客便合谋栽赃他（也许是诱使他犯罪）。新闻刊物把积攒起来的材料大肆宣传、赞扬，并且作为证据抛出来：头脑清醒的人能相信一个人会老老实实地挨十四也许十五刀吗？按常理，塞巴斯蒂安·贝瓜先生如果痛得大声喊叫，头脑清醒的人会相信他的妻子、女儿、法官、神父和女护士全然没听见吗？其实"殖民公寓"的隔墙只是一层抹了黄泥的芦苇，连苍蝇嗡嗡叫、蝎子爬都能听得到。瓦努科的房客，那些护士学校的高才生，竟然没想到为受伤者做急救处置，而是看着绅士大出血却无动于衷，守等救护车，怎么可能呢？六个大活人看到救护车迟迟不来，就没有一个人想到——即使先天智力发育不全的人也会想到——要叫一辆出租车，而且出租汽车站就在"殖民公寓"那个街角上，这又怎么可能？所有这一切不都是非常奇怪、非常复杂且很说明问题吗？

卡哈坦沃的神父到首都只是为了用四天的时间给他镇上的教堂筹买一座新的耶稣蒙难像，因为原来的那认被一帮没教养的家伙用弹弓射掉了脑袋。他在利马被扣留了三个月，想到有可能被判谋杀罪，要在监牢里度过余生，吓得坐卧不宁，终因心脏病发作而猝死。他的死激发了公众舆论，对辩护起了破坏作用。如今，报界不再为那位外国律师说话了，而骂他是诡辩家、戏子、殖民主义者、来历不明的人，说善良神父的死正是由于他诡秘地反对基督教。法官们像墙头草似的随着新闻界的风摇摆，以外国身份为由，剥夺了他的特权和他在法庭上的辩护权，在报界以民族主义者的声音大肆称赞的宣判之后，那位法学家败兴地返回了意大利。

卡哈坦沃神父的死救了母亲，救了女儿，也救了房客们，他们本来有可能被判同谋杀人和窝藏罪。随着报界和公众舆论的调子，检察官也转而同情贝瓜一家，接受了案发时对事件的解释。埃塞基耶尔·德尔芬的新律师，一个当地的法学家，彻底改变了策略。他承认他为之辩护的人犯了罪，但他论证说罪犯完全没有责任，因为那是由于他心灵上的创伤和佝偻病发展成了精神分裂和其他精神病理学范畴的反复无常症，这是被优秀的精神病专家们充分证明了的。作为埃塞基耶尔·德尔芬精神失常的最重要证据，新律师还争辩说，"殖民公寓"里有四个女人，被告却选了年岁最大的、唯一的跛足女人。在检察官最后的证词中，出现了使演员神化、使观众不寒而栗的戏剧高潮：始终一言不发、两眼挂满眼屎、静静地坐在椅子上的塞巴斯蒂安先生直到那时还以为审判与己无关，这时慢慢举起了手，由于吃力、愤怒或遭受凌辱而双眼通红，死死地指着埃塞基耶尔·德尔芬足足有一分钟——那是被精密计算仪器证实了的（《我的话说完了》的记者作出）。他的神情如此非凡庄严，宛如西蒙·玻利瓦尔骑在战马上的塑像真的要驰骋疆场似的……法庭接受了检察官的全部论证，埃塞基耶尔·德尔芬被关进了疯人院。

贝瓜一家从此一蹶不振，精神上和物质上都开始崩溃。医院和讼棍们使他们破了产，他们不得不放弃钢琴课（因此也就放弃了把罗莎培养成世界著名艺术家的希望），并且降低了生活水平，甚至不得不节食，养成不讲卫生的坏习惯。那所老房子变得更加破损，到处盖着一层厚厚的尘土，挂满蜘蛛网，蛀洞比比皆是。房客少了，变成了下等公寓，甚至连女仆和搬运夫都接待。有一天，真是坠落到了极点，一个乞丐跑来嗵嗵地敲着门，盛气凌人地问道："这是'睡觉'的地方吗？"

就这样，时光一天天流逝，一个月一个月地过去了，整整过去了三十年。

贝瓜一家似乎已经适应了平庸的生活，这时突然发生了一件事。一天清晨，原子弹夷平了日本城市，这使贝瓜家里立刻沸腾起来，家里的收音机已经多年不用，因为没有钱，报纸也多年不订了。世界上的新闻传不到贝瓜家里，只是偶尔从没教养的房客的评论和闲聊中听到一点。

但是，那天下午，真是太凑巧了，一个卡斯特罗维雷伊纳的卡车司机吐了一口黏痰后粗野地哈哈大笑起来，喃喃自语道："这个神经病患者要抽彩票了！"接着把一张刚刚读过的《最后一点钟》扔到大厅里满是刀痕的小桌子上。那位从前的女钢琴家拿起来翻阅，突然，她的脸色变得煞白，似乎被吸血蝙蝠吻了，一边喊叫着妈妈，一边往房里跑去。母女俩一起把那条揪动人心的消息读了一遍又一遍，随后又扯着嗓子轮流读给塞巴斯蒂安先生听。毫无疑问，他明白马上就要大难临头，他将唉声叹气，出大汗，痛哭，着魔似的在地上打滚。

是什么样的消息使得这个败落的家庭如此惊恐万状？

前一天的黎明，在马格达莱娜·德尔马尔区满是病人的维克多·拉尔科·埃雷拉疯人院里，一个病愈的住院者用手术刀杀死了一名男看护，勒死了睡在他旁边床上的疯傻老人，然后像体操运动员似的跳过医院的围墙逃到市内。他的行为令人惊讶，因为他一向十分平和，从未发过脾气，也不高声说话。三十年来，他唯一干的事情就是为林皮亚斯的耶稣举行假想的弥撒和为实际并不存在的受圣餐者分发不可见的圣饼。逃出医院前，埃塞基耶尔·德尔芬——他刚刚到年富力强之年的五十岁——写了一封有礼貌的绝命书："我感到很遗憾，但是我不能不离开这儿。利马一所旧房子里的大火在等着我。那里，一个跛足女人正像火炬般地燃烧着，她和她全家极其严重地冒犯了上帝。我是受委托前去灭火的。"

他将这样做吗？他会把火熄灭吗？这个多年之后又重新活了的人会再次把贝瓜一家置于恐怖之中吗？吓得胆战心惊的贝瓜一家将会落得怎样的下场？

第十三章

　　那是难忘的一周，在那周的第一天就发生了一段趣味横生的插曲（诚然，过去遇到烤肉工人时那种粗暴的特点并没有在这个插曲中重现）。我在这个插曲中既是目击者，又是半个主角。小赫纳罗一心致力于节目革新。一天，他作出决定，为了使新闻节目轻松愉快，叫我们插进一些访问实录，要我马上和巴斯库亚尔动手干起来。从那时起，我们每天都在泛美电台的晚间节目里播出以当前某个事件为题材的采访，这意味着新闻部增加了工作量（但是没有增加工资）。不过我并没有怨言，因为这项工作很有趣。在贝伦大街的工作室里或站在录音机前向酒吧间的艺术家、国会议员、足球运动员或神童们提问题时，我都毫无例外地为创作小说搜集题材。在那个动人的插曲之前，我采访过的最有趣的人是一个委内瑞拉斗牛士。那段时间，阿乔斗牛场取得了空前成功。这个斗牛士第一个下午得到了几只牛耳朵的奖赏；第二个下午经过一番神奇的周旋，又得到了一只牛蹄子的奖赏，人们把它架在肩上从里市场抬到圣马丁广场他下榻的饭店；第三个下午，也就是最后一个下午，斗牛入场券因他的人气被转手高价炒卖，他却未获成功。下场后，他吓得像头鹿似的，整个下午都逃开斗牛，连一次出色的俯冲都没表演出来。他一次次地失败，总也不能击中牛的要害。第二次下场时，竟然受到四次鸣笛警告。斗牛场前几排看台上的人大声哄叫，恨不得把阿乔斗牛场烧掉，私刑拷打委内瑞拉斗牛士。斗牛士迎着一片嘘声和雨点般飞来的坐垫，被宪兵一路护送回饭店。第二天上午，他上飞机前几小时，我在玻利瓦尔饭店的一间小客厅里会见了他。我发现他还不如他所斗的牛聪明、几乎像牛一样不能把话讲清楚，真大惑不解。他不能组一个连贯的句子，不能正确运用动词时态。他的思想方式使人想到一个个的肿瘤，想到失语症，想到类人猿。他的外表和本质一样"非凡"，说话的语调像倒霉鬼，总是用些指小词，吃掉词尾。当他时不时地停下来，想不出要说什么话时，便像动物似的发出哼哼声。

相反，在那个值得怀念的一周的第一天，我所采访的墨西哥人却是一个头脑机敏、谈锋甚健的人。他在一家杂志当主编，写过关于墨西哥革命的书，眼下正率领一个经济学家代表团住在玻利瓦尔饭店。他答应到电台来，我亲自去请他。这位先生高高的个子，身板笔直，衣着考究，头发已经全白，看上去有六十岁光景。他的夫人陪着他。那女人长着一双活泼的小眼睛，戴着一顶编花小帽子。在从饭店去电台的路上，我们做了采访的准备。访问的内容录了十五分钟，这使小赫纳罗惊讶不已，因为那位经济学家兼历史学家回答每一个问题时都毫不留情地鞭挞了军事独裁（在秘鲁，我们遭受了以奥德里亚为首的军事独裁）。

事情发生在我陪这对夫妇回玻利瓦尔饭店的路上。时值中午，贝伦大街和圣马丁广场上挤得水泄不通。夫人走在人行道上，丈夫走在大街中央，我跟在他们旁边。刚刚穿过中央电台门前，为了找点话说，我再次对那个重要人物说这次采访非常成功。这时，那位墨西哥贵妇的细嗓子突然打断了我：

"耶稣，耶稣，我感到不舒服……"

我看了她一眼，发现她形容憔悴，眼睛忽而睁大忽而紧闭，嘴巴奇特地翕动着。但是，令人惊讶的是那位经济学家兼历史学家的反应，他听到妻子的提醒，飞快地向她扫了一眼，又迅速地扫了我一眼，神情十分慌张，当即看着前方，非但没有停下来，反而加快了脚步。墨西哥夫人停在我身旁，面容难看，眼看要跌倒，我伸手搀住她。幸好，由于她那样瘦弱，我还能扶得住。那个重要人物大步流星地逃走了，我不得不担负起拖着他的女人前进的艰巨任务。人们给我们让路，停下来看我们。就这样，当我们到达哥伦布电影院时，瘦弱的墨西哥夫人不仅露出怪相，而且开始流口水、淌鼻涕、流眼泪。我听到一个卖香烟的小贩说："她还在撒尿呐！"果真，经济学家兼历史学家（他已经穿过科尔梅纳大街，消失在玻利瓦尔酒吧间门口拥挤的人群中）的妻子在我们身后留下了一道黄色的水痕。到了街角，我不得不把她扛起来走完剩下的五十米路程。那情景真是既风流又壮观。汽车司机们频频对我们按喇叭，警察吹哨子，行人指着我们议论纷纷。瘦弱的墨西哥夫人在我双臂之中不停地翻腾，面容依然难看。我的手和鼻子感觉到那女人除了小便，身上还流出更肮脏的东西。她的嗓子里不停地发出一种微弱的声响。一进入玻利瓦尔饭店，就听有人严厉地命令我说："送到 301 号房间。"这是那个重要人物，他的半边身子隐藏在帷幕后。刚发完命令，他就又逃走了，迈着轻快的步子奔向电梯。我们乘电梯上楼时，他既不看我，也不看他的配偶，仿佛想显示出并非无礼的样子。开电梯的人帮我把夫人送到房间。但是我们刚把她安置在床上，那个重要人物就毫不客气地一下子把我们推出房门，没有道谢，也没说再见，"咣啷"一声把门关上，把我们赶了出来。这时，他脸上的那副表情简直难以描述。

"他不是一个坏丈夫，"后来彼得罗·卡玛乔对我解释，"而是一个敏感、非常自矜的人。"

那天下午，我要给胡利娅姨妈和哈维尔读一篇刚刚写完的短篇小说《埃丽娅娜姨妈》。《商报》一直没有刊登那篇关于飞人的故事，于是我便写了另一篇故事借以排解。这篇故事以发生在我家里的一件事为素材。我小时候，埃丽娅娜是到我家来的许多姨妈中的一个。在那些姨妈中，我最喜欢她，因为她带给我巧克力，有时还带我去克雷姆·里卡咖啡馆喝茶。她喜欢甜食，这件事在全家人聚会时常常受到嘲笑，大家说她把做女秘书的全部工资都拿去买牛奶饼、酥羊角面包、松糕和布兰卡小店的浓巧克力了。她胖乎乎的，待人亲切，是一个爱说爱笑的姑娘。当家里人在背后议论她一辈子也难以出阁时，我总是站出来为她辩护。有一天，埃丽娅娜姨妈没到我家来，从那以后再也没有见到过她，十分神秘。家里人也不再提起她。那时我大概六七岁，向家里人问起埃丽娅娜姨妈时，他们回答说：去旅行了，生病了，过些日子说不定哪一天会来的。对这些回答，我是持怀疑态度的。五年后，全家人突然戴起孝来。那天晚上，我在外祖父家里知道他们参加了埃丽娅娜姨妈的葬礼，她刚刚死于癌症。这样，那件神秘之事便真相大白了。当埃丽娅娜姨妈看起来注定要做老处女的时候，她突然不合适地结了婚，对方是耶稣·玛丽亚大街一家酒店的老板。全家人，从她的父母开始，都为这件丑事大为震惊，在她活着的时候就宣布她已经死了，从来不去看她，也不许她进家门。但是当她死了的时候，家里人饶恕了她——我们毕竟是些有感情的人——去为她守灵，参加她的葬礼，并为她洒下许多眼泪。

我的小说采用一个孩子独白的形式。这孩子躺在床上，思索着想弄清姨妈神秘失踪的内幕。结尾写的是为女主人公守灵。这是一篇社会小说，充满了对怀有偏见的亲属们的愤恨。我写了两个星期，对胡利娅姨妈和哈维尔一再提起它，他们终于被打动了，要我念给他们听。但是星期一下午，我念小说前，给他们讲了瘦削的墨西哥夫人和那位重要人物的故事。我这样做未免失算，使我付出了高昂的代价，因为他们觉得这件奇闻比我的小说有趣得多。

胡利娅姨妈到泛美电台来已经成了习惯。我们发现这个地方最可靠，因为实际上巴斯库亚尔和大巴布罗完全支持我们。胡利娅姨妈下午五点之后来，是最安静的时候。赫纳罗父子已经离去，几乎不会有人突然闯进顶楼。我的同事有默契地请假去喝咖啡，这样我和胡利娅姨妈就可以接吻，单独交谈。有时我写作，她找本杂志来读或者同哈维尔聊天。每到七点左右，哈维尔准来找我们。我们已经形成了难分难离的一体，我和胡利娅姨妈的恋爱在这所墙壁薄薄的房子里完全不受拘束，可以手拉手，可以接吻，谁也不注意我们。我们感到很幸福。进了这间顶楼，我们是自由的，愿意做什么就做什么，可以相爱，可以谈有关我们的任何事情，感到周围的人完全理解我们。出了这间顶楼，就人人都敌视我们，我们不得不撒谎，躲躲闪闪。

"可以说这儿是我们的爱巢吗？"胡利娅姨妈问我，"还是我们的婚姻滑稽可笑？"

"当然是婚姻滑稽可笑，而不能说是爱巢，"我回答她，"不过我们可以把这儿称做圣心大教堂。"

我们做起了游戏：我当教授，她当女学生。我给她讲什么是荒唐可笑，什么是不可以说、不可以做的。我对她阅读的书籍进行宗教裁判所式的检查，她喜欢的作家我都不让她谈，从弗兰克·耶比①到格林·特维多②。我们玩得像疯子一般，有时哈维尔加入我们这个游戏，慷慨激昂地耍雄辩术。

读《埃丽娅娜姨妈》的时候，巴斯库亚尔和大巴布罗也参加了，因为他们来了，我不敢撵走他们。真幸运，他们是唯一夸奖我的小说写得动人的人，即使他们是我的下属，因而那称赞是值得怀疑的。哈维尔觉得故事构思不真实，谁都不会相信一家人会由于她同酒店老板结婚而把她逐出家门，他向我断言，假设那丈夫是个黑人或者印第安

---

① 美国黑人作家。
② 西班牙女作家。

　　　　　　　　第十三章

人，故事还说得过去。胡利娅姨妈给了我当头一棒，说故事情节听起来过分虚假；有些词，像颤抖呀，呜咽呀，她认为荒唐可笑。我正要为《埃丽娅娜姨妈》辩护，瘦南希的身影在顶楼门口出现了。一看到她，我就知道她为何而来。

"这一回家里可吵起来了。"瘦南希憋足一口气说道。

巴斯库亚尔和大巴布罗嗅到有新闻，赶快往前伸脑袋。我阻止了表姐，要巴斯库亚尔去准备九点钟的新闻稿，然后拉上南希同我们一起去喝咖啡。在布兰萨咖啡馆的一张桌子上，南希把事情的详情告诉了我们。她洗头的时候听到母亲和赫苏斯姨妈在电话中的交谈。当她发现她们所讲的那一对指的就是我们俩时，吓得手脚冰凉。她没有完全听清楚，但听得出家里人对我们的恋爱已久有所闻，因为有一次劳拉姨妈说："你看，甚至连卡蒙塔在奥里瓦尔·德·圣伊希特罗大街上都见到了他们，大庭广众之下没皮没脸地手拉手（几个月前的一个下午我们确实做了那样的事，但那是唯一的一次）。南希从盥洗室走了出来（手里拿着"震簪"，她说），和母亲碰了个满怀。她想掩饰过去，说吹发机在她耳边嗡嗡作响，什么也听不见。可是劳拉姨妈叫她住嘴，骂了她，称她是"那个堕落女人的隐情不报者"。

"那堕落的女人是指我？"胡利娅姨妈问道，与其说带着愤怒，倒不如说感到好奇。

"对的，是指你，"我表姐解释说，脸涨得通红，"她们认为你是罪魁祸首。"

"确实，我年龄还小，生活安定，目前正在学习律师专业，直到……"我这样说，但是没有人理睬我。

"如果她们知道我把事情告诉了你们，会宰了我，"瘦南希说，"你们一句话也不能说出去，要对天发誓。"

南希的父母正式警告过她，假如她有半点不忠，就把她关上一年，连弥撒也不让她去做。他们对她讲得那样严厉，以致她对是否要告诉我们曾犹豫不决。家里人对我们的事从一开头便了如指掌，但他们觉得这是一桩蠢事，是一个想在自己的笔记本上记下一笔奇异战绩——征服一个少年——的轻狂女人对男子的玩弄，便采取了克制态度。不过，由于胡利娅姨妈对和毛头小伙子一起逛街和出入斗牛场毫无顾忌，以致越来越多的亲戚朋友察觉了这场恋爱——外祖父和外祖母也从塞利亚舅妈那儿听到了。这是一件丢人的事，并且肯定会对瘦小子（就是我）造成危害。自从那个离婚女人把那些乱七八糟的东西塞满他的脑子，大概他已打不起精神读书了。于是，家里人决定进行干预。

"那么，他们打算怎样挽救我？"我问道，并不感到过分恐惧。

"写信给你的爸爸妈妈，"瘦南希回答说，"他们已经这样做了，是两个年长的舅舅写的，就是豪尔赫舅舅和鲁乔舅舅。"

我的父母住在美国。父亲是个严峻的人，我很怕他。我是远离他，跟着母亲在外祖母家里长大的，而且在父母和好之后，我跟父亲生活在一起时，我们一向处得不好。他为人保守、专断、冷酷、暴躁。如果他们真的给父亲写了信，那消息会像炸弹似的爆炸开来，他将做出激烈的反应。胡利娅姨妈从桌子下拉起我的手说：

"你的脸都白了，小巴尔加斯。现在你有篇好小说的题材了。"

"应该保持冷静、镇定，"哈维尔给我打气，"你不要害怕，我们想个好计策，对付那个笨蛋。"

"他们对你也很生气，"南希提醒哈维尔，"把你说得也很难听。"

"拉皮条，是吗？"胡利娅姨妈笑了，她向我转过身来，满脸愁容，"对我来说，最要紧的是他们要把我们分开，我再也见不着你了。"

"这是荒唐的，事情哪能那样？"我对她解释说。

"他们装得多像啊，"胡利娅姨妈说，"不管我姐姐、姐夫还是亲属中的任何人，都没有使我怀疑他们知道了我们的事而憎恶我。这伙伪君子对我总是那么亲热。"

"眼下你们不应该再见面，"哈维尔说，"你们移花接木，胡利娅带情郎上街，你约别的姑娘，让家里人认为你们吵翻了。"

我和胡利娅姨妈都很气馁，觉得也只有走这条路。当瘦南希离去（我们向她发誓永远不背叛她），哈维尔也随后走了之后，胡利娅姨妈陪我去了泛美电台。不消说，两个人垂头丧气地手拉手走在已被蒙蒙细雨浸湿了的贝伦大街时，心中明白这个计策有可能弄假成真。如果我们互不见面，各奔东西，我们的事情早晚会告吹。我们商量好每天在约定的时间打电话交谈，然后接个长吻，分手了。

我乘坐颤颤悠悠的电梯上顶楼时，和往常一样，产生了一种莫名其妙想把自己的不幸告诉彼得罗·卡玛乔的欲望。似乎是一个先兆，玻利维亚文人的主要合作者卢西亚诺·潘多、何塞菲娜·桑切斯和巴当正在办公室等我。他们同大巴布罗谈得正热火，巴斯库亚尔则在往新闻稿里塞天灾人祸的内容（当然，他从没尊重过我禁止他塞进死人场面的意见）。他们恭顺地等我帮巴斯库亚尔处理完最后九条新闻。巴斯库亚尔和大巴布罗向我们道过晚安后离去，顶楼上只剩下我们四个人的时候，他们开口讲话前互相难为情地看了一眼。

无疑，是关于艺术家的事情。

"您是他最好的朋友，因此我们找您来了，"卢西亚诺·潘多喃喃地说。这人长得既矮小又驼背，已是六十开外的年纪，生着一对斜眼，无论冬天还是夏天、白天还是晚上，脖子上总围着一条油渍渍的围巾。他每次都穿着那身咖啡色蓝条纹西装，由于多次洗烫，已破旧不堪。他右脚上的鞋子开了口，袜子露了出来。"有一件非常难办的事，您可以想象……"

"说真的，卢西亚诺先生，我无法想象，"我对他说，"是关于彼得罗·卡玛乔吗？那好，我们是朋友。是的，您也知道，他是一个十分难以捉摸的人。他出了什么事？"

卢西亚诺·潘多点了点头，但是没说话，只是看着自己的鞋子，仿佛他要讲的事压得他透不过气来。他向女伴和巴当投去询问的目光，那两个人神情严肃，一动不动。

"我们这样做是出于爱护和感激，"何塞菲娜·桑切斯美丽柔和的嗓子发出颤抖的声音，"小伙子，谁都不知道我们从事这种收入如此微薄的职业欠了彼得罗·卡玛乔多少情。"

"我们一向遭人鄙视，没有人关心我们。我们活得如此艰辛，简直觉得自己像一堆废物，"巴当说，十分激动，以致我以为他快要出事，"多亏了他，我们才有了职业，我们拜他为艺术大师。"

"可是，看你们讲话的样子，仿佛他已经死了。"我对他们说。

"因为，没有我们，人们将怎么办？"何塞菲娜·桑切斯不听我讲话，引证了她最崇拜的至理名言，"谁给他们幻想和激情，使他们活下去？"

上苍之所以赐给这女人一副优美的嗓子，是为了补偿她身体上的缺陷。尽管可以肯定她已活了半个多世纪，但要猜出她确切的年龄还是不可能。她皮肤黝黑，稻草般的金黄色头发从暗红色的头巾下钻出来披在耳朵上，但可惜不能盖没，因为那耳朵很大，并且是招风耳，仿佛为了收听尘世喧嚣而专门设计出来的。不过，她身上最引人注目的还是下巴肉，那东西宛如一只肉口袋垂在她那花花绿绿的罩衫上。她嘴上长满浓密的汗毛，看上去同胡子毫无差别，她还养成了每逢说话便抚摸它们的怪习惯。她患有下肢静脉曲张，腿上裹着一双足球队员的弹力袜。随便什么别的时间，她的来访都会使我兴趣盎然。但是那天晚上我太忙了，需要解决自己的难题。

"当然，我知道你们都欠彼得罗·卡玛乔的情，"我不耐烦地说，"这和他的广播剧在全国受到热烈欢迎有关。"

我见他们交换了一下眼光，互相鼓舞着。

"一点不错，"卢西亚诺·潘多终于开了口，显得焦急而痛苦，

"开始，我们并没有把事情放在心上。我们想，随便什么人都会疏忽、走火，尤其对一个夜以继日工作的人来讲更是如此。"

"可是，彼得罗·卡玛乔到底出了什么事？"我打断他，"我一点也听不懂您的话，卢西亚诺先生。"

"他说的是广播剧，小伙子，"何塞菲娜·桑切斯低声说，仿佛会亵渎神明，"广播剧变得越来越荒诞了。"

"我们这些演员和技术人员轮流回答从中央电台打来的电话，充当听众所提抗议的挡风墙。"巴当接话说。他的头发挺直发亮，好像豪猪的鬃毛，看来是抹过油的。和往常一样，他穿着搬运夫上衣，鞋子没有鞋带。他像是马上要哭出来。"为了不让赫纳罗父子赶走他，先生。"

"您非常清楚，他身无分文，过着朝不保夕的日子，"卢西亚诺·潘多补充说，"如果他们把他赶走，他怎么办？他会饿死呀！"

"我们呐，"何塞菲娜·桑切斯悻悻然地说，"如果没有他，我们又会落到哪步田地呢？"

他们争先恐后地讲起来，把事情一五一十地告诉我。那些胡诌（"乱弹琴的话。"卢西亚诺·潘多）差不多两个月前就在广播剧中出现了，但开始时是那样稀少，大概只有演员们注意到了。他们没有对彼得罗·卡玛乔说一句话，因为大家了解他的脾气，谁也不敢说。再说，很长一段时间里，大家怀疑那是彼得罗·卡玛乔故意耍的花招。但是，最近三个星期以来，事情闹到了非常严重的地步。

"确实，那些广播剧成了大杂烩，小伙子，"何塞菲娜·桑切斯难过地说，"一些人物和另一些人物搅在一起，连我们也分不清楚。"

"伊波里多·里图马一向是个军曹，是卡亚俄令人毛骨悚然的罪犯，出现在晚上十点钟的广播剧里，"卢西亚诺·潘多说，声调都变了，"可是三天前成了下午四点钟广播剧中法官的名字，而法官原来是叫彼得罗·巴雷达的。这是一个例子。"

"现在的彼得罗·巴雷达吵着要去捉老鼠，因为老鼠吃了他的女儿，"何塞菲娜·桑切斯眼里涌出了泪水，"实际上，老鼠吃掉的是费德里科·特列斯·温萨特吉先生的女儿。"

"您可以想象我们录音时受的罪了，"巴当含含糊糊地说，"说的是蠢话，干的是蠢事。"

"这种混乱简直无法收拾，"何塞菲娜·桑切斯低声细语道，"因为您已看到卡玛乔先生是怎样控制节目的，他连一个逗号都不许别人改，否则就会大发雷霆。真使人害怕。"

"他累了，原因就在这里，"卢西亚诺·潘多忧虑地摇着脑袋说，"一个人每天工作二十小时，脑子不可能不乱。他需要去休假，以便恢复过来。"

"您和赫纳罗父子的关系很好，"何塞菲娜·桑切斯说，"不能跟他们谈谈吗？您就说彼得罗·卡玛乔累了，请他们给他三个星期的假，恢复一下。"

"更困难的是说服卡玛乔接受休假，"卢西亚诺·潘多说，"不过，事情再也不能这样下去了，不然终有一天会把他辞退。"

"人们整天给电台打电话，"巴当说，"一定要设法甩掉他们。《世纪报》已经登过一些什么了。"

我没有告诉他们老赫纳罗已经知道这些事，还托我跟彼得罗·卡玛乔交涉。我们商定，由我去找小赫纳罗试探，根据他的反应决定他们是否以全体同事的名义为文人说话。我感激他们的信任，想使他们乐观一点：小赫纳罗比老赫纳罗更开明、更通情达理，大概可以说服他，他会给卡玛乔假期的。我熄灯、关顶楼的门时，我们还在继续交谈着。来到贝伦大街，我们握手道别。我看到这些形容丑陋却心灵高尚的人在蒙蒙细雨中消失在空旷的大街上。

这天晚上，我彻夜未眠。像平常一样，外祖父家里为我做好了饭，盖着放在一边，但我一口也没有吃（为了不使外祖母感到不安，我把大米团扔进了垃圾桶）。老人们已经躺下，但还没有入睡。我进屋吻他们时，像警察似的观察着他们，想看看他们脸上有没有为我的不体面恋爱而表现出的不安。没有，一丝那样的迹象也没有，他们待我既亲切又关怀，外祖父只问了一点关于纵横字谜的事。不过，他们告诉了我一个好消息：我妈妈写信来了，说她和爸爸很快要来利马度假，到达的日期马上会通知我们。外祖父和外祖母没有让我看信，说是有个舅妈拿走了。无疑，这是告发信的后续。我父亲大概会说："我们到秘鲁去处理这件事。"我母亲会说："胡利娅怎么能干出这样的事！"（我们家住在玻利维亚时，她和胡利娅是朋友，那时我还是小孩子。）

我睡在一间小房子里，那里堆满了书籍和大大小小的箱子，箱子里存放着外祖父和外祖母的纪念品，其中有家族发迹时的许多照片，有他们在卡马那拥有庄园时的照片，有外祖父在圣塔克鲁斯·德拉塞拉拓荒时的照片，还有他在科恰班巴当领事、在皮乌拉任省长时的照片。我仰面躺在床上，在一片黑暗中，非常想念胡利娅姨妈；又想到，毫无疑问，不管通过怎样的方式，他们迟早会真的把我们分开。我十分恼火，认为那是愚蠢、卑鄙的。这时，彼得罗·卡玛乔的形象突然闪现在我的脑海里。我想到舅父和舅母、表兄弟和表姐妹们为了胡利娅、为了我打的那些电话；又仿佛听到了电台听众的电话，他们对那些改了名字、从下午三点钟的广播剧跳进五点钟的广播剧的人物以及那些搅和得如原始森林般杂乱无章的故事困惑不解。我竭力想猜出卡玛乔这位文人乱糟糟的脑袋里发生了什么事，但我并不感到好笑，相反，想到中央电台的演员、音响技术人员、女秘书、门房联合起来设法切断电话，防止这位艺术家遭辞退，我心中十分感动。想到卢西亚诺·潘多、何塞菲娜·桑切斯和巴当竟认为我这个无足轻重的人可以影响赫纳罗父子，我的心情也很激动。在他们眼里，我居然成了重要人物，那么他们该把自己看得多么渺小，他们的收入该多么微薄啊！有时我产生一种难以遏止的欲望，想马上见到、抚摸、亲吻胡利娅姨妈。就这样，晨曦照进我的房间，我听到了黎明的犬吠声。

我到泛美电台顶楼的时间比平日早。巴斯库亚尔和大巴布罗八点钟来上班时我已把全部新闻稿准备好，并且读过了所有的报纸，标出了选用的文章，用方格括好（为了抄录）。我一面做这些事一面看着手表，胡利娅姨妈正好在我们约好的时间打来了电话。

"我一夜没合眼，"她告诉我，声音轻得难以听见，"我非常爱你，小巴尔加斯。"

"我也非常爱你，一心一意地爱，"我轻轻地对她说，看到巴斯库亚尔和大巴布罗凑过来想听清楚些，我非常生气，"我也一夜未合眼，一直在想你。"

"你不知道我姐姐和姐夫对我多么亲热，"胡利娅姨妈说，"我们一起玩扑克，真难相信他们已经知道了我们的事，正在搞阴谋。"

"可是他们确实已经知道了，"我对她说，"我的父母已通知说要来利马，就是为了这件事。他们从来不在这个时候旅行。"

她停顿了一下。我猜想，在电话的另一端，她的神情会是多么忧伤、愤怒和失望。我再一次对她说，我爱她。

"照我们约定的下午四点，我给你打电话，"她终于对我说，"我现在是在街角的铺子里，后边有一排人等着打电话。回头见。"

我下楼去找小赫纳罗，他不在。我给他留了话，说有急事要跟他讲。为了找点儿事干，为了设法填补感情上的空虚，我到大学去了。那时正在上刑法课。我一直觉得刑法课教授像小说中的人物，男子，性欲亢进和秽语狂在他身上得到了完美的结合。他看女学生的时候，像要把她们的衣服剥光。随便什么事，他都可以用来说成双关语和下流话。碰到一个答问很好、胸脯丰满的姑娘，他就挑逗地说："您什么地方都好，小姐。"评论一篇文章时，他没完没了地讲起性病来。我回到电台时，小赫纳罗正在办公室等我。

"我想你不会是要求加薪，"我一进门，他就这样说，"我们快要破产了。"

"我想跟你谈谈彼得罗·卡玛乔的事。"我让他放心。

"你知道不知道他开始干起各式各样的荒唐事？"他对我说，仿佛拿一件恶作剧寻开心，"他把一个广播剧的人物搬到另一个广播剧中去，给他们改名字，把剧本情节打乱。他正在把所有的故事变成一个。这难道不是'天才'吗？"

"对，这事我听说了，"我对他说，看到他很激动，我有些惶恐，"正巧昨天晚上我同演员们谈过了，他们很担心。卡玛乔的工作太多了，我们认为，过分的工作已经把他压垮了。再这样下去，你会失去这只下金蛋的鸡。干吗不给他一点假期，让他恢复一下？"

"给卡玛乔假期？"开明的企业主吓坏了，"是他向你提出了这样的要求吗？"

我告诉他不是卡玛乔要求的，而是他的合作者们建议的。

"他们对卡玛乔要他们按照要求干那么多事感到厌烦了，想摆脱他几天，"小赫纳罗解释说，"现在给他假期简直是发疯。"他拿起几张纸，带着胜利的神情挥舞着，"这个月，我们又打破了收听纪录。也就是说，我们新旧故事相结合的想法奏效了。我父亲对那些存在主义感到不安，但是存在主义取得了成果，这里有调查，"他又笑了："总之，只要观众喜欢他，就只好忍受他的怪诞言行。"

为了不弄巧成拙，我不再坚持。不管怎么说，难道小赫纳罗没有道理吗？为什么那些胡诌的话就不能在玻利维亚文人笔下变成完美的文娱节目呢？我不想回家，于是决定去挥霍一下。我说服电台出纳给我预支了些钱，随后离开泛美电台到彼得罗·卡玛乔的寝室去，请他与我共进午餐。自然，他正专心致志地打字，很不情愿地接受了我的邀请，并且提醒我，他没有很多时间。

我们去了昌卡伊街区。那里的圣母玛丽亚教会学校后边有家当地人开设的饭铺，卖几种阿雷基帕风味的菜。我对卡玛乔说，这里的菜可能会使他想起著名的，带辣味的玻利维亚菜。然而，艺术家忠于节制食欲的准则，只喝了一点鸡蛋汤，吃了一点菜豆泥。喝汤、吃菜豆的时候，他根本不试凉热，一口气吞了下去。他没有要甜食。因侍者不会泡加薄荷的马黛茶，他用粗话骂他们，惊得侍者目瞪口呆。

"我碰上了倒霉事，"刚点完菜，我就这样对他说，"我家里的人发现了我同你的同乡有恋爱关系。由于她比我年龄大，又是个离过婚的女人，他们很恼火，想着要分开我们，这使我很痛苦。"

"我的同乡？"文人一下子怔住了，"您在同一个阿根廷女人恋爱？不，请原谅，是在同一个玻利维亚女人恋爱？"

我提醒他，他是认识胡利娅姨妈的，我们曾去过他在拉塔帕达公寓的住所，并且在那儿同他一起进餐；还有，我跟他讲过我在恋爱中遇到的麻烦，他要我用每天早晨吃李子、写匿名信的办法解决问题。我是有意跟他讲这件事的，连细节都告诉了他，观察他有何反应。他非常认真地听我讲，眼都不眨一下。

"碰到这些不顺心的事并没有什么不好，"他一边开始喝汤一边说，"苦难可以使人受教育。"

接着他改变了话题，大谈一通烹饪技术和为保持道德完美必须节制食欲的道理。他向我断言，吃过多的脂肪、淀粉和糖会使道德原则僵化，使人犯罪，染上恶习。

"您可以在熟人中做个统计，"他劝我，"那样您会看到，堕落的人主要出在胖子中。相反，没有哪个瘦子会染上坏习惯。"

尽管他竭力掩饰，但仍然显得发窘。他讲话不似以前那样自然，充满信心，显然是在说些搪塞的话。实际上他心事重重，却不想说出来。他那双突出的小眼睛里流露出遭厄运的阴影，也夹杂恐惧和羞惭，不时地咬着嘴唇。他那头长发上挂满皮屑。我发现他在衬衣中晃动的脖子上挂了一枚小纪念章，他用两根手指不停地抚摸着它。他一面把纪念章拿给我看，一边解释说："这是一位非常灵验的神，是林皮亚斯的耶稣。"他小小的黑上衣从肩膀上滑下来，颜色已褪得发白。我已决心不提广播剧的事，但这时我突然发现他把胡利娅姨妈的存在忘了。把我们关于她的谈话忘了，我产生了一种不正常的好奇心。我们已喝完鸡蛋汤，正喝着深紫色的奇恰酒，等待着送上大菜。

"今天上午我跟小赫纳罗谈了您的事，"我对他说，尽量使语调随便些，"我听到一个好消息，根据广告代办处的调查，您的广播剧听众又增加了，甚至连石头人都在收听。"

我看到他的神情严峻而死板，移开了目光，迅速地把餐巾卷起又打开，不停地眨着眼睛。我踌躇了一下，不知继续讲下去还是改变话题，但是强烈的好奇心占了上风。

"小赫纳罗认为，听众的增加应归功于您把一个广播剧中的人物搬进另一个广播剧、把许多故事串在一起的创造，"我对他说，看见他松开了餐巾，寻找着我的目光，脸色煞白。

"他觉得您是个天才。"

由于他一言不发，只是看着我，我便继续讲下去，但舌头已不听使唤了。我讲了要做先锋，要进行试验，又引证或编造了一些作家的名字，并对他保证说，这些人是欧洲最时髦的人，因为他们进行的改革和他的改革相似：在故事发展进程中改变人物的身份，看上去给人以前后矛盾的印象，使读者感到莫名其妙。菜豆泥端来了，我开始吃饭。谢天谢地，这样可以不再说话了，并且垂下眼睛不再继续看玻利维亚文人的狼狈相。我们沉默了好一会儿，我吃饭，他用叉子搅着菜豆汤和米饭。

"我遇到了一点麻烦事，"我终于听他说道，声音很低，仿佛在对自己讲话，"我记不清写了多少剧本，有时候产生疑问，常常把事情弄乱，"他惶恐不安地看了我一眼，"我知道您是忠厚青年，是可以信赖的朋友，您千万不要对企业主们讲!"

我装出吃惊的样子，一再亲切地告诉他不必过虑。他已变成了另一个人：精神痛苦，缺乏自信，脆弱，有些发青的前额冒着汗，闪闪发光。他敲敲太阳穴：

"当然，这是一座思想的火山。"他说，"可是记忆不听话了。我指的是关于名字的事。说句心里话，朋友，我并不想把它们弄乱，可还是弄乱了。当我发现时已经迟了，没办法，只好变着法儿让它们回到应有的位置上，使它们东移西搬，得以解释。指南针混淆了南北方向是严重的，非常严重。"

我对他说，他疲倦了，没有一个人能像他那样工作而使身体不垮。他应该去休假。

"休假？那只能是进坟墓以后的事，"他回答说，满脸威胁的神气，仿佛我冒犯了他。

但是，过了一会儿，他恭顺地告诉我，当发现自己容易忘事的时候，他曾想过做卡片，但不可能，因为没时间，连查查已播出节目的时间都没有。他必须把全部时间用在创作新剧本上。"如果我停止创作，天就会塌下来。"他喃喃自语。为什么他的合作者不能帮助他？为什么他遇到疑难的时候不去求助于这些人？

"这事我绝不去干，"他回答我，"那将会使他们失掉对我的尊重。他们只是原料，是我的兵，如果我干这种蠢事，势必给自己带来麻烦。"

他陡然中断了我们的对话，去训斥侍者，因为他发现送来的汤淡而无味。之后我们不得不跑步到电台去，因为下午三点钟的广播剧在等他。分手的时候，我对他说，为了帮助他，我愿倾力效劳。

"我对您的唯一要求是保持沉默，"他对我说，脸上挂着一丝冷笑。接着又补充说："您不要担心，兵来将挡，水来土掩，车到山前必有路。"

在顶楼，我查阅了下午的报纸，标出选用的消息，定好六点钟采访一位历史神经外科大夫。这位大夫利用人类学博物馆借给他的印加人医疗器械施行了脑颅环锯术。下午三点半，我开始一会儿看看手表一会儿听电话。胡利娅姨妈四点钟打来了电话，那时巴斯库亚尔和大巴布罗还没有来。

"吃午饭的时候，我姐姐跟我谈了，"她对我说，声音凄惨，"这件丑事闹得太大了，你的父母要来跟我算账，姐姐要我回玻利维亚。我有什么办法？只好走，小巴尔加斯。"

"你愿意跟我结婚吗？"我问她。

她笑了，但并不很愉快。

"我跟你讲真的。"我坚持说。

"你真的要我和你结婚？"胡利娅姨妈又笑了，这一次有些高兴。

"你答应不答应？"我对她说，"快点儿，巴斯库亚尔和大巴布罗马上就到了。"

"你向我提出这样的要求，是为了向你家里人证明你已经是大人了？"胡利娅姨妈对我说，语调亲切。

"是有这种考虑。"我承认。

第十四章

和维克多里亚足球区相毗邻的门多西塔垃圾区有位神父，可敬的塞费里诺·乌安卡·莱瓦先生。他的身世应该追溯到五十年前的一个狂欢之夜。那天晚上，一个喜欢在村镇洗澡的名门青年在奇里莫沃的街巷里强奸了风流洗衣妇内格拉·特雷西塔。

这位洗衣妇已有八个孩子，没有丈夫，也绝不会再有男人娶她为妻。所以，当她发现自己又有了身孕，便立刻去求助宗教法庭广场上的安海里卡太太，她博学多识，是一位职业产婆，但她首先是打发胎儿的灵魂直接进天堂的人（简单地说是打胎婆）。但是，尽管安海里卡太太给内格拉·特雷西塔服了有毒的汤药（那是用她的尿和老鼠泡制的），那个非婚所孕的胎儿却顽强地附在母体的胎盘上拒不离开，这也预示了他将来的性格会多么倔强。他继续待在母腹中，像螺旋似的变换着胎位，发育成形。自那个狂欢节夜晚洗衣妇被奸污算起已满九个月，除了把他生下来，没有别的选择。

为了取悦孩的洗礼教父——议会的看门人——人们给这孩子取了与教父同样的名字塞费里诺，然后加上母亲的两个姓。他童年时，谁都看不出他会成为一位神父，因为他所喜欢的不是宗教礼仪，而是打闹和放风筝。不过，从他会说话之前就看得出他是个性格刚毅的人。洗衣妇特雷西塔实行一种直觉的，即从埃斯帕塔或达尔文那里吸取来的哺育哲学，也就是要使自己的孩子懂得，如果他们愿意在这丛莽中生存下去就必须学会挨咬和咬东西；至于喝牛奶和吃饭，满三岁后便完全是他们自己的事了，因为她每天要洗十个小时的衣服，还要花八个小时跑遍利马把衣服送走。即使这样，也仅能维持她本人和几个尚不会走路的孩子的生活。

为了活下来，这个私生子同他在娘胎里活着时同样顽强：能吃从垃圾桶中同乞丐和狗争夺来的各种脏东西。塞费里诺·乌安卡·莱瓦的异父兄长要么患肺结核或中毒病像苍蝇般夭折而死，要么成年之后不是患佝偻病就是有些呆傻，不能彻底闯过一次次的考验，他却健康、结实，智力也还可以。当洗衣妇（患了恐水病？）不能继续干活时，是塞费里诺供养了她。后来，他还在吉梅特教堂为她举行了第一流的葬礼，那也是奇里莫沃区有史以来最隆重的葬礼（当时他已是门多西塔教区的神父）。

这孩子什么都能干，而且早熟。他刚会说话就学会了在阿班卡伊林荫道上向行人求乞，那副泥脸和小天使般的神情使得贵妇们深感爱怜。后来他擦过皮鞋，看过汽车，卖过报纸、润肤膏和果仁糖，当过体育场的引座员，在估衣店做过学徒。当时谁曾想到这个脏手脏脚、满头虱子、衣衫褴褛的孩子多年后会成为秘鲁最有名的神父？

对塞费里诺来说，学文化是一件神秘的事，因为他从来没有进过学校。在奇里莫沃，传说他的教父，议会看门人，曾教过他读字母和拼音节，其他都来自他的勤奋，正如大街上的小孩子只要埋头苦读，也可成为诺贝尔。塞费里诺·乌安卡·莱瓦十二岁时，跑遍利马城到各个府第搜罗不再穿用的旧衣服和破鞋子（然后拿到大街去卖）。这时他认识了后来使他成神父的人：名叫玛依特·翁萨特吉的巴斯克女庄园主。在她身上很难判断，财产和信仰哪个更为重要？是她的家财重要还是对林皮亚斯耶稣的信仰重要？这位庄园主从她位于奥兰蒂亚区圣费里佩大街摩尔人的住宅走出来，司机为她打开了凯迪拉克轿车车门，她发现了街中央的那个私生子正靠着手推车站着。车上装满了这天早晨收来的旧衣服。他那满脸不幸的神态、聪明的大眼睛和小狼般任性的特征都使她感到有趣和中意。她告诉这个私生子，太阳落山后，她将去看望他。

在奇里莫沃，当塞费里诺说有位夫人由一位穿蓝色制服的司机傍晚开车来看他的时候，人们都哄笑起来。但是，下午六点钟，凯迪拉克轿车停在了胡同口，玛依特·翁萨特吉太太像一位公爵夫人般衣着华丽、举止文雅地来打听特雷西塔住在哪儿。这时大家才完全相信了（同时感到惊讶不已）。玛依特·翁萨特吉是那种连行动时间都算得出来、满脑袋生意经的太太，这次却直截了当地向洗衣妇提出了一个使之异常高兴的建议。她将负责支付塞费里诺·乌安卡·莱瓦的教育费用，并给他的母亲一万索尔的补助，以使这个孩子成为神父。

就这样，这个私生子成了坐落在玛格达莱娜·德尔玛尔区圣托里维奥·德·莫戈罗维霍神学院的住宿生。同那些天赋先于行动的情况不同，塞费里诺·乌安卡·莱瓦是做了神学院的学生之后才发现自己生来就是做神父的。他是一个虔诚而勤奋的学生，老师们都宠爱他，内格拉·特雷西塔和他的女保护人也都为他感到骄傲。他的拉丁文、神学和先哲研究学的分数最高，在听弥撒、祈祷和自我忏悔等宗教虔诚方面表现得完美无缺。不过他幼年时，人们便从他身上看出了这样的征候，即后来在他的傲慢无礼引起的论战中被他的维护者称为宗教热情的焦躁、被他的诽谤者称为罪恶的专横及奇里莫沃式的好斗征候。比如，在接受神职前，他就在神学院的学生中间开始宣扬需要恢复十字军，不仅要用女人祈祷时的语言和祭言做武器，而且要用男人的（他断言这种武器更有效）拳头和脑袋做武器，必要时甚至用开尾销和子弹向撒旦开战。

神学院院长们惊恐不已，纷纷出来反驳这些狂言邪说。但是，玛依特·翁萨特吉太太给以热烈支持，她作为仁慈的庄园主，支付神学院三分之一学生的费用。于是，院长们也只好忍气吞声，对塞费里诺·乌安卡·莱瓦的理论视而不见，听而不闻，任其自然了。他不仅宣传理论，还用实践来证明。这个奇里莫沃的小伙子只要出门，每个傍晚回来时总是带来武力说教的例子。一天，他在奇里莫沃熙熙攘攘的大街上看到一个醉汉棍打妻子，于是进行了干预，踢断了这个家伙的骨头，并教训他应该怎样做一个好基督徒、好丈夫。另一天，他在五角区的公共汽车上突然抓到一个想偷老太太钱包的扒手，用拳头把他打倒了（后来他又亲自把扒手送到公共急救站去，把脸上的伤缝合好）。还有一天，他在玛达穆拉森林的草丛中发现一对男女正在放荡取乐，将他们痛打一顿之后还威胁说再用棍子揍他们，逼得他们跪着发誓说二人将到很远的地方去结婚。但是，塞费里诺·乌安卡·莱瓦的完美（为了以某种方式给他一个评价），根据其"不打不成才"的格言，是在神学院的小教堂里用拳头打了他的监护人，托马斯主义哲学教师，温和的神父阿尔贝托·德·金德罗斯一拳，因为这位神父或是出于兄弟般的情谊，或是出于关怀之情，企图吻他一下。可敬的神父金德罗斯为人朴实，宽宏大量（他作为心理学家，治愈了一个在皮斯科郊外糟蹋并杀死了自己亲生女儿的年轻大夫。这个著名事件使他走了运，取得了荣誉，随即得到了神职），他在医院里缝合嘴上的伤口，安上三颗被打掉的牙齿回来后，反对把塞费里诺·乌安卡·莱瓦赶出神学院。他属于那种心胸豁达、气概不凡、左脸挨了打还会把右脸献出去的人（他终生都这样做人），亲自主持了那个私生子就任神父的弥撒。

塞费里诺·乌安卡·莱瓦还在神学院当学生时就坚信教堂应该毫不留情地铲除邪恶，这使院长们感到不安，但更使他们如坐针毡的是他相信（这是无私吗？）在那记载着深重罪孽的长长清单上，无论如何不应出现个人的事情。尽管老师们多次训斥、引证《圣经》和教皇怒斥奥南①的大量训谕，以图把他从歧路上挽救回来，但是打胎婆安海里卡太太接生的孩子仍像在娘胎时那么固执，夜里偷偷地鼓动同学说手淫是上帝专门想出来补偿教士们保持贞洁的誓愿，因而在任何情况下都是被容许的。他说，罪孽在于享用女人奉献的肉体，（或者以更堕落的方式）拿别人的肉体取乐。这种手指加幻想就能得到的快感干吗要羞羞答答、偷偷摸摸、提心吊胆？塞费里诺·乌安卡·莱瓦在可敬的神父莱昂西奥·萨卡里亚斯的课堂上宣读的一篇论文中阐述《新约全书》中一些诡诈片断时甚至提醒说，完全不排除这样的假想：基督本人就曾经（也许在认识玛格达莱娜之后？）通过手淫以保持贞洁。萨卡里亚斯神父听了，当即昏倒在地，受巴斯克女钢琴家保护的学生则因亵渎神明险些被开除出神学院。

　　塞费里诺后悔了，请求宽恕，被迫做了忏悔。有一段时间，他再也不散布那些使老师生气、使学生激动的胡言乱语了。至于他本人，却继续实践自己的话，因为他的忏悔牧师不久又听到他一跪到沙沙作响的忏悔室前就说："这个星期我爱上了沙瓦女王②，爱上了大利拉③和赫罗弗尼斯④。"正是这种任性使得本来可以大大开阔他眼界、增长他知识的旅行未能成行。塞费里诺·乌安卡·莱瓦刚刚接受了神职，尽管他持有种种异端邪说，但由于他一向是个勤奋好学的学生，谁也不怀疑他才气横溢，所以院长决定派他到罗马的格里高利大学攻读博士学位必修课程。这位新上任的神父马上宣布，他的目标是培养一批学生去查阅梵蒂冈图书馆里所有蒙尘的手稿，完成一篇光芒万丈

---

① 《圣经》中的人物，这里借用来指手淫。
② 古阿拉伯也门沙瓦城女王，以富有著称，曾去耶路撒冷拜访以博学多才闻名的所罗门。
③ 《圣经》里参孙的情妇，是她泄漏了参孙力大无比的秘密。
④ 《圣经》里提到的人物，亚述统帅，中美人计而死。

的论文，题目是《论教士的贞洁堡垒——孤独者的恶习》。他的想法激怒了院长，被断然拒绝了。于是，他放弃了罗马之行，埋没在门多西塔这座人间地狱里，以后再也没有离开。

当他知道利马的神父都像害怕瘟疫那样害怕门多西塔后，偏偏选择了这个地方。此地之所以令人谈虎色变，不仅由于细菌聚集，泥沙小路纵横，五花八门的材料——纸板、锌皮、席子、木板、破布或报纸——搭成的破房子遍地皆是，地形犹如象形文字，变成了形形色色传染病和寄生虫病的大本营，而且由于社会暴力猖獗，那时的门多西塔确实称得上是一所"犯罪大学"，它的"最普遍的行业"包括：暴力抢劫、爬墙行窃、卖淫、动刀子、诈骗、走私毒品和贩卖妇女。

塞费里诺·乌安卡·莱瓦神父花了两天时间亲手盖了一间简陋的土坯房，没有门，又从帕拉达转手买来一张破床和一个草垫。他宣称每天七点钟举行露天弥撒，并告诉人们，星期一至星期六，两点到六点为女人们做忏悔，六点至半夜为男人们做忏悔，以免男女混杂。他又通知说打算办一所小学，每天早晨八点到下午两点上课，区里的孩子可以在那儿学字母表学数数和教义要理。但是，严酷的现实给他的热情泼了一瓢冷水，来听早弥撒的只有几个风烛残年、挂满眼屎的老叟老妇。有时无意中，他们就干起了某个国家（似乎是以奶牛和探戈舞而闻名？）的人不敬神明的事来，听弥撒时放屁，穿着衣服大小便。至于下午的忏悔和上午的授课，连个偶尔来看看热闹的人都没有。

这是怎么回事？原来本区有一位巫医，名叫哈依麦·孔查，从前是个壮得像头牛的宪兵队军曹，后来由于奉宪兵司令部命令，枪决了一个从东方某个港口乘船来卡亚俄做密探的可怜黄种人，从此便离开宪兵队，在平民百姓中行医。他在这一新行业取得了很大成绩，因此在门多西塔颇得人心。他看到塞费里诺来到这里，有可能同他争夺民心，感到嫉妒，于是组织教徒们进行抵制。

塞费里诺·乌安卡·莱瓦从一位女告密者（原门多西塔的女巫玛

依特·翁萨特吉太太，一位潦倒的、血统高贵的巴斯克女人，被哈依麦·孔查赶走的本区女王和贵妇）那儿得知此事后喜形于色，乐不可支，觉得实践他的武力说教的良机终于来了。他像马戏团的报幕员似的跑遍苍蝇横飞的陋巷，扯着嗓门告诉人们，那个星期天上午十一点，他将同巫医在足球场用拳头决一雌雄。当健壮的哈依麦·孔查来到塞费里诺的土坯房问他这是否意味着一次挑战时，那位奇里莫沃人只是冷冷地反问他是否喜欢用刀子而不是赤手空拳交战。前军曹笑得前仰后合地走了，他对居民们说，他当宪兵时在街上遇到恶狗，常常是用手指弹它的脑袋把它弹死。

神父和巫医的这次交手不仅在整个门多西塔区，而且在维克多里亚区、波尔维尼尔区、塞罗·圣科斯梅区和阿古斯蒂诺区都引起了极大的兴趣，人们纷纷前来观战。塞费里诺神父穿着裤子和衬衫出场，动手前画了十字祈祷。这场搏斗进行的时间很短，但引人瞩目。奇里莫沃人在体力上处于劣势，但他巧胜前宪兵。他突然把一包预先准备的辣椒面撒在对手的眼里（后来他自鸣得意地解释说："当地打架，一切手段都可以用上。"），勇士歌利亚被聪明的大卫用石头击垮①，打了个趔趄，两眼发昏。神父又狠狠地踢哈依麦下部的私处，哈依麦再也支持不住了，弯身倒了下去。神父并不让哈依麦喘息，紧接着开始了正面进攻，左右开弓打耳光，直到把他打得爬不起来，才改变了方式，在地上又是一顿毒打，踩他的前胸后背。哈依麦·孔查痛苦而羞愧地号叫着认了输。在一片掌声中，神父塞费里诺·乌安卡·莱瓦跪下去仰面朝天，双手合十，虔诚地做了祈祷。

这段插曲——报纸上连篇累牍地宣传，大主教为此感到不悦——使塞费里诺神父赢得了那些将来可能成为他的教民的好感。从此，来听早弥撒的人多了，一些有罪过的人，特别是女人，前来要求忏悔。

---

① 出自《圣经》，勇士歌利亚被大卫用一块大石头击中前额致死。

尽管来的人不多，占不了乐观神父规定的时间的十分之一（神父凭眼力估计门多西塔区需要做忏悔的人数）。另一个使他在区里受到热烈欢迎并为他争取了新顾主的理由，是他在哈侬麦·孔查惨败之后采取的态度。他亲自帮助居民为哈侬麦涂红汞和山金车花酊，告诉他不仅不会把他赶出门多西塔，还要以拿破仑式的慷慨请刚刚败在自己手下的将军喝香槟，准备同他在教区合作，让他做教堂司事。巫医被准许继续卖神水。这神水可以使人友好，也可以使人变成仇敌；可以使人免遭冷眼，也可以使人得到爱抚。但是不能卖得太贵，神父亲自为它定价。只是巫医不能触及灵魂问题；他也被准许继续在那些脱臼和身体疼痛的居民中间接骨行医，但不能为那些应该送进医院的人治病。

塞费里诺·乌安卡·莱瓦神父利用种种手法，例如苍蝇闻到了蜜、鲣鸟远远望到游鱼的手法，把孩子们吸引到他那不景气的学校来。这种做法不太正统，因此受到了宗教法庭的第一次严重警告。他宣布，孩子们每来学校一个星期就可以得到一个神像。奇里莫沃小伙子美其名曰的神像实际上是女人的裸体像，否则这种钓饵是不能把那些衣衫褴褛的孩子吸引得迫不及待地来上学的。其实，那些裸体像很难与圣母像混淆。有些孩子的母亲对那种教学方法感到惊讶，神父郑重地向他们保证说：尽管看起来像谎言，但那些神像确实能使他们的孩子远离不洁的肉欲，从淘气鬼变成温顺听话的孩子。

为了争取本区的女孩子，塞费里诺神父采用了把女人变成《圣经》里第一个女罪人的手法，利用了玛依特·翁萨特吉——这位夫人以助手的身份参加了教区学校的工作——的帮助。凭她在廷戈·玛丽娅掌管妓院二十年的经验，她知道怎样博得女孩子的好感。她开设了令姑娘们开心的课：怎样不必到药房去买化妆品就可以抹嘴唇、涂脸蛋、画眼皮；怎样用棉花、小垫子甚至报纸造假胸、假胯和假臀；怎样跳时髦的舞蹈如伦巴舞、乌阿拉查舞、波莱罗舞和曼博舞。当院长的巡视员检查教区时，看到学校女部一群年幼无知的女孩子挤在一起轮流穿上区里唯一的一双高跟鞋，在从前做皮条婆的老师的监视下摇摇摆摆地走着，他擦了擦眼睛，终于说了话，问塞费里诺神父是否创办了一所妓女学校。

"可以这样说。"内格拉·特雷西塔的儿子直言不讳地回答，"既然她们不得不干这一行，那么至少要干得像个样子。"

（正因此，塞费里诺神父受到了教会法庭的第二次严重警告。）

但是，塞费里诺神父并非像他的诽谤者散布的那样在门多西塔区标新立异。他只不过是一个现实主义者，他对生活是一点一滴地了解的。这位神父不提倡卖淫，他想使这里的人过体面的生活。为了不让那些以卖淫为业的女人（门多西塔的十二至六十岁的女人无一例外）染上淋病悲惨地死去，他展开了毫不留情的斗争。本区二十家妓馆被取缔（有时，取缔后又重新设立），这从社会卫生角度看是一大英雄业绩。因此，塞费里诺神父曾多次挨刀子，却受到了维克多里亚区区长的祝贺。在这件事上，他利用了他的武力说教的哲学，让哈依麦·孔查走街串巷、大呼小叫地向人们宣传，法律和宗教禁止男人像雄蜂似的靠剥削弱者的劳动过活；谁敢靠剥削女人过活，就要准备吃他的拳头。于是，他打掉了格兰·马尔加里纳·巴切克的颌骨，帕德里略变成了独眼龙，彼德里托·卡洛特得了阳痿病，马乔·桑彼德里成了傻瓜，科希诺巴·瓦穆巴查诺被打得鼻青脸肿。在这种吉诃德式的战斗中，一天晚上，塞费里诺·乌安卡·莱瓦神父遭到了伏击，被戳了好几刀。袭击者以为他死了，便把他扔到烂泥里喂狗。但是这个达尔文主义小伙子的生命力胜过了刺在他身上的又锈又钝的刀片，活了下来，只是身上留有五六处伤疤——淫荡的女人常常羡慕男人脸上和身上这些铁的印记。经过审讯，袭击者首领阿雷基帕人埃塞基尔·德尔芬——这名字具有宗教色彩，姓氏取自海洋动物——被当作无法医治的疯子送进了疯人院。

牺牲和努力取得了预期成果，门多西塔区令人惊奇地清除了妓院。塞费里诺神父成了本区女性崇拜的人物，从此以后，她们成群结队地去听弥撒，每个星期都做祈祷。为了使她们在赖以为生的职业中少受伤害，塞费里诺神父为门多西塔区请来了一位天主教行动党的大夫，指导女性如何防止性病，教给她们及时在顾主或自己身上发现淋病双球菌的实际可行的方法。由于玛依特·翁萨特吉向女人们灌输的避孕措施未能奏效，塞费里诺神父让奇里莫沃安海里卡太太的一个门徒住到门多西塔来，请她及时把那些"雇佣爱情"产生的胎儿打发到天堂去。当教会法庭得知神父主张采用避孕药和子宫帽并积极鼓励打胎时，便给了他第十三次警告。

塞费里诺神父受到第十四次警告是由于他大胆成立了那间所谓职业学校。在这间学校里，区里那些有经验的老手通过风趣的交谈——在利马乌云覆盖或偶尔繁星密布的夜空下没完没了地讲着奇闻轶事——教那些没有阅历的新手各式各样挣钱糊口的方法，比如，怎样把手巧妙地、神不知鬼不觉地插进随便什么样的口袋、手提包、皮夹或手提箱里，在各种不同的物品中找到自己所要猎获的东西；随便一段铁丝，经过匠人耐心的琢磨，就能成为万能钥匙；学会发动各种牌号的发动机，这样，即使要偷的汽车不是自己熟悉的型号也无关紧要；怎样跑着、走着、骑在自行车上抢首饰、爬墙、悄悄地起掉窗户的玻璃，把任何突然改换了主人的东西偷来；怎样不经警察局长批准就逃出利马的各个监狱，就连制造匕首——嫉妒的谣传？——和蒸馏毒品在这里都可以学会。因此，这学校使塞费里诺神父赢得了门多西塔男性的友谊和合作，另一方面，却使他和维克多里亚区警察局第一次发生了冲突。一天夜里，他被带到警察局，被威胁说，他恶贯满盈，要对他进行审判，将他关进监狱。自然，又是他那位有影响的女保护人救了他。

塞费里诺神父这时已经成了受欢迎的人物，报纸、杂志和电台都宣传他的事迹。他的创见引发广泛争论。有人认为他是一位非凡的圣神，是进行宗教革命的新一代神父的先行者；也有人确信他是担任从内部破坏梵蒂冈的撒旦第五纵队的成员。门多西塔（是他的功绩还是过错？）变成了一个吸引游人的地方。好奇的市民、修女、新闻记者、爱赶时髦的人都到这个昔日下层社会的乐园来看一看，摸一摸，拜见塞费里诺神父或请他亲笔题字。神父声誉大振，这使教会发生了分歧，一些人认为他对宗教事业有益，一些人则认为有害。

一次，在为林皮亚斯的耶稣举行大巡行（这是神父带到门多西塔来的一项宗教仪式，像点燃的干稻草般一哄而起）时，塞费里诺神父以胜利者的姿态宣布，该教区没有一个活着的孩子，包括刚刚出生十小时的孩子没，不是受过洗礼的。自豪感涌上了所有信徒的心头。上司对他进行了那么多次的斥责，这一次终于对他说了几句祝贺的话。

在利马圣母圣罗萨节那天却相反，塞费里诺神父惹怒了教众。在门多西塔广场上的一次露天讲道中，他向人们宣布，在他管辖的尘土飞扬的地区内，没有一对夫妇不是在上帝和他的土坯房里的祭坛前成婚的。秘鲁教会的高级神职人员大为震惊，因为他们十分清楚，在这个前印加帝国里，最坚固又受尊敬的机构——除了教会和军队——便是妓院，便亲自（拖着双脚？）来核实他的英雄业绩。他们在杂乱的住宅里东打听，西张望，看到的东西使他们感到恐怖，并且在嘴里留下嘲弄圣礼的回味。他们觉得塞费里诺神父的讲解深奥难懂，尤以隐语为最（奇里莫沃的小伙子在门多西塔居住多年之后，把神学院的地道西班牙语忘了，满嘴门多西塔吉普赛语粗话和土话），只好由前巫医和前宪兵利图马出面，给他们讲清楚塞费里诺利用怎样的方法废除了姘居。那纯属亵渎神明，就是在福音书前让所有的夫妇或者未来的夫妇都成为基督徒。这些男男女女似乎由上帝安排，凭着一时的兴致匆忙到他们爱戴的神父那儿举行婚礼，而塞费里诺神父不会提任何不适宜的问题找他们的麻烦，立刻为他们举行圣礼。就这样，许多人在没有丧偶时多次结婚——教区的夫妇们闪电般地离婚、乱淫、复婚

——塞费里诺神父用净化式的忏悔来补救在这种罪恶领域中产生的灾难（他用一句谚语来解释这件事，这谚语除了有异端味道，还很粗俗，叫"以毒攻毒"）。于是，塞费里诺被大主教剥夺了职权，遭到了训斥，差一点就挨耳光了。但他对那篇长长的大事记——第一百次严重警告——大大庆祝了一番。

就这样，塞费里诺·乌安卡·莱瓦神父这个被一部分人爱戴而被另一部分人污辱的论争对象，在大胆创见和公开斥责之中到了五十岁这个年富力强的年纪。他前额宽阔，鹰钩鼻，目光敏锐，为人正直忠厚。从进神学院开始，他就坚信虚构的爱情不是罪孽，而是对贞洁的强有力维护。在那个名叫玛依特·翁萨特吉的堕落女人来到门多西塔区之前，他一直保持真正的童贞。玛依特·翁萨特吉这条来自天堂的蛇，采取种种充满女性诱惑力的淫荡方式伪装成社会劳动者（实际上，她难道是女人？她只是妓女）。

她说她曾在廷戈·玛丽娅森林里忘我地工作，为当地居民从肚子里掏取寄生虫。因为一群食肉的老鼠吞吃了她的儿子，她才十分悲痛地离开了那儿。她是巴斯克人，所以是贵族。尽管玛依特·翁萨特吉肿胀的眼皮和胶冻人儿般的走路姿势使神父觉得面临危险，但是正如深渊使孤独的岩石屈服那般，他还是不明智地接受了这个女人做他的助手，以为——正如他说的那样——他的目的是拯救灵魂并铲除寄生虫。实际上，她是要他犯罪。她实施了自己的计划，搬到神父的土坯房来住，与他的床铺只隔着可笑的半透明薄帘子。晚上，在灯光下，这个诱人的女人借口为了睡得香甜，保持机体健康，要做健身操。但是，巴斯克女人在卧室里摇臀晃肩，挥臂踢腿，能把这种深夜闺阁中的舞蹈称做瑞典体操吗？在灯光的映照下，透过半透明的幕帘，她察觉到神父气喘吁吁，宛如中国皮影戏中一个已然神魂颠倒的人物。而后，门多西塔的教民进入了梦乡，万籁俱静，玛依特·翁萨特吉听到隔帘另一侧的床上发出咯吱咯吱的响声，便恬不知耻地用嗲声嗲气的声音试探道："亲爱的神父，您失眠了吗？"

的确，为了掩饰自己，这位美丽的妓女每天竟工作十二小时：种痘，治疥疮，为肮脏的房间消毒杀菌，给老人晒太阳。而她在做这一切的时候只穿着短裤，双腿、肩膀、胳膊和腰部裸露着，她说在森林中过惯了这样的生活。塞费里诺神父继续开拓他的富有创造性的事业，但是他明显地消瘦了，眼圈发黑，目光时刻追逐着玛依特·翁萨特吉，看到她走过时，便张大嘴流出一道情有可原的口水，浸湿了双唇。这时候，他养成了双手日夜塞在兜里行走的习惯。他的教堂女司事、从前的打胎婆安海里卡太太预言，他随时有得肺病吐血的可能。

神父将死在那位社会劳动者的毒手下，还是那效力很大的解毒剂将容许他生存下来？这些解毒剂将把他送进疯人院还是送进坟墓？门多西塔的教民们以运动场上的精神争论着，他们打赌，乱糟糟地提出变态的选择：巴斯克女人大概已用神父的精子受了孕，那位奇里莫沃人为了消灭诱惑可能会杀死她，或者弃教还俗和她结婚。确实，生活用一张命中注定的牌打垮了所有人。

塞费里诺神父借口要回到最初的宗教，也就是纯洁朴素的基督教时代去——那时所有的信徒都住在一起，共享其财富——大张旗鼓地掀起了在门多西塔——基督教真正的实验室——重建原始公社生活的运动。夫妻要分开生活，十五至二十人组成一个集体。在这些集体中，劳动、扶养和家庭义务都实行分配制，成员们同居在适合容纳这些社会生活新细胞的房子里。这些新细胞将取代原先的夫妻形式。塞费里诺神父身体力行，扩建了他的房子，里面除了那位女劳动者，还安置了两个教堂执事：前军曹利图马和前产婆安海里卡太太。这个小小的公社在门多西塔是第一个，按照它的榜样，公社要逐步成立起来。塞费里诺神父规定，在每个天主教公社中，同性别成员享有最民主的平等，男人在男人中间、女人在女人中间要以你相称，但是，为了不忘记上帝确立的肌肉组织、智慧和常识的不同，他劝告女人对男人称您，并要尽量正面看他们，以示尊敬；做饭、扫地、提水、消灭潮虫和老鼠、洗衣等其他家务事则轮流担当。不管以光明正大的方式还是以不体面的方式挣的钱都要归公社所有，公社在支出共同费用后，剩余部分平均分配。为了废除保密的罪恶习俗，住房没有墙，所有生活上的事，从大小便到房事，都要当着他人的面进行。

警察和军队像电影里那样带着卡宾枪、防毒面具和火箭筒开进门多西塔进行那次大逮捕之前——这次逮捕把该区的男男女女在兵营里关了许多天，罪名不是他们过去或当时是货真价实的盗贼、持刀行凶者或妓女，而是由于他们是颠覆分子和溶化分子。塞费里诺神父被带上了军事法庭（由于他的女保护人、百万富翁玛依特·翁萨特吉的斡旋，他被赦免），建立古代基督教公社的尝试彻底垮台。

当然，塞费里诺神父遭到了宗教法庭的谴责（第二百三十三次严重警告），该法庭认为他在理论上是可疑的，在实践上是愚蠢的。事实表明这种看法有道理，特别是门多西塔的男男女女关于集体主义的变态天性更加证明了这一点。第一个问题是性生活混乱。在黑暗的掩盖下，集体宿舍中，男女之间互相热烈地抚摸、接触、摩擦，或者直截了当地强奸、鸡奸、使女人怀孕，结果由于争风吃醋，犯罪事件成倍增加。第二个问题是偷盗。共同生活非但没有消灭对财产的占有欲，反而刺激了它，使之达到了疯狂的程度。邻人互相行窃，甚至连呼出的臭气也行窃。同居非但没有使门多西塔人建立兄弟般的情谊，反而使他们成了死敌。正是在这段自由、混乱的时期，女社会劳动者（玛依特·翁萨特吉吗？）宣布自己怀孕了，而前军曹利图马承认自己是这孩子的父亲。这一结合是塞费里诺神父创建社会天主教的结果，他含着眼泪为他们举行了基督教婚礼（据说从那以后他常常在夜里哭泣，对着月亮唱哀歌）。

但是随后他又不得不马上对付比失去那个从未弄到手的巴斯克女人更大的灾难：门多西塔来了一个知名竞争对手，福音派牧师塞巴斯蒂安·贝瓜。这人年纪尚轻，肌肉发达，像个运动员。他刚来，就马上声明要在六个月内为真正的宗教——新教——征服整个门多西塔区，包括天主教神父及其三个辅祭。塞巴斯蒂安先生（当牧师之前曾经是家财万贯的妇科大夫）有办法争取民心。他盖了一幢砖房，请区里的人干活，给的工钱很高。另外，他还开办所谓的"宗教早餐"，免费邀请听他讲《圣经》、背唱圣歌的人就餐。门多西塔人要么被他那雄辩的口才和男中音嗓子吸引，要么被牛奶咖啡和夹肉面包诱惑，纷纷逃离天主教派的土坯房，投奔福音派的砖房。

当然，塞费里诺神父又采用了武力说教。他向塞巴斯蒂安挑战，要用拳头来证明究竟谁才是上帝真正的使臣。但是，由于过多地进行使奥南抵住了魔鬼挑逗的那种修炼[①]，奇里莫沃人的身体虚弱得很，两拳就被塞巴斯蒂安·贝瓜打倒在地。塞巴斯蒂安·贝瓜二十年来天天都练一小时的体操和拳击（是在圣伊西特罗的雷米吉乌斯体育馆吧?）。使塞费里诺神父感到绝望的并不是被打掉两颗门牙，鼻梁也被打塌，而是被他自己提倡的武器打败的耻辱，以及看到在他的对手面前每天有教民离去。

不过，塞费里诺神父和那些胆大妄为的人一样，决心孤注一掷，破罐子破摔。一天，这个奇里莫沃人神秘地把一铁筒液体带回土坯房，而且不让好奇的人看见（但是嗅觉灵敏的人都闻出了那是汽油）。那天晚上，等人们入眠之后，由利图马陪同，他用厚木板和粗钉子封住了那砖房的门窗。塞巴斯蒂安·贝瓜先生睡得正香，梦到他的一个四处行窃的侄子为奸污了自己的妹妹而悔恨，最后做了利马某个教区的天主教神父。是门多西塔区吗？这时他不可能听到利图马把福音派神父的庙宇变成老鼠洞的锤击声，因为前产婆安海里卡太太事前依照塞费里诺神父的吩咐给他灌了浓稠的麻醉药。砖房一旦被封好，奇里

---

① 此处影射手淫。

莫沃人就亲自浇上了汽油。然后，他一边画着十字，一边点燃火柴准备扔上去。但是，有什么使他犹豫了。前军曹利图马、女社会劳动者、前打胎婆和门多西塔的狗看到他在星光下显得又瘦又长，眼睛里流露出痛苦的神情，火柴拿在手中，不敢下决心把敌人烧焦致死。

塞费里诺·乌安卡·莱瓦神父能这样做吗？他会把火柴扔到房子上去吗？他会将门多西塔的夜晚变成噼啪作响的地狱吗？他要毁掉自己致力于宗教和公共幸福的一生吗？或者把手上点燃的火柴踩灭，打开砖房的门向福音派神父请求宽恕？门多西塔区的这个寓言故事将怎么结束？

第十五章

关于向胡利娅姨妈提出结婚的事，我首先告诉了表姐南希而不是
哈维尔。我和胡利娅姨妈通过电话后，把南希叫了来，提议和她一起
去看电影。其实我们去了帕蒂欧，也就是米拉弗洛雷斯区圣马丁大街
上的一家咖啡-酒吧间，月亮竞技场的组织人马克·阿吉莱带到利马
来的角斗士们常常在那里聚集。这家咖啡-酒吧间是一幢平房，像中
产阶级的宅邸；可是作为酒吧间，条件颇显简陋。那时里面空无一
人，我们可以放心地聊天；当我开始喝那天的第十杯咖啡时，瘦姑娘
南希在喝一杯可口可乐。

我们一坐下，我就开始考虑如何把我的事情对她说得圆滑一些。
可是她倒先开口给我讲了些新闻。前一天晚上，在奥尔藤西娅姨妈家
开了会，去了十几个亲戚，专门议论了那件"事"。会议决定由鲁乔
舅舅和奥尔卡舅妈出面，叫胡利娅姨妈返回玻利维亚。

"这都是为了你，"瘦南希对我解释，"听说你爸爸很生气，写了
一封措词严厉的信。"

我的舅舅鲁乔和豪尔赫都喜爱我，现在都为我可能受罚而感到不
安，担心。他们想，我爸爸来到利马时，如果胡利娅姨妈已经启程回

玻利维亚，他的怒气就会消除，不至于过分严厉。

"说真的，现在那些事无关紧要，"我对南希说，态度矜持，"因为我已经向胡利娅求婚。"

她的反应是那样引人注目而又可笑，简直像电影里的一个滑稽镜头。她当时正在喝可口可乐，一下子噎住了，用力咳嗽了一声，眼中充满了泪水。

"别出洋相了，真没用，"我很生气地数落她，"我要你帮我。"

"我并不是因为那件事噎住了，而是因为饮料喝进了气管。"我的表姐嘟囔道。她一边擦眼泪，一边继续干咳。过了几秒钟，她压低声音补充说："可你还是个孩子呢，难道你有钱结婚？你爸爸呢？他要打死你的！"

不过她立刻被极大的好奇心征服，连珠炮似的向我问起了一些我尚未来得及考虑的细节：胡利娅姨妈答应了吗？我们要逃走吗？谁做证婚人？我们不能在教堂结婚，因为胡利娅姨妈是离过婚的，是不是？我们到哪儿去住？

"可是，马里多，"她提完那一大串问题后又说，脸上重新显出惊讶的表情，"你知道不知道你刚刚十八岁？"

她笑了，我也跟着笑了。我说她说得也许有道理，可是现在的问题是她应该帮助我实现计划。我们一块儿玩耍、一块儿长大，很要好。我知道无论如何她都会站在我这边。

"你要我帮助，我当然会这样做，尽管那是发疯的举动，他们会把我同你一起打死，"她最后对我说，"还有，你想过没有，假如你真的结婚，家里会如何反应？"

舅父母、姨父母、表姐妹、表兄弟听到我的事情时会说什么、做什么？我们饶有兴趣地议论了一阵子。奥尔藤西娅舅妈会哭，赫苏斯姨妈一定会去教堂，哈维尔舅舅要像往常一样惊呼起来（不要脸的东西！），我那个只有三岁、常常把 s 习惯读成 c 的最小的表弟哈伊梅会问妈妈什么叫结婚。说完这些，我们放声大笑，笑得有些神经质，侍者都过来问我们在说什么笑话。我们安静下来之后，瘦南希说她答应为我们做侦探，把家里的活动和计谋全部转告我们。我不知道我的准备工作需要多久，何时才能得知家里在做什么筹划。另外，她要给胡利娅姨妈通风报信，经常把她拉到街上去玩，以便我有机会看到她。

"好，好，"南希同意了，"我当你们的保护人。有一天，如果我需要，希望你们也这样。"

我们走上大街，往家里走去时，我的表姐拍拍脑袋说：

"你真有福气，"她记起一件事，"我可以给你弄到你现在正急需的东西。帕尔塔大街的一座别墅有一套房子，只有一间卧室、一个小厨房，外带一个洗澡间。非常漂亮、小巧。每月五百索尔就够了。"

那套房子几天前空出来，现在是南希的一位女友租用，南希可以和她讲一讲。我对表姐的务实作风十分惊讶，她在我飘浮于爱情的云端中时为我想到地面上的住宅问题。再说五百索尔我付得起，我现在多挣的钱全叫我"挥霍"掉了（像我的外祖父说的那样）。我没再多想就求南希告诉她的女友，我做她的房客。

离开南希后，我跑到位于 7 月 28 日大街哈维尔的寓所，房里黑洞洞的。我没敢惊动房东，她是个脾气很坏的女人。我的希望落了空，因为我很想把我的伟大计划告诉我最好的朋友，听听他的意见。那天夜里，我不断地做噩梦。天亮时，我和总是黎明即起的外祖父一块儿吃了早饭，然后跑到哈维尔的住处。我到时，他正要出去。我们一起向拉尔科大街走去，在那里乘公共汽车去利马。前一天晚上，哈维尔有生以来第一次和房东及其他房客听完彼得罗·卡玛乔的一整章广播剧，印象很深。

"你的伙伴卡玛乔果真有两下子，"哈维尔对我说，"你知道昨天晚上播送的是什么吗？利马的一座破旧的公寓里有一户从山区来的穷苦人家，他们一边吃午饭一边聊天，突然发生了地震。门窗震动的声音和人们的喊叫声都弄得很像，我们立刻站起来，格拉希娅夫人都跑到花园去了。"

我能想象多才多艺的巴当如何吼叫着模仿大地的深沉声响；借助铃和玻璃球在麦克风前的滚响，再现利马的高楼大厦和房屋的震动；用脚踏碎核桃或踢滚石头，使人听到顶棚吱吱作响、墙壁断裂、楼梯劈折塌陷的声音。与此同时，何塞菲娜、卢西亚诺及其他演员在彼得罗·卡玛乔的眼神监视下惊恐万状，祈祷，痛苦地呼叫，高喊救命。

"不过地震还是次要的，"当我给哈维尔讲述巴当的丰功伟绩时，他打断了我，"演得最逼真的是整座公寓的倒塌，所有人都被压在底下，显然一个也没得救，尽管在你看来这是不可能的。这样把整部小说中的人物都安排在一次地震中死去，作家确实值得敬佩。"

我们已经到了公共汽车站，我再也忍不住了，三言两语地把昨晚的事情和我的重要决定告诉了他。他装作毫不惊异的样子：

"那好，你也有两下子。"他同情地点点头说。过了一会儿又说："你肯定要结婚？"

"我有生以来没有比对这件事更肯定的了。"我宣誓似的说。

当时确实如此。前一天晚上，我向胡利娅姨妈提出要她同我结婚时还像没完全考虑成熟，只是一句空话、一句玩笑；但是现在，和南希谈过之后，我更加坚定了自己的想法，好像我正在告诉他一个不可动摇、经过了深思熟虑的决定。

"你的疯狂举动最终要把我送进大牢房。"在汽车上，哈维尔这样评论说，显出无可奈何的神情。等汽车开过几个街区，到了哈维尔·布拉多大街时，他又说："时间很紧迫。如果你的舅父母、姨父母都要胡利娅姨妈离开，她就不能和他们再待在一起。事情必须在老家伙到来前办妥。你爸爸一到，事情就难办了。"

我们沉默了一会儿。这时公共汽车在阿雷基帕大街的拐弯处停下，上下乘客。开过拉伊蒙第学校时，哈维尔又开了腔，他一心在思考我的问题：

"你将需要钱，上那儿去筹措呢?"

"向电台预支一些。把我的旧东西都卖掉，衣服呀、书呀，把打字机、手表典当出去，所有能典当的都典当出去。然后再找其他的工作，拼上命，干一干。"

"我也可以典当一些东西，收音机、自动铅笔，还有我的金手表，"哈维尔说，眯着眼睛用指头计算着，"我看可以借给你几千索尔。"

我们在圣马丁广场分手，约定中午在泛美电台的顶楼再见。和哈维尔交谈对我很有益处。我非常乐观、情绪饱满地来到办公室。我看了报纸，摘录了新闻。巴斯库亚尔和大巴布罗再次来时，我已准备好了第一批新闻稿。糟糕的是，胡利娅姨妈给我打电话时，他们两个还没走，打乱了我们的谈话。我不敢在他们面前告诉胡利娅姨妈我已和南希、哈维尔谈过了。

"今天我必须见到你，哪怕是几分钟，"我这样要求她说，"一切都在进行。"

"我突然感到像泄了气的皮球，"胡利娅姨妈对我说，"我一向善于对付不利形势，现在却毫无办法。"

她有一个很好的理由到利马市中心来而又不引起别人怀疑：到玻利维亚洛德航空公司办事处订购飞往拉巴斯的机票。她三点左右经过电台。我俩都没有提起结婚的事，她谈起机票的事很使我不安。一挂上电话，我就到利马市政府去打听结婚要办哪些手续。我有个朋友在那里工作，他为我询问了一下，还以为是我的一位亲戚要同一个离婚的外国女人结婚。手续令人震惊：胡利娅姨妈要出示她的出生证和玻利维亚及秘鲁两国外交部都认可的离婚判决书；我要出示出生证明。可是，我还不到结婚的年龄，需要有父母同意我结婚的许可证书，或者他们在专管青少年结婚的法官面前亲自宣布"解脱"我（到

第十五章

了法定年龄）。这两种可能性都是不存在的。

我离开市政府，心里盘算着：即使胡利娅姨妈的证书全在利马，单是得到批准就需要几个星期；如果不在利马，还要向玻利维亚的有关市政府和法院索取，那就需要几个月；还有我的出生证明怎么办？我生在阿雷基帕，写信叫那里的亲戚叫给我寄来也要费时间（这样做还要冒风险）。困难一个个接踵而来，好像向我挑战似的。但是，这些困难没有压倒我，反而使我的决心更坚定（我从小就非常固执）。去电台的路上，走到《新闻报》社时，我突然灵机一动，转身向大学城跑去。到那里时，已浑身是汗。在法律系办公室，负责公布我们考分的里奥弗利欧夫人像往常那样用母亲般的温情接待我，慈祥地听我讲述那件复杂的事情，即急需办理法律手续以不错过找到工作的唯一机会，这工作能使我支付学习费用。

"按规定是不能这样做的，"她一边抱怨一边从满是蛀洞的写字台上抬起巨大柔软的身躯，把我带在身边，向文件柜走去，"由于我心肠好，你们就总来找我。帮你们办这种事情，说不定哪天我会丢掉饭碗，到时谁也不会为我说话的。"

她翻找学生档案，尘土四起，呛得我和她都直打喷嚏。那时我对她说，如果哪天她丢掉饭碗，系里就宣布罢课。她终于找到了我的档案，果然那里面有我的出生证明。她提醒说只借给我用半小时。我只用了十五分钟就在阿桑加罗大街的一家书店里影印了两份，把其中一份还给了里奥弗利欧夫人。我欣喜若狂地来到电台，感到自己有能力战胜迎面飞来的所有巨龙。

编完另外两份新闻稿，为泛美电台采访卡乌乔·盖莱罗（一个加入秘鲁籍的阿根廷小店老板，他的一生就是在打破自己的纪录中度过，围着一个广场昼夜不停地跑步，能边跑边吃饭、边刮脸、写字和睡觉）之后，我坐在写字台上阅读那份官僚主义的文件，猜译有关我出生的一些详细记载——我出生在帕拉大街，爷爷和叔父阿莱杭特罗去镇政府报告我出生。这时，巴斯库亚尔和大巴布罗走进我的顶楼，岔开了我的注意力。他们进来时在谈论着一场大火灾，受害者都被烧焦了。他们描绘着痛苦的呻吟声，笑得要死。我想继续阅读那份深奥的证明，可是我的那两位编辑评论起卡亚俄警察局的民警来，这又打断了我的思路。警察局被一个疯癫的纵火狂浇了汽油点着，所有警察都被烧死了，从警长到最下级的警察，乃至被珍爱的警犬都无一逃脱。

"所有的报纸我都看过了，没有注意有这条消息。你们在哪儿看到的？"我问他们。又对巴斯库亚尔说："小心，不要把今天的新闻稿都集中在这场火灾上。"然后对着他们两个说："真是一对虐待狂。"

"不是新闻，而是十一点钟的广播剧，"大巴布罗为我解释，"讲的是警长利图马的故事，卡亚俄下层社会的恐怖。"

"利图马警长也被烧得黑炭一样，"巴斯库亚尔接着说，"本来他可以逃掉，他正要出去巡逻，可是他跑回去救他的上尉。善心使他倒了霉。"

"不是去救上尉，而是去救警犬乔格利托。"大巴布罗纠正说。

"这一点没说清楚，"巴斯库亚尔说，"监牢的铁栏杆有一根砸在他的头上。他被烧烤的时候，如果看到了彼得罗·卡玛乔就好了。演技真高！"

"巴当呢？"大巴布罗十分兴奋地说，"如果以前有人对我说用两个指头就能演出一场火灾，我是不会相信的。可是，马里奥，这双眼睛真的看到了！"

哈维尔的到来打断了我们的谈话。我和他去布兰萨咖啡馆喝咖啡，这已经成了习惯。在那里，我把我询问到的情况向他简要地作了介绍，并带着胜利者的喜悦把出生证明展示给他。

"我一直在想，我必须告诉你，你结婚是一件愚蠢的事，"他开门见山地对我说，我觉得很不是滋味，"这并不是因为你还是个孩子，更重要的是因为缺钱。你将不得不拼死拼活地干，才能糊口。"

"也就是说，你也跟我唠叨我妈妈和爸爸对我说的那些事情，"我取笑他，"就因为结婚，难道我要中断法律专业的学习？难道我永远不会成为一位伟大的法律学家？"

"你结了婚，连看书的时间都不会有，"哈维尔回答我，"你若结婚，将永远不会成为一位作家。"

"如果你这样讲下去，我们要打起来的。"我警告他。

"好，那我就把嘴巴封起来，"他笑了，"反正我的心意到了。我是为你的前途着想。如果南希同意，事实上我今天也会结婚的。我们谈谈什么？"

"由于没办法让我父母同意我结婚或者取得他们的'解脱'，胡利娅又不可能一下子弄到所需要的全部证明，唯一的解决办法是找到一位糊涂的市长。"

"你是说，一个可以行贿的市长。"他纠正我，他把我看得透透的，"可是你连饭都吃不上，能有钱贿赂谁？"

"找个比较糊涂的市长，"我坚持说，"可以把他骗过去的。"

"好吧，我们就去找一个这样的大傻瓜吧，让他违反现行的一切法律使你成婚，"他又笑了起来，"遗憾的是胡利娅离过婚，不然你早就可以通过教堂结婚。这样更容易些，牧师里边傻瓜多得很。"

哈维尔总是使我高兴，最后我们拿我的蜜月、我肩负的光荣任务（当然指的是帮助他把瘦南希搞到手）开起玩笑来，同时对我们不在皮乌拉而感到遗憾，因为在皮乌拉，男女出逃结婚已成了家常便饭，找到傻瓜式的人物是不成问题的。我们分手时，他答应我当天晚上就去找市长，把所有暂时不用的东西都典当掉，供我结婚之用。

胡利娅姨妈应该三点钟经过我这里，可是三点半了，她还没有来。我心里开始不安。四点钟，我的手打字就不听使唤了。我一个劲地抽烟。四点半，大巴布罗问我是不是不舒服，因为我脸色煞白。五点钟，我叫巴斯库亚尔给鲁乔舅舅家打电话，问问胡利娅的情况。她还没有回来。过了半小时仍然没有回来。到了下午六点钟、晚上七点钟，还是没回来。处理完最后一份新闻稿，我乘上了公共汽车。我没在外祖父母所在的大街下车，而是一直乘到阿尔门达利茨大街，在舅父母家周围转来转去，不敢去敲门。透过窗户，我望见奥尔卡舅妈正在给花瓶换水，过了一会儿又看见鲁乔舅舅在关餐厅的电灯。我围着街区转了好几圈，心情很矛盾：不安、气愤、悲伤，想打胡利娅姨妈一个耳光又想亲吻她。我带着不安的心情又走完一圈的时候，看见她从一辆漂亮的小轿车上下来，那车挂着外交使团的车牌。我大步走过去，感到双腿因嫉妒和愤恨而颤抖着，恨不得把我的情敌拳打脚踢一顿，不管他是谁。原来是一位头发斑白的绅士，车里还坐着一位夫人。胡利娅姨妈把我介绍给他们，说我是她姐夫的孩子，她的外甥；介绍他们时，说是玻利维亚大使和夫人。我感到很可笑，同时觉得如释重负。汽车开走后，我拉起胡利娅姨妈的胳膊，几乎把她拖过大街，向海岸大堤走去。

"你可真是，那种劲头，"我们走向大海时，我听见她说，"你对可怜的古穆西奥博士摆出一副要掐死他的面孔。"

"我要掐死的是你，"我对她说，"我从三点钟一直等你，现在已经是夜里十一点钟了。你忘记我们有约会吗？"

"没有忘记，"她反驳说，语气很坚定，"我是有意叫你等的。"

我们到了耶稣教士神学院前的小公园。那里没有游人，虽然没下雨，可是湿气使绿草、桂花和天竺葵闪闪发亮。薄雾在灯柱的黄色锥状顶蒙上了幻觉般的阴影。

"好吧，我们把这场架留到以后去打。"我对她说，让她坐在海堤边，脚下是悬崖，从那里不时地传来大海单调深沉的声音，"现在时间紧，要办的事情多。你的出生证和离婚判决书在这里吗？"

"我这里有去拉巴斯的机票，"她说着去摸手提包，"我星期天走，上午十点钟。我很高兴。秘鲁和秘鲁人已经让我无法忍受。"

"我为你感到遗憾，因为我们暂时不可能改变国籍。"我对她说，坐到她身边，把胳膊搭在她肩上，"不过，我向你保证，总有一天我们会到巴黎去，住在一间小阁楼上。"

尽管她说的都是刺痛人心的话，可直到那时她一直很平静，稍有些戏弄人，却很自信。但是她的脸上突然浮现一丝苦笑，看也不看我一眼，用强硬的口气说：

"不要使我太为难，巴尔加斯。我之所以回玻利维亚，是你亲属的过错，不过，也是因为我们的事情是愚蠢的行为。你知道得很清楚，我们不可能结婚。"

"完全可以。"我说着吻了她的面颊、脖颈，使劲抱住她，用嘴寻找她的双唇，"我们需要找个头脑糊涂的市长，哈维尔正帮我找。瘦南希已为我们找到一套房子，在米拉弗洛雷斯。我们没有理由悲观失望。"

她任我亲吻，抚摸，但不挨着我，很严肃。我给她讲了我和表姐的谈话，和哈维尔的交谈，去市政府询问的情况，怎样弄到了我的出生证明。我告诉她，我从心底里爱她，即使杀死一堆人也要同她结婚。我用舌头使劲地想分开她的牙齿，她却紧紧地咬住。可是，她突然张开了嘴，我才尽情地吻舔她的前腭、牙龈。胡利娅姨妈用两只胳臂搂住我的脖颈，和我紧紧地贴在一起。她哭起来，抽泣使她的胸脯一起一伏地跳动。我安慰她，可是我的声音低弱，说不出完整的句子。我不停地吻她。

"你还是个毛孩子。"她在哭泣声中喃喃地说。这时，我有气无力地对她说，我需要她，我爱她，说什么也不放她回玻利维亚，如果她走，我就了却此生。她终于又开了口，可是声音特别低，像开玩笑："和毛孩子睡觉，天天醒来一身尿。你听过这个谚语吗？"

"那太庸俗，我们不去说它。"我一边回答，一边用双唇，用指尖为她擦干眼泪，"你的那些证明在这里吗？你的大使朋友能不能使这些证明具有法律效力？"

她好多了，不再哭泣，温情地看着我。

"能维持多久，巴尔加斯？"她问我，声音有些悲伤，"过多久你就会厌倦了？一年、两年还是三年？过两三年你把我一脚踢开，我必须从头开始，你觉得这样合乎情理吗？"

"大使可以使你的证明合法化吗？"我坚持说，"如果他能从玻利维亚方面为你这样做，秘鲁方面的证明就容易办了。我会找到朋友帮忙的。"

她盯着我，显得既怜悯又激动，脸上渐渐浮现微微笑意。

"如果你保证同我生活五年，不同别的女人相爱，只爱我一个人，我就心满意足了。"她说，"过五年幸福生活，我看这个疯狂举动值得。"

"你有证件吧？"我对她说着，用手指为她梳理头发，亲吻着，"大使能使你的证件合法化吗？"

她的证件在手上，我们真的让玻利维亚大使馆加盖了好多官印和五颜六色的签字，从而使那些证件具有了法律效力。办这手续没用半个小时，因为大使很轻易地相信了胡利娅姨妈的说法：为了把离婚时分到的财物从玻利维亚取出来，要办手续，当天下午就需要办好证明。另一边，没有遇到困难，秘鲁外交部就批准了那些玻利维亚证件。一位大学教授，外交部顾问，帮了我的忙，我给他胡诌了一段"广播剧"：有一位患癌症的夫人，危在旦夕，要尽早地与其同居多年的男子结婚，之后永远安息，去见上帝。

塔戈列大厦一间装有殖民地时期古老木制门窗的办公室里有不少漂亮的男女青年，在那里，我等候着官员——在那位教授的电话催促下——给胡利娅姨妈的出生证和离婚判决书盖章加印。请有关人员签字时，我又听到一起惨案。原来是沉船事件，这件事有些不可想象。

一艘意大利轮船停靠在卡亚俄港的码头，船上满是乘客和送行的人。突然，轮船失去了所有物理定律和理性控制，原地旋转起来，接着向左舷倾斜，很快沉进太平洋。船上的人全部丧生，有的被挤压而死，有的窒息致死，还有的被可怕的鲨鱼咬死。这是我身边等着办手续的两位夫人讲的，她们并非在开玩笑，而是对这起轮船失事非常严肃。

"彼得罗·卡玛乔的广播剧里讲的，是不是?"我贸然插嘴。

"四点钟的广播剧。"年长的女人点头说。这女人瘦骨嶙峋，但精神奕奕，带有很重的斯拉夫语调，"说的是心脏病科大夫阿尔贝托·德·金德罗斯。"

"这个人上个月是妇科大夫。"一个正在打字的姑娘笑着插嘴说。她敲了敲太阳穴，意思是有人发疯了。

"您没听昨天的节目吗?"陪伴那位外国太太的女人露出怜悯的表情，轻柔地说。这女人戴着眼镜，不带利马口音，"金德罗斯大夫和他的夫人及小女儿恰洛是去智利度假的，三个人都淹死了!"

"所有人都淹死了。"那位外国太太说，"他的侄子理查德、埃利亚娜及其丈夫、红发傻子安图内兹和乱伦的小儿子鲁宾。他们是去送行的。"

"不过，最大的损失是哈依麦·孔查中尉也遇难了。他是另一个广播剧里的人物，三天前在卡亚俄的火灾中已经死了。"那姑娘格格地笑着，又插嘴说，她已不打字了，"这种广播剧纯属逗乐。你们说是不是?"

一个穿戴严整的小伙子带着一副知识分子（国内的知识分子）的神气对那位姑娘善意一笑，并向我们看了一眼。那目光，彼得罗·卡玛乔完全有权称之为阿根廷人的目光。

"我不是跟你说过这种将一个故事里的人物搬到另一个故事里去是巴尔扎克的发明吗?"他挺着胸，显出学识渊博的样子说。但是，他得出的结论证明了他的无知："如果巴尔扎克知道有人在抄袭他，一定把那人送到监狱去。"

"所以说它是逗乐，并不在于把人物搬来搬去，而是使人物复活，"姑娘辩护说，"孔查中尉阅读《公鸭多纳托》时已经被火烧死了，怎么现在又淹死了？"

"他这个人多灾多难。"那位着盛装的小伙子一边把证件拿过来，一边提示说。

我像捧着香甜的圣餐，拿着证明文件乐滋滋地离开了。两位夫人、女秘书和外交官仍在热烈地谈论着那位玻利维亚博士。胡利娅姨妈在一家咖啡馆里等我，她听到那个故事放声笑起来。她没有听她那位同胞的节目。

在那些证件上盖章签字，使其生效，这一点办得相当顺利。但是剩余的其他手续，或者我自己，或者由哈维尔陪同，在利马的各区政府奔走了一个星期，到处询问，最后一无所获，令人沮丧。我把新闻稿都交给巴斯库亚尔处理。他给电台听众提供了众多有关车祸、犯罪、抢劫和绑架的新闻，"血染"泛美电台，同我的朋友卡玛乔在隔壁有计划地杀害广播剧中的人物流的血一样多。

每天一大早我便开始奔跑。起初我去了最偏僻、离市中心最远的镇政府——利马科、帕维尼尔、维塔特和乔里略，向镇长、副镇长、主任、秘书、门房、档案员一次又一次地说明我的问题（起初我有些害羞，后来也就放开了胆子），每次得到的都是断然拒绝，中心的问题只有一个：如果没有父母同意的公证书，或他们不在法官面前宣布我已"解脱"，就不能结婚。后来，我又去利马市的几个中心区政府碰运气（米拉弗洛雷斯和圣伊希特罗两个区我没有去，那里可能有我家的熟人），结果也一样。办事人员看完我的证件常常跟我开玩笑，弄得我心里很不舒服："怎么，你要和你的老妈妈结婚？""别做傻瓜了，小伙子，结婚干什么？同居就行了。"唯一有希望的地方是苏尔科区政府，一位圆墩墩、紧锁眉头的秘书对我们说有一万索尔就可以解决，因为要堵住许多人的嘴。我再三讨价，最后说好给他五千索尔，这是我费了九牛二虎之力才凑起来的。可是他仿佛被自己大胆的要价而感到后怕，转身走了，最后把我们赶出了区政府。

我每天都给胡利娅姨妈打两次电话，骗她说一切都符合规定，叫她准备好手提包，把必备的东西装好，我随时可能对她说"办妥了"。可我越来越垂头丧气。星期五晚上，回到外祖父的家里，我看到了父母打来的电报："星期一到，帕纳格拉航空公司，516班机。"

那天夜里，我心绪不宁，辗转反侧。我拧开床头灯，在笔记本上写了起来，按顺序记上我打算做的事情，准备作为写小说的题材。第一件是和胡利娅姨妈结婚，给家里造成合法的既成事实，不管他们愿意与否。由于剩下的日子不多，利马各区镇政府的负责人的态度是那么顽固，以致这第一件事变得越来越乌托邦。第二件是同胡利娅姨妈一起逃往国外，但不是玻利维亚，因为我讨厌到那里去。她住在玻利维亚时并不和我在一起，那里有她的许多熟人，包括她的前夫。我选择的国家是智利。她可以启程去拉巴斯，以遮家人耳目；而我坐公共汽车逃往塔克纳，设法偷渡国界，到达阿里卡，然后从陆路前往圣地亚哥。我和胡利娅姨妈在那里碰头，或者她等候我。没有护照地旅行和移居（办护照也需要有父亲的批准），我认为不是不可能，而且我很高兴那么做，因为这富有传奇色彩。如果家里派人找我——肯定会这样——并找到我，把我引渡回来，我就再次出逃，需要逃多少次就逃多少次；就这样生活下去直到年满盼望已久、使我获得解放的二十一周岁。第三件是自杀，留下一封漂亮的遗书，让我的亲戚们去内疚吧。

第二天很早，我跑到哈维尔的寓所。每天早晨，我们都是在他刮脸、洗澡的时候回顾前一天晚上的重要事件，制定当天的活动计划。我坐在马桶上，一边看他打肥皂，一边给他读笔记本上我总结出来的、有关我前途的几种选择——每个选择都带有批语。他漱口时，强烈要求我颠倒原来的顺序，把自杀放在首位：

"如果你自杀，你写的那些杂七杂八的东西，人们都会感兴趣，有病的人一定想读。汇集成书也会很容易出版，"他一边用力地擦身子，一边说服我，"尽管死了，你却成了作家。"

"你把我的头份新闻稿耽误了，"我催他，"不要给我来坎丁弗拉斯①那一套，你的幽默很使我厌烦。"

"如果你自杀，我也不必旷那么多的工，不去大学上课了。"他边穿衣服边继续说，"你最好今天，今天上午，现在就自杀。这样我就不需要去典当我的东西了。当然这些东西最终没有多大用处，可是，难道你能还上我的钱吗？"

一走到街上，我们就向公共汽车奔去，可是他仍然像个杰出的滑稽家似的说：

"最后，如果你自杀，你就会闻名于世。还会有人对你的最好朋友，知心人，悲剧的目击者，进行采访报道，报上会登出他的照片。你想一想，你表姐南希看到登了那么多报，会不动心吗？"

在阿尔玛斯广场（臭名昭著的）当铺里，我们典当了我的打字机和他的收音机、我的手表和他的自动铅笔，最后我说服他把他的手表也当了。虽然我们毫不让步地讨价还价，但只得到两千索尔。前几天，我在和平大街的旧衣店先后卖掉了几套衣服、皮鞋、衬衣、领带、毛衣，现在我只剩下身上穿的了。这一点，我的外祖父和外祖母没发现，但是当掉我的这些衣物只不过得到四百索尔。然后我在开明的电台老板那里倒碰到了好运气。进行了半个小时的表演，我说服他预支我四个月的工资，这笔钱在一年内扣除。和他交谈的结果是出人意料的。我向他保证，我外祖母进行疝气手术，急需这笔钱。他无意借给我。但是，他突然说："好。"带着友好的微笑，补充说："你应

---

① 墨西哥滑稽电影演员。

该坦白地说，是为一个小女人流产用的。"我垂下眼帘，请他为我保守秘密。

哈维尔看到我因没典当多少钱而显得很沮丧，便陪我到电台去。我们商量好请事假的下午去瓦侨，也许省一级的政府要通情达理些。我进顶楼时正好电话铃响，胡利娅姨妈气得要死。前一天晚上，奥尔藤西娅姨妈和阿莱杭特罗舅父到鲁乔舅舅家拜访，没有搭理她的问候。

"他们极其轻蔑地看了我一眼，只差没说我是婊……"她气鼓鼓地对我说，"我咬了咬牙克制了自己，才没有把他们赶到你知道的地方去。我是为我姐姐，当然也是为我们俩才这样做的，不能使事情复杂化。怎么样，巴尔加斯？"

"星期一，一大早，"我向她保证，"你对他们说，你要推迟一天飞往拉巴斯。我这里差不多一切就绪了。"

"你不必操心去找那种笨蛋区长、镇长了，"胡利娅姨妈对我说，"我怒不可遏，没什么了不起的。就算找不到，我们照样可以逃走。"

"你们为什么不去钦查结婚，马里奥？"我刚挂上电话就听见巴斯库亚尔说。看见我惊恐的神情，他有些诧异："我并不是爱管闲事，不想多嘴多舌。但是，听你们一说，我们就知道是什么事了。我这是帮你。钦查市长是我的表哥，他很快会批准你们结婚。有没有证明、到不到结婚年龄都没关系。"

当天，一切都神奇地解决了。哈维尔和巴斯库亚尔下午乘车出发去钦查，带上证件，星期一必须一切准备停当。他们走后，我和表姐南希去租米拉弗洛雷斯区那座别墅的房子，同时向电台请了三天假（我和老赫纳罗激烈地争论，冒着危险威胁他说，不准假我就辞工），并且拟好了逃出利马的计划。星期六夜里，哈维尔回来了，他带来一些好消息。市长是年轻人，很和蔼；当他和巴斯库亚尔把事情讲给他时，他咧嘴笑了，很欣赏这个"劫人计划"。"太浪漫了。"那位市长对他们说。他把证件留下了，并且保证说，朋友之间好商量，可以省去发结婚通告。

星期天，我打电话给胡利娅姨妈，告诉她已经找到了一个笨蛋市长。我们要在第二天上午八点出逃，到了中午，我们就是夫妻了。

第十六章

　　华金·伊诺斯特罗萨·贝尔蒙特后来之所以蜚声体坛，既不是因为射门，也不是因为拦截罚球，而是由于给足球赛做裁判，还由于他的足迹遍及利马酒吧，因豪饮而欠账甚多。这个人物出生于达官贵人们于三十年前在拉伯拉区兴建的一处府第，那时有钱人曾企图将这片荒地变成利马的科巴卡巴纳①（因土地潮湿而失败，这是对一味要骆驼钻针眼的惩罚，它毁坏了秘鲁贵族的咽喉和气管）。

　　华金是独生子，他的家庭除了富甲一方，还是挂满官衔、世系如林的名门，与西班牙和法国的一些侯爵有血缘关系。但是，这个未来的裁判和酒鬼的父亲将贵族头衔置于脑后，而以毕生精力研讨经商的时髦思想；他经营的范围，从生产开司米到在亚马孙地区引种辣椒。他的母亲是个具有忘我精神的女人，患有淋巴腺炎，把丈夫赚来的钱都花在大夫和巫医身上，最后了此一生（因为她患有上层社会的多种疾病）。夫妻俩喜得华金这根独苗时，年龄都已比较大了。华金又是他们多年来乞求上帝赐予后代的结果，这对父母真是一桩难得的喜

_____

　　①　科巴卡巴纳是玻利维亚的一个小镇，以镇上的圣母教堂闻名。

事，他们面对着摇篮，已在为儿子设想着前途：工业大王、农业大王、外交大臣或政界的头面人物。

这个孩子一反命运给他安排的财势之道，竟然做了足球裁判，是因为难以管束还是由于智能低下？不，都不是，纯粹出于天命。他除了有各种各样的家庭女教师，当然还有从法国和英国进口的吸奶器和围嘴。为了教他学会数数，认字母，从利马最好的学校里招聘了老师。但是老师们放弃了优厚的酬金，一一愤然辞职，因为这个孩子对任何知识都无动于衷：八岁时还不曾学会加法；费了九牛二虎之力才记住字母表中的几个元音，只会发几个单音节。他为人很安静，终日在拉伯拉区的住宅里闲逛，在成堆的玩具中厮混，这是为了他开心而从世界各地采购来的，有德国的机械人、日本的火车、中国的七巧板、奥地利的士兵、美国的三轮车。但是他对一切依旧极其厌倦，唯一能把他从那婆罗门式的困倦中唤醒片刻的，看来是南海牌巧克力糖果上的足球运动员商标。他把这些商标一一贴在精致的练习本上，好奇地端详，一看就是几个小时。

父母二人被这样一种想法吓坏了：他们的后代是个有血友病的呆子，那么就会断子绝孙，成为世人的笑柄。便求助于科学，各家名医纷纷出现在拉伯拉区的宅邸。阿尔贝托·德·金德罗斯博士是全利马最好的小儿科专家，他这样明白无误地开导两位苦恼的父母：

"这孩子害的是'温室病'，"他解释说，"鲜花如果长在花园里，而不是长在昆虫野花之中，就会凋谢，香气就会变成臭味。镀金的监狱把孩子变得痴呆了。女保姆和教师都要辞退，孩子应该去上学，让他和同龄儿童来往。一年后，要是他打架打得鼻青脸肿，那就正常了！"

这对骄傲的夫妻为了儿子不变成傻瓜，准备做出任何牺牲。他们同意小华金去外边见见平民百姓的世界。当然给他还是挑选了利马最昂贵的学校，圣塔玛利娅的神父学校；为了不完全破坏等级界线，他们按学校规定的颜色给孩子做了校服，但用的是丝绒料子。

那位名医的处方获得了显著效果。不错，华金的成绩惊人地低，为了让他通过考试，父母二人像追求黄金那样闹出不少纷争。他们给校方捐赠（为建造学校小教堂用的玻璃、送给信徒们穿的呢料裙子、穷人学校用的结实课桌等）。但无论如何，这孩子确实喜欢交际了，而且从那以后，还时常露出笑脸。这个时候，他开始表现出这样一种怪癖：对足球发生了兴趣（对此，父亲不理解，只说这是一种毛病）。当得知他们的孩子小华金刚能穿上足球鞋，就从只会发单音节的麻木不仁状态变成一个活泼、健谈的人，二位老人大为高兴。他们立刻在拉伯拉区宅邸附近购置了一块土地，兴建了一座规模相当可观的足球场，以便让小华金在那里玩个痛快。

于是，从那时起，人们可以看到有二十四个学生每天下课后乘着从圣塔玛利娅来的公共汽车在拉伯拉区的棕榈大街下车——经常换人，但数目不变——到伊诺斯特罗萨·贝尔蒙特家的体育场来玩球。赛后，贝尔蒙特家请每个运动员喝茶，吃巧克力、山楂糕、蛋白酥，并且备有冷饮。贝尔蒙特夫妇每天下午得意扬扬地望着他们的儿子小华金兴高采烈地喘着粗气。

只是几周之后，那个首先把辣椒引进秘鲁的人注意到事情有些奇怪。他多次发现小华金在充当裁判。那孩子嘴里叼着哨子，头戴遮阳帽，随着球员们的跑动，时而鸣笛警告，时而处理犯规。虽然孩子并不因扮演这种角色而感到低人一等，百万富翁却大为恼火。难道请这帮家伙来他家用点心喂肥了，是让他们跟自己的儿子平起平坐，敢这样厚颜无耻地打发华金去扮演裁判这种小角色吗？他几乎要打开多贝曼种狼狗的笼子，狠狠地吓唬一下这帮不要脸的东西。但是他只不过责备了他们一番。对这意外的责备，孩子们纷纷争辩说他们没有过错，并且发誓说华金之所以当裁判是因为他自己喜欢。那位当事人以上帝和自己母亲的名义承认，事情的确如此。数月后，父亲查阅了自己的记事本，听取了球场看门人的报告，于是面对如下的结果：在他家球场上举行的一百三十二场比赛中，华金·伊诺斯特罗萨·贝尔蒙特没在任何一场当球员，而是每场都当裁判。父母二人交换一下眼色，懊丧地想，一定是什么地方出了毛病，否则这怎么可能是正常的？于是他们再度求助于科学。

全城最出色的星相大师卢西奥·阿塞米拉教授能够根据黄道十二宫来推算命运，预知顾客（他称为"朋友"）的吉凶。他做过一番占星法术，询问过众位天神，查询过太阳真经，之后做出如下推断（即使不是最准确，也可以博得那二位父母的欢心）：

"这孩子的每个细胞都是贵族式的，不愧为有高贵的血统，不容忍平等思想。"教授向他们解释说，摘下眼镜（是为了预卜未来时能够让瞳孔里的智慧火花更明亮吗？），"他宁肯做裁判而不当球员，是因为在比赛中指挥一切的是裁判。你们以为在这块长方形的草地上小华金是在搞体育？错了，错了！他是在体验祖先统治的欲望、出人头地的欲望和高人一等的欲望。毫无疑问，他的血管里流动着这种欲望。"

做父亲的高兴得流出眼泪，不断地亲吻着儿子，自称身有万福，又在那已经相当优厚的酬金支票上加了一个零（对此，阿塞米拉教授只字未提），因为他确信儿子给同学当足球裁判的怪癖确实是奴役和征服他人的强大动力，而且将来儿子必定能成为世界的主人（退一万步讲也是秘鲁的主人）。所以这位工业家多次在下午离开那间多用途办公室，来到拉伯拉区的自家运动场，像雄狮温情地看着幼狮第一次撕裂绵羊那样，望着华金身着自己亲自买的华丽裁判服跟在那群乱腾腾的野小子（运动员？）后面吹哨子，享受着当父亲的快乐。

十年后，二位糊涂的父母又开始这样想，那番占星预卜的话也许过于乐观了。华金·伊诺斯特罗萨·贝尔蒙特已经年满十八岁，只是借助家里的捐赠才升到中学最后一年级，比同班同学已经落后数年之

257

第十六章

久。卢西奥·阿塞米拉说，世界征服者的基因潜隐在当足球裁判的怪癖中，但是毫无表现。相反，这位纨绔子弟是无可救药的傻瓜，这一点已经极其明显了，因为除了处罚任意球，他一无所长。从他的言谈来判断，按照达尔文主义的标准，他的智力介于先天性智力不全和猿猴之间。他既无风趣，又无雄心，对与裁判活动无关的事都没有热情，是一个极为枯燥无味的人。

当然，关于他的第一嗜好（第二嗜好是酗酒），这孩子的确表现出某些可称之为才能的东西。他那奇怪的公允态度（在球场神圣的空间和比赛的入魔时间里?）使他作为裁判在圣塔玛利娅的学校师生中赢得了威信，还获得了老鹰的称号，因为他从云端就能发现角豆树下的老鼠——那将是一顿美餐，他的目光可以准确无误地在任何距离、从任何角度看见后卫是否在狡猾地踢中锋的后腿，或前锋是否阴险地用臂肘撞击跃起接球的守门员。他对比赛规则的精通、以闪电般的决心处理球之外突发情况而表现出的直觉能力，都是颇不寻常的。这位拉伯拉区的贵族的名声已越出圣塔玛利娅的校墙，开始为校际间的比赛做裁判，为区里的冠军赛做裁判。据说（在波达奥体育场?）有一天在乙级队比赛中，他把一名裁判替换了下来。

毕业后，在那二位束手无策的父母面前摆着一道难题，这就是华金的前途问题。上大学的想法令人抱憾地被排除在外了，这是为了不让儿子遭受羞辱和歧视，也为了使家里的钱财不致由于馈赠而白白花掉。他们想让孩子学外语，但这打算导致了一场惨败。他在美国和法国各逗留了一年，一句英语或法语也没学会，反而把他本来知道得很少的几句西班牙语染上了语病。他返回利马后，那位开司米制造商只好忍气吞声地面对这样一个事实：他的儿子拿不出任何文凭。父亲失望之极，便把儿子送到自家企业里工作。其结果是可以预见的，那就是导致了一场灾难。两年中，由于他的经管，或者说由于他的疏忽，两家纱厂先后倒闭，最繁荣的一家公司（筑路公司）出现亏损，原始林中的辣椒种植园因遭虫害、雪崩和洪水而完全毁灭。这一切证实了小华金还是个放射性元素。面对儿子的极度无能，父亲茫然不知所措，自尊心受到伤害，并且一蹶不振，变成了虚无主义者，不再精心管理他的生意。不久，贪婪的代理人就把资本挥霍一空，工业家则身患痉挛症，总是吐出舌头（愚蠢地？）要去舔耳朵。精神紧张加上失眠，使他步妻子的后尘，也去光顾精神科大夫和精神分析学专家（阿尔贝托·德·金德罗斯还是卢西奥·阿塞米拉？），这些大夫很快把他剩下的才智和金钱报销了。

父母经济上的破产和精神上、失常并没有把华金·伊诺斯特罗萨·贝尔蒙特推到自杀的路上。他一直住在拉伯拉区一栋奇特的住宅里，房屋已经褪色，长满黄锈，一片荒凉。花园和足球场已经卖掉（为了偿还债务），到处肮脏不堪，挂满蜘蛛网。华金为流浪汉组织的球赛当裁判，以此度日。比赛在贝亚毕斯塔与拉伯拉区之间的空地上进行。在这群乱哄哄的野汉子们角逐的一次比赛——在交通要道上进行——中，两堆石头、一扇窗户加电线杆组成球门，华金这位身穿舞衣准备去原始森林出席晚宴的花花太岁做裁判，仿佛那是一场冠军争夺赛。正是在这时，他认识了那位把他变成肝硬化患者和明星的人物。

从前，他在一般比赛中曾数次见她踢过球，甚至对她野蛮地冲撞对方多次处罚过。大家都叫她"假小子"。但是华金无论如何没有想到，这个脸色青黄、脚穿旧鞋、身穿蓝工作服和破球衫的青年竟然是个女人。他发现这个秘密时很有一点情色味道。一天，他用一个不容争辩的点球来处罚"假小子"（她连球带守门员一起踢到球门里去了），但是对方竟然用骂娘的方式回敬他。

"你说什么？"贵族之子立刻怒火腾升，他是否在想此时母亲在吞丸药、喝药水或者打针？"再说一遍，你是不是有种的男子汉？"

"我不是男子汉，可是有种。""假小子"回答说。她还重申她可以像斯巴达克那样就连下火海也绝不犹豫，嘴里还不干不净地夹杂着许多骂人的话。

华金打算给她一拳，可是拳头落了空，"假小子"一头把他撞倒在地，并且立刻扑到他身上，用手、脚、膝盖、臂肘劈头盖脸地打了上来。他们就在那里角斗起来，二人隔着工作服仿佛在亲热拥抱。这时他惊讶而又淫欲地发现对方竟然是个女人。他虽然被揍得浑身青紫，但因搏斗中肉体摩擦，他极为激动，甚至改变了后来的人生道路。自从那次打架后，他们交上了朋友，这时他才知道她名叫萨丽达·万卡·萨拉维利亚，并邀请她去看电影《人猿泰山》。又过了一个星期，他提出去结婚登记。萨丽达拒绝做他的妻子，也不肯让他亲吻，弄得华金像古典小说里的人物那样，踏上了去酒馆的路。在很短的时间里，他从借酒浇愁的浪漫主义者变成了嗜酒如命的酒鬼，甚至用煤油稍解酒瘾。

是什么唤起了华金对萨丽达·万卡·萨拉维利亚的热恋？她年轻、苗条，由于风吹日晒，皮肤变得黧黑，留着舞蹈演员式的刘海儿。作为足球运动员，她玩得真不坏。从她的衣着打扮、行为处事和经常交往的人来看，是个不折不扣的女性。所有这些——毫无新奇之处——难道就是吸引华金这个贵族少爷的魅力？他第一次把"假小子"带到拉伯拉区那座破落的宅邸时，他的父母待二人走后，不胜厌恶地互相对视一下。这位前富翁将心中的痛苦归结为一句话："咱们的小子不仅仅是个蠢货，还是个性变态。"

可是，萨丽达·万卡·萨拉维利亚使华金嗜酒成瘾的同时，也为华金的高升搭好了阶梯。华金给踢布团的弄堂球队当裁判，最后在国家体育场为全国冠军赛做裁判。

"假小子"并不满足于只是拒绝这位小贵族的爱情，而是设法使他吃苦，以便从中取乐。她应邀去看电影，跟着他去看足球，看斗牛，下餐馆，也同意接受他的厚礼（那位恋人在挥霍祖上的财产吧），可她不让华金同她谈情说爱。这个连夸奖一朵鲜花都脸红的胆怯小伙子刚要结结巴巴地说他是多么爱她，萨丽达·万卡·萨拉维利亚立刻恼怒地拍案而起，用下层社会的脏话痛骂他一通，并且命令他走开。华金就是在这种情况下开始饮酒的，他从一家酒馆走到另一家酒馆，为了让酒劲快些发作，把多种酒混在一起饮下。时间长了，他父母也就习惯了这样一个场面：当猫头鹰出来活动的时候，他们的儿子才回到家中，他踉踉跄跄地走过几个房间，身后留下一片呕吐物。当他酗酒到快垮掉的时候，萨丽达的一声呼唤便使他重返人间。他又满怀着新的期望，开始了又一次恶性循环。身患痉挛症的父亲和患有疑惧病的母亲因痛苦的煎熬而相继谢世，被埋葬在长老会的公墓里。拉伯拉区那座大大缩小的宅院，连同其他残存的财产，或被债主们作价拍卖，或被充公。华金·伊诺斯特罗萨·贝尔蒙特只得自谋生路。

说到本书的主人公（他的经历表明他可能患肺病而死，或死于求乞途中），他居然干得很不坏。他选择了什么职业？足球裁判！饥饿所迫，加上他打算继续追求落落寡合的萨丽达，便开始向求他做裁判的流浪汉收费；当他看到这些球员是按人头分摊款项时，就二二得四、二三得六地计算起来，接着提高了价码，结果把生活安排得越来越好。鉴于他在球赛上的本事已得到公认，他在青年队联赛中被聘为主裁判。一天，他鼓起勇气来到足球裁判与教练联合会提出入会申请，以出色的成绩通过了考试，这成绩使那些他即将可以称做同事的人们目瞪口呆。

华金·伊诺斯特罗萨·贝尔蒙特在何塞·迪亚斯国家体育场的出现——身穿黑白相间的制服，头戴绿色鸭舌帽，嘴上叼着银白色哨子——成为我国足球界大书一笔的事件。一个老资格的体育记者这样评述道："他做裁判，给足球场上带来了严格而公正的气氛和艺术家的特色。"他判断迅速，惩罚公道，有威信（球员们在他面前总是毕恭毕敬地尊称先生），有体力（在九十分钟的比赛里总是和足球保持十米以内的距离），很快赢得了观众的赞赏。正像有人在一次演说中评论的那样，他这样的裁判独一无二，球员们个个服从他，观众们人人敬重他，每次比赛后，看台上总要响起一片喝彩声。

这样的才能和干劲仅仅出自高度的职业觉悟？的确有关。但是，更深刻的原因是华金·伊诺斯特罗萨·贝尔蒙特试图用他那裁判的魅力打动"假小子"的心。他的这种魅力是他后来在欧洲取得胜利的秘密武器，可是他觉得痛苦，因为他希望得到的是自己那位安第斯同胞的赞扬。他和她几乎每天约会，有流言蜚语说他俩是情侣。但实际上，尽管这位裁判在感情上始终不渝，经受了多年考验，却未能征服萨丽达那颗心。

有一天，她在卡亚俄港一家酒馆里的地板上找到了他，把他拉回市中心的住所，给他洗掉脸上的黏痰和锯末，扶他躺在床上，然后给他讲述了一生的隐私。华金·伊诺斯特罗萨·贝尔蒙特脸色变得通红，仿佛被吸血鬼咬了一口。他晓得了这位姑娘在青春期一开始有过一段倒霉的情史和灾难性的男女关系。萨丽达和她的哥哥（理查德？）确实有过悲惨的恋爱——情欲的烈焰、毁灭人性的暴风雨，结果使她变成了孕妇——她狡猾地同一个以前追求她而遭她白眼的男人（红头发安图涅斯？路易斯·马罗金？）结了婚，为了让那个因乱伦而生的儿子有个名正言顺的姓氏。但是那个年轻而走运的丈夫（伸进饭锅毁掉糕饼的鬼尾巴）及时发现了这个诡计，立刻休弃了这个试图把私生子偷偷安到他头上的女骗子。被迫流产后，萨丽达一气之下离家出走，逃离了原来的居民区，不再使用那显赫的姓氏，在贝亚毕斯塔和拉伯拉一带流浪，有幸活了下来，有了"假小子"的绰号。从那时起，她发誓再也不委身于任何男人，要永远像个百分之百的男子汉那样（哎呀，除了精子之外？）生活。

尽管华金·伊诺斯特罗萨·贝尔蒙特了解萨丽达·万卡·萨拉维利亚的悲惨遭遇，知道她有过亵渎神明的行为，犯下过人们忌讳的事情，破坏过公民道德与宗教戒律，但他不但没有就此放弃对她的爱慕，反而更加爱她。这个拉伯拉区的名人甚至打算治愈"假小子"的精神创伤，使她同社会、同男人重归旧好，把她再次变成一个温柔多情、调皮风雅的利马姑娘——莫非像贝利乔丽①?

他名声日高，人们纷纷请他在利马和国外给国际比赛做裁判，他又收到去墨西哥、巴西、哥伦比亚、委内瑞拉工作的邀请。可是他像一个放弃纽约的计算机而坚持用圣费尔南多的结核病豚鼠做试验的爱国学者，谢绝了全部邀请，对那位姑娘的追求却日益热烈。

他好像已见到萨丽达·万卡·萨拉维利亚会做出某些让步的迹象：仿佛看见山丘里印第安人的炊烟，听见非洲丛林里的鼓声。一天傍晚，华金和那姑娘在阿尔玛斯广场的海地咖啡馆用过点心和咖啡，双手握住她的右手一分多钟（的确不错，他那当裁判的头脑善于计算时间）。不久前，国家足球队有一场比赛，对方是一群亡命徒，来自一个名声不太好的国家（是阿根廷还是类似的国家?），穿着钉鞋、护膝和护肘上场。而实际上，这几样东西是用来伤人的武器。华金·伊诺斯特罗萨·贝尔蒙特完全不睬他们的申辩（说在他们国家里习惯于这样玩球）——打人犯规还要矢口否认吗？——将他们一个个罚出场外，直到秘鲁球队由于对方技术犯规导致上场队员不足而赢得胜利为止。当然啰，比赛后，群众把裁判抬在肩上走出了体育场。当他和萨丽达·万卡·萨拉维利亚单独在一起时，姑娘搂住他的颈项吻了他一下——是出于爱国心还是出于体育比赛时的激动？有一次，他卧病在床（肝硬化使这位球场上的风云人物的肝脏逐渐硬化，并引起周期性的危机），住在加里翁医院的一星期里，她一直在他身旁精心守护。一天夜里，华金看见她在垂泪，难道是为他？所有这一切都给予他极大的勇气，每天都以不同的理由向她求婚，但是一无所获。萨丽达·

---

① 在十八世纪，贝利乔丽是秘鲁总督的情妇。

万卡·萨拉维利亚观看他的每一场裁判（新闻记者将他的裁判技术比作交响乐的指挥），陪他去国外工作，甚至搬到华金栖身的戈隆公寓，和他弹钢琴的妹妹及年老的父母同住。但是，她不让这种情谊失去纯洁性或者掺杂低级趣味。犹豫不决就像永不凋谢的雏菊，使华金·伊诺斯特罗萨·贝尔蒙特越发酗酒成性，最后竟然烂醉如泥，不可收拾了。

烈酒是块绊脚石，使他无法正常从事自己的职业；据知情人说，他因为酗酒而不能去欧洲做裁判。可是从另一方面讲，怎么解释一个人喝了那么多酒还能从事这种严重消耗体力的职业？事实是，他的一生虽然充满了不解之谜，但是时间将他这两种才干同时发扬光大。三十岁以后，这两种本事是同时具备的：华金·伊诺斯特罗萨·贝尔蒙特尽管烂醉如泥，却能裁判；同样，他身在酒馆，脑海里还在继续做裁判。

烈酒并没有影响他的才干，既没有模糊他的视线，也没有削弱他的权威，更没有减缓他奔跑的速度。不错，在一次比赛中，人们看见他在打酒嗝，于是诽谤之声四起，甚嚣尘上，企图毁他声誉，说他有一次渴得嗓子冒烟，如置身于撒哈拉大沙漠，便从救护球员的护士手中抢去一瓶涂抹剂，像喝白水那样一饮而尽。但是这些奇闻轶事——某位天才杜撰的神话——并没有葬送他的前程。

就这样，在体育场震耳欲聋的掌声中和为平复内疚而喝得酩酊大醉的状态下——仿佛触动肌肉的探钳和使关节脱臼的刑椅——他那颗传播真正信仰的灵魂（是耶和华见证派①吗？）为年轻时曾在一个疯狂之夜突然强奸了维克多里亚区一名少女（是萨丽达·万卡·萨拉维利亚？）而悔恨，华金·伊诺斯特罗萨·贝尔蒙特进入了五十岁壮年。他长得天庭饱满，鼻直口方，目光深邃，心地善良而正直。这时他已

---

① 特·罗素于 1874 年在美国创建的教派。

经登上职业的顶峰。

在这样的形势下，半个世纪以来最重要的一场足球比赛——南美洲冠军决赛就要在利马这个舞台上演了。预赛时，两支球队——玻利维亚和秘鲁——都用过不光彩的手段踢进数球。虽然按照常规，这场决赛应由中立国的裁判主持为好，上述两支球队却再三坚持要著名的华金·伊诺斯特罗萨来做主裁，外国队尤其要求这样做——出自高原人的豪爽、大度和阿依玛拉民族的自尊心。由于运动员、预备队员和教练都提出，如不满足此要求，便退出比赛。面对这一威胁，比赛委员会只得让步，于是那位耶和华的见证人便接受了这一使命，主持一场人人预言将终生难忘的决赛。

那是一个星期天，利马上空厚厚的乌云四处消散，太阳光温暖着这场决赛。很多人露宿街头排队，期望弄到一张票（可是众所周知，一个月前票已售罄）。天刚放亮，国家体育场的四周便聚满人群，纷纷跟在黄牛后面，准备不惜任何代价入场观球。距离比赛开场还有两个小时，场内已经挤得水泄不通。南方伟大邻国的几百名公民（玻利维亚人？）离开那清洁的高原，乘飞机、汽车或步行来到利马，集中坐在东看台。外地与本地观众都在等着球队的到来，他们不时地发出一阵阵哄闹声和掌声。

面对如此大规模的群众集会，政府当局已经采取了措施。国民警备队中最出色的中队——在短短数月内凭着机智勇敢将卡亚俄港的流氓惯犯扫除干净——为了确保观众和运动员的安全与秩序的稳定而被调到利马。中队长，著名的利图马上尉，使犯罪分子闻风丧胆的人物，沿着体育场警惕地巡视着，一面检查哨兵是否在岗位上，一面即时对他的得力助手哈依麦·孔查警长发出指示。

比赛的哨声响起时，在西看台上，除了萨丽达·万卡·萨拉维利亚——这名色情狂的受害者迷恋上了那个强奸她的人，由他主持裁判的比赛，她一场也不错过——挤坐在喧嚣的、令人窒息的人群中，还有那位刚刚走下病床、令人尊敬的塞巴斯蒂安·贝瓜，他是被药品推销员路易斯·马罗金·贝尔蒙特（这名罪犯是否经典狱长特许，也来到体育场，坐在北看台？）刺伤的，陪同贝瓜的还有他的妻子玛尔加丽塔和女儿罗莎，后者曾被一群老鼠咬伤，现已完全康复。啊，那是一个多么不幸的森林之晨！[①]

当华金·伊诺斯特罗萨——像往常那样不得不绕场一周以感谢观众的掌声——灵活而漂亮地开球后，丝毫没有预料到会有什么悲惨事件发生。恰恰相反，无论是球员的表现还是赞扬前锋推进和后卫断球的啦啦队的掌声，都在热情而又豪爽的气氛中进行着。从比赛一开始就可以明显看出权威人士的判断可能兑现：尽管争强好胜，但比赛双方势力均敌。华金·伊诺斯特罗萨比任何时候都更富于独创性，仿佛脚蹬冰鞋在球场上滑来滑去，丝毫不影响球员的活动，总是置身最佳角度，所以裁决虽然严厉，却很公正，这就使得白热化的比赛不致变成争吵，不致演变成暴力殴斗。但是，人类所处的位置是有边际的，就连圣洁的耶和华见证人也无法阻止命运之神事先策划的行动，因为后者完全不理睬那句"平等对待"的口号。

下半场，当双方踢成 1：1，观众的嗓子已经喊哑、手掌拍红的时候，地狱般的灾难悄悄降临了。利图马上尉和孔查警长天真地以为一切良好，没有发生任何事件——盗窃、殴斗、走失儿童都没有来破坏这个下午的时光。

就在这时，四点十三分，五万名观众亲眼目睹了这桩不可想象的事件。突然，从南看台最混乱的底层站起一个人——又黑、又高、又瘦，还有一嘴龅牙，轻巧地爬上铁栅栏，闯进球场，嘴里还在喊着什么，人们看到他几乎裸着身子——腰间只围着一块遮羞布，但令人更为惊讶的是他遍体鳞伤。一阵恐怖的骚乱震动了看台，人们都明白

---

① 此处，讲述人已然将药品推销员马罗金、裁判员贝尔蒙特、塞巴斯蒂安的女儿罗莎、被老鼠咬死的玛丽亚·特列斯等混淆。

了：这个文身的人企图伤害裁判。这是毫无疑问的，那个号叫着的巨人（古梅辛多·伊诺斯特罗萨·德尔芬？）径直向观众崇拜的偶像扑去，而后者完全醉心于艺术活动，根本没有看到巨人，继续指挥着这场比赛。

这个意外的入侵者是谁？莫非是那个偷乘轮船的流浪汉，那个在卡亚俄港秘密登陆又被夜间巡逻队发现的人？那个当局决定悄悄干掉而孔查警长在一个漆黑的夜里放掉的不幸人？无论利图马上尉还是孔查警长都来不及做调查。他俩明白，如果不立即采取行动，令民族骄傲的那个人就会惨遭不幸。上尉命令警长立刻行动——他们上级和下级之间只需眼皮一眨便可心领神会。哈依麦·孔查无须起立就拔出手枪射出十几发子弹，虽然远在五十米之外，但子弹全部射中那个赤身裸体的人。就这样，如成语所言，"亡羊而补牢，未为迟也"，警长总算执行了上级的命令，因为这家伙就是卡亚俄港的偷渡犯啊！

观众看到那个可能杀害裁判的人中弹毙命，一反刚才对他的憎恨，立刻认为他是受害者而深表同情，对国民警备队表示出敌意——轻浮的感情就是这样变化无常，如同水性杨花的女人。一阵能把天上的飞鸟震聋的嘘声冲天而起，看台上下群情激昂，他们看到那黑人一动不动地躺在地上，由于身中十几弹，血已经完全流尽。那阵枪声把双方球队弄得惊慌失措，可是伟大的伊诺斯特罗萨忠于职守，不允许中断比赛，就在尸体旁边继续表演下去，对嘘声、惊叫和谩骂，全然不睬。顷刻间，五颜六色的坐垫像飞碟般向利图马上尉率领的警察中队扔去。这预示着暴风雨将倾盆而至，利图马上尉已经嗅出暴风雨的气息，决定立刻行动，于是下令警察准备催泪弹。他想，无论如何都要避免流血事件。片刻后，场地四周有许多地方的栏杆已被冲破，狂热的好斗分子虎视眈眈地向场内扑来，上尉立刻命令部下用催泪弹廓清场地。他以为，眼泪和喷嚏会使愤怒的人群安静下来，轻风一旦驱散化学气味，和平就会重新笼罩体育场。与此同时，他还吩咐四名警察将哈依麦·孔查警长保护起来，因为警长已经成为狂怒人群的进攻目标，人们显然想将他私刑处死，不过要办到这一点，他们必须先征服这条野牛。

可是利图马上尉忘记一个关键性问题，他本人在两小时前为防止无票球迷强行拥入场内，曾下令封锁通向体育场的全部栅栏和铁门。当那些立刻动员起来执行命令的警察向观众投以催泪弹的时候，短短几秒钟之内，远远近近的看台上升起一团恶臭的浓烟，观众们于是纷纷逃命。人群跌跌撞撞，你推我拥，一面用手帕捂住嘴巴，一面流泪，向出口处奔去。人流被关闭的栅栏和铁门截住了去路。真的截住了吗？其实仅仅是几秒钟，由于从后面拥来大股人流，第一排的人成了攻城用的撞击物，被强大的压力挤瘪，撕碎，血肉模糊。所以，住在体育场附近的里玛克区的居民那个星期天下午四点三十分若从那里经过，会看到一幅极其悲惨的场面：在此起彼伏的爆裂声中，突然间，体育场的大门破成碎片，开始向外喷吐支离破碎的尸首，随后被疯狂的人群践踏，因为人们都拼命要从这个狭窄的、血流成河的出口逃走。

在下桥地区的这次大燔祭中，第一批牺牲品是那些将耶和华见证派引进秘鲁的人：莫盖瓜省人塞巴斯蒂安·贝瓜先生、他的妻子玛尔加丽塔和他的女儿罗莎——那个出色的长笛演奏家。毁掉这个宗教家庭的恰恰是本来可以拯救他们的东西：谨慎。因为惨案刚发生时，塞巴斯蒂安·贝瓜先生浓眉紧锁，武断地敲敲手指，命令他的家族："撤退！"这并非出于恐惧，传道士是不知道"恐惧"二字的，而是由于谨慎。无论他本人还是他的家属都认为他们不应卷入任何乱子，免得敌人以此为借口，玷污了他们虔诚教徒的名声。这样，贝瓜一家人便急忙离开晒太阳的地方，走下台阶，向出口处走去。正在这时，催泪弹爆炸了。一家三口来到六号铁门处，静静地等待着开门，此时，他们看到身后潮水般拥来满面泪痕的人弹。他们还没有来得及忏悔不曾犯下的罪孽，就被恐惧的人群挤在铁门上弄得四肢分家了。塞巴斯蒂安先生在踏入另一个世界之前的一瞬间还在顽固地坚信异端邪说，高声喊道："基督是死在大树上而不是十字架上！"

刺伤塞巴斯安先生、强奸玛尔加丽塔女士和那位女艺术家的罪犯死得不那么公道。这种提法是否相宜？因为惨案一发生，年轻的马罗金·德尔芬就以为时机已到：准备趁着混乱甩掉典狱长派来陪他观看这场具有历史意义的比赛的看守，然后逃离秘鲁首都利马，躲到国外，改名换姓，重新开始那疯狂犯罪的生涯。五分钟后，这些梦幻被击得粉碎，当时（鲁乔？埃塞基耶尔？）马罗金·德尔芬和秋皮达斯监狱的看守已来到五号门，看守拉住马罗金的手，二人正赶上站在大门前的第一排，随即被人流碾碎。（据说，看守和药品推销员的手指直到死后仍然紧握在一起。对此，人们议论纷纷。）

萨丽达·万卡·萨拉维利亚之死至少可以接受，没那么不明不白。她的死是极大的误会，是因为警察当局错误地估计了她的行动和动机。惨案发生时，这位廷戈·玛丽亚的姑娘一看见裸体的食人生番和爆炸的烟雾——听到四处奔走的号叫声，她便决定了——爱情使她消除了对死亡的恐惧——要和自己心爱的人在一起。她与球迷的方向相反，而是向下面的比赛场地奔去，这样一来，她免于被践踏而死。但是她没有逃过利图马上尉那鹰一般的目光，他透过四处弥漫的瓦斯烟雾发现有个模糊的人影在跑动，只见她跳过跑道，向裁判跑去（那位裁判不管周围的一切，仍然在引逗那个畜生，仍然跪在地上打手势）。上尉认为，只要自己一息尚存，就应该保护那位斗士不被伤害，于是拔出手枪，用三发子弹突然切断那位恋人的去路，夺去生命：萨丽达刚好死在古梅辛多·贝尔蒙特的脚下。

这个拉伯拉区的人物是这个悲惨下午的牺牲者中唯一自然死亡的。但如果在平常的情况下就很不寻常。之所以称之为自然死亡，是因为他的情人死在跟前，他的心脏受到刺激，终于停止了跳动。他躺倒在萨丽达身旁,两个人在最后时刻得以拥抱在一起,一道进入了那不幸情侣的黑夜(莫非像罗密欧与朱丽叶?)。

至于那位档案上毫无瑕疵的治安军官,他悲伤地看到,尽管他颇有经验,办事精明,可是不仅秩序被完全破坏,而且整个阿乔体育场及其四周都变成了遍地尸骨的坟场。他装上最后一发子弹,像陪伴轮船沉向海底的老水手那样,举枪打碎脑壳,了此余生(已到中年,却无成就)。警察们看见队长自杀身亡,斗志立刻瓦解,忘掉了纪律,忘掉了集体主义精神,忘掉了热爱本职工作,一心想着脱掉军服,从死人身上剥下老百姓的衣服,以便化装逃走。其中有几个人达到了目的。但是哈依麦·孔查警长没有做到,因为侥幸未死的观众把他阉割后,又用他身上的皮带将他绞死在栏杆的横撑上。《公鸭多纳托》的忠实读者、勤奋能干的警长就这样摇荡在利马的天空下。这时天空已布满乌云,开始洒落冬天的毛毛细雨……莫非老天有意为这一惨案配上相应的色调?

这个故事就这样像但丁式的惨案般结束了吗?还是像凤凰(母鸡?)那样编出新的插曲和顽固不化的人物,从灰烬里重生?这场球赛惨剧中还发生了些什么事?

第十七章

上午九点钟，我们在大学城乘公共汽车离开利马。胡利娅姨妈借口在旅行前再最后买些东西，从我舅舅家里出来；我装着去电台工作的样子从外祖父家里出来。胡利娅在一个袋子里装好一件长睡衣和更换的内衣，我在袋子里装了牙刷、梳子和刮脸刀（说真话，这对我没有太大的用处）。

巴斯库亚尔和哈维尔正在大学城等我们，他们已经买好了车票。幸好没有任何其他旅客。巴斯库亚尔和哈维尔十分谨慎，他们和司机一起坐前边，让我和胡利娅姨妈坐后边。那是一个典型的冬天早晨，天空乌云密布，下着蒙蒙细雨。大部分时间我们行驶在沙漠之中。整个旅途中，我几乎都在和胡利娅姨妈狂热地接吻，互相握手，脉脉含情；同时，在发动机的鸣响中，听着巴斯库亚尔和哈维尔低声交谈，司机有时也插话进来。上午十一点半，我们到达了钦查市。这时，阳光明媚，气候宜人，天空万里无云，空气清新透明，街上行人熙来攘往，一片喧闹。一切都像是好兆头。胡利娅姨妈微笑着，很是高兴。

巴斯库亚尔和哈维尔去市政府看看是否一切准备就绪，我和胡利娅姨妈去南美饭店安顿下来。这是一所木坯结构的单层老式房子，院子里架有顶棚，作饭厅用；在一条瓷砖铺地的过道两旁排列着十几间小房子，看上去像一家妓院。柜台上的人向我要了证件，只看了我的记者证；可是当我在名字旁边写上"和夫人"的时候，他嘲弄地看了胡利娅姨妈一眼。我们的房间里，地面上铺着小石板，有些已断裂，透过缝隙可以看到地皮。一张双人床，铺着绿色菱形图案的被单；一把小椅子；墙上有几枚挂衣服用的粗钉子。我们一进屋便热烈地拥抱，互相亲吻，抚摸，直到胡利娅姨妈推开我笑着说：

"好了，小巴尔加斯，首先我们应该结婚。"

她很激动，眼睛闪闪发光，含着喜悦的心情。我非常爱她，为了同她结婚而心中充满幸福。她在走廊的公共盥洗室里梳洗时，我等待着，对天发誓，我们不会像我认识的所有夫妇那样使结婚成为一场灾难，而将永远幸福地生活在一起。结婚将不会影响我有一天成为作家。胡利娅姨妈终于出来了，我们手拉手，慢慢向市政府走去。

在一家酒店门口，我们见到了巴斯库亚尔和哈维尔，他们正在喝冷饮。市长去主持一个开幕式了，但很快就会回来。我问他们巴斯库亚尔的亲戚是否讲定了我们将在中午结婚，他们两个都嘲笑我。哈维尔同我这个心急如焚的未婚夫开了几个玩笑，并引用了一个很恰当的谚语：等人心焦。为了消磨时间，我们四个在阿尔玛斯广场高大的桉树和橡树下散步。有些年轻人在那儿游荡，老人则一边读利马的报纸一边擦自己的皮鞋。过了四个小时，我们回到市政府。戴阔边眼镜的瘦小秘书告诉我们一个坏消息：市长已出席开幕式回来，但他又到钦查市太阳餐厅去吃午饭了。

"您没告诉他我们在等他为我们举行婚礼？"哈维尔责备他。

"他和别人在一起，说话不方便。"秘书以很懂礼貌的神气说。

"我们到餐厅去找他，把他叫回来。"巴斯库亚尔安慰我说，"请不必担心，马里奥先生。"

我们边走边问，在广场附近找到了太阳餐厅。这是一家当地人开的饭铺，小小的餐桌上连桌布也没有。最里边是厨房，那儿火花飞进，热气腾腾，一些女人正围着大铜锅、炒菜锅和香气扑鼻的一大盘一大盘菜肴操作。餐厅里，一架立式留声机正以最大音量播放着华尔兹舞曲。用餐的人很多。胡利娅姨妈站在门口正要说还是等市长吃完饭更恰当，市长从一个角落里认出了巴斯库亚尔，招呼他。我们看到泛美电台的编辑同从餐桌旁站起来的一个金红色头发的青年人拥抱，那张餐桌上有五六个人用餐，全部是男人，桌上摆着五六瓶啤酒。巴斯库亚尔招呼我们走过去。

"啊，坦白地说，未婚夫妇，我完全把事情忘了。"市长握着我们的手，用一种老手的目光从上到下地打量着胡利娅姨妈说。他向奴颜婢膝地望着他的同伴转过身，用盖过华尔兹舞曲的高嗓门对他们说："这两个人刚从利马逃出来，我要给他们举行婚礼。"

那些人笑起来，鼓掌欢迎，把手伸向我们。市长要我们同他们坐在一起，又要来啤酒为我们的幸福干杯。

"但是，这会儿你们可不能坐在一块儿。你们今后一辈子都要待在一起的。"市长乐呵呵地说，他拽着胡利娅姨妈的胳膊，拉到他身边坐下，"未婚妻坐在这儿，在我的身旁，幸好我的妻子不在。"

同伴们向他祝贺。他们比市长的年龄大，有些是商人，有些是穿着礼服的农民，所有人都像市长一样喝得醉醺醺。有几个人认识巴斯库亚尔，询问他在利马的生活情况，什么时候回利马。我靠着哈维尔坐在桌子一端，竭力做出微笑的神态，慢慢地喝着半温的啤酒，心里一分钟一分钟数着时间。市长和他的同伴很快就对我们失去兴趣。他们一瓶又一瓶地喝着啤酒，先是干喝，随后就着橘汁蒸石首鱼和生石首鱼块喝，还吃干果，后来又干喝啤酒。再没有人记得结婚的事，就连巴斯库亚尔也一样，他眼睛通红，和别人一样用令人厌恶的声音跟市长一起唱华尔兹舞曲。整个午餐期间，市长一直在恭维胡利娅姨妈，现在他企图用胳膊搂住她，拉向自己肥胖的脸。胡利娅姨妈强颜欢笑，和他保持一定的距离，并时不时地向我投来焦急的目光。

"安静些，朋友。"哈维尔对我说，"你只想结婚的事，别的什么都别想。"

"我觉得他太叫人讨厌了，"我对哈维尔说，因为我听到市长高兴到了极点的时候说要拿吉他来，关起钦查太阳餐厅的门，让我们跳舞，"我觉得再也忍不住了，真想揍这个混蛋一顿耳光。"

当我站起身来对胡利娅姨妈说"我们要走了"的时候，心中升起一团怒火，决定一旦市长举止无礼就揍他一顿。胡利娅姨妈立刻站起来，感到轻松了。市长并没有阻止她，继续心醉神迷地唱着舞曲。看到我们要走，他微笑着向我们告别。我觉得那微笑含着讥讽。哈维尔跟在我们后边走出来，说市长只是喝醉了。去南美饭店的路上，我大骂巴斯库亚尔，不知为什么，我觉得他应该对这顿荒唐的午餐负责。

"不要像个没有教养的孩子，要学会保持冷静的头脑，"哈维尔责备我，"这个家伙喝醉了，什么也不记得了。但你不要难过，今天他会让你们结婚的。你们在饭店里等着，我来叫你们。"

进了房间，一剩下我和胡利娅姨妈两个人，我们便互相投进对方的怀抱，拼命地吻起来。我们都不说话，但是手和嘴在滔滔不绝地互相表达着我们感觉到的、情火如炽的美好东西。我们是靠近门口站着开始接吻的，慢慢地移近床边，接着在床上坐下来，最后终于躺下，紧紧拥抱着的臂膀一刻也没有松开。我幸福得要发疯，感到迫不及待，用没有经验的、贪婪的手抚摸胡利娅姨妈，先是隔着衣服，然后解开她那已被弄皱的砖色上衣的扣子。当我正在吻她的胸脯时，有人不合时宜地轻轻敲门。

"一切都准备好了，情人们，"我们听到哈维尔的声音，"五分钟后，在市政府举行婚礼。那个蠢货在等你们。"

我们快活地慌忙从床上跳下来。胡利娅姨妈羞得满面绯红，整理着衣服。我像个孩子似的闭上眼睛，想着一些抽象可敬的东西——数字、三角形、圆圈、祖母、母亲——以便使自己冷静下来。在过道的盥洗室里，胡利娅姨妈和我先后梳理了一下，然后便一口气跑到市政府。秘书立刻把我们让进市长办公室。那房间很宽敞，墙上挂着秘鲁国徽，写字台上插满小旗，放着登记册，五六条木凳仿佛学校的课桌。金红色头发的市长刚刚洗过脸，头发还湿漉漉的，衣着非常齐整，从写字台后边彬彬有礼地向我们点头致意。他完全变成了另一个人，既礼貌又庄重。哈维尔和巴斯库亚尔在写字台两边狡狯地向我们微笑着。

"好的，我们开始吧！"市长说，他的声音柔弱而颤抖，仿佛不听支配，刚到舌尖就停止了，"证件在哪儿？"

"在您手里，市长先生，"哈维尔以十分有教养的语气回答，"我和巴斯库亚尔星期五就交给您了，以便提前办理手续。您怎么不记得了？"

"看你醉成什么样子，表哥，竟把这事给忘了，"巴斯库亚尔笑了，声音里也带着醉意，"是你自己要我们把证件交给你的。"

"噢，那大概是在秘书手里，"市长嘟囔着说，显得有些不高兴，板着脸看着巴斯库亚尔喊道，"秘书！"

戴阔边眼镜的瘦小秘书拖了几分钟才找到我们的出生证和胡利娅姨妈的离婚判决书。我们默默地等着，市长抽着烟，打着呵欠，不耐烦地看着表。秘书终于带着反感的神情一边查看一边把证件拿来，放在写字台上，打着官腔说：

"证件在这儿，市长先生。青年人的年龄不合适，我对您说过。"

"有人问您了吗？用得着您多嘴？"巴斯库亚尔说，他向秘书走过去一步，像是要掐死他。

"我是履行我的职责。"秘书回答说。他转身朝着市长，指着我，酸不溜丢地坚持道："他只有十八岁，没到法定结婚年龄。"

"表哥，你怎么找了个笨蛋当助手？"巴斯库亚尔忍不住了，"干吗还不马上把他赶走，找个机灵点的人？"

"住嘴，你喝醉了，看你那副凶样子。"市长说，他咳嗽了一下，以拖点儿时间。他把胳膊交叉抱起来，神情严肃地扫了我和胡利娅姨妈一眼，"我本想放过结婚通告这件事，帮你们一个忙。但这是一件比较重要的事，我感到很遗憾。"

"怎么搞的？"我惶惑不解地说，"难道您不是从星期五就知道我年龄的事吗？"

"这是在做什么戏？"哈维尔插嘴说，"您不是跟我说让他们结婚没问题吗？"

"您是要我去犯罪吗？"市长发火了，像是受了侮辱，"还有，不必用那么大嗓门跟我说话，好好说就行，不要大喊大叫。"

"但是，表哥，你发疯了吧！"巴斯库亚尔气冲冲地说，把写字台捶得山响，"你原先同意了——你知道年龄的事，还说这没关系。你不要对我装成一个健忘症患者和奉公守法的人。痛痛快快让他们结婚，别乱扯淡！"

"不要在高贵的女士面前说脏话，不要再喝酒了，因为你已失去了理智。"市长心平气和地说。他转身向秘书打了个手势让他退下去。当只剩下我们这伙人的时候，他压低声音，以同谋的神气向我们微笑着："你们没看到这家伙是我对手的密探吗？现在他发觉了，我不能为你们办理结婚了。否则我会落到不可收拾的下场。"

没办法说服他。我对他发誓说，我的父母住在美国，因此我拿不出法院的特许证。我们家里不会有人为我结婚一事找麻烦，我和胡利娅姨妈结完婚就动身到外国去，再也不回秘鲁。

"我们早就讲好的嘛，您可不能对我们失信。"哈维尔说。

"你不要让人那么讨嫌，表哥，"巴斯库亚尔拽着他的一条胳膊，"你不知道我们是从利马赶来的吗？"

"镇静点，你们不要缠着我不放。我想出了一个主意，一切都会

276

解决。"市长最后说，他站起身来，向我挤挤眼睛，"到汤博·德莫拉去！去找渔夫马丁！你们现在就去，就说是我让你们去的。渔夫马丁是个非常热情的桑包人①，他会十分乐意为你们办理结婚手续。这再好不过了。那是一个小村子，不会引起什么风波。去找马丁，他是村长。你们给他一些小费，事情很容易解决。他几乎不识字，不会看这些证件。"

我想说服他，让他跟我们一同前往。我跟他开玩笑，恭维他，恳求他，但无济于事。他有约会，有工作，家人在等他。他陪我们走到门口，以肯定的语气对我们说，在汤博·德莫拉，只要两分钟，一切都可办妥。

在市政府的门口，我们叫了一辆破烂不堪的出租汽车，把我们拉到汤博·德莫拉。哈维尔和巴斯库亚尔一路上都在谈论市长。哈维尔说市长是他所见到的最无耻之徒，巴斯库亚尔企图把罪过归咎于秘书。这时司机突然插嘴，大骂钦查市长，说他活着只是为了做官和嫖妓。我和胡利娅姨妈手拉手对视，我不时地在她耳边悄悄地说我爱她。

黄昏时分，我们到了汤博·德莫拉村。从海滨看到一轮火红的太阳正从晴朗的天空沉入大海，天空中开始跃出星星眨巴着眼睛。我们穿过这个有二十几户人家的村落，住宅全是芦苇和泥巴砌成的棚屋，到处是底部凿穿待修的渔船和晾在木桩上的渔网。我们嗅到了鲜鱼和大海的气味。半裸着身子的小黑孩把我们围起来，问个不停：我们是谁，从哪儿来，想买什么。我们终于找到了村长的棚屋。他的妻子是黑人，正一边用手擦着额头上的汗水一边用扇子扇着炉灶。她告诉我们村长捕鱼去了。接着又看看天，补充说，他马上就要回来了。我们到海滩上去等村长。整整一个小时，我们坐在一棵树的树干上，看着

---

① 黑人和土著人的混血儿。

渔船如何在复杂的操作下被拖上沙滩，看着渔夫们一到岸，他们的妻子就排除贪婪的狗的搅扰，砍去鱼头，掏出内脏。马丁是最后回来的。夜幕降临，月亮已在天空升起。

马丁是个头发斑白的黑人，大腹便便，爱开玩笑，话很多。尽管入夜已很凉爽，他还是只穿着一条贴身的短裤。我们向他致意，仿佛对待从天国下凡的神人。我们帮他把渔船拖上岸，然后跟着他回家。渔民们没有大门的棚屋里泻出灶火微弱的光亮，我们一边走着，一边向他解释来访的原因。他露出一嘴大马牙笑起来：

"说什么我也不干这事，朋友们。你们去找别的好说话的人弄凉这块烤肉吧，"他对我们说，大嗓门像唱歌似的，"我曾经因为办过一件类似的胡闹事，差点儿吃子弹。"

他告诉我们，几个星期前，为了帮助钦查市长，他没发结婚通告就为一对情人办理了结婚手续。四天后，新娘的亲夫找来了，气得都快发疯了。"原来是卡奇切镇的姑娘。这个镇的女人都有扫帚，晚上会飞跑。"① 渔夫说，"这姑娘两年前就结婚了。她的丈夫威胁要杀死那个竟敢使一对通奸者的结合合法化的鬼村长。"

"我那位钦查的同事对这种事知道得一清二楚，他是个滑头，自己是怎么也不肯陷进去的，"马丁拍打着他那水滴闪闪发光的大肚皮嘲弄，"每逢碰到这种肮脏事，他就赠送给渔夫马丁，让黑人马丁给他当替死鬼。他实在太滑头了！"

没有办法使他动心。他根本不看我们的证件，也不听哈维尔、巴斯库亚尔和我讲的道理。胡利娅姨妈不说话，有时面对黑人满嘴诙谐下流的话强颜欢笑。马丁开着玩笑回答我们的问题，嘲笑钦查市长，或者再次哈哈大笑着给我们讲述由于他使卡奇切镇那个迷人的姑娘和一个男人结了婚而她的亲夫要杀死他的故事，因为那女人的丈夫既没

---

① 意思是这个镇的女人都不正经。

有死，也没有同她离婚。我们到了马丁家里，想不到他的妻子成了我们的同盟者。马丁本人擦着脸、胳膊和肥大的躯干，贪婪地闻着炉灶上煮沸的饭锅，对妻子讲我们要他做的事。

"为他们办理结婚手续吧，你这个不通人情的黑东西，"妻子对马丁说，怜悯地指着胡利娅姨妈说，"你看看这个可怜的人，他们把她弄出来却不能结婚，这使她多难过呀。你有什么不好办的？还是因为自己是村长，觉得了不起？"

马丁迈着四方步在棚屋的泥地上走来走去，收集杯子和茶碗。这时我们又一次对他发起进攻，表示可以奉献一切；我们永世感谢他，并拿出一笔相当于他多日打鱼收入的报酬。但他坚定不移，最后骂他妻子，说不要对她不懂的事多嘴多舌。不过，他的情绪马上恢复过来，在我们每个人的手上放了一只杯子或小茶碗，为我们倒了一点皮斯科酒：

"为了不使你们白跑一趟，朋友们，"马丁举起酒杯安慰我们说，没有一点讥讽意味，这种祝酒在当时真是糟透了，"为未婚夫妇的幸福干杯。"

同我们告别的时候，马丁对我们说，由于有卡奇切姑娘的先例，我们到汤博·德莫拉来是做错了。但是，他劝我们到下钦查去，到埃尔卡门、苏纳木柏、圣彼得或本省任何一个镇子去，说在那儿他们会立即为我们办理结婚手续。

"那些镇长都是些闲人，无事可干，没机会为人举行婚礼。他们会高兴得要死。"马丁对我喊道。

我们回到出租汽车等我们的地方，一句话没说。司机提醒我们，由于等了那么长时间，车费需要另议。回钦查市的路上，我们商定第二天一大早便开始到一个个区、镇去，拿出慷慨的报酬，直到找到一个该死的镇长为我们办理结婚手续。

"快九点了，"胡利娅姨妈突然说，"他们大概已告诉我姐姐了？"

我让大巴布罗把我对鲁乔舅舅和奥尔卡舅妈交代的话背下来，并且重复了十几次。为了更有把握，最后我把应该说的话写在了一张纸上："马里奥和胡利娅已经结婚。你们不必为他们担心。他们很好，几天后就回利马。"大巴布罗要在晚上九点钟从公用电话打电话，转达完口信后立即把电话挂掉。我借着火柴的光亮看了看表：是的，家里已经知道了。

"他们大概正死死地追问南希，"胡利娅姨妈说，努力讲得自然，仿佛在讲别人的事，"他们知道南希是同谋，不会轻易饶过那个瘦姑娘。"

道路坑洼不平，破旧的出租汽车颠簸得很厉害，好像随时都要停下来，周身的铁皮和螺丝叽叽嘎嘎作响。月光柔和地映照着沙洲，我们不时远远地看到一片片的棕榈树、无花果树和角豆树。天上繁星密布。

"或许你爸爸一下飞机，他们就告诉他了。"哈维尔说，"真是不寻常的见面礼！"

"我对上帝发誓，我们将会找到一个镇长，"巴斯库亚尔说，"如果明天上午还不能使你们在这个地方结婚，我就不是钦查人。我这是君子之言。"

"你们是要找一个镇长让你们结婚吗？"司机关心地问，"小姐是抢出来的？你们为什么不早告诉我？这样不信任我？如果你们早说了，我会把你们送到格罗西奥·普拉多去。那里的镇长是我的朋友，准保为你们结婚。"

我建议继续开车到格罗西奥·普拉多去，但是他马上让我扫兴了。镇长那时大概不在镇上，而是在他的小庄园里，要找他需要骑毛驴走差不多一个小时，最好还是第二天再说。我们定好次日早八点，他来接我们。如果他能让他的朋友帮助我们，我答应给他一大笔钱作为报答。

"当然，"他给我们鼓劲，"无需多费口舌，你们在修女梅尔乔丽塔的镇上结婚就是了。"

　　南美饭店的餐厅已准备关门，但是哈维尔说服了侍者为我们准备点吃的。侍者送来了可口可乐和重新温热的蛋炒饭，我们几乎没吃。饭吃到一半的时候，我们突然发现大家在窃窃私语，仿佛是些阴谋分子，忍不住大笑起来。巴斯库亚尔和哈维尔原来打算当天在我们结婚后回利马去，但是由于事情起了变化，他们留了下来。为了省钱，二人合住一间。当我们各自到自己房间去时，六七个人走进餐厅，几个穿高腰皮靴和马裤的人大声吵着要啤酒。这些人醉酒地喊叫，用纵声大笑、碰杯声、愚蠢的玩笑和粗野的祝酒——后来是打饱嗝和胃痉挛——谱成了我们新婚之夜的主题歌。虽说白天在钦查市政府未能成功结婚，但仍然是一个热烈而美好的新婚之夜。这天夜里，在那张由于我们没完没了的接吻而像起重机一样呀呀作响并且肯定有许多跳蚤的破床上，我们几度相悦，情火一次比一次更炽；我们的两手和双唇总是不分开，互相使对方感到舒服，同时述说着要永远相爱，绝不说谎或欺骗对方，白头到老。店家来敲门时——我们要他们七点钟把我们叫醒——醉汉们刚刚停止喧闹，而我和胡利娅姨妈仍然睁眼未眠，裸着身子在绿色菱形图案的床单上紧紧抱在一起，像醉人那样神魂颠倒，满怀激情地互相对视。

　　在南美饭店公共盥洗室里梳洗堪称一种奇迹。沐浴设备像是从来无人用过，长满绿锈的喷头向各个方向喷洒水流，唯独避开洗澡的人。流出干净的水之前，必须长时间忍受喷头咕嘟咕嘟涌出的污水。没有毛巾，只有一块破布用来擦手，因此我们不得不用被单擦身子。但是，我们感到幸福、激动，这些不便使我们感到可乐。我们在餐厅里看到哈维尔和巴斯库亚尔时，他们已经穿好衣服，困倦的脸上有些苍白，厌恶地望着昨天夜里醉汉们把这儿弄得乱七八糟的样子：到处是打碎的杯子、烟头、呕吐物、痰和唾沫，餐厅职员正在这些脏物上撒下一桶桶锯末，恶臭仍呛鼻。我们在街上一个小酒店里喝了牛奶咖啡，从那儿可以看到广场茂密高大的树木。灰蒙蒙的薄雾中，一轮喷薄而出的太阳升起来，天空晴朗。这样开始新的一天，给人以奇特的感觉。我们回来的时候，司机已在饭店里等我们了。

我们沿着一条尘土飞扬的土路到格罗西奥·普拉多去，路两旁是葡萄园和棉花田。在沙漠的尽头，远远看到了灰褐色的科迪勒拉山脉。司机十分饶舌，同我们的一言不发形成对照。他甚至喋喋不休地讲了修女梅尔乔丽塔：凡是她有的东西，都送给穷人；她照料病人和老人，安慰遭受不幸的人；她活着的时候就已经那么出名，省内所有镇子的信徒都来她身边祈祷。司机跟我讲了她的几次显灵。她能同赏识她的圣徒交谈，救活了患不治之症的垂死病人；她看见过上帝，使长在石头上的一株玫瑰开了花。

"她比乌马伊镇的小修女和卢伦镇的耶稣更得人心，只要看看有多少人来她的修道院、参加为她举行的祈祷就清楚了，"司机说，"没理由不封她为圣女。你们是利马人，活动活动，促成这件事吧。这是正义的事，请相信我好了。"

当我们终于从头到脚盖满尘土地到达格罗西奥·普拉多没有一棵树的宽大方形广场时，发现梅尔乔丽塔确实不负众望。一群群小孩子和女人围住了汽车，一边喊叫，一边做手势，自荐带我们去修道院。梅尔乔丽塔就生在那所房子里，在那儿修炼，在那儿显灵，最后安葬在那儿。他们送给我们小神像、祷文、神符和带着修女像的纪念章。司机不得不进行说服，告诉他们，我们既不是朝圣者也不是游客，以便让我们得到安静。

镇政府是一座锌铁板屋顶的土坯房，窄小简陋，阴沉沉地矗立在广场一侧，大门关着。

"我的朋友很快就会来，"司机说，"我们到荫凉下等他吧。"

我们坐在镇政府屋檐下的人行道上，从那儿可以看到条条笔直的土街尽头，周围不到五十米的范围内都是摇摇欲坠的小房子和粗芦苇搭成的棚屋，接下去便是小庄园和沙漠。胡利娅姨妈坐在我身边，脑袋枕在我肩上，闭着眼睛。我们在那儿观看。骡夫们徒步或骑着驴子走过去，女人们到流过一个街角的小河里去汲水。过了半小时，一个骑马老人走过。

"你们是等哈辛多先生吗？"他一边脱去草帽向我们致意一边说道，"他到伊卡市去了，去求省长放他到兵营去领回他的儿子，士兵们把他儿子抓去当壮丁。哈辛多先生下午才回来。"

司机建议我们留在格罗西奥·普拉多参观梅尔乔丽塔的纪念地，但我坚持到别的镇子去碰碰运气。经过一番讨价还价，最后他答应继续拉我们到中午。

早上九点钟，我们重新启程。汽车在骡行小路上剧烈地摇晃着，那些被沙洲吃掉一半的土路扬得我们满身沙子。我们有时驶临大海，有时驶近山麓，实际上我们跑遍了整个钦查省。在埃尔卡门镇口，汽车的一只轮箍断裂了。由于司机没有千斤顶，我们四个只好以人力把汽车架起来。半响时分，太阳渐渐热起来，直至令人难以忍受；车子被灼烤着，大家像在土耳其浴池里似的汗水淋淋。发动机的散热器开始冒烟，我们不得不预备满满一铁桶水，每隔一段时间浇它一次。

我们找了三四个区长和三四个副村长。那些小村落，有的只有二十几户人家，村长全是些粗人，找他们要到小庄园去，他们在那儿耕田；或者到商店去，他们在那儿向居民们出售油和香烟。其中有一个村长，即苏纳木柏的村长，我们不得不到渠边把他摇醒，他喝醉了，正在那儿呼呼大睡。每到一处政府所在地，我就从汽车上下来，有时由巴斯库亚尔，有时由司机，有时由哈维尔陪着，去和村长交涉，因为经验告诉我们，去的人越多，村长越害怕。不管我们如何解释，每次我在农民、渔夫或商人（下钦查的村长自称是"乡医"）脸上看到的总是不信任的神情，眼里流露出惊恐。其中只有两个人是断然拒绝的，一个是上拉兰的村长，那是个小老头，我一边跟他讲话，他一边把苜蓿包放在几匹骡背上。他对我讲，除了本村人，他不为任何人办理结婚。另一个是圣胡安·德亚纳克的村长，那是一个混血农民。一看到我们，他大吃一惊，以为我们是警察局的人，是为什么事来跟他算账的。当他知道我们的来意时，大动肝火："不行，说破了天我也不干。白人到这个出自上帝之手的村子来结婚总会有什么不好的原因。"其他镇长、村长拒绝不办的借口都大同小异，最通常的借口是：登记册丢了，或者用完了，在钦查市下发新登记册前，本政府无法办理出生、死亡证明，也不能为任何人办理结婚。查文镇长对我们的回答最荒唐，他不能为我们办理结婚手续，因为没有时间，他要去杀死一条狐狸，这条狐狸每夜都要吃掉当地两三只小鸡。只有在新镇，差一点大功告成。镇长耐心地听了我们的讲述，同意为我们办理结婚事宜，说付五十英镑可以免发结婚通告。他根本不管我的年龄，像是相信了我们对他肯定的现在结婚的大多数不是二十一岁而是十八岁。我们站在架在两只大桶上充当办公桌的大木板前（这是一间土坯房，房顶有洞，可以看到天空），这时村长开始一个字一个字地读证件。突然，胡利娅姨妈是玻利维亚人这件事使他害怕了。我们跟他讲这并没有什么妨碍，外国人也是可以结婚的，并且答应再多给他一些钱。但毫无用处。"我不想冒险，"他说道，"小姐是玻利维亚人这件事可不是闹着玩的。"

下午三点左右，我们回到钦查。我们热得要死，满身灰尘，垂头丧气。在城郊，胡利娅姨妈哭了。我把她抱在怀里，在耳边悄悄对她说不要这样，我爱她，即使跑遍秘鲁所有的村镇也要结婚。

"我不是为我们不能结婚哭，"她眼泪汪汪地说，竭力露出笑脸，"而是因为这一切太可笑了。"

到了饭店，我们要司机过一个钟头回来，以便到格罗西奥·普拉多去看看他朋友是否返回。

我们四个人没有一个感到饿，因此大家的午餐只是一份干酪三明治和可口可乐，是在柜台前站着吃的。随后便去休息。尽管前天夜里一夜未眠，今天上午又一次次地失败，我和胡利娅还是在飘荡着尘埃的微弱光亮中，在菱形花格床单上，感情炽热、兴致勃勃地相爱。从床上，我们看到太阳的余晖刚刚能透进来。高高的天窗玻璃上长满苔藓，使阳光变得淡薄而昏暗。我们没有起床去餐厅和我们的同谋会面，而是即刻进入了梦乡。这一觉睡得焦躁，惊恐，噩梦重重，每当我们本能地想互相寻找和抚摸时总是飞来横祸。后来，我们互相讲述了那些噩梦，知道两个人都在梦中看到了亲属。当我告诉胡利娅姨妈，在梦中，我有一会儿感到经历了彼得罗·卡玛乔最近的大灾难之一的时候，她笑了。

有人敲了几下门，我醒来了。室内漆黑一片，透过天窗的缝隙能看到电灯的几道光亮。我大声喊着说马上就来，一边摇晃着脑袋赶走睡意一边划着火柴看了看表，已是晚上七点钟。我觉得天要塌下来似的，这一天又白白地丢掉了，更糟糕的是我已经没有钱继续去找村长了。我摸索着走到门边把门半打开。当我正要为了把我叫醒骂哈维尔的时候，却发现他满面喜色：

"一切都办好了，小巴尔加斯，"他说，骄傲得像只孔雀，"格罗西奥·普拉多村长将办理登记手续，准备结婚证。别再作孽了，快点，我们在汽车上等你们。".

他关了门，我听见他笑着离去了。胡利娅姨妈已经从床上坐起来，揉搓着眼睛。在阴影中，我猜得出她脸上惊讶、将信将疑的表情。

"我的第一本书就写这个司机。"我说，我们穿着衣服。

"你不要高兴得太早了，"胡利娅姨妈笑道，"即使看到结婚证，我也不会相信。"

我们急急忙忙跑出来。穿过餐厅时看到那里已有许多人在喝啤酒。有个人十分风趣地恭维胡利娅姨妈，逗得很多人笑起来。巴斯库亚尔和哈维尔坐在汽车里，但是已不是上午那辆，司机也换了。

"他想要滑头，收我们双倍的钱，趁火打劫，"巴斯库亚尔对我们解释说，"我们让他滚蛋了，在这里找了另一位师傅，这个人好极了。"

种种担心一下子占据了我的脑海，我想换了司机可能会使婚礼再次告吹。但哈维尔要我放心，并不是那个司机跟他们去格罗西奥·普拉多的，而是这一个。他们顽皮地告诉我们，他们决定让我们休息，以防再次遭到拒绝时胡利娅姨妈感到难过；他们去格罗西奥·普拉多交涉，和村长进行了长时间的谈判。

"是个博学的乔洛人①，只有钦查这块土地才能有这样的上等人，"巴斯库亚尔说，"你必须参加为梅尔乔丽塔举行的祈祷，以表示对他的感激。"

格罗西奥·普拉多的村长静静地听了哈维尔的解释，不慌不忙地阅读了全部证件，考虑了好一阵子，之后提出了他的条件：一千索尔，但要把我出生证上的"六"字改成"三"，这样我就等于早出生了三年。

"无产者的智慧，"哈维尔说，"我们才是没落阶级，请你相信好了。我们连想都没有想到这一点，而这个农村人以他敏锐的辨别力马上看到了。事情解决了，你已经到了法定婚龄。"

就在村政府，村长和哈维尔动手把"六"改成了"三"。村长说，墨水不一样有什么要紧？重要的是内容。我们在八点钟左右到达格罗西奥·普拉多。那是一个晴朗的夜晚，满天星斗，空气温和宜人，村内的所有小房子和棚屋都亮着灯。我们看到一座灯火辉煌的房子，透过芦苇的缝隙射出了烛光。巴斯库亚尔画着十字对我们说，那就是梅

---

① 白人和土著人的混血儿。

尔乔丽塔曾住过的修道院。

村政府里，村长正在一本黑皮厚本子上填写着结婚证明书。这里只有一间屋子，地板是泥地，刚刚洒过水，飘起一层潮湿的蒸汽。桌上点燃着三支蜡烛，微弱的光亮映照出粉刷过的墙上用钉子钉着的一面秘鲁国旗和一幅带有共和国总统头像的图画。村长是个五十上下的人，身材肥胖，面部毫无表情。他用蘸水钢笔慢慢地写着，每写几个字就在颈脖墨水瓶里蘸一下。他苦着脸点头向胡利娅姨妈和我打招呼。我估计他这样慢腾腾地填写登记表格可能长达一个多小时，写完后，身子一动也不动，说：

"需要两个证婚人。"

哈维尔和巴斯库亚尔走上前，但只有巴斯库亚尔被村长接受了，因为哈维尔年纪太轻。我跑出去和坐在汽车里的司机商量，他同意以一百索尔为酬劳做我们的证婚人。他是一个瘦瘦的桑包人，镶着一颗金牙。他时时都在抽烟，在来这儿的路上没说过一句话。当村长指给他应该在哪儿签字时，他不悦地摇摇头说：

"真倒霉，"看他说话的神气，仿佛后悔了，"什么地方见过这种连为未婚夫妇祝贺的可怜的一瓶酒都没有的婚礼？我不能为这种事情作证。"他怜悯地看了我们一眼，在门口说，"等我一会儿。"

村长双臂抱胸，闭上眼睛，好像要睡觉了。胡利娅姨妈、巴斯库亚尔、哈维尔和我互相观望，不知如何是好。最后，我准备到街上去另找一个证婚人。

"没必要，他就会回来，"巴斯库亚尔制止我，"再说，他说的有道理，我们应该想到祝酒的事。这个混血儿给我们上了一课。"

"简直受不了，"胡利娅姨妈抓住我的手悄悄地说，"你不觉得你仿佛是在抢劫银行，警察马上就要来了吗？"

混血儿耽搁了几十分钟，宛如过了好几年，但是他终于又回来了，手里拿着两瓶酒。仪式得以继续进行。证婚人签字后，村长让胡利娅姨妈和我也签了字。他打开一本法典，凑近一支蜡烛，像他写字一样慢腾腾地对我们念了有关夫妻义务和权利的条款，随后便发给我们证明，告诉我们已经结婚了。我和胡利娅姨妈接了吻，而后证婚人和村长都拥抱了我们。司机用牙齿撬开酒瓶。没有酒杯，我们只好一个挨一个地对着瓶嘴喝。回钦查市的路上，大家很高兴，也很平静。哈维尔试图用口哨吹出《婚礼进行曲》，却吹得令人啼笑皆非。

付了出租汽车费，我们到阿尔玛斯广场去，以便让哈维尔和巴斯库亚尔乘公共汽车赶回利马。一个小时之后才有汽车去利马，因此我们有时间在太阳餐厅用饭。吃饭时，我们制定了一个计划。回米拉弗洛雷斯后，哈维尔到我舅父鲁乔和舅姆奥尔卡那儿去探探家里的空气，打电话告诉我们。我们第二天上午回利马去。巴斯库亚尔必须想出合适的理由来解释他离开电台两天多这件事。

我们在公共汽车站送走哈维尔和巴斯库亚尔，像老夫老妻似的交谈着回到南美饭店。胡利娅姨妈感到不舒服，她认为是在格罗西奥·普拉多喝了酒所致。我对她说，我觉得那酒的味道好极了，但没有告诉她那是我平生第一次喝酒。

第十八章

　　利马抒情诗人格利桑托·马拉维亚斯出生在市中心圣阿纳广场附近的一条街巷里。人们常常爬上这里的屋顶放秘鲁飞得最高的风筝，当那些绸纸做的五彩缤纷的风筝在阿尔多区上空悠然翱翔时，赤脚修道院的小修女便跑到天窗前窥探。几年后，一个将把美洲华尔兹、马丽内拉舞和波尔卡舞提到跟风筝一样水平的婴儿落地了，正好在风筝命名仪式那天出生。命名仪式把本区最有名的吉他手、鼓手和歌唱家都吸引到圣阿纳小巷。产婆打开孩子出生的 H 房间的窗户，宣布利马这个角落里的人口又增加了，并且预言："如果这孩子活下来，一定是个调皮鬼。"

　　但是这孩子能不能活下去好像还是个问号。他体重不到一公斤，两条小腿短得出奇，大概永远走不了路。父亲巴伦丁·马拉维亚斯——他多年来一直想使本区居民信奉林皮亚斯的耶稣（在自己的房间里创办了修道院，为了延年益寿，竟做了一件鲁莽的或者说轻率的事情，还对天发誓说在他归天前要使修道院人数超过奇迹修道院）——宣布：他的保护神会创造奇迹，救活他的儿子，并使其像正常的基督教徒那样行走。孩子的母亲玛利娅·玻塔尔是妙手厨娘，连感冒也没患过。当她看到自己日夜思盼、百般乞求上帝而得到的儿子——类人虫？畸形？——是个半人半妖的家伙时，心情是那样激愤，以致把丈夫撵出了家门，并在大庭广众之下把责任推到他身上，指责说是他的假虔诚才落得这样的后果。

可是格利桑托·马拉维亚斯竟然活了下来，虽然那双小腿滑稽可笑，但终究学会了走路。当然走得不平稳，看起来像木偶，每步分三个动作——抬腿、弯膝和落脚——而且走得那样缓慢，如果你走在他身旁，会觉得是跟着阻塞在狭街窄巷中的迎神赛会的队伍前进。但至少这孩子的双亲（已重归于好）可以宣布格利桑托不用拄拐杖或靠别人帮助就可跑遍四方。巴伦丁先生跪在圣阿纳教堂里，热泪盈眶地向林皮亚斯的耶稣感谢赐福。玛利娅·玻塔尔却说那奇迹完全是利马最有名的瘫痪病专家阿尔贝托·德·金德罗斯大夫创造出来的，这位大夫曾使无数瘫痪病人变成了短跑运动员。玛利娅曾在家中摆设丰盛的酒菜，请这位名医来家里亲自传授按摩、治疗和护理的技术，这样，尽管格利桑托的双腿是那么短小、弯曲，但可以站立，并在人间的道路上挪动行走了。

谁都不会说格利桑托·马拉维亚斯有着同他降生的那个有名地区的孩子一样的童年。不幸的是，那也许正是他的幸运所在。格利桑托瘦弱的身体不允许他参加任何使邻居的孩子身心得到锻炼的同类活动。他不能玩布球，不能拳击，不能在街角抽陀螺。在老利马的街道上，圣阿纳广场的孩子们经常用弹弓、石子或拳打脚踢同齐里莫约、古恰卡斯、五角区和围墙区的孩子打架斗殴，可他从来没有参与过。他不能同他在普拉苏埃拉·圣克拉拉财政学校（他在这里学文化）的同学去坎多格兰德和尼亚尼亚果园偷果子吃，也不能同他们去里马克河洗澡，更不能去桑托约牧马场学骑驴。他的个子比侏儒更矮，瘦如干柴，皮肤像他父亲一样呈巧克力色，头发像他母亲那样挺直。格利桑托总是站在远处，用那双聪明的眼睛盯着他的伙伴，看着他们玩耍，在那些他不能参加的危险活动中累得满头大汗，成长壮大。他脸上的表情是无可奈何的忧郁还是平静的悲伤？

有一段时间，他看来要像他父亲（除了信仰林皮亚斯的耶稣，这辈子还抬过各种耶稣和圣母像，穿过不同的袈裟）那样虔诚，因为他多年来勤勤恳恳地在圣阿纳广场附近的几个教堂里当侍童。他随叫随到，能整章背诵经文，又天真无邪，所以教区神父都谅解他动作迟钝，常常叫他来帮忙做弥撒、圣周时在耶稣赴难路上敲小钟或在迎神赛会队伍中撒香。看到他身穿总是显得又肥又大的侍童长袍，听见他用纯熟的拉丁文在特立尼达里亚斯、圣安德烈斯、卡门、布埃纳·莫埃特甚至古恰卡斯（连这个远城区都请他去）教堂的祭坛上那么认真地背诵经文，母亲玛利娅·玻塔尔痛苦难当。她本来希望儿子轰轰烈烈地干一番事业，当军官、做冒险家，或者成为举世无双的演员。倒是利马教友会会长巴伦丁·马拉维亚斯看到自己的怪儿子有可能当上牧师，不禁暗自欢喜。

父母都没有看准，孩子对宗教并不感兴趣。他的内心活动十分激烈，灵敏的感情不知从何处通过怎样的方式得到安慰。蜡烛烟熏火燎，烧香祈祷，到处是面前摆着供品的圣像，念悼亡经，举行各种礼仪，画十字，屈膝下跪……这种环境扑灭了他那早熟的诗兴和灵感。玛利娅·玻塔尔帮赤脚修道院的修女做甜食，料理家务，她是为数不多的可以打破修道院清规进入内宅院的人之一。这位技艺高超的厨娘经常带格利桑托去那里，当这孩子长大（指年龄，而不是身材）时，修女们已经看惯了他（痴傻，萎靡不振，半人半兽——这样说是出于人道），所以当玛利娅·玻塔尔和修女们一起准备天饼、酥脆点心、蛋卷、甜糕和杏仁糖，以便卖掉，筹集去非洲传教的费用时，就让他在修道院里随便走动。就这样，格利桑托·马拉维亚斯长到十岁时，开始懂得了爱情……

使格利桑托·马拉维亚斯一见倾心的女孩叫法蒂玛，和他同年，在赤脚修道院给修女们当侍女。格利桑托·马拉维亚斯第一次看到她的时候，法蒂玛刚刚冲洗完修道院走廊的石板地，正要去花园给玫瑰和百合浇水。尽管她身穿满是窟窿、口袋似的大衣服，用一块破粗布当头巾包住头发，还是能看得出她的真实模样：脸如象牙般洁白细嫩，蓝色的眼圈，美丽的下巴，苗条的身材。她是因贵族之家的悲剧而被遗弃的婴儿，修女们把她捡回来。一个冬天的夜晚，她裹着天蓝色小毯子被丢在胡宁大街旁，身上有一封书写工整、泪迹斑斑的信："我是不幸的爱情之女，使荣耀满门的家族声誉扫地。我不可能在生父母的罪恶不受谴责的情况下在社会上生存，因为他们同父同母，根本不能相爱，没有权利生我、认我。善良的赤脚修女们，你们是唯一可以养活我而又不为我感到羞辱也不使我受到凌辱的人。我那悲痛欲绝的双亲将好好酬谢诸位的善行，这种善行将为你们打开通往天堂之门。"

修女们在这个乱伦而生的女孩身上还发现一只装满钞票的布袋，想到即使是野蛮的异教徒也应该向他们宣讲福音，给衣穿，给饭吃，所以决定先让这女孩子当使女。以后如果她有天资，就让她穿上白色教服，给耶稣当女仆。修女们给她取名法蒂玛①，因为拾到她的那一天正是葡萄牙的三个牧童见到圣母的日子。这女孩就这样远离尘世，在赤脚修道院贞洁的围墙内慢慢长大。修道院的环境纯洁无瑕，在格利桑托之前，法蒂玛除了多病老人塞巴斯蒂安先生（贝瓜?）之外，没有见过别的男人。这位牧师每星期来修道院一次，宽恕修女们的轻微罪过（每次都是被宽恕的）。这女孩温柔顺从，讨人喜欢，有经验的修女说她心灵纯洁，眼睛明亮，气质不凡，一举一动都流露出明显的神圣特征。

格利桑托·马拉维亚斯竭力克制着使自己难以启齿的胆怯，鼓起

---

① 法蒂玛原是葡萄牙的一个小村子。传说在1917年，三个牧童在村子附近的山洞里看到了圣母。

勇气走近那女孩，问她是否自己可以帮她浇花。那姑娘欣然同意，从那以后，玛利娅·玻塔尔每次去修道院同修女们一起忙着在厨房干活时，法蒂玛和格利桑托不是一块打扫房间就是清扫院子，或一起给祭坛更换鲜花；有时一起擦窗户，给地板打蜡，拂去祈祷书上的灰尘。这个丑陋男孩和那个俊俏姑娘之间渐渐地产生了被认为是初恋的完美爱情——大概只有死神才能把他俩分离开来？

正是在这个半残障孩子快满十二周岁的时候，巴伦丁·马拉维亚斯和玛利娅·玻塔尔发现了某些迹象，显示格利桑托有一种爱好，这爱好将在短时间里使格利桑托成为最有灵感的诗人和著名作曲家。

每周至少一次的欢庆活动或庄严仪式把圣阿纳广场的居民经常聚在一起。在裁缝楚母皮塔兹的车库里，在拉马五金店的小院子里，在巴伦丁住的小巷里，或因为某家有婴儿出生，或有人故世（是欢庆喜事临门还是解除心灵的苦痛？），总免不了有理由通宵达旦地热闹一番，弹吉他，敲小鼓，拍巴掌，引吭高歌。当舞伴们——有玛利娅·玻塔尔的白酒和佳肴助兴——翩翩起舞时，格利桑托凝视着吉他手、歌手和鼓手，仿佛他们的言语和声音有超然的魔力。当乐师们休息片刻，抽支烟或品尝一杯美酒时，这孩子毕恭毕敬地走近吉他，轻轻地抚摸着，好像怕它们受惊，并且拨弄六根琴弦，发出悦耳的声音……

这孩子很快就被发现是个天才，有杰出的音乐才华。这个半残障人听觉灵敏，能当即听出并记住任何旋律。尽管他的小手软弱无力，但能用小鼓娴熟地给各种印第安音乐伴奏。乐队幕间休息用餐或饮酒时，他独自掌握了弹奏吉他的诀窍，并深深地爱上了它。居民们常常看见他在娱乐活动中弹吉他，乐队又多了一位乐师。

格利桑托的腿没有再长，虽然他已十四岁，但看起来只有七八岁。他非常瘦小，因为——艺术天才的确凿证明：有灵感的人都是这种苗条身材——患有慢性食欲不振病。如果不是玛利娅·玻塔尔强迫他吃饭，这位年轻的诗人早就入土升天了。他虽然身体那么虚弱，可是一接触到音乐就不知道什么是疲倦。本区的吉他手弹奏、演唱数小时后，就精疲力竭，瘫软在地，手指痉挛，失音之重，几乎成了哑巴。可是那个残障人依然坐在原来的那张稻草小椅子上（日本人式的小脚丫从来踏不到地上，小手指不知疲倦地拨弄着），弹奏出悠扬的琴声，同时轻声地哼唱着，仿佛演奏刚刚开始。他的声音并不洪亮，和著名的埃斯基耶尔·德尔芬相形见绌，此人用 G 调演唱圆舞曲时，能震碎面前窗户的玻璃。可是他音量虽不足，自有其他办法来弥补：长时间不停地哼唱，音调完美，演奏独特细腻，从没弹错一个音符。

不过，后来使格利桑托成名的却不是他的演奏天才，而是作曲的才华。阿尔多区的这个残障青年除了能弹奏、演唱印第安音乐，还善于创作歌曲。一个星期六，在一次欢乐的活动中，到处挂满彩纸，木铃四起，纸卷横飞，圣阿纳小巷热闹非凡，那是在庆贺厨娘的生日。格利桑托开始有了名气。活动进行到午夜时分，音乐家们突然给参加庆祝活动的人演奏了一首新的波尔卡舞曲，歌词很有流浪汉小说的特点：

> 您怎样去庆祝生日？
> 献上我心爱之物，献上我心爱之物。
> 您献上什么？
> 一朵美丽的花，一朵美丽的花。
> 戴在哪里？
> 戴在衣扣上，戴在衣扣上。
> 把它赠给谁？
> 赠给玛利娅·玻塔尔，赠给玛利娅·玻塔尔。

悠扬的旋律打动了来参加喜庆活动的人，他们情不自禁地跳起了舞，跳呀，蹦呀，歌词颇使他们欢乐、震惊。大家不约而同好奇地问道：作者是谁呀？乐师们回过头去，指了指格利桑托·马拉维亚斯。他具有真正的杰出人物的谦虚，垂下了眼睛。玛利娅·玻塔尔发疯似的吻他，教友会会员巴伦丁擦拭眼泪，全区的居民欢呼起来，向这位崭露头角的小诗人祝贺。在这座修女城出现了一位艺术家。

格利桑托·马拉维亚斯在专业道路上的前进（如果这个田径运动术语可以形容上帝示意的这桩小事）是神速的。没过几个月，他创作的歌曲便在利马无人不知，无人不晓。几年后，全秘鲁都家喻户晓、人人演唱了。他还不到二十岁时，不管人们愿意与否，都承认格利桑托·马拉维亚斯是秘鲁深孚众望的作曲家。他的华尔兹舞曲给富豪之家的舞会增色不少，是中产阶级盛宴上必不可少的节目；贫家寒舍也把它当作美餐品尝。首都各个乐团竞相演奏他的作品，没有一个男人或女人在开始从事声乐这门艰辛职业时不在自己的节目单上选入马拉维亚斯的"马拉维亚斯"①。他的乐曲灌录了唱片，出版了歌曲集，在电台和杂志上更是常见。在人们的玩笑和想象中，阿尔多区的这位残障作曲家成了神话中的人物。

荣誉和声望并没有冲昏这位纯朴年轻人的头脑，他对来自各方的赞扬无动于衷。中学二年级时，他放弃了学业，专门从事艺术。他用在舞会上弹吉他、唱小夜曲或创作折句体歌词所得到的礼品，终于买了一把吉他。买到吉他的那天，他欣喜若狂：他找到了解除自己痛苦的知音——消除孤寂的伴侣，抒发灵感的声音。

格利桑托不会谱写歌曲，也不识谱，因为他从来没学过。他靠直觉和听觉工作。一旦学会一种曲调，就唱给本区一位名叫布拉斯·圣吉内斯的老师听，这位老师谱上曲子，填好五线谱。他从来不想拿自己的才智去做买卖，一次也没有拿自己的歌曲去谋取专利权，更没有用它来换取某些权益。朋友们告诉他，毫无艺术天分的二流音乐家抄

---

① 意为绝妙的乐曲。

袭他的曲谱和歌词时，他只是打个呵欠了事。尽管他这样无私，还是挣了一些钱，不是唱片社和电台寄给他的。就是演奏时主人塞给他的。格利桑托把钱统统交给父母。双亲过世后（他已经三十岁），他就把钱和朋友共享。他从来没有想过离开阿尔多区和他出生的那条小巷里的 H 房间，这是由于他忠于和爱惜自己卑贱的身世还是由于热爱那条小巷？无疑，二者兼而有之。但这首先是因为住在那狭小的门厅里，离那个叫法蒂玛、近亲结合而生的姑娘只有数十米之远。他是在法蒂玛当女佣时认识她的，这女孩现在已经出家做了修女，并且宣誓做耶稣的温顺、贞洁、清贫的妻子。

这是格利桑托生活中的秘密，是他郁郁不乐的缘由，众人却一向盲目地把他心灵的创伤、他的悲哀归咎于那双残腿和畸形。另外，多亏他发育不正常，外形上一直像个小孩子，因而得以继续跟母亲去赤脚修道院，每周至少一次可以见到他梦寐以求的姑娘。修女法蒂玛会像格利桑托爱她那样爱这个残障青年吗？不得而知。法蒂玛这朵温室里的鲜花本来对旷野里多情花粉的秘密一无所知，但在许多老妇中间，在圣洁的修炼天地里，她从孩子长成了少女，而后又到了成年，这时便情窦初开，产生了这种感情。她听到的、看到的、想到的一切，都是通过修道院（极为严格的组织）这个道德的筛子严格筛选过的。她哪能想到，在她看来已属于上帝的贞操还可以在人间做交易？

但是正如山上淌下的水流进大河，刚刚生下的小牛犊在睁开眼睛之前就寻找奶头吸吮洁白的奶汁，这姑娘也许爱他，至少他是她的男友，是她结识的唯一同龄男子，玩耍的唯一伙伴。假如可以把他们在玛利娅·玻塔尔这位巧裁缝①向修女教授刺绣的秘密时共同完成的动作——扫院子、擦玻璃、浇花草、点蜡烛——称为玩耍。

事实上，两个孩子从小在一起，多年来总是促膝谈心。她，天真

---

① 此处，讲述人混淆了玛利娅·玻塔尔和楚母皮塔兹的职业。

无邪；他，怯生腼腆。在他们纯朴的交谈中，充满着野百合花的柔美和小白鸽的温情，用间接的话题如法蒂玛搜集的各式各样美丽的邮票和格利桑托给她讲解什么是电车、汽车和电影等，婉转地叙说着他们的爱情。这一切，不管人们理解与否，都已写进了格利桑托·马拉维亚斯献给那位神秘的女人的歌曲里，却从不提及这个女人的姓名，除了那首最有名的、题目使他的崇拜者十分惊异的圆舞曲：《法蒂玛是葡萄牙法蒂玛的圣母》。

格利桑托·马拉维亚斯虽然明知不能把法蒂玛接出修道院，娶她为妻，但只要每个星期有几个小时能见到心中的女神，就会感到幸福。通过这些短暂的会面，他的灵感渐渐地丰富，于是诸如《莫萨马拉舞》《雅拉维舞》《欢乐舞》《莱斯巴洛萨舞》等舞曲应运而生。他一生中的第二次悲剧（除了残疾）是偶然发生的。那天，赤脚修道院院长看到他在小便，院长里图玛的脸由青变紫，由紫变白，顿时怒不可遏。她跑去问玛利娅·玻塔尔，她儿子多大了？女裁缝照实说了：虽然从身材和体形来看，他不过十岁的样子，可实际上已年满十八岁。院长里图玛手画十字，下令永远不许他再进修道院的大门。

这对圣阿纳广场的诗人来说犹如晴天霹雳，一下子害起了难以治愈的相思病，多日卧床不起，发高烧，以悦耳的声音发出梦呓。名医巫师又贴膏药又念符咒，让他苏醒过来。当他起来时，简直成了个幽灵，几乎无法站立。可是，他还能怎样？情人被夺走，对他的艺术造诣是有益的，从此曲调悲哀，使得听众伤心落泪；歌词雄壮有力，富有戏剧色彩。格利桑托·马拉维亚斯的著名歌曲都是在那些年代所作。他的朋友们，一边用悠扬的琴弦伴奏，一边聆听那些令人心碎的歌词——姑娘像金丝雀被关进笼子，像鸽子被捉住，像鲜花被采摘来放进耶稣教堂，在远方绝望地思念着她的小伙子会多么忧伤——不禁自问："那姑娘是谁？"他们仿佛对夏娃失踪那般好奇，竭力想在追求这位诗人的女人中找出她。

这是因为尽管格利桑托·马拉维亚斯胆小如鼠，其貌不扬，但对利马女人有巨大的魅力。拥有巨额存款的白人妇女、小康家庭的印第安少女、住在大杂院里的舞女、刚刚踏入社会的姑娘或行动不便的老太婆都借口求他签字留念，经常光顾那简陋的 H 房间。这些女人向他调情，赠送礼物，奉承恭维，以博取他的欢心、和他约会或公开干那种见不得人的勾当。这些女人是否如同在其首都名字上大做文章、卖弄学识（美好的风、美好的时光、有益健康的空气?①）的某个国家的女人那样喜欢畸形男人？那里的女人有一种愚蠢的偏见，认为从夫妻关系上讲，畸形男人要比正常男人好。

格利桑托·马拉维亚斯的情况却并非如此，而是他的艺术才华使这个圣阿纳广场的侏儒身价百倍，掩盖了生理缺陷，成了女人思慕的对象。

格利桑托·马拉维亚斯结核病初愈，身体虚弱，委婉而有教养地谢绝了追求者，告诉那些纠缠不休的女人不必在他身上浪费时间。他一句话道出了自己的隐私："我要忠贞不贰，我是葡萄牙的小牧童。"这使他周围的人极为不安地纷纷议论起来。

那时，他的生活像吉普赛人一样放荡不羁。每天中午才起床，常常和圣阿纳教堂的教士古梅辛多·特略共进午餐。这位古梅辛多博士以前是博学的法官，一个教徒曾在他的办公室里砍伤自己（佩德罗·巴雷达·依萨尔迪瓦先生?），以表示自己是清白无辜的（是不是把从巴西偷乘远洋货轮来的黑人警察杀害了?）。古梅辛多博士万分激动，决定辞去法官职务，去做教士。砍伤自己的教徒事件被格利桑托·马拉维亚斯谱成了由吉霍达②、吉他和手鼓合奏的乐章《鲜血宣判我无罪》，载入史册。

诗人和古梅辛多教士经常一起漫步在利马街头，在那儿，格利桑

---

① 指阿根廷首都布宜诺斯艾利斯，这几个字的意思是"美好的空气"。
② 秘鲁一种用驴的下颌骨制作的打击乐器。

托——他是从生活中汲取营养的艺术家吗？——为自己的歌曲选择人物和题材。他的作品——包括传说、故事、民歌和笑林——用优美的旋律把利马各种人物和风俗习惯永生永世流传下去。在塞尔卡多广场附近的鸡场和圣格利斯托的鸡场里，马拉维亚斯和古梅辛多教士常常观看斗鸡人训练公鸡，这些斗鸡人准备在桑地亚大剧场的斗鸡竞赛中争夺冠军。就这样，他创作了马丽内拉舞曲《妈妈，注意那个红脸的公鸡》。有时他们也在上卡门小广场晒太阳，在门廊下看杂耍艺人蒙列翁给众人耍布娃娃，格利桑托创作了这支华尔兹舞曲《上卡门的少女》（开头是这样的："啊唷，我的宝贝，你有铝丝做的手指，稻草做的心。"）。无疑，也是在漫步老利马大街时，格利桑托看到了华尔兹舞曲《修女，你曾经也是女人》里所描写的披黑披风的老妇；也是在这时候，他目睹了波尔卡舞曲《流浪儿》中所描写的孩子们打架斗殴的场面。

六点左右，两个朋友分手。教士回教堂，为在卡亚俄港被杀害的印第安人的亡灵祈祷；诗人则到裁缝楚母皮塔兹干活的车库去，在那里，同他的亲密朋友——鼓手希福恩特斯、吉霍达手提布西奥、女歌手卢西娅·阿塞米拉（？）、吉他手费利佩和胡安·波托卡雷罗——排练新歌曲，准备演出。每当夜幕降临，免不了有人拿出皮斯科酒，大家畅饮一番。就这样，他们边演唱边交谈，边排练边饮酒，消磨时光。夜深时，他们随便到利马的某个饭馆去进餐，在那里，艺术家格利桑托·马拉维亚斯总是被视为上宾。其他日子里，他们都要外出演出，有时是庆贺生日，有时是婚礼，或根据合同，在某个俱乐部连续演出。他们黎明时方能返回住所，朋友们常常把残障诗人送到家门口。但是朋友们离去后，一个矮小的畸形身影便跟跟跄跄地从小巷里出来。他拖着吉他，在湿漉漉的夜幕里，在细雨、晨雾中走着，犹如幽灵。他来到空旷无人的圣阿纳小广场，坐在和赤脚修道院遥遥相对的石凳上。那时，黎明即起的人便可听到人间罕闻、忧伤的吉他旋律和发自肺腑、火一般的情歌。一些早起的修女有时发现他在那里低声吟唱，面对修道院啜泣，便恶意宣扬说他被虚荣迷住了心窍，爱上了圣母，拂晓时为她唱小夜曲。

几个星期、几个月、几年过去了。格利桑托·马拉维亚斯的声誉如膨胀的气球飞向太阳，同他的歌曲一样传遍四方。但是没有人，包括他的契友古梅辛多·利图马教士——被妻子和儿子痛打（因为养老鼠吗？）致伤的前国民警察，养伤期间聆听了上帝的训诫——想到过他极度爱恋修女法蒂玛。这几年，法蒂玛持续在成为圣神的道路上提速。自从修道院院长（修女卢西娅·阿塞米拉？）发现诗人是男性（是那个倒霉的早晨在博学的法官办公室里发生的那件事情吗？）的那一天以来，这对纯洁的情人就没有机会在一起说话了。但是，这些年他却有幸见到她，虽然不容易，并且相距很远。法蒂玛当了修女之后，像她的女伴一样，一天二十四小时，每二人一组轮流值班，在小教堂里祈祷。那些值班的赤脚修女用一道木栅栏与听祈祷的人隔开。尽管栅栏的缝隙很小，两边的人还是能互相看见。这位利马诗人极为虔诚，而他的虔诚常常成了众人的笑料。对大家的嘲笑，格利桑托·马拉维亚斯只是用那仅让人听了起恻隐之心的圣德罗舞曲回答："是的，我是教徒……"

真的，格利桑托每天都在赤脚教堂里待上许久。他要进去多次画十字，向木栅栏那儿望上一眼。如果——他的心扑通扑通地跳着，脉搏加速，背上发冷——在那个方形的木栅栏里，在穿着白色教服的僵直身影中发现了法蒂玛修女，他便立刻跪在古老教堂的瓷砖地板上。他侧身跪着（他的身体帮了忙，很难辨认出他的正面和侧面），看起来像是在注视着祭坛，实际上却在用那对痴情的眼睛盯着情人身上雪白的袈裟和头上浆洗过的帽子。修女法蒂玛不时地像田径运动员赛跑时换气那样中断祈祷，抬起眼睛看看（十字花棂吗？）祭坛，这时她认出了跪在前边的格利桑托的身影，于是一丝难以使人察觉的微笑浮现在修女洁白细腻的面孔上。想到那是她童年时的朋友，温柔的心田重新激起了缕缕情思。他们的视线相遇了，在那一瞬间，修女法蒂玛不得不垂下眼睛，难道他们倾诉了连天使都害羞的衷情吗？因为——对，对——那姑娘是在一个阳光明媚的日子，在皮斯科郊外，被药品推销员鲁乔·阿夫里尔·马罗金的汽车压伤，后来被神奇地救活了，那时她还不满五岁。为感谢法蒂玛圣母，她当了修女。随着时间的流逝，她在孤寂的修道院小房子里逐渐长大，并真诚地爱上了阿尔多区的诗人。

格利桑托·马拉维亚斯心甘情愿地不在肉体上占有他的情人，只在教堂里以那种纯洁而高尚的方式和她接触。但是他一直不相信——这对一个其唯一动人之处就是艺术天才的男人来说实在太残酷了——修女法蒂玛听不到他的歌曲，那些歌曲正是在她的启发下创作出来的，尽管她并不知道。但他怀疑——任何人只要看一看修道院的高墙厚壁都会这样想——他的小夜曲没有传到情人的耳朵里。他不顾身患肺炎，二十年如一日，每天清晨都为她吟唱。一天，格利桑托·马拉维亚斯开始把神秘的宗教题材纳入了他的节目单：圣罗莎①的奇迹、圣马丁·德·波雷斯②的（动物学的）业绩、殉教者的奇闻轶事和对彼拉多③的诅咒代替了民歌。这不但没有降低人们对他的评价，反而争取到大批新的仰慕者：牧师、教士、修女、天主教行动党成员。印第安音乐由于染上了供香的气味而增添了宗教色彩，变得高贵起来，开始越过其扎根的沙龙和俱乐部的高墙，在教堂、迎神会、隐居处、神学院这些昔日神秘莫测的地方也能听到了。

----

① 圣罗莎（Santa Rosa，1586—1617），秘鲁修女，死后被封为女圣徒。
② 圣马丁·德·波雷斯（San Martin de Porres，1563—1639），秘鲁教徒，在利马创建了首家孤儿院。
③ 彼拉多（Pilatos，约26—约36），公元1世纪罗马帝国驻犹太的总督。据《新约全书》记载，耶稣由他判决钉死在十字架上。

经过十年精心筹划，格利桑托终于取得了成功。一天，这位受教民欢迎的作曲家，教会的诗人，迎神赛会的乐师，前来赤脚修道院献艺，在小教堂和回廊里为在非洲的传教士进行募捐演出。修道院的堡垒被他攻破了。利马大主教——赫赫有名的学者，音乐行家——立刻通知说他已同意这场演出，并且准许赤脚修道院中止几个小时的戒律，以便让修女们欣赏音乐。主教本人也打算带上一群高级神职人员前来参加音乐会。

这次演出在利马历史上是重大事件，它发生在格利桑托·马拉维亚斯进入年富力强的那一天（五十周岁吗？）这位音乐家前额突出，鼻子宽大，一双鹰眼，性情耿直，心地善良，那温文尔雅的风度相貌正是他道德高尚的真实写照。

尽管修道院预见到会惊动社会而只发出了个人邀请，并提醒说没有请柬不能出席，但是由于事关重大，形势紧迫，还是由杰出的警长利图马及其助手小队长哈依麦·孔查率警察布置了警戒线。不过，面对黑压压的人群，那警戒线似乎是用纸做的，立刻被冲垮了。前一天晚上就聚集在那里的人群一下子拥进了修道院，怀着崇敬的心情挤满了回廊、前厅、楼梯和门厅。应邀而来的人只好从暗门进来，直接走到高层座位上，拥挤在破旧的栅栏后边就座，准备欣赏音乐会。

下午六点钟，当诗人——面带征服者的微笑，穿着蓝色的海军服，迈着体操运动员的步伐，金黄色长发随风飘动——由乐队和合唱队跟随走进来的时候，顿时掌声雷动，震撼了整个赤脚修道院。古梅辛多·马拉维亚斯这时屈膝跪下，用男中音唱出"我主耶稣""万福玛利亚"。他的眼睛（甜蜜的？）在无数人头中认出了一张张熟悉的面孔。

知名占星学家、教授（埃塞基耶尔？）德尔芬·阿塞米拉坐在第一排。此人观望着天空，测量着海潮，做着神秘的手势，给利马百万富翁的夫人们占卜了命运。这对他来说就像学者玩小球那么容易。他对印第安音乐爱得如痴如狂。利马最受欢迎的那个黑人也在场，衣冠楚楚，扣眼上插着一朵红色的石竹花，脖子里结着一条崭新的领带。他就是装扮成警察藏在机舱（？）里横渡大洋而来、在这里开始了新生活的人（用他部落的特制毒药捕杀老鼠，因而发财致富？）。①或因鬼使神差，或纯属偶然，还有两个人也被音乐家吸引来了，他们是耶和华的见证人鲁乔·阿夫里尔·马罗金——因他的英雄业绩（用锋利的裁纸刀砍掉了自己右手的食指）而得到了残障人的绰号——和维克多里亚区的绝代美女萨丽达·万卡·萨拉维利亚——尽管生得优雅，却十分任性——她使鲁乔·阿夫里尔·马罗金为了爱情而经受了砍掉食指的严峻考验。面无血色的米拉弗洛雷斯区人理查德·金德罗斯为什么不在人群中？他在酒足饭饱后，趁卡门教堂的门大开之际溜进了修道院，混在人群中，从远处看着他的妹妹（法蒂玛修女？里图玛修女？卢西娅修女？）——为了使她摆脱那乱伦的爱情，父母把她关进那里做了修女。就连从未离开过"殖民公寓"、整日忙着为他人服务、教可怜的聋哑孩子用手势和表情互相交流、又聋又哑的贝瓜一家，也被大家的好奇心感染，赶来修道院，为的是看看（因为他们听不见）利马的那位偶像。

当神父古梅辛多·特略宣布演出开始时，那场将使全城陷入哀悼的可怖大难降临了。在几百位挤在门厅、院子、楼梯和房顶的疯狂观众面前，抒情诗人由风琴伴奏，正在演唱《我的宗教信仰不允许被出卖》这支优美动听的歌曲的最后几个音节。人们像欢迎古梅辛多神父那样掌声雷动，如咖啡同牛奶混在一起，乐极生悲。激动人心的场面使观众蒙受灾难，因为他们完全被歌声吸引，完全沉浸在掌声和欢呼声中，以致将地震的前兆同上帝的金丝鸟②在他们中间引发的欢腾混

---

① 在本章中，讲述人记忆之混乱到了无以复加的程序，几乎没有一个人物的名字、身份或经历不与他人混淆。
② 指诗人歌手。

淆起来。在仍可以逃出室外的那一瞬间，谁也没有反应过来，及至在火山爆发般震耳欲聋的轰鸣中发现震动的不是他们自己而是大地时，为时已晚，因为卡门教堂的三扇门——真是无巧不成书，也许是上帝的安排，或建筑师的愚蠢——立刻被房屋的塌陷堵塞了。地震一发生，正门的大天使石像就倒下来，把格利桑托·马拉维亚斯警长埋住，当时他在小队长哈依麦·孔查和宪兵利图马的帮助下正要指挥人们撤离修道院。那位勇敢的市民和两名助手成了地下爆燃的首批牺牲品。犹如鞋底拍蟑螂，在卡门教堂的圣门那儿，冷酷无情的石像夺去了三个来看演出的秘鲁消防队员的生命。与此同时，在修道院内，被音乐和宗教吸引来的信徒像苍蝇一样地死去。掌声后，随之而来的是一片呻吟、哀叫和呼号。坚硬的石块、陈旧的土坯无法抵挡大地深处不停地抽动而引发的震动。墙壁一堵接一堵地破碎，倒塌，把那些企图越墙而逃的人压得粉身碎骨。几位有名的灭鼠家——贝瓜一家人？——就这样死去了。随后，二楼的走廊整个坍陷下去，凄惨的叫声此起彼伏，尘烟飞扬，似乎刮起了龙卷风。站在高台上想更清楚地听听古梅辛多院长在说什么的活人像炮弹和流星般被抛了出来，撞到拥挤在院子里的人身上。利马心理学家鲁乔·阿夫里尔·马罗金的脑袋在地上摔得粉碎，一命呜呼。此人用自己发明的药方（是指拼命玩木棍的游戏吗？）治愈了大半个城市的神经官能症。不过，造成顷刻间大量死亡的还是卡门教堂屋顶的塌陷，死者中有修道院院长卢西娅·阿塞米拉，她因写了一本夸耀教皇的书《以十字架的名义反对十字架》，脱离了古老的宗教派别——耶和华见证人——而名声四扬。

法蒂玛修女和理查德之死——他们之间的爱无法用血和裂裳阻止——更凄惨。在烈火长时间的燃烧中，二人紧紧抱在一起，安全无恙，但他们周围的人，有的窒息而死，有的被烧死或踩死。大火停息了，两个情人在炭火和浓烟之中热烈地亲吻，惨死者的尸体在他们周围狼藉地躺着。现在可以夺路逃到大街上去了，于是理查德抱着法蒂玛修女的腰部，把她拖到被烈火烧毁而倒塌的一道墙口。但是，两位情人刚走出几步，大地就在他们的脚下裂开了——是吃人的大地存心不良吗？是上天的正义行动吗？烈火吞没了殖民时代洞穴掩盖着的陷阱，在那个洞穴里，卡门教堂保存着死者的尸骨。兄妹二人（他们是魔鬼？）在仓皇逃跑中撞进地狱，丧生了。

　　是魔鬼把他们带走了吗？他们相爱的结局就是进地狱吗？还是上帝对他们的不幸遭遇起了同情之心，把他们送上了天堂？这个关于血、歌、火与神秘的故事是已经结束还是会在人世以外的地方继续？

第十九章

清晨七点，哈维尔从利马打来电话，声音很不清晰，但无论电话的嗡嗡声还是颤音的干扰都丝毫不能掩盖他那惊慌的语调。

他开门见山地说："坏消息，一大堆坏消息。"

他和巴斯库亚尔前一天晚上乘公共汽车返回首都时，车子在距离利马五十公里处偏离了公路，在沙地里翻了车。他们二人都没有受伤，可是司机和另一个乘客伤势很重。深夜截车求援，简直比登天还难。回到寓所，哈维尔已经累得筋疲力尽，可是接着又受到了更大的惊吓，原来有个人在门口等着他。那人是我的父亲，他面色铁青，手持左轮手枪，用威胁的口气对哈维尔说，如果不立刻讲出我和胡利娅姨妈藏在何处，就马上开枪。哈维尔吓得要死（"伙计，我自打生下来只在电影里见过左轮手枪。"），再三以爹妈和圣徒的名义赌咒发誓，说他确实不知道我们的下落，并声称已有一个星期没看见我了。我父亲听罢，稍稍平静了些，递给哈维尔一封信，让他亲自交到我手里。哈维尔被刚刚发生的事吓得晕头转向（"小巴尔加斯，这是怎样的一夜哟！"）。我父亲刚走，他便决定立刻去找鲁乔舅舅，打算了解一下我母亲这边的亲戚是否也如此愤怒。鲁乔舅舅身穿睡衣接待了他，他们谈了将近一个小时。鲁乔舅舅并不生气，但是感到难过，忧心忡忡，不知所措。哈维尔向他担保说我们的婚事完全符合各项法律程序，并声称曾极力劝我放弃婚事，但毫无效果。鲁乔舅舅建议我们尽快返回利马，相机行事，处理问题。

"小巴尔加斯，最大的问题在于你父亲，"哈维尔报告完，说道，"家里别的人会慢慢默认，可你父亲现在火冒三丈。你还没读他给你的那封信呢！"

我骂他不该私拆别人的信件；然后告诉他，我们准备立即回利马，中午前后到他上班的地方去看他，或者给他打电话。胡利娅姨妈这时正在穿衣服，我把发生的一切毫无保留地告诉了她，不过尽量轻描淡写。

"我可不喜欢手里挥动左轮手枪这种事，"胡利娅姨妈发表看法，"我推测他开枪要射的人是我，对不对？喂，小巴尔加斯，但愿我那位公公别在蜜月里杀死我。翻车的事怎么样？可怜的哈维尔！可怜的巴斯库亚尔！因为咱们的疯狂，把他们害苦了。"

她既不惊慌也不难过，看上去心情还很愉快，像是决心应对任何灾难。自己也是这样。付过店钱，我们去阿尔玛斯广场饮了一杯牛奶咖啡半小时后搭上一辆开往利马的破旧公共汽车，又飞驰在泛美公路上了。我俩几乎始终在接吻，亲脸，拉手；低声耳语着互相爱慕的话，毫不理会旅客和司机（他从后视镜中窥视着我们）不安的目光。

上午十时，我们到达利马。这一天，天色灰暗，薄雾将房屋和人群罩上一层幻影；湿气很大，使人觉得仿佛吸入肺中的全是水。我们在奥尔卡舅妈和鲁乔舅舅家门口下了汽车。敲门前，为了互相打气，我俩再次用力握了握手。胡利娅姨妈十分严肃，我的心情很紧张。

鲁乔舅舅亲自给我们开门。他强颜欢笑地先是吻了胡利娅姨妈，然后吻了我。

"你姐姐还没起床，不过已经醒了，"他指指卧室，对胡利娅姨妈说道，"进去吧，没关系。"

我和舅舅到小客厅里坐下来。没有雾的时候，从这个房间可以望见耶稣教士神学院、防波堤和大海，这时却只能依稀辨别出神学院的红砖屋顶和大墙。

"我不会揪你的耳朵，因为你已经是大人了，不能再揪了，"鲁乔舅舅嘟囔道。他脸上的神情疲惫不堪，显然夜里失眠了。"你干了些什么呀！你总该想到了吧？"

"为了不让你们分开我们，我们只能这样做，"我按照事先准备好的说辞回答道，"我和胡利娅相爱。我们没做任何出格的事。事前我们考虑过了，确信自己没做错。我向你保证，我们决不后退。"

"你年轻幼稚，没有职业，连个立身之地都没有。为了养活老婆，你将不得不放弃读大学去拼命干活。"鲁乔舅舅低声叹息道，一面点烟，一面摇头，"你在自己脖子上拴了一根绳索。谁都不会同意，因为咱们家族的人本来都盼望你有出息。只凭一时任性，你就过起庸庸碌碌的生活，那太令人伤心了。"

"我不会放弃学业，我要读到大学毕业，并继续从事结婚前担负的那些工作。"我劲头十足地向他保证，"你应该相信我，也要让家里人相信我。胡利娅会帮助我的。我会更加发奋读书，努力工作。"

"你马上要做的是让你父亲息怒，他现在气得发疯了。"鲁乔舅舅的口气突然缓和下来，看来他已经履行了不揪我耳朵的诺言，准备帮我了。他说："你父亲失去了理智，叫嚷着要去警察局控告胡利娅。我不晓得他还会干出些什么事。"

我对鲁乔舅舅说，我打算和父亲谈谈，尽量说服他接受既成事实。鲁乔舅舅从头到脚把我打量了一番：新郎官穿着一身脏衣裳，这可实在丢人。他要我马上洗澡换衣服，顺便安慰一下坐卧不安的外祖父和外祖母。我们又谈了片刻，甚至一块儿喝了咖啡。可是胡利娅姨妈一直没有从奥尔卡舅妈的屋里出来。我竖起耳朵仔细谛听，极力想听听是否有哭声、吼叫声或吵架声。没有，卧室里没有任何声响传出来。最后，胡利娅姨妈终于单独走出房门，显得很激动，面颊绯红，仿佛被烈日晒过，但是嘴上挂着微笑。

"你居然安然无恙地活着出来了，"鲁乔舅舅说道，"我以为你姐姐会把你的头发给揪光呢。"

"起初，她差点儿给我一记耳光。"胡利娅姨妈坦率地说，在我身边坐下，"当然，她痛骂了我一顿。可无论如何，看来在事情澄清前，我还可以继续住在家里。"

我起身说，我该到泛美电台去看看，如果此时丢掉这份工作就可太惨了。鲁乔舅舅一直送我到门口，要我回来吃午饭。我和胡利娅姨妈吻别时，看见舅舅在微笑。

我跑到街口酒店里给南希表姐打电话，正好是她本人来接。一听出我的声音，她立刻走了调。我们约好十分钟后在萨拉萨尔公园见面。当我到达公园时，瘦姑娘已经等在那里，急不可耐地要满足好奇心。在她未告诉我任何事情之前，我不得不把钦查历险记从头至尾给她讲了一遍，还回答了她许多关于细节的提问，诸如胡利娅姨妈结婚时穿什么衣服之类。使她觉得有趣并开心大笑起来的是那个我稍微添油加醋讲述的故事（她并不相信）：批准我们结婚的那位村长是个半裸体的赤脚黑人渔夫。讲完，我让她详细说说家里人对我们结婚的反应。果然不出我们所料：来来去去挨门串户地奔走相告，紧张激烈地秘密协商，忙不迭地电话交谈，纵横满面地流泪；之后又纷纷去慰问我的母亲，好像她已经失去了唯一的儿子。对南希则是进行了围攻和威胁，因为他们认为她是我们的同谋，硬逼她说出我们在什么地方。但她进行了坚决的抵抗，断然否认知道我们的下落，甚至流下几滴鳄鱼的眼泪，使他们犹豫起来。瘦南希对我父亲的举动同样深感不安。

"在他没消气前，你可别去看他，"她警告我说，"他气成那个样子，会把你揍死的。"

我问她租的那间房子怎样了，她那务实精神又一次使我感到惊讶：就在这天上午，她已经跟房主谈过了。由于洗澡间需要修缮，还要更换一扇门，涂上油漆，因此十天内是不能住的。我的心一下子凉了半截。当我向外祖父家走去时，心中盘算着，这两个星期，我俩到什么鬼地方去避难呢？

　　还没有想出解决的办法，我已到了外祖父家里。在这里，我和母亲相遇了。我进门时，她正在客厅里，一看见是我，就放声大哭起来。她把我紧紧抱在怀里，不停地抚摸着我的眼睛和面颊，把手指插进我的头发，泣不成声，无限哀怜地一遍遍地说："我的儿子，宝贝儿，亲爱的，人家怎么欺负你了？那女人对你搞了些什么名堂呀！"我将近一年没有看见母亲了。尽管由于哭泣，她的脸庞有些浮肿，可我觉得她比以前更年轻漂亮。我尽量安慰她，告诉她人家并没有逼迫我，是我自己下决心要结婚。她听不得新媳妇的名字，不免哭得更加伤心。由于正在火头上，她十分冲动，骂胡利娅姨妈是"那个老太婆""欺人太甚的娘儿们""那个离过婚的女人"。突然，在这场戏中，我发现了一件以前不曾留心的事：比起飞短流长，更使母亲难过的是宗教信仰，因为她是虔诚的天主教徒。胡利娅姨妈的年龄比我大，她倒觉得无伤大雅，但是胡利娅离过婚这件事，她却认为关系重大（也就是说，教会方面是不许她再婚的）。

　　在外祖父和外祖母的帮助下，我终于使母亲安静下来。外祖父和外祖母真是谨慎、善良、机智的楷模。外祖父按照惯例吻我的前额时，只是说道："哎呀，诗人，你总算又露面了，真让我们好操心呐。"外祖母一连亲吻、拥抱我好几次之后，在我耳边用一种隐秘而淘气的口吻问道（为了不让我母亲听见，那声音极低）："胡利娅好吗？"

　　洗过淋浴、换过衣服——我有如释重负的感觉（那重担我已经挑了四天）——我和母亲可以谈话了。她已停止哭泣，正在喝外婆给她泡的茶。外婆坐在椅子扶手上，不停地抚摸着母亲，好像她是个小女孩。我开了个玩笑，想让母亲笑起来，结果极为冷场（"妈妈，既然我已经跟您的好朋友结了婚，您该高兴才对呀。"）。接着我涉及了那些一点就爆的话题。我对她发誓说我绝不会放弃学业，一定要拿到律师证书，甚至说不定我还要和秘鲁外交界有所接触（"妈妈，外交部那些人不是伪君子就是性变态。"）。进入外交部，这是母亲关于我的最大夙愿。她的态度渐渐缓和下来，但脸上总是挂着痛苦的表情。她询问了我在大学的情况、学习成绩、电台的工作；她骂我不讲情义，居然不给亲娘写信。她说我父亲受到了可怕的打击，他对我期望极大，所以一定要阻止那个女人毁掉我的一生。他请教过律师们，说我的婚姻无效，将宣布作废，胡利娅姨妈可能以少年教唆犯的罪名被起诉。我父亲盛怒未消，眼下还不想见我，以免发生不测。他要求胡利娅姨妈立刻离开秘鲁，否则将承担一切后果。

我回答母亲说，我和胡利娅姨妈正是为了永远在一起才结婚的。婚礼刚举行两天，就把我的妻子打发到国外，实在不堪设想。可是她无意和我讨论此事："你了解你父亲，他的脾气你知道。只能让他高兴，不然的话……"说着，眼里流露出恐惧的神色。最后我说上班要迟到了，改天再谈吧。我就我的前途问题又宽慰了她一番，向她保证一定拿到律师文凭。

在开往利马市中心的公共汽车上，我忽然产生一种不祥的预感：会不会已经有人占据了我的办公桌？我三天没上班了，加上最近几周为了准备结婚，完全没有过问新闻稿，这样一来，巴斯库亚尔和大巴布罗任何荒唐事都可能干出来。我心情沉重地想到，除了会产生人事纠纷，还意味着我会失去工作。我开始编造能打动赫纳罗父子的理由，但是，当我提心吊胆地走进泛美电台的大楼时，我惊讶到了极点，因为在电梯上遇见开明的企业主时，他向我打招呼的样子就像我们刚刚分手十分钟。他的脸色显得十分严肃：

"灾难已经降临了。"他对我说，难过地摇摇头，仿佛我们刚刚谈过那件事，"你说咱们该怎么办？只得让他住院。"

他在二楼下了电梯。我为了浑水摸鱼，也摆出一副哭丧的面孔，低声嘟囔着什么，好像完全了解他对我谈到的事："啊，糟糕，真遗憾！"我为发生那么严重的事而暗自庆幸，正因为如此，我的缺勤便不会被察觉。我走到顶楼，巴斯库亚尔和大巴布罗正神情忧伤地听小赫纳罗的女秘书纳丽讲些什么。他们只向我略微点头致意，谁也没有拿我的婚事开玩笑。大家难过地望着我说：

"彼得罗·卡玛乔被送进了精神病院，"大巴布罗沉痛地低声说，"马里奥先生，这是多么悲惨的事啊！"

接着，他们三个人，特别是纳丽（她一直在经理部注意着事态的发展）给我叙述了详情。所有这一切都是在我专心致志忙于结婚的那几天里发生的。以灾难收场，这是广播剧的原则：火灾、地震、车祸、沉船、出轨等毁灭性的事件，在几分钟之内要毁灭数十个角色。这一次，就连中央电台的演员和职员，由于害怕或实在无法阻止听众的怨言与抗议传入赫纳罗父子的耳朵中，再也不给那位大手笔充当保护墙了。两位老板已从报纸上有所警觉，连日来，新闻记者一直在嘲讽彼得罗·卡玛乔所写的灾难悲剧。于是赫纳罗父子召见了彼得罗，为了不伤害他的自尊心，不使他生气，父子二人询问，采取了极为谨慎的态度。但是，就在会见期间，他的精神病发作了，赫纳罗父子大失所望。那悲惨的结局是由于彼得罗·卡玛乔试图从零开始重新编写剧本，因为他的记忆力不行了，已经不晓得他前面写过什么事、什么人，也不晓得各个人物属于哪个故事。纳丽说："当时他边喊边哭，用两手揪扯着头发。"他对赫纳罗父子毫不掩饰地说，最近几周来，他的工作、生活和睡眠已经成为一种苦刑。赫纳罗父子动员他去看利马著名的大夫奥诺里奥·德尔加多。这位名医立刻建议，大作家已不宜工作，他那"衰竭"的脑力必须花一段时间恢复。

我们正准备听完纳丽的叙述，电话铃响了。是小赫纳罗打来的，说有急事要马上见我。我下楼到了他的办公室，心里暗想，这一回可要挨骂了。但是，他像在电梯里那样地接待了我，大概以为我完全了解他的问题。他刚刚与哈瓦那通过电话，骂骂咧咧地说，CMQ 乘人之危，利用他的窘况，把剧本的价格提高了四倍。

"这是一出悲剧，真是倒霉透顶。以前这是收听率最高的节目，广告商都为它打架。"他一面说一面翻阅着一堆纸片，"再去依附CMQ 的那些鲨鱼们会是怎样的灾难哟！"

我问他彼得罗·卡玛乔的情况如何，他是否去探视过，卡玛乔需要多长时间才能重新工作。

"毫无指望，"他有些恼怒地哼了一声，但是随后还是用同情的口吻说道，"德尔加多大夫说，他的神经系统处于风湿裂变的过程中。风湿裂变，你懂得这是什么意思吗？也就是说，他的神经逐渐瓦解。我推测一定是脑部有炎症之类的，你说对吗？我父亲问大夫，恢复健康是否要几个月？大夫回答说：'也许要几年。'你想想看！"

他垂下头，一副心事重重的样子。接着，他用好像算命先生那种颇有把握的口气预测未来的事态：一旦广告商们知道从今以后又采用CMQ 的剧本，就会取消合同，或者要求降价百分之五十。更糟糕的是，新剧本在三周至一个月内是到不了的，因为古巴这时乱得一塌糊涂，遍地是游击战争。CMQ 也处于动荡之中，有人被捕入狱，还有其他成堆的麻烦事。但是听众们一个月听不到广播剧，这是不可想象的。这样，中央电台就会失去听众，新闻电台和海外电台就会把听众争取过去，因为这两家电台已经开始用阿根廷广播剧那些荒唐可笑的货色来打击中央电台了。

"对了，正因为如此，我才把你请来，"他补充道，望望我，仿佛这时才发现我站在那里，"你应该拉我们一把。你是才子嘛，对你来说，这事做来很容易。"

这就是说，需要钻到中央电台的仓库里去翻阅彼得罗·卡玛乔在来这里之前所保存的旧剧本。要逐一检查，看看哪些剧本可以马上使用，直到 CMQ 的新剧本炮制出炉。

"当然，我们会给你额外的报酬，"他明确地说道，"我们这里是不剥削人的。"

我对小赫纳罗真是万分感激，对他面临的困境也深表同情。就算他只给我一百索尔，在这个时刻也算是天降奇迹了。我正要离开他的办公室时，他叫住了我：

"喂，我听说你真的结婚了，"我转回身时，看见他正在向我亲热地打手势，"谁是牺牲品呀？我想一定是个女人，对吗？好吧，向你道喜，咱们去喝一杯庆贺庆贺。"

我回到办公室，给胡利娅姨妈挂了电话。她告诉我，奥尔卡舅妈已经较为平静了，但仍然不时地表示惊讶，对胡利娅说："你真是发疯了！"那套房子不能交付使用，她并不很难过（"小巴尔加斯，既然咱们已经这么长时间不睡在一起，就可以再分开两个星期。"）。她告诉我，洗过澡，换过装，觉得心情舒畅极了。我告诉她中午不回去吃饭，因为要钻到剧本堆里找材料，只好晚上再见。我给泛美电台准备完两份新闻稿便钻进中央电台的仓库里去了。那是一个没有灯光的黑洞，里面挂满了蜘蛛网；一进去，就听到老鼠在黑暗中乱跑。地上到处是纸，成堆的，散乱的，捆成包的，单页的。由于潮气和灰尘，我立刻呛得打喷嚏。在那里根本不可能工作，因此我把一捆捆的纸搬到彼得罗·卡玛乔的房间，在他的办公室里安顿下来。这里没有留下他的任何痕迹，语录词典，利马地图，社会、心理、种族卡片，统统不在了。CMQ 的旧剧本混乱、肮脏到了极点：潮湿使字迹变得模糊；老鼠和潮虫啃咬、污损了许多书页；和彼得罗·卡玛乔的故事一样，剧本杂乱无章地混在一起。没有多少东西可供选用；最多只能找到一些尚能阅读的纸片。

为了拼凑七巧板式的广播剧，我在带有恐怖色彩的气氛中探索着，由于过敏而不停地打喷嚏。就这样，三个小时过去了。突然，房门打开，哈维尔走进来。

"这个时候，你问题成堆，居然还有心思继续干彼得罗·卡玛乔的那套把戏，真不可思议，"他怒冲冲地对我说，"我从你外公那里来。你要是知道出了什么事，就该发抖了。"

他朝堆满剧本的写字台上扔过来两封信。其中一封是我父亲前一天晚上让他转交给我的，上面写着：

"马里奥：我限你在四十八小时之内让那个女人离开秘鲁。如果她不走，我将采取必要的手段让她为自己的胆大包天付出高昂代价。至于你，我想告诉你，我身上是带枪的，绝不允许你嘲弄我。假若你不肯句句照办，让那个女人在限定的时间离境，我就叫你像狗一样当着众人的面吃上几颗子弹。"

他在信尾签上父姓、母姓和名字，随后又附上一句："你可以要求警察保护，如果你愿意那样做，但是为了把事情说明白，我在这里再次签名，以表示我要杀你的决心：无论在何处遇到你，我都会像打死一条狗那样打死你。"果然，附言后面，他用更为苍劲有力的笔体签了字。另一封信是外婆在半个小时前交给哈维尔让他带给我的，那是米拉弗洛雷斯警察局的传讯，是警察送给外婆的。我必须在次日上午九点去警察局。

"糟糕的不是这封信，而是正像我昨天晚上看见的那样，他很可能把口头威胁变成行动。"哈维尔一面在窗台上坐下来一面安慰我，"伙计，咱们怎么办？"

"马上找律师请教一下，"这是我唯一能想到的，"询问一下我的婚姻和其他事。你认识能免费或者以后再付钱的律师吗？"

我们来到一位年轻律师的家里，他是哈维尔的亲戚。从前我们在米拉弗洛雷斯的海滩上曾经同他一起追波逐浪。他十分和蔼可亲，兴冲冲地听取了钦查的故事，还跟我开了几句玩笑。正像哈维尔所估计的那样，他不肯收费。他解释说，这桩婚事并非无效，但可以使之无效，因为出生证被改了日期。不过这需要走司法程序。如果两年内没有审理，那么这婚姻便自动"修复"，那时就不能使之作废。至于胡利娅姨妈，则可能被指控为"青少年犯罪教唆犯"，由警察局提出起诉，将胡利娅逮捕，至少暂时拘留，然后开庭审判。但是他敢肯定，鉴于目前的状况，即我已经十八岁，而不是十二岁，所以起诉不可能成功，任何一级法院都会判胡利娅无罪。

"总而言之，你父亲只要愿意，就能把胡利娅弄得十分难堪。"我和哈维尔回电台去，走到拐向联盟大街的地方时，哈维尔做出这样的结论："他真的在政府里有什么势力？"

我不清楚。也许他是某个将军的朋友或某个部长的教父。为了了解警察局的意图，我毅然决定不等到第二天才去。我请哈维尔帮我从中央电台的乱纸堆里找出几个脚本，以便我腾出时间当天去警察局弄清疑团。他同意了，还答应万一我被拘留，他会去探监，每次都给我带香烟。

下午六点，我交给小赫纳罗两个稍加整理的脚本，并答应他次日再交三个。接着我飞快地看了一下七点和八点的新闻稿，告诉巴斯库亚尔我还要回泛美电台。半小时后，我在哈维尔陪同下来到米拉弗洛雷斯区的 7 月 28 日海堤警察分局。我们等了很久，终于有一名警官——穿军服的少校——和一名侦缉队长接见了我们。我父亲这大上午来这里要求他们正式传讯我，他们手头已经写好了询问提纲。我的回答要由便衣警察打字记录下来，这样就费去很多时间，因为那个打字员十分蹩脚。我承认我已经结婚（而且特别强调，这样做完全是出于自愿），但我拒绝说出是在什么地点举行的婚礼和在哪儿登记的。我同样拒绝回答谁是证婚人。问题都是这类性质的，似乎出自一个别有用心的讼棍之手，诸如我的出生年月（似乎以前是含糊不清的），接着便问我是否尚未成年，现在居住何处，与何人同居。当然，他们也问到了胡利娅姨妈的年龄（他们称她为胡利娅夫人）。这个问题我也拒不回答，我说披露女士的年龄是使人不愉快的。这句话引起了两位警察儿童般的好奇心。当我在供词上签字后，他们摆出长辈的架势，说"纯粹出于好奇心"，问一问"夫人"比我大几岁。走出警察分局时，我突然感到蒙受了奇耻大辱，仿佛自己当了杀人犯或强盗。

哈维尔认为我很失策，因为拒绝说出结婚地点本身就是挑衅行为，那会更加激怒我的父亲，而且完全于事无补，因为他不出几天就会调查出来。这天晚上，由于处于那样的心情，我费了很大力气才回到电台和鲁乔舅舅的家里。奥尔卡舅妈给我开了门，脸色阴沉，目光恐怖，但什么也没对我说，还伸过面颊让我亲吻。她和我一道走进客厅，胡利娅姨妈和鲁乔舅舅都在那里。一见到他们，我便明白事情相当糟糕，问他们发生了什么事情。

"事情变得很麻烦。"胡利娅姨妈告诉我，拉住我的手。我看见这个动作引起了奥尔卡舅妈的不快。"我那位公公打算把我当作不受欢迎的人驱逐出境。"

原来那天下午，豪尔赫、胡安和彼得罗三位舅父会晤了我的父亲。看见我父亲气成那副样子，他们吓得跑了回来。他神情激怒，两眼发直，话语中流露出不可动摇的决心。他的态度很明确：胡利娅姨妈必须在四十八小时之内离开秘鲁，否则要承担一切后果。他果然是独裁政权劳工部长（一个叫做比利亚科塔的将军）的契友（可能是中学同学）。他已经同部长谈过：假如胡利娅姨妈不愿自行离境，就由士兵押上飞机。至于我，如果不肯听话，便要付出高昂的代价。如同对哈维尔那样，他也掏出左轮手枪给我的舅舅们看。最后，我拿出了父亲的信，并叙述了警方的传讯，以此来结束那个场面。父亲的信起了这样一种作用：它把鲁乔舅舅和奥尔卡舅妈争取到我们这一边来了。鲁乔舅舅斟上几杯威士忌，我们正举杯要喝，奥尔卡舅妈忽然放声大哭起来，她说，这怎么可能！她的妹妹竟然被看作罪犯，受到警察的威胁？她们是玻利维亚的名门望族呀！

"除了我走，没有别的办法，小巴尔加斯。"胡利娅姨妈说道。我看见她和我舅父母交换了一个眼色，明白他们商量过了。"你别这么瞅着我，这不是什么阴谋，也不是永久分离，只等你父亲火气一消，我就回来。这样做是为了避免引起更大的风波。"

他们仨早已商讨妥当，并且拟好了一份计划。他们排除了玻利维亚，建议胡利娅姨妈去智利，到瓦尔帕莱索她祖母家里。她在那里住到大家心平气和时就回来。我一通知她，她便马上重返秘鲁。听完计划，我生气地表示坚决反对。我说，胡利娅姨妈是我的妻子，我同她结婚就是为了生活在一起，要走我们一道走。他们提醒我说，我尚未成年，没有父亲的准许，不能申请出国护照。我说，那就偷越国境。他们又问我手中有多少钱就想去国外生活（办理婚事和预付房租的花销，把泛美电台预支的工资和在当铺里抵押衣物的钱全部用光，身上所剩无几，只够买几盒香烟）？

"我俩已经结婚，这是谁也不能夺走的东西，"胡利娅姨妈说道，一面抚弄着我的头发，一面热泪盈眶地亲吻着我，"只是分开几个星期，最多几个月。我不愿因为我的过错而让你吃子弹。"

吃饭的时候，奥尔卡舅妈和鲁乔舅舅——申明道理，试图说服我，什么我应该理智一些呀，我已经过于任性啦；什么现在已经结婚了，就该做些权宜的让步呀，以免弄得不可收拾。他们说，我应该理解他们——他们面对我父亲和其他家庭成员，作为胡利娅姨妈的姐姐和姐夫，所处的地位十分为难。他们对胡利娅的事左右为难，既不能表示赞成，又不能表示反对。将来他们会帮助我们的，现在也已经这样做了，我应该和他们配合。他们说，胡利娅姨妈在瓦尔帕莱索逗留期间，我必须再找一份工作；不如此，将来我们靠什么生活？谁来养活我们？我父亲终究会平静下来，接受既成事实。

午夜时分，舅父母已经悄悄上床睡觉，我和胡利娅姨妈穿着内衣，胆战心惊地颠鸾倒凤，百般恩爱，同时两耳不安地警惕着任何意外的响动，直到筋疲力竭。确实没有别的办法。次日清晨，我们就要退掉去拉巴斯的飞机票，改买去智利的票。半小时后，我走在米拉弗洛雷斯区的大街上朝外祖父家那间单身小屋走去，一路上感到既痛苦又乏力，暗暗地咒骂自己竟然连买一支左轮手枪的钱都没有。

两天后，胡利娅姨妈登上一架黎明起飞的班机，前往智利。调换机票时，航空公司并没有表示为难，但是有票价差额问题。多亏巴斯库亚尔借给我们一千五百索尔，才把这笔钱付了（当巴斯库亚尔告诉我他有一张五千索尔的存折，我真是惊讶极了，因为就凭他挣的那点工资，有这笔存款可以说是奇迹）。为了胡利娅姨妈能够带些零用钱，我把全部藏书，甚至法律专业的法典和讲义都卖给了拉巴斯大街上的书商，然后用这笔钱兑换了五十美元。

奥尔卡舅妈和鲁乔舅舅同我们一起到了机场。前一天夜里，我留在了他们家中。我俩没有睡觉，也没有同房。晚饭后，舅父母走开了，我坐在床头望着胡利娅姨妈细心地打点行装。随后，我们便到没有开灯的客厅里坐下。我们待了三四个小时，手握着手，紧紧地依偎在沙发上；为了不吵醒家里人，我们轻声交谈着。我们间或拥抱、偎依着脸和接吻，但是大部分时间是在吸烟和谈话中度过的。我们谈到当我们重聚的时候将做些什么，谈到她将如何协助我工作，谈到总有一天我们会以这样或那样的方式去巴黎住亭子间，在那儿我终将成为作家。我给她讲述了她那位同胞彼得罗·卡玛乔的事，告诉她他现在已住院，周围全是疯子，他本人也一定变疯了。我俩商定每天都要写一封长信，详细报告各自的情况：做些什么，想些什么，有什么感受。我向她保证，当她重返秘鲁时，我一定把事情安排好，挣到的钱可以不致使我们饿死。五点钟，闹钟响了，天空仍然漆黑。一个小时后，当我们到达利马坦博机场时，天刚蒙蒙亮。胡利娅姨妈穿的是我喜欢的那件蓝色外衣，看上去很漂亮。当我们道别的时候，她十分平静，但是她拥抱我的时候，我感到她浑身在发抖。我却相反，站在机场平台上，望着她在晨曦中登上飞机的时候，我哽咽了，眼泪夺眶而出。

她在智利的流亡生活持续了一个月又十四天。这六个星期对我来说具有决定意义。在这段时间里（我访亲拜友，求同学告老师；哀求他们、打扰他们，弄得他们头昏脑涨，为的是让他们助我一臂之力），我终于找到了七份工作，其中当然包括电台编辑。第一份工作是在国家俱乐部图书馆，该馆位于电台附近。我的任务是每天上午利用编新闻稿的间歇去那里两个小时，把新到的书籍和杂志登记注册，把旧杂志编入总目。第二份工作是圣马尔可大学的一位历史系教授（我在他的课上取得过优异的成绩）要我做他的助手，每天下午三点至五点，在他坐落于米拉弗洛雷斯区的住宅里，将报纸上的有关文章登入卡片，以备他撰写秘鲁史之用；教授承担的部分是征服时期与独立战争两个分卷。在新找到的工作中，最为生动有趣的是与利马公共慈善局签订的合同——牧师公墓里有一大排殖民时期的墓碑，相关登记册已经丢失，我的任务是研究碑文的内容，将死者的姓名和生卒年月登记造册。这份工作我可以在任何时候进行，因为是计件付酬，每个死者给一个索尔。我利用下午六点的新闻稿与泛美电台播音的间歇去做这件事。这时哈维尔已经下班，常常陪我一同去。那时正值隆冬，天黑得早，公墓的主任（一个胖子，自称曾八次出席国会参加秘鲁总统的交接仪式）借给我们手电筒和小梯子，以便阅读壁龛高处的碑文。有时我们开玩笑，假装听到叹息声和脚镣响，看到坟墓中出现白色身影，结果真的吓得毛骨悚然。除了每周去两三次，星期天的上午也去干这件事。其余的工作多少带有一些文学性质：每周为《商报》的星期天副刊做一篇诗人、小说家或散文家的访问记，发表在《作家与作品》专栏；每月为《秘鲁文化》杂志撰写一篇文章，栏目的标题是我取的：《人物、书籍与思想》。最后，一位教授朋友委托我为投考天主教大学的学生编写公民教育课大纲（尽管我是圣马尔可大学的学生，我们学校与天主教大学是死对头），每星期一还必须交出一道入学考试题的详细答案（题目各式各样，涉及的方面很广泛，从祖国的标志开始，旁及土著的花卉与动物，直到土著语言学者与西班牙语学者之间的论战）。

这些工作（我感到好像在和彼得罗·卡玛乔比赛）使我的收入增加了三倍，足够支付两个人的生活费用。我从每份工作中都预支了部分工资，这样就把打字机赎了回来，这台机器对新闻工作来说是绝对必要的（尽管我有许多文章仍是在泛美电台写的）。用这些钱，还请南希表姐买了一些装饰住房的东西，因为女房东果然在十五天后把房间租给了我。接收有两个房间外加一个小小洗澡间的那套房子的早晨，我感到快活极了。可我仍旧住在外公家，因为我决定等到胡利娅姨妈回来的那一天再开始使用。我几乎每天晚上都去那里写文章，编制死者名单。我虽然不停地工作，不停地东奔西走，却并不感到疲倦和气馁，恰恰相反，我感到精力十分旺盛；我认为我能够像从前那样继续读书（尽管那是每天在乘公共汽车的时间里进行的）。

胡利娅姨妈信守诺言，每天都有信来。外祖母把信交给我的时候，眼里总闪耀出调皮的光芒，低声问："这封信是谁写来的呀？是谁写来的呀？"我也连续不断地给她写信，每天夜里的最后一件事就是这个，有时虽然已经头昏脑涨、睡意蒙眬，但仍然向她报告这一天的忙碌情景。自从她出走，我先后在外祖父家、鲁乔舅舅家、大街上遇见了许多亲戚，看到了他们的反应。他们态度各异，有些是出乎意料的。彼得罗舅舅的态度最为严厉，全然不理睬我的问候，冷冰冰地看我一眼，便马上背转身去。赫苏斯姨妈老泪纵横地拥抱着我，用动人的声调耳语道："可怜的孩子！"其他姨妈、舅妈、姑妈和叔叔、伯伯、舅舅则采取置若罔闻的态度，似乎什么事情都没发生；他们对我十分亲热，但绝不谈胡利娅姨妈，对我们的婚事装作从未知悉。

我一直没见到父亲，但我知道一旦胡利娅姨妈出国，他的要求被满足，怒气便会打消。那时，我父母暂住在几位叔叔家里，我从未去拜访过，可是我母亲天天都来外祖父家里和我会面。她对我的态度是矛盾的，一方面是亲切、充满母爱；而另一方面，每当那个忌讳的话题直接或间接地露头，她立刻变得脸色苍白，泪流满面，并且坚决地表示："我永远也不会同意这件事。"当我建议她去看看那套房间的时候，她动了肝火，好像我骂了她。她总是指责我卖衣物和书籍的事，仿佛那是一场希腊悲剧。我打断她，说道："好妈妈，您别再来您那套广播剧了。"她从不提起我的父亲，我也不问她；但是由于经常看见他的亲戚们，我获悉他火气已消，转而对我的前途感到失望。他常常说："他在满二十一岁以前必须听我的话，往后就随他去堕落。"

我虽然异常繁忙，在这几周中还是写成了一篇短篇小说，题目叫做《虔诚的女信徒与尼古拉斯神父》。故事发生在格罗西奥·普拉多，当然是反宗教的：一位聪明的神父发现群众崇拜梅尔乔丽塔神，便想出一条生财之道，以大企业家的雄心和魄力办了一家综合性企业：制造和出售纪念邮票、教士披肩、耶稣圣像以及各种圣徒纪念品，在圣徒住地发售入场券，为筹建教堂而组织募捐和抽彩，资助代表团前往罗马为谥封他圣徒称号而说项。我用新闻报道的方式写成两个不同的结尾：一个结尾是格罗西奥·普拉多的居民发现了尼古拉斯神父的买卖，便把他私刑处死；另一个结尾是这位神父当上了利马的大主教（我决定把这篇小说读给胡利娅姨妈听了之后再选择其中一个结尾）。我是在国家俱乐部的图书馆里写成的，在那里编辑新书目录的工作有点儿象征性。

我从中央电台仓库里抢救出来的广播剧剧本（这项工作对我来说意味着额外收入二百个索尔）经过删改整理，可以安排播放一个月，届时CMQ的剧本就到达了。但是正如那位开明企业主所预料的，无论是仓库里的剧本还是CMQ的剧本都留不住彼得罗·卡玛乔所争取到的广大听众。由于收听率下降，为了不失去广告收入，只好把广告费降低。不过事情并不那样可怕，赫纳罗父子一向富有创造精神，干劲十足，用一个名叫"为六万四千索尔回答问题"的新节目找到了财源。这个节目是从巴黎电影院传来的，由知识渊博的竞选人（汽车、索福克勒斯、足球、印加国王）回答多达六万四千个问题。

通过小赫纳罗，我一直留意着彼得罗·卡玛乔的情况。最近，我经常同小老板到科尔梅纳大街的布兰萨餐厅喝咖啡。卡玛乔在德尔加多大夫的私人诊所里住了近一个月，由于花钱太多，赫纳罗父子便设法把他转送到拉尔科·埃雷拉大街上公共慈善局开办的精神病医院。在那里，据说人家还很尊重他。一个星期天，在牧师公墓登记过卡片，我乘公共汽车来到拉尔科·埃雷拉，打算去探视卡玛乔。我带了几小袋薄荷玛黛茶作为礼物，准备让他泡着喝。但是正当我随着探视的人群踏进疯人院那监狱式的大门时，我突然决定不去看他了。在这个壁垒森严、人员杂处的地方——大学一年级时我们曾在那里上过心理学实习课——重见那位已变为疯子的文人，这想法首先使我产生了深深的痛苦。我转身向外走去，回到了米拉弗洛雷斯。

星期一，我对妈妈说，我想同父亲见面。她劝我要谨慎，别说惹他生气的话，不要冒挨打的风险，最后把我父亲的电话号码给了我。父亲告诉我，第二天上午十一点，他在去美国前的那间办公室里见我。那地方在卡拉巴耶胡同，一条细砖铺地的长廊的尽头。这条长廊的两侧都是住房和办公室。在进出口公司，我认出了几位从前同父亲共事的职员，他们把我领进了经理办公室。父亲独自坐在以前的办公桌后面，身穿奶油色西装，结着一条绿底白点的领带。我发现他比一年前瘦多了，脸色有些苍白。

"早上好，爸爸。"我站在门口说，极力使声音显得洪亮而坚定。

"你要说什么就说吧。"他指着一张椅子说道，那神情含含糊糊，看不出有太多的恼怒。

我侧身在椅子边上坐下，深深地吸了一口气，仿佛田径运动员准备开始比赛。

"我想把我正在做的事情和将要做的事情对您讲一讲。"我结结巴巴地说道。

他依然沉默不语，等待我讲下去。为了显得镇定，我缓缓地讲起来，留心观察着他的反应。我详尽地谈到我找到的工作，每份工作的收入，如何安排时间去完成上述工作，以及完成大学课程作业和考试的情况。我没有撒谎，但是我把一切都说得令人满意：我的生活安排得井井有条而又严肃，并且热切地盼望着结束学业。讲到这里，我停下来，父亲仍旧一言不发，等待着我的结论。因此我只好咽口唾液，说了出来：

"您看，我已经可以谋生，维持自己的生活，而且能够继续读书。"随后，我的声音越来越微弱，几乎听不见，"我希望你能准许我把胡利娅叫回来。我俩已经结婚了，她不能一个人生活。"

他眨眨眼睛，脸色越发苍白了。一霎间，我以为他又要大发雷霆，那曾经是我童年最可怕的噩梦之一。但只是粗声粗气地对我说：

"正如你所知道的，这桩婚事无效。你尚未成年，未经允许不能结婚。如今你结婚了，那只能是伪造证明或偷改出生日期才能办到的。在这两种情况下，这桩婚事可以随时取消。"

他解释说，伪造官方证明是很严重的，会受到法律制裁。如果说要由谁为此付出代价，那将不是我这个小孩子，因为法官会认为我是被诱骗的；要追究的是那个成年女人，因为按照逻辑，她必将被认为是诱骗犯。做完这番法律阐述（他是用冷冰冰的声调讲出来的），他长篇大论起来，渐渐显得有些激动。我以为他讨厌我，然而实际上他一向为我好，即使有时对我严厉些，那也是为了纠正我的错误，为我的前途操心。他说，我这种难以管束的倔强性格和矛盾心理将会毁掉我的一生。这桩婚事等于在我的脖子上套了一根绳索，他是为了我好才反对的，并非像我所想的那样是为了伤害我。哪个父亲不爱自己的儿子？此外，他明白我的恋爱并非坏事，无论如何，这都是一种男子汉行为；如果我像个女人，那就可怕了。但是一个十八岁的半大小子，一个大学生，同一个离过婚的成年女人结婚，可真是难以估量的愚蠢举动，严重后果，到将来我才会懂得；到那时，由于这桩错误的婚姻，我会变成一个可怜虫，终日咽那杯难咽的苦酒。他可不希望我落得那样的下场，而盼望我诸事如意，前程似锦。总而言之，他要求我至少不放弃学业，否则将会遗憾终生。说罢，他站起身来，我也跟着站了起来。接着是令人难以忍受的沉默，只听见隔壁打字声一阵阵传来。我低声告诉他保证念完大学，他默默地点了点头。分手的时候，我们犹豫了一下，便拥抱在一起。

从父亲的办公室出来，我直奔中央邮局发出一份电报："你已被救。我尽速寄上机票。吻你。"那天下午我去历史学家的家里、泛美电台的阁楼和公墓，绞尽脑汁思索着如何凑齐这笔钱。当天夜里，我开出一张准备借钱的名单和款数。但是第二天外祖父送来一份回电："明日乘智机到秘。吻你。"后来我才知道，胡利娅卖掉了戒指、耳环、发簪、手镯和几乎全部衣服才买到那张机票。当我在利马坦博机场接到她的时候（那是星期四的下午），她已是一个穷得身无分文的女人。

我把胡利娅直接送到那套小房子，这套房子几天前已由南希表姐打蜡，打扫得窗明几净，还用红玫瑰美化了一番，写着"欢迎你"。胡利娅姨妈里里外外审视了一遍，好像那是一个新玩具。看到给《秘鲁文化》的文章所做的批注，看到《商报》准备会见的作家名单，看到我的工作时间表以及支出清单（理论上证明我们是可以过活的），胡利娅姨妈开心地笑了。我对她说，我们亲热一番之后，我给她念一篇题为《虔诚的女信徒与尼古拉斯神父》的小说，请她选择一个结尾。

　　"哎呀，小巴尔加斯，"她一面急忙脱衣服一面笑着说道，"你已经长成大人了。现在为了诸事如意，去掉你脸上的孩子气，答应我，留起胡子来吧。"

第二十章

　　我和胡利娅姨妈的婚姻委实是一次成功，比所有的亲戚，甚至胡利娅本人所担心、希望和预言的八年更长久。在这些年里，由于我的倔强和她的帮助及热情，加上交了好运，其他预言（梦想和欲望）也都一一实现。我们终于住进了有名的巴黎阁楼。而我，好坏且不说，总算成了个作家，出版了好几本书。我没有读完律师专业，但是为了贴补家用，比较方便地维持生计，我从像法律系一样令人厌恶的大学系科里——拉丁语言学系——拿到了大学毕业文凭。

　　后来，胡利娅姨妈和我离婚时，我的大家族里的许多人都落泪，因为所有人（当然是从我的母亲和父亲开始）都很爱她。一年后，当我再婚时——这次是和我的表妹（奥尔卡舅妈和鲁乔舅舅的女儿，真是巧合）——在家族中激起的风波要比第一次小多了（他们只在私下议论）。是的，他们挖空心思，要逼着我在教堂举行婚礼，甚至连利马的大主教也参与策划（当然，他也是我们的亲戚），对我们采取了宽宏大量的态度，迅速签字，同意我们结婚。那时，我家里人已经从惊恐中恢复过来，不管我做出什么荒唐事都不感到意外了。

　　我和胡利娅姨妈在西班牙住了一年，在法国住了五年。之后我和表妹帕特丽西娅继续住在欧洲，先是住在伦敦，后来住在巴塞罗那。有一段时间，我曾和利马的一家杂志社有交往，常寄些文章给这家杂志社，该社也支付我路费，让我每年都能回秘鲁待几个星期。亏得这些旅行，我可以见到亲人和朋友。这样的旅行对我来说是很重要的。我想无限期地在欧洲住下去，原因有很多，但最主要的是，在那里我总能找到像记者、翻译、播音员或教授这类可以有些空闲的工作。第一次到马德里时，我对胡利娅姨妈说："我想当一名作家，我将只接受不会使我脱离文学的工作。"她回答我说："难道你要我从今以后撕破我的裙子、缠上块头巾，到格兰维亚去找顾客吗？"事实上，我的运气很好。我在巴黎的贝尔利茨学校教西班牙文，在法新社编新闻稿，在联合国教科文组织做翻译工作，为热纳维里埃的电影制片厂配音译制片，或者为法国广播电视台准备节目，我总能找到有油水可捞的工作，每天至少有半天可以专门从事写作。问题在于我所写的一切都是涉及秘鲁的事情，越写越没把握，对事物作出判断的基础越来越差（我有杜撰"现实主义"的怪癖）。然而，回利马对我来说是不堪设想的。回想我当初在利马同时干七份有油水的工作，可是挣的钱凑在一起刚刚够我们温饱，几乎没有时间读书，写作只能忙里偷闲。在利马那会儿，每当我精疲力竭的时候，就感到厌烦至极，因此我发誓宁死也不回这个国家。另一方面，我一向觉得秘鲁人是忧郁的。

所以我们先后同《快报》和《假面具》杂志达成的协议是，我给他们写文章，他们每年为我们提供两次回秘鲁的旅费。他们会答应这样的条件，是我们没有料到的。一般来说，我们每年都在秘鲁度过冬季（七月或八月），因为这两个月份能使我完全沉浸在前十一个月所构思的环境、景色和人物之中。这对我裨益匪浅（我不知道事实上怎样，但毫无疑问心理上是如此），简直是强心剂。回国听听秘鲁人讲话，听听周围人的语句、词汇、发音，我便再度置身于我从内心感到亲切的环境之中，但不管怎么说，我还是摆脱了这种环境，每年大部分时间不能对它进行了解，同它发生共鸣，为改造它而尽力。

我回利马，虽说是度假，但实际上没有休息过一秒钟，每次都是精疲力竭地返回欧洲。我们除了和我那些粗俗的亲戚和无数的朋友每天一起吃饭，其余时间都忙着收集素材。为此，有一年我去上马拉尼翁地区做了一次旅行，为的是亲眼观察、倾听和体验我所写的小说中的舞台，了解那个世界的情形。另一年，我在殷勤的朋友的护卫下，对夜生活中那些藏污纳垢之所——咖啡馆、酒吧间和妓院——做了一次系统考察。在这些地方，展示着我另一篇故事的主人公的糜烂生活。工作和消遣交织在一起——因为那些考察从来不是一种负担，或者说，从来都是充满活力、其乐无穷的辛劳。这不仅仅是因为能够得到文学上的好处——在这些考察中，我干了一些以往住在秘鲁时从未干过、如今重返秘鲁后也不再干的事情：去当地人的俱乐部玩，到大剧院观看民间舞蹈，走遍边缘城区和贫民窟，跑遍比较生疏或根本不了解的城区，如卡亚俄、巴霍·埃尔·普恩特和阿尔多区去观察生活，进跑马场去打赌，或者到外国教堂的地下墓穴和（假想的）贝利乔丽的住宅里去东嗅西闻。

而这一年，更重要的是，我致力于阅读各种书籍，积累资料。我正在写一本反映曼努埃尔·阿波利纳里奥·奥德里亚将军①时代（1948—1956）的小说。在利马休假期间，我每周花两个上午去国家图书馆报刊陈列室浏览那些年的报章杂志，甚至如痴似狂地去阅读由顾问们（从那种法庭式的修辞来看，这些人全是律师）提刀的这个独裁者的演说。从国家图书馆出来时已是中午左右，我沿着阿班凯林荫道往下走去，这里已经开始变成流动小贩的巨大市场。在林荫道上，男男女女摩肩接踵。他们中的许多人穿着山民的斗篷和裙子，用披巾和报纸摆成地摊，或者用木箱、铁皮和帐篷临时搭起凉亭，卖那些可

---

① 奥德里亚曾两次担任秘鲁总统，一次是 1948 年 10 月—1950 年 6 月，一次是 1950 年 7 月—1956 年 7 月。

想而知的零零碎碎、不值钱的小商品，从别针、发夹到便服和西装，当然还有就地架起火盆现做的各式吃食。这是利马大为改观的地方之一。这条人满为患的安第斯山人的阿班凯林荫道上到处飘散着扑鼻而来的油炸食品的调料味，响彻着凯楚阿人的说话声，同办事员来来往往的那种宽阔的林荫道没有任何相似之处。十年前，当我读大学一年级时，只有为数甚少的乞丐经常从这儿到国家图书馆去。在这条林荫道两旁的那些街区可以集中地看到、感觉到农民流入首都的问题，他们在十年内使利马的居民增加了一倍，使山上出现了流沙地和垃圾堆。成千上万的农民因干旱、劳作条件艰苦、前途无望和饥饿而背井离乡，来到这一带街区定居。

为了认识城市的这种新貌，我沿着阿班凯林荫道朝大学公园和从前是圣马尔可大学的地方走去（这所大学已经搬到了利马郊外，我从前学人文学和法律的那幢破旧的大房子里，现在设立了博物馆和办事处）。我到那儿去不仅出于好奇和怀旧，而且出于文学上的兴趣，因为我正在写的小说里的某些故事就发生在大学公园内，发生在圣马尔可大学的那幢大房子里，发生在那座古老的图书馆里，发生在台球房和周围被烟熏得又黑又脏的小咖啡店里。那天早晨，我像一个旅行者，站在美丽的波罗塞雷斯小教堂前观察那个地区流动的人群——擦皮鞋的人、卖甜饼的人、卖冷饮的人、卖三明治的人……这时，忽然感到有人抓住我的肩膀，原来是比我大十二岁却处处和我相似的大巴布利托。

我们紧紧拥抱。真的，他没有任何变化，还是那个身材魁梧、笑容可掬的丘罗人，气喘吁吁，走起路来几乎抬不起脚，仿佛是为了保持生命力的旺盛而总是在滑冰。尽管转瞬间已过六旬，他还是一根白发都没有，头上仔细地抹了发蜡，直挺挺的头发精心地压平了，像是一个四十岁的阿根廷人。他看上去比在泛美电台当记者时（理论上可以说是记者）穿着阔气多了：一套花格绿西服，一条耀眼的小领带

（我还是头一次看到他系领带），皮鞋油光锃亮。见到他，我是如此高兴，便请他去喝咖啡。他接受了，我们最后在一家兼营饭菜、叫帕莱莫的小酒吧间里坐下来。这地方也使我回想起了大学年代。我对他说，我无需问他日子过得怎么样，因为一眼就可看出他生活得很好。他笑了——食指上戴着一枚镀金的、刻有印加图案的戒指——十分得意地对我说：

"我没有什么怨言，在多年的坎坷生活之后，到了老年，终于时来运转。不过，首先请你允许我要点儿啤酒，见到你真是太高兴了。"他叫来跑堂，要了一瓶冰镇比尔森啤酒，而后笑了，这使他的哮喘又发作了，"人们常说结婚是自找苦吃，对我来说却正好相反。"

我们一起喝着啤酒，大巴布利托断断续续地——由于支气管炎的缘故——对我讲起了他的经历。他说电视机一传到秘鲁，赫纳罗父子就叫他穿起制服，戴上暗红色的帽子，到他们在阿雷基帕大街建起的第五频道电视台大楼做了看门人。

"从记者到看门人，好像在走下坡路，"他耸了耸肩膀说，"从头衔看确实如此，但是头衔能当饭吃吗？他们给我加了工资，这是最重要的。"

当看门人不是苦差事。通知来访者，告诉他们电视台分哪些部门，在试看者排队进电视台时维持秩序，其余的时间便用来和街角的警察讨论足球。但是，此外——他咂了一下舌头，沉浸在愉快的回忆之中——有段时间，他的一部分工作是每天中午去阿雷纳莱斯大街的贝利索客栈买干酪肉馅饼，这家客栈距第五频道电视大楼有一个街区。赫纳罗父子很爱吃这种馅饼，职员、演员、播音员和制片人也很爱吃，大巴布利托也给他们带，这样他可以拿到大量小费。就是在这种来往于电视台和贝利索客栈之间的过程中（由于他穿制服，这个区的孩子给他取了个外号叫消防队员），大巴布利托认识了他未来的妻子。她是制做那些吱吱作响的美味煎食的女人：贝利索客栈的厨娘。

"她对我的制服和法国将军帽很感兴趣，对我一见倾心，被我征服了。"他笑了，憋得透不过气来；喝了一口啤酒，又憋得透不过气来。大巴布利托继续说："她是一个非常秀气的黑发女人，比我年轻二十岁。她的胸脯丰满而结实，无可挑剔。我就是这样描述她的，马里奥先生。"

他开始跟她搭讪，向她献殷勤。她以笑脸相迎，很快，两个人就一起外出了。他们恋爱了，过上了电影中的那种浪漫生活。这个黑发女人做事果断，有进取心，很会拿主意，善用心机。她想到他们可以开一家饭馆。当大巴布利托问她拿什么来开饭馆时，她回答说就用他们退职得到的钱。尽管在大巴布利托看来，放弃固定的收入而去冒险，这简直是发疯，但她还是照她的想法去做了。他们用退职金在帕鲁罗街区买下一所可怜的小房子，竭尽全力置办了桌椅和炊具。大巴布利托亲自粉刷墙壁，在门上涂写招牌：孔雀饭店。头一年，虽十分操劳，可他们挣的钱仅能糊口。为了到拉帕拉达街以最便宜的价钱买到上等配料，夫妻俩黎明即起。一切都是他们俩亲力亲为，她当厨师，他当侍者和收银员，二人共同打扫，整理。当饭馆打烊，便在桌子之间铺上几个垫子睡觉。从第二年起，顾客增多了，因此他们不得不雇一个人在厨房当助手，又雇一个人做跑堂。最后店堂容纳不下所有客人，只好婉言谢客。那时，这个黑发女人便想到了租用隔壁那间比她的饭馆大三倍的房子。他们真的那样做了，没有后悔。如今，他们把二楼都盘下了。他们在孔雀饭店对面买下了一所小房子。二人情投意合，终于结了婚。

我祝贺他们成婚，问他是否掌握了烹饪技术。

"我想到了一件事，"大巴布利托突然说，"我们去找巴斯库亚尔，到我的饭馆用午餐。我请你们，马里奥先生。"

我接受了，因为我从来不拒绝人家请我吃饭。同时，也因为我很想见见巴斯库亚尔。大巴布利托告诉我，巴斯库亚尔在编辑一本多种栏目的杂志，获得很多进展。他们经常见面，巴斯库亚尔是孔雀饭店的座上客。

《特刊》杂志社的办公地点离得相当远，在布雷尼亚区同阿里加林荫道交叉的一条横街上。我们乘公共汽车直达那里，这路公共汽车，我以前在秘鲁生活时还没有。我们不得不兜了几个圈子，因为大巴布利托不记得具体地址。最后，我们终于找到了杂志社，它坐落在幻想电影院后面的一条偏僻陋巷里。从外面就可以看出《特刊》杂志社并不兴旺：两扇车库式的房门之间用钉子挂着这家周刊的招牌，摇摇晃晃，很不稳固。进到里面，便见那两间车库只是在间隔墙上开了个洞打通，那个洞既没有修整，也没有安框，仿佛泥瓦匠把活做了一半就放弃了。一面纸板屏风遮挡着那扇没安框的门，像公共场所的洗手间。纸板上面密密麻麻胡乱涂满了脏话和淫画。在我们进入的那间车库的墙上，在潮斑和污垢中间，挂着照片、招贴画和《特刊》杂志的封面，其中有足球队员、美艳歌星，当然也有犯人和受害者。每张封面上都有醒目的大标题，我看到了诸如以下之类的句子："杀死母亲同女儿结婚"和"警察来到化装舞会，啊，所有人都是男的!"这个房间看来是编辑部、摄影部和档案室。这里堆放了那么多东西，使人很难通过。小桌子上放着打字机，两个人挤在一起打字，很不方便。一个小男孩正在分理着一沓沓杂志，将它们包装起来，用龙舌兰绳子系好，准备发走。一只敞着的衣柜里面装满了纸片、照片和铅版。在一张桌子——缺了的一条腿被三块砖代替——的后边，一位穿红色毛背心的姑娘在检查着现金出纳的收据。这儿的东西好像全都处在一种狭窄、窘迫的状态中。没有人阻挡我们，也没有人问我们，更没有人回答我们下午好。

屏风的另一边，在同样贴满了耸人听闻的杂志封面的墙壁前摆着三张写字台，每张写字台上都有一张卡片，用墨水写了办公人的职务：社长、总编辑和行政管理员。看到我们走进房间，两个正伏在桌上看校样的人抬起头来。站着的那位就是巴斯库亚尔。

我们紧紧地拥抱。他可真是大变样了，发福了，大腹便便，下巴坠了下来，从外表看似乎像个老头儿。他蓄着稀疏的小胡子，颇像希特勒式的，已经灰白了。他向我做了许多亲热的表示，当他微笑时，我看到他有些牙齿已经脱落。寒暄过后，他把我介绍给另一个人，那人皮肤黝黑，穿着芥末色衬衣，坐在写字台旁。

"这是《特刊》杂志社社长，"巴斯库亚尔说，"雷瓦格里亚蒂博士。"

"我差点儿干了蠢事，大巴布列托告诉我社长是你。"我一边对巴斯库亚尔说，一边把手向雷瓦格里亚蒂博士伸过去。

"我们正在走下坡路，但还没到穷途末路，"这位社长说道，"你们请坐，你们请坐。"

"我是总编辑，"巴斯库亚尔向我解释道，"这就是我的办公桌。"

大巴布利托对他说，我们是来找他去孔雀饭店就餐，共叙泛美电台时期的友情。巴斯库亚尔赞同这个想法，但我们必须等他几分钟，他要把那些校样送回印刷厂，很急，因为马上就要付印了。他去了，留下我们和雷瓦格里亚蒂面对面尴尬地坐着。当这位博士知道我住在欧洲时，很有兴趣地向我提了一大堆问题。法国女人像人们所说的那样轻佻吗？她们是那样聪明伶俐而在床上却恬不知耻吗？他坚持要我为他做一下有关欧洲女人的统计，并且画出对比图表。每个国家的女人都有独特的习惯是真的吗？比如说（大巴布利托眼睛骨碌碌地动着，津津有味地听他讲），他听那些多次出国旅行的人讲了一些非常有趣的事情——意大利女人真的一刻都离不开男人？巴黎女人真的如果不被男人狠狠对待就得不到满足？北欧女人真的让她们的生父随便玩？我尽可能地回答雷瓦格里亚蒂博士那一连串废话般的问题，他的这些问题使这所小房子里渐渐充满了淫秽的气氛。他越来越埋怨我不该去吃那顿午餐，因为它会拖很久，浪费很多时间。大巴布利托听了社长那些色情社会学的演示，十分惊奇和兴奋，笑了。当这位社长的好奇弄得我疲惫不堪时，我提出要借用他的电话。他露出讽刺的神气说：

"由于付不起电话费，一个星期前被拆掉了，"他讲得很坦率，但样子很凶，"因为您已经看到了，这本杂志要垮台，所有我们这些在这里工作的笨蛋也要同它一并完蛋。"

接着，他以色情受虐狂的愉快告诉我，《特刊》杂志是在奥德里亚时代创办的，当时势头很好。政府给它通消息，私下资助它，要它攻击一些人，保护另一些人。此外，它还是当时少数获批出版的杂志之一，像热面包一样，销路很好。但是，奥德里亚一倒台，可怕的竞争开始，这家杂志就破产了。他就是在这种情况下，像收烂摊子般接手这份杂志的。他把它扶起来，改变编辑方针，使它成为一份专登爆炸新闻的杂志。有一段时期，尽管背了很重的债，杂志还是一切运转正常。但是最近这一年，由于纸价上涨，印刷费增加，加上对杂志的大肆攻击和杂志本身的情报失灵，一切都陷入了困境。此外，曾遭到杂志指责的那些无赖反唇相讥，说他们刊登的文章纯属造谣诽谤。现在主人很害怕，把所有的股份全部赠给了编辑人员，为的是逃避最后危机时收拾残局。垮台已经为期不远，这几个星期，情况很惨，没有钱支付工资，人们搬走机器，卖掉办公桌，抢走一切值钱的东西，停刊已近在眼前。

"拖不过一个月了，我的朋友，"他以孤注一掷的语气喘着粗气说道，"我们已经是尸首了，您难道没有嗅出腐烂的气味？"

我正想对他说，确实嗅到了。这时一个瘦骨嶙峋的小个子走进来打断了谈话，他不需要推开屏风，从狭小的裂缝中就进入了房间。他留着德国式的发型，有点可笑，穿着打扮像流浪汉，一件蓝色上衣，一件满是补丁的衬衫，套在合身的灰色运动衫的下面。最奇特的要算他的鞋，一双篮球运动员的红色便鞋，如此破旧，以致其中一只的前端只好用带子捆着，仿佛鞋底已经脱开或就要掉下来了。一看到这个人，雷瓦格里亚蒂社长就骂起来：

"如果您认为可以继续哄骗我，那就错了，"他说，气势汹汹地向那个小个子走过去，吓得那个小瘦子微微跳了一下，"昨晚是不是您把阿亚库乔凶杀案的消息弄来的？"

"是我弄来的，社长先生。我这里有全部相关材料，半小时后，巡逻队就把罪犯送到了利马市政府。"那小个子激昂地说。

事出突然，我简直发呆了。那完美的措辞、温和的音色以及"相关""罪犯"这类字眼，只能出自他之口。但是从形体和衣着上，我怎么能将这个雷瓦格里亚蒂像要把他活活吃掉、像吓鸟的稻草人般的可怜虫同那位玻利维亚文人对上号？

"您可别撒了谎也不脸红，至少要有勇气承认您的错误。您没有带来材料，害得梅尔科奇塔无法写完新闻报道，使文章讲得不全面。我不喜欢失真的文章，因为这不是良好的新闻作风！"

"我把材料带来了，社长先生，"彼得罗·卡玛乔显得既有教养又颇惊恐地回答说，"我回来时，杂志社关门了。那时正是十一点一刻，我向过路人问过时间，社长先生。我知道这些材料的重要性，于是到梅尔科奇塔家去了。我在人行道上一直等到凌晨两点钟，可是他没有回家睡觉。这不是我的过错，社长先生。押解罪犯的巡逻队在路上遇到了悬崖塌方，他们本应当九点到，结果十一点才到。不要责怪我没有完成任务。对我来说，杂志社是首位的，比我的健康更重要，社长先生。"

费了好大的劲，我才渐渐地把记忆中的彼得罗·卡玛乔和眼前这个人联系在一起。还是那双暴眼睛，但已经失去了狂热，失去了那种诱人的光芒，现在那目光是可怜、灰暗、含有恐惧的。他的表情和风度、说话时的手势——手臂不自然地摆动着，仿佛他是在集市上叫卖的小贩——依然如故，如同他那独具一格、有节奏、令人昏昏欲睡的声音。

"这都怪您小气，不乘公共汽车，去什么地方都迟到，这才是事情的真相，"雷瓦格里亚蒂博士怀疑地嘟囔道，"您不要那么吝啬，他妈的，只需花上四个铜板坐公共汽车，到哪儿都会准时。"

差别大于想象。主要的变化要算头发了。剪掉披肩式的长发，剃成光头，他的脸显得更加轮廓突出，更加瘦小，已经失去了特征，再也难以恢复。此外，他比以前瘦多了，像托钵僧，几乎是幽灵。也许最初使我没有认出他的是他的衣服。从前，他只穿黑衣服，穿那身悲凄得发亮的西装，那条花结小领带是永远系着的。现在，他穿着搬运工人的上装，衬衣打满了补丁，鞋子用绳子捆着，看起来像十几年前的小丑。

"我向您担保，不是您所想象的那样，社长先生，"他非常自信地辩解道，"我已经向您表明，不管到什么地方去，我步行都比乘那些臭烘烘、像蜗牛爬行的公共汽车快。我不是因为小气才走路，而是为了更勤奋地履行我的职责。好多次我都是跑着完成任务的，社长先生。"

在这方面，他也依然如故：完全缺乏幽默。他说话没有一点顽皮的、机敏的样子，甚至可以说没有感情，完全是机械的，却又像是人在说话，尽管说的事情在那种场合下出自他的嘴是不可想象的。

"不要胡扯，不要犯您的怪毛病了，我这么一把年纪不会任人取笑，"雷瓦格里亚蒂转向我们，像是要我们作证，"你们听说过这样的白痴吗？一个人能步行跑遍利马的警察局比乘公共汽车还快？这位先生却要我相信他这种鬼话。"他又回过身来对着玻利维亚文人，文人的目光一直盯着社长，甚至没有斜看我们一眼。"用不着我来提醒您，因为我想，每当您站在饭盆前，会想起我们的好处。这里给了您一份工作，帮了您的大忙，而我们正处在困境中，本来是应当裁减编辑的——我不称他们为资料员——那么，至少您应当知恩图报，出色地履行自己的职责。"

这时，巴斯库亚尔进来从屏风那边说道："一切就绪，这一期稿子全部送了印刷厂。"他请求原谅，因为让我们久等了。当彼得罗·卡玛乔准备走出去时，我走近了他：

"您好，彼得罗。"我对他说，一边把手伸过去，"您不记得我了？"

他从上到下地打量着我，眯缝着眼睛，惊异地把脸探过来，仿佛他在一生中是头一次看到我。最后，他伸出手给我，冷冰冰、礼貌地向我致意，同时以他特有的方式向我点点头说：

"非常高兴认识您。我叫彼得罗·卡玛乔。"

"这不可能。"我说，简直闹糊涂了，"他没有认出我，我那么老了吗？"

"别玩遗忘症那一套了，"巴斯库亚尔在卡玛乔身上拍了一下，卡玛乔摇晃起来，"你忘记了在布兰萨咖啡店天天白喝他的咖啡吗？"

"最好说是加薄荷的马黛茶。"我开玩笑说，察看着他有怎么样的反应。卡玛乔显得很有礼貌，然而仍非常冷淡，点了点头，露出牙齿勉强地笑了笑：

"那茶对胃很适宜，也非常有助于消化。此外还可以减肥。"他说。然后像要做出让步以便摆脱我们，又补充道："是的，这有可能，我不否认。我们可能认识，确实如此。"他又重复说："很高兴见到您。"

大巴布利托也走近，露出一副长辈的神情，嘲弄地把一只胳膊搭在卡玛乔的肩上，同时半亲切、半轻蔑地跟我说：

"这是因为小彼得罗在这儿不愿提起他当初是个重要人物，如今他是无足轻重的人了。"巴斯库亚尔笑了，大巴布利托笑了，我也装出笑的样子，而彼得罗·卡玛乔本人想笑却没有笑出来。"他甚至瞎说连我和巴斯库亚尔都不记得了。"大巴布利托伸手去撸卡玛乔那儿根稀疏的头发，似乎在撸一条小狗，"我们正要去吃午饭，一块儿重温你称王称霸的时代。算你运气好，小彼得罗，今天你可以吃顿热饭，我们请你！"

"太感谢了，同事们，"他说，立即又向大家点头致意，"但是我不能陪你们，我妻子在等我。如果我不回去吃午饭，她会不放心的。"

"她把你管得那么严，你是她的奴隶，真没出息。"大巴布利托摇晃着他说。

"您结婚了？"我惊奇地说，没想到彼得罗·卡玛乔已经成了家，娶了妻，有了儿女……"啊呀，祝贺您，我原以为您要打一辈子光棍哩。"

"我们已经庆祝过了银婚，"他以明确干脆的语调对我说，"她是一位了不起的妻子，先生。无比善良，富有忘我精神。由于生活条件的关系，我们分开了，但是当我需要帮助时，她又回来支持我了。就像我对您说的，她是一位了不起的妻子，是个艺术家，外国艺术家。"我看到大巴布利托、巴斯库亚尔和雷瓦格里亚蒂博士交换着讥讽的眼光，但彼得罗·卡玛乔没有发觉。隔了一会儿，他补充说："祝你们玩得愉快，同事们。我会永远记住你们。"

"小心再不要把事情给我办坏，这可是最后一次了。"当文人消失在屏风后面时，雷瓦格里亚蒂博士警告说。

彼得罗·卡玛乔的脚步声尚未消失——大概已到了临街门口——巴斯库亚尔、大巴布利托和雷瓦格里亚蒂博士便哈哈大笑起来，同时挤眉弄眼，露出猥亵的表情，指着卡玛乔离开的地方。

"看来他不像是糊涂虫。他装疯卖傻，是为了掩饰他妻子不正经。"雷瓦格里亚蒂博士狂喜雀跃地说，"每当他提起他女人，我真想对他说：不要称她为艺术家，按照正确的秘鲁话说，她应该是三流夜总会的舞女。"

"天字第一号丑八怪，"巴斯库亚尔对我说，脸上的表情犹如孩子看到了毛毛虫，"一个老掉牙的阿根廷老太婆，金黄色头发，胡涂乱画的脸，穿着半透明的衣服在梅萨尼奈夜总会唱探戈舞曲。这家夜总会是为乞丐开的跳舞厅。"

"住嘴，不要忘恩负义，你们两个都跟她有过关系，"雷瓦格里亚蒂博士说，"我也玩过她。"

"什么唱探戈舞曲不唱探戈舞曲，她是妓女。"大巴布利托高声叫道，眼睛里仿佛要喷出火来，"这事儿我清楚。我去梅萨尼奈夜总会看她演出，演完，她靠近了我，要我拿出二十个英镑和她睡一夜。我不干，对不起，小老太婆，你已老得没牙了，我可不愿要个老奶奶。就算不要钱，哪怕倒贴，我也不干。因为我向您发誓，马里奥先生，她确实没有牙齿了。"

"他们早已结婚了。"巴斯库亚尔对我说，放下衬衣的袖子，穿上外套，打上领带，"是在玻利维亚，彼得罗来利马前结婚的。看来是她甩掉了他，去舞厅当妓女。彼得罗进了精神病院后，他们重新结合在一起。因此他成天说她是一位富有忘我精神的妻子，就是因为他发疯时，她又一次和他生活在一起。"

"他像狗一样感谢她，因为亏得她，他才有口饭吃。"

雷瓦格里亚蒂博士纠正说："也许你认为他们一家全靠卡玛乔跑警察局搜集材料挣的钱生活？不，他们是靠那女人卖淫吃饭。如果不是她，他早患上结核病了。"

"事实上，彼得罗吃饭用不了许多钱。"巴斯库亚尔对我说。接着又解释说："他们住在圣克里斯托的一条陋巷里。真是从天上跌到了地下，不是吗？我们这位亲爱的博士竟不相信当年彼得罗写广播剧时曾经是个人物，人们求着他亲笔签字留念。"

我们走出了房间。在隔壁的车库里检查收据的姑娘、编辑人员和包装杂志的小青年都已走了。他们熄了灯，乱七八糟堆在那儿的东西此刻像一群幽灵。我们到了街上，雷瓦格里亚蒂博士关上门，上了锁。我们四人并肩走着，到阿里加大街去找出租汽车。为了找个话头，我问为什么彼得罗只是资料员，而不是编辑。

"因为他不会写东西。"雷瓦格里亚蒂博士回答说，仿佛已经预料到我会这样问，"这个人很滑稽，用的词，谁都不懂，还否定新闻学，所以我只让他跑跑警察局。我并不需要他，但觉得他好玩，是个丑角。此外，他拿的薪水比用人还少。"他下流地笑了，又问道，"那么，我到底有没有被邀请吃午饭?"

"当然邀请您，就我们四个，"大巴布利托说，"您和马里奥先生是贵宾。"

"这个人满身怪癖，"坐进出租汽车朝帕鲁罗街区驶去时，巴斯库亚尔又回到原来的话题，"举例说，他不愿坐公共汽车，干什么事都步行，说走路比坐车快。一想到他整天跑路，我就感到疲倦，单是跑市中心的警察局就有多少公里? 你们看到他的鞋破成什么样子了?"

"他是个吝啬鬼。"雷瓦格里亚蒂博士厌恶地说。

"我不认为他吝啬，"大巴布利托为他辩解，"只是有点疯疯癫癫，还是个苦命人。"

午餐拖了很长时间，热气腾腾、各色当地风味菜肴一道道地端上来，还有冰镇啤酒。席间，大家无话不谈，讲有趣的故事、奇闻轶事，对某些人评头论足，还谈了政治。我则不得不再次讲些关于欧洲女人的事情来满足他们的猎奇心。甚至有一会儿，当雷瓦格里亚蒂博士喝得醉醺醺地调戏起大巴布利托的妻子时，他们差点儿动了拳头。大巴布利托的妻子是个黑发女人，虽说已四十岁，但风姿未减。我想方设法在整个令人厌烦的下午不让他们任说一句关于彼得罗·卡玛乔的话。

当我到了鲁乔和奥尔卡舅父母（他们已从我的舅父母变成了我的岳父母）家中时，头痛得厉害，浑身酸软无力，打不起精神。那时已近黄昏，帕特丽西娅看到我，脸上显出怒气冲冲的样子。她对我说，我可以借口搜集材料写小说骗过胡利娅姨妈在外边寻花问柳，而她呢？为了不让人想到我会去干那些伤风败俗的事，一句话也不敢说。可是，哼，她帕特丽西娅小姐可不是好惹的，她可不许我干那些伤天害理的事。假如下次再敢借口到国家图书馆阅读曼努埃尔·阿波利纳里奥·奥德里亚将军的讲话稿，从早上八点出门，到晚上八点回家，眼睛通红，还发出满嘴的臭啤酒味，手帕上肯定沾着女人的口红，她就要撕破我的脸，或者把盘子掷在我头上。帕特丽西娅表妹是个骄傲倔强的姑娘，她可是说话算数的。

译后记

　　《胡利娅姨妈和作家》是当代拉丁美洲重要作家马里奥·巴尔加斯·略萨的自传体长篇小说。全书以巴尔加斯·略萨与姨妈胡利娅恋爱的故事作为主线，描写了这位作家青年时代的生活。

　　1936 年 3 月 28 日，巴尔加斯·略萨出生于秘鲁的阿雷基帕市。1950 年至 1952 年曾在半军事性的莱昂修·普拉多学校读书。中学毕业后，考入利马圣马尔可大学。就在此时，他与舅妈的妹妹胡利娅相识。胡利娅是玻利维亚人，时年二十九岁。她由于不能生育而遭丈夫嫌弃，最终导致离婚，因此来到秘鲁的姐夫家暂住，以排遣忧闷。哪知道她一到利马，一些老鳏夫便前来求婚。为了摆脱这些厚颜无耻的纠缠，她经常请巴尔加斯·略萨陪同外出。不料，天长日久，二人之间竟然产生了纯真的爱情。已非妙龄的胡利娅仿佛回到了少女时代，与十九岁的巴尔加斯·略萨热烈而又真挚地相爱起来。但是这种情形终于被双方亲友获悉，立即掀起轩然大波。亲友们纷纷表示这是"大逆不道"，"会断送略萨的前程"，并且十万火急地把情况报告给略萨在美国经商的父母。这二人立即回电说："近日内即回利马面议。"为此，十几位亲戚赶忙召开家族会议，决定敦促胡利娅马上离开秘鲁；略萨也必须改邪归正，好好读书。面对巨大的压力，略萨不但不低头，反而提出立即与胡利娅结婚。他们在好友阿维尔和表妹南西等人的帮助下，取得了必要的证件，秘密逃到外地。他们买通了地方官员，办理了结婚手续，用既成事实迎接父母的到来。略萨的父亲性格暴躁，他一回到利马，听说儿子已经逃走，就火冒三丈地派人给略萨捎去最后通牒：命令他让胡利娅在四十八小时内离境，否则就采取强

　　　　　　　　　　　　　　　　　　译后记

制性措施。胡利娅为了保护爱人不受伤害，决定暂时去智利避避风头。经妻子和朋友的一再劝说，略萨终于同意胡利娅出国。妻子走后，顽强的略萨一方面拼命工作，以筹措胡利娅将来回到利马时的生活费用；一方面积极劝说母亲去父亲那里疏通。工作了一段时间，他终于直接向父亲提出自己可以独力谋生，并且不会影响取得学位，希望能与妻子团聚。他父亲见木已成舟，只好默许。至此，依靠坚持不懈的奋斗，这对恋人取得了胜利。

与上述恋爱故事平行展开的，是作者叙述玻利维亚戏剧家彼得罗·卡玛乔的悲惨遭遇。

彼得罗·卡玛乔原本在玻利维亚为电台编写广播剧，他的作品颇受听众欢迎，但因收入微薄，难以维持生计。这时，秘鲁泛美电台的老板趁机将他拉到利马工作。卡玛乔虽然为人孤僻，落落寡合，但是才华出众，文笔高超。他编写和导演的广播剧绘声绘色，脍炙人口，剧中的故事成为人们街谈巷议的话题。为此，电台的收听率扶摇直上，老板当然喜笑颜开。于是卡玛乔的工作量也在迅速增加，每日工作长达十三个小时之久。他由于长期得不到休息，积劳成疾，终于不幸病倒。老板见摇钱树已榨干，便把他送进精神病院，一推了事。卡玛乔在疯人院里险些丧命，靠着妻子卖淫，方才死里逃生，但是出院后已经成了废人。

马里奥·巴尔加斯·略萨以成名作《城市与狗》轰动西方文坛后，又连续发表了《绿房子》《潘达雷昂上尉和劳军女郎》《酒吧长谈》等在拉丁美洲文坛上产生重大影响的长篇小说，《胡利娅姨妈和作家》是巴尔加斯·略萨于1977年9月发表的。在上述五部长篇小说中，作者以尖锐辛辣的文笔对军事独裁政权、反动教会和资产阶级政客进行了彻底的揭露，他认为目前这个腐朽黑暗的社会好比一条毒龙，军事独裁、反动教会和流氓政客就是这条毒龙头上的三张血盆大口，它们每时每刻都在吃人，吃人，吃人！所以，文学的任务就是向它们开战。拉丁美洲的一些文学评论家因此认为巴尔加斯·略萨很好地继承了批判现实主义的优良传统。但是从创作艺术手法上看，这位拉美作家显然接受了西方现代派的表现技巧，诸如意识流和黑色幽默，这反映在对小说结构的安排上。上述五部长篇小说的结构各有特色，绝不雷同。所以文学评论界又称巴尔加斯·略萨是"结构现实主义大师"。鉴于材料的不足，目前我们尚不能对此作出准确的判断。但是在《胡利娅姨妈和作家》一书的结构安排上，作者的确花费了不少心血。比如，在本书单数各章里（全书一共二十章），介绍了略萨与胡利娅的恋爱故事，同时为了表现那个毒龙般的社会如何吃人，作者颇具匠心地安排了剧作家彼得罗·卡玛乔的兴衰史；而在双数各章里（除第二十章以外），竟然各章独立地作起短篇小说来，其故事情节又与单数的长篇小说全无直接关联，如第二章讲了一场婚礼上被揭发的丑闻；第四章讲了一名警长夜间巡逻的故事；第六章讲了一桩强奸幼女案；第八章讲了靠灭绝老鼠发家致富的公司老板如何遭到妻子儿女的唾弃；第十章讲了药品推销员马罗金因车祸而产生的精神分裂……在双数章中，作者故意使人物混乱，以表现卡玛乔这个剧作家由于精神错乱，其作品已经颠倒混乱到了何种程度。像这样把长篇小说与短篇小说交叉安排在一部作品里的手法，即使在欧美小说中也是罕见的。作者为什么这样做？读完全书，我们方才品尝出味道：双数各章的短篇故事是一幅幅社会风俗画，将它们连贯起来，便构成一个多层次的社会舞台；而长篇故事中的主人翁就是在这个舞台上表演了一幕幕绘声绘色、动人心弦的活剧。

　　这部作品之所以受欢迎，除了其在中国鲜为人知而又高超的结构现实主义艺术手法外，更重要的是，作家以细腻的笔触把他同姨妈胡利娅的恋爱史写得栩栩如生，感人肺腑。读者只需读上几页，便会拍案叫绝，再也难以放下，且越读下去越会被故事吸引，非一口气终卷不可。

为了使我国读者更加全面深入地了解巴尔加斯·略萨和胡利娅的爱情故事，这里也要介绍《胡利娅姨妈和作家》的姐妹篇《作家和胡利娅姨妈》，该书的作者正是前一部自传体小说的女主人公，巴尔加斯·略萨的前妻胡利娅·乌尔吉蒂·伊利亚内斯。

事情是这样的：胡利娅收到巴尔加斯·略萨寄给她的赠书《胡利娅姨妈和作家》时大为震惊，她认为夫妇之间的私生活是神圣的，不宜在世人面前披露。但考虑到那是一部文学作品，又念及旧情，书上还有"献给胡利娅·乌尔吉蒂·伊利亚内斯"的题词，便没有说什么。然而这部小说后来竟改编成了电视剧，先是在哥伦比亚，继而在拉美许多国家播映，胡利娅认为不少情节与事实不符，自己的形象受到了污损，于是再也无法忍耐，便写了后一部书作为回答。

当然，从文学的角度讲，尽管那部被玻利维亚评论界称为"空前的见证文学"的小说不愧为妙趣横生的杰作，但同驰誉世界的文学大师巴尔加斯·略萨的作品是无法抗衡的。然而，就其社会影响而论，它却毫不逊色于略萨的作品，正如胡利娅本人所说的："我不想创作一部当代文学名著，只想做一个真诚的女人，把我同马里奥一起度过的、起初是天堂般的后来是地狱般的日子如实地讲出来。我什么都不隐瞒，我要道出马里奥过往的全部实情，把几乎流传在整个美洲大陆的电视剧中被庸俗化了的东西全部纠正。"

赵德明　尹承东

有关《胡利娅姨妈和作家》的一场风波

1984 年 4 月 6 日，哥伦比亚《时代报》文学副刊《转盘游戏》刊登了一篇访问记：《真胡利娅讲述自己的秘密》，文中记述了秘鲁著名作家巴尔加斯·略萨的前妻胡利娅·乌尔吉蒂对记者所做的谈话，谈话涉及作家的生活、创作，以及围绕《胡利娅姨妈和作家》一书所引起的一场风波。现摘译如下，供参考。

不管是在真实生活中还是在小说《胡利娅姨妈和作家》中都曾使巴尔加斯·略萨发疯的那个名叫胡利娅·乌尔吉蒂·伊利亚内斯的女人，今天是玻利维亚财政石油矿产公司的行政秘书。

她在巴黎经历了拉丁美洲爆炸文学的诞生，是巴尔加斯·略萨写作《城市与狗》时期的伴侣。后来，当巴尔加斯·略萨爱上她的外甥女帕特丽西娅之后，她同这位作家离婚了。当她获悉自己成了前夫所写的一部杰作中的主人公时，感到十分惊讶。接着，她又成了一部流行拉美的哥伦比亚电视小说中的人物。于是她怀着痛苦的心情写了一部回答巴尔加斯·略萨的书，并和他断绝了一切关系。她曾再度结婚，再度离婚。今天，胡利娅已是一位五十七岁的妇女，她更关心的是家庭的菜篮，而不是文学。

我们就是在这种情况下同胡利娅·乌尔吉蒂在拉巴斯城进行了交谈。热情、愉快、外向的"胡利娅姨妈"说，是哥伦比亚的电视小说促使她写了《巴尔加斯没有说的话》这本书。

"我从未写过书，但一切疾病都是传染的。"她说，"电视小说的谎言和不确切促使我写书。材料对我来说并不困难，因为我平时一切都保存，什么都不扔掉，连一张纸、一封信都不撕。我感到困难的是带有感情色彩的部分。我想写得公正，不希望出现任何一个可会伤害别人的形容词。我把自己关在房间里，对着录音机讲。我录了二十盘双面录音带。重新撕开这些已经愈合的伤口，我的心像针扎似的疼痛。整个过程是一种精神分析。"

胡利娅·乌尔吉蒂第一次感到惊讶，是她得知巴尔加斯·略萨因她而写了一部长篇小说。出书后，巴尔加斯把书寄给了她，上边用铅字清清楚楚地印着题词："献给胡利娅·乌尔吉蒂·伊利亚内斯。对于她，不管是我还是这部小说，都深感抱愧。""实在出乎我的预料，"她说道，"我感到有点不快，但没有说什么。虽然我认为两个人相爱时的私生活是神圣的，但我认为那是一部风趣的、优秀的文学作品。所以我只是给巴尔加斯写了一封信，祝贺书的出版，并为题词表示感谢。"

当胡利娅认为事情已经过去的时候，她从一份哥伦比亚报纸上看到了这本书将改编成电视小说的消息。她寄了一封信给巴尔加斯·略萨和他的妻子帕特里西娅，要他们不要这样做，但毫无用处。

"书我可以接受，因为书是有教养的人读的，"她说，"可电视小说为了弄得家喻户晓，会采取多种手段，特别是那些肮脏的手段。在这件事情上，事实上，唯一可以拿来做文章的是年龄差别，即我比巴尔加斯大十岁。可这也没有什么了不起，比这更糟的情况屡见不鲜……"

巴尔加斯·略萨的前妻承认，从成就的角度看，哥伦比亚的电视小说拍摄得还是不错的。她很欣赏维克多·马利亚里诺和卡洛斯·穆尼奥斯的表演。但是她对秘鲁女演员格洛利娅·玛利娅·乌雷塔这个角色十分鄙视。"他们选了一个比我那时的年龄大得多的女人。我再次声明，我只比巴尔加斯大十岁，在电视小说中，这一差别被夸大了，我自然而然地变成了一名少年教唆犯。再说，在这样的事情上，大一岁小一岁是极其重要的。"玻利维业女人哈哈大笑着作出结论。

"电视小说中有许多不确之处吗?"

"我给您举个例子。我和巴尔加斯分开是因为他爱上了我的外甥女,他的表妹帕特里西娅,当时这姑娘只有十五岁,在巴黎同我们住在一起。您想想当时的情形,我是个什么滋味?我有多么痛苦、多惨?电视小说对这部分大加渲染。再举个例子:当我同巴尔加斯逃跑时,我们并没能在当天晚上结婚。那天晚上我们在一家饭店里同居了,因为我们是两个成年人,他已十九岁,完全知道自己应该怎么做。可这个场面变成了我穿着轻飘飘透明的衣服诱惑巴尔加斯·略萨,成了一个迫不及待地让他上钩的轻浮女人!"

胡利娅称这部电视小说在她的国家上映使她非常恼火,宣传机构收到了对那位秘鲁作家表示抗议的信件。

"这使我非常难堪,"她说,"由于我们女人都好奇,都是色情虐待狂患者。我看了电视小说的大部分。您可以想想,我坐在电视机前,看到对我的生活肆意篡改,心情会是怎样?巴尔加斯那时正准备来科恰班巴出席他的剧作《塔格娜小姐》的首演仪式。人们警告他说,倘若他不为在他的作品中侮辱了一位科恰班巴夫人——一位玻利维亚女人——而进行道歉,就不让他入境。结果他没来成。"

谈到和巴尔加斯一起的生活时,胡利娅说,尽管分离、小说和电视小说给她带来了痛苦,她仍对那段夫妻生活保留美好的记忆。

"对这一点,我毫不怀疑,"她解释说,"我是一个曾经生活过并有过热烈爱情的女人。我对什么都不后悔,一个人对没做的事感到悔恨才更糟。此外,夫妻关系是两个人的事,如果我是对的,就不能把他一个人拴在耻辱柱上。我们两个都错了,我也犯了错误,很大很大的错误。可我不说谎话,因此我有权利讲出实情。我写了《巴尔加斯没有说的话》这本书。我尊重了巴尔加斯对我外甥女的爱情,甚至以离婚来成全他们。同时,我也不感到害羞地承认,我在离开他时仍旧热烈地爱着他，那一精神创伤拖了许多年才得以平复。"

"您看着马里奥·巴尔加斯·略萨写了什么作品？"

"我看着他写了《城市与狗》，因此他把这本书的版权让给了我。不过，自从我出版了《巴尔加斯没有说的话》就再没有收到一分钱，尽管这件事是在离婚书上写明了的。当我们分开时，《绿房子》也写完了。巴尔加斯之所以去利马碰上我的外甥女，恰恰是为了去核对这本小说中关于森林生活的几个材料，可他自己被森林吞没了。"

胡利娅回忆了她同这位作家生活在一起的最初几年，当他们靠一份奖学金去了西班牙时，收入勉勉强强能够维持生活。她在一家叫《荟萃》的杂志社里当打字员。

"奖学金结束时，巴尔加斯幻想成为当时各种各样的艺术家和知识分子中的一员，就去了巴黎，虽然那样做的话我们就没有回秘鲁的旅费了。我们决定孤注一掷，真的去了巴黎。正如埃尔南·科尔特斯烧掉航船一般①，我们去巴黎后什么都没有了，一切听从上帝的安排。我的第一个工作是当打字教师，教一个不会讲任何外语的俄国女人。我不懂一句法语。但是，只要巴尔加斯能写作，我什么都不在乎。我对他充满信心，预感他会成为大作家。"

"巴尔加斯·略萨本人都承认他对胡利娅姨妈亏欠甚多……"

"我对他帮助很多，"她同意道，"如若没有我，他也可以成为今天的样子，但要多花费点儿气力。我从不允许他背离他的天赋而走其他道路。我们第一次分开时，巴尔加斯向我保证说他再也不写东西。我吓坏了，求助了我们亲爱的朋友胡利奥·科塔萨尔。科塔萨尔给我回了一封非常亲切的信，这封信我放在了我写的书中。"

提到阿根廷作家，胡利娅·乌尔吉蒂悲伤起来。她仍为科塔萨尔的逝世十分伤心，科塔萨尔是她终生难忘的人物之一。

---

① 埃尔南·科尔特斯，西班牙征服者，他带兵到达墨西哥后，为了不让士兵返回西班牙，烧掉了所有的船只。

"我从未见过这样高尚正直的人，"胡利娅说，"我好像看到他如一个巨人般地出现在我们的寓所里，但是他的脸似一个机灵的孩子。他的特征是有一副年轻的外表，却总像个二十几岁的人，巴尔加斯认识科塔萨尔时，仅仅写了一本故事集《首领们》，当时科塔萨尔已是驰名世界的作家了。我记得在利马，几个朋友曾聚在一起读《动物寓言集》。巴尔加斯结识了科塔萨尔，实现了自己的梦想，因为科塔萨尔是他崇拜的偶像。随着时间流逝，巴尔加斯在文学领域渐渐要同科塔萨尔齐名了，但人们告诉我，在政治上，他远远赶不上科塔萨尔。他在政治上变了许多，可科塔萨尔直到临终一直坚持自己的主张，是一个斗士。"

当时的其他朋友有：智利作家豪尔霍·爱德华兹、墨西哥作家卡洛斯·富恩特斯、危地马拉作家米格尔·安赫尔·阿斯图里亚斯、秘鲁作家胡利奥·拉蒙·里维罗和不久前在马德里飞机失事中死去的马努埃尔·斯科尔萨。

"在这方面，我同巴尔加斯的生活是极其丰富的。"胡利娅承认说，"一些知名人士常到我们家来，令人难忘。我深感遗憾的是没有结识加夫列尔·加西亚·马尔克斯，因为当时他不住在巴黎。不仅是加西亚·马尔克斯的杰出作品令我着迷，通过这些作品我还看到了一个伟人。他获得了诺贝尔奖，使我为拉丁美洲感到骄傲。"

也提提巴尔加斯的情况。胡利娅·乌尔吉蒂和这位作家的斗争在一定范围内变成了玻利维亚人和秘鲁人的对抗，如果巴尔加斯·略萨不向被他在电视小说《胡利娅姨妈和作家》中侮辱了的玻利维亚夫人道歉，科恰班巴就不让他入境。而秘鲁的几家书店则拒绝出售《巴尔加斯没有说的话》这本书，以此来支持他们最优秀的小说家。

《巴尔加斯没有说的话》一书出版后，胡利娅·乌尔吉蒂再也不能像同这位作家离婚之后那样悄悄地生活了。各种报纸前来约稿，她年轻时代当篮球运动员时的照片被大量复制。几个月前，她受邀到一家电视台做香水广告。

　　巴尔加斯·略萨和胡利娅·乌尔吉蒂围绕这场论战都讲了许多话，唯一不愿系统讲这件事的，是在书中被作者用来做模特儿的人物，这就是拉乌尔·萨尔蒙。不错，这个人曾同巴尔加斯一起工作，并且认识胡利娅，胡利娅酝酿写书的时候他也知道，但他对过去的事情丝毫不愿提及。他从默默无闻的广播小说作者变成了电台要人，某个时期以来，又担任了拉巴斯市长一职。

　　这位市长在巴尔加斯·略萨书中结尾的遭遇和最近发生在胡利娅和巴尔加斯·略萨之间的事情，凑在一起可以写《胡利娅姨妈和作家》的续集了。

（尹承东摘译）